2017 江苏省社会科学基金项目："《西游记》在英美的传播研究"

（批准号：17WWB006）

何惧西天万里遥

——《西游记》在英美的传播研究

王 镇 / 著

人民出版社

目　录

Contents

序

　　若干年前的中国古代小说学术研讨会上，通常位列论文目录最后一行的海外传播状况"综述"都是亮点，无论是"……在英美"还是"……在日韩"。《西游记》尤甚。很好理解，都说我们的名著已经是世界文化财富，那我们自然希望把头伸出窗口，看它在全球的文化版图上究竟走了多远。又记得2006年，北京奥运会吉祥物评选揭晓之前，美国《国家地理》预测孙悟空可能入选，于是派记者纽曼——一位五十多岁的女士来中国采访。那次我和她交谈了大约3个小时，在回答完她的问题之后，我也毫不犹豫地反客为主，问了她许多关于《西游记》的问题，比如"普通的美国人了解《西游记》吗？""美国的书店里能看到出售的《西游记》吗？""美国人更喜欢《西游记》的哪个版本？"等等。以我的交流水平而言，似乎只能问出这些问题，但看得出来么，这其实是一种更真切的关心。

　　时至今日，对中国古代小说名著在海外传播状况的跟踪，已经跨出了由"综述"向"研究"进化的途程，其地位也由各种学术研讨会的点缀升格为具有独立学术身份的著作。开先河者，疑即王镇老师的新著《何惧西天万里遥——〈西游记〉在英美的传播研究》。

跨文化之间的交流基本可以视同自然现象，只要有进化的落差，就会有文化元素的流淌，但要在交流中形成现象级亮点，则需要一些特定的条件。比如四大名著在海外都有传播，但传播的范围和深度显然不同，《三国演义》贴近历史，对中国人尤其是对读书人有一种特殊的吸引力，但对于欧美人来说，列国纷争，诸侯争霸的背景完全是阅读障碍。又比如《平山冷燕》《玉娇梨》和《好逑传》一类，在中国都属于寻常读物，但仅仅是由于被歌德瞄了一眼，就成了中国小说传播出去的经典。这是两方面的例证。

就各方面条件论，得天时、地利、人和者，非《西游记》莫属，拥有外国读者最多，潜在影响力最大。就题材而言，佛教与基督教都是成熟的宗教，有相似的结构、仪式和传播方式，所以唐僧在英文《西游记》里被称为"圣僧"；就主题而言，取经的初心、对理想的坚持，无论哪种文化都可以理解，所以英文《西游记》也很轻松地找到了一个对应词"历险"；就文学语言而言，二元的"神魔"体系几乎通行全球，毫无障碍，所以美国人也能改编《西游记》，还和日本人一样，弄点唐僧谈恋爱的噱头。这些，都给"《西游记》在英美的传播"课题提供了广阔的空间和丰富的内容。

"一带一路"概念的提出，显然进一步拓宽了我们审察《西游记》文化意义的视野，开掘了《西游记》跨文化沟通的意义，使之成为了国家推进对外交流战略的有力抓手。除了纯粹学术方面的意义之外，西游文化传播及其研究的事业显然能更多开拓文化交流中的话语权和文化产业的美好前景，更能为国家培养一批学贯中西、有志担当，能承担起新时代文化学者历史使命的青年学者，王镇老师就是有望跻身其中的一员。他接受了严格而良好的专业教育和学术熏陶，长期从事英美文学和翻译的教学研究，在学术上颇有建树，从他最近几年主持和参与的"西游学"课题来看，他基本上已经形成了一个相对完整、融会贯通、自成一体的学术体系，希望这能帮助他早日成长为"西游文化走出去"事业的有力推动者。

前面说过，我的印象中目前国内对《西游记》在英美的跨文化传播基本上还处于介绍阶段，还没有立足于广泛视野，可以从传播学的角度学术性地阐述《西游记》在英美的传播特点和跨文化交流价值的成果，而这本《〈西游记〉在英美的传播研究》的出现足以弥补这份遗憾。该书讨论的问题涉及训诂学、译介学、比较文学、传播学、文化学、接受美学、跨文化交流等领域，以传播学的核心学说为依据，全面探讨百余年来《西游记》在英美的演变，并着力分析《西游记》的英美本土化这个重要问题。其中通过翔实的文献梳理和事例分析，重在摸索《西游记》在英美传

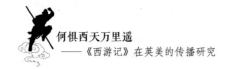
播中"为什么""怎么办""向何处去"的解决方案，难能可贵的是，它借此创造性地提出"缘合"的译介和非译介策略、"西游知识共同体"的概念以及《西游记》"传播之链"的发展路径等，其中有不少"干货"，值得一读。

王镇老师走在了前面，作为他的学术同人，我们由衷高兴，但也希望王镇老师看到，从本书出版之日起，挑战就会接踵而至，任重道远，不断努力，方得学术精髓。

蔡铁鹰

2018 年 12 月

绪　　论

第一节　《西游记》在英美传播的
研究意义

　　名列中国四大古典名著之一的《西游记》不仅誉满中国，在海外也广为流传，声望日隆，难怪法国巴黎大学比较文学教授艾提昂伯勒曾经（Rene Etiemble）感言道："没有读过《西游记》的欧洲人就像没有读过托尔斯泰和陀思妥耶夫斯基的作品一样，不能妄谈世界的小说。"[①]西游故事是凭借《西游记》各种早期版本和外译本传播到异国他乡的，而《西游记》走进英美最早始于1895年，此后的百余年间，数十名英籍、美籍以及华裔汉学家先后推出丰富多样的译本，"《西游记》英译本有64个版本，其中以1942年汉学家亚瑟·韦利的选译本《猴》影响最大，曾由不同的出版社再版22次。亚瑟·韦利忠于原著，文笔流畅，使《西游记》中孙悟空、猪八戒、唐僧、沙僧等人物形象在英语世界广为人知"，[②]并由此建立起一个

---

①　何锡章：《幻象世界中的文化与人生——〈西游记〉》，昆明：云南人民出版社1999年，第246页。

②　何明星：《〈西游记〉的漫漫"西游"路》，《人民日报》（海外版）2016年5月19日第9版。

相当庞大的读者群。更令人侧目的是，自 20 世纪下半叶后，种类繁多的《西游记》文本和非文本作品呈雨后春笋之势，在英美的译介、文学、文艺、网络等领域开创了一个美轮美奂的西游世界，并打造出一个风靡全球的中国文化符号和品牌。

传播是"人与人之间，人与他们所属的群体、组织和社会之间，递过有意义的符号（语言符号或非语言符号）所进行的信息传递、接受和反馈的总称"，① 旨在传递一切符号（包括印刷符号、语音和动作等）"背后的含义"，② 即传播作者想表达的真实意思。这从范畴和流程上规定了传播的广义性、复合性和包容性，点明传播不仅要考虑"传"（即传递）的问题，而且要思量"受"（即接受）的作用，"传"与"受"是传播的自有之义，在单个传播过程中是一来一回、两相交织、相辅相成的，接受未必作用于传播的每个符号、每个变化、每个时刻和每个环节，但离开接受的传播显然是毫无意义的，也是不可能成功的。毕竟，《西游记》在英美的传播源头即汉学译者也是中文原本和英美文化的双重接受者，他们接受什么才能传播什么，他们的传播内容取决于接受内容，而传播目的、传播语境和传播受众等决定了英文版《西游记》研究的概念和范畴在本质上不同于中文版《西游记》。既然英美社会这一文化共同体会依据迥异于中国的哲学、宗教、思想、礼仪和衣食住行等文化规范和体系来理解、认同和传播《西游记》，那么《西游记》在流传中的异化和变形即是情理之中。所以，要考察《西游记》在英美的传播，就不能忽视传播目的、传播作者、传播内容、传播媒介、传

---

① 杨秉捷主编：《传播学基础知识》，北京：中国财政经济出版社 1994 年，第 2 页。

② ［美］威尔伯·施拉姆、［美］威廉·波特著，何道宽译：《传播学概论》（第二版），北京：中国人民大学出版社 2010 年，第 4 页。

播受众等综合要素的角色和作用，甚至用"英美本土化"传播来概括也不为过。对《西游记》在英美的"本土化"传播的探讨无疑弥补了传播学和接受美学之间的环节性空白，实现了二者之间的整合和平衡，并以全新的文艺研究视野和研究方法拓宽了一部文学经典的研究范畴，从而为国内外《西游记》研究带来了一股新的推动力。

从传播学角度来看，任何完整的文学或文化活动要想在异乡别国功成名遂，必然要借助各种传播要素，经历"传"与"受"的过程，也可以简单而直接地用"受"的传播效果来衡量。具体而言，一部作品要实现域外传播，首先需要传播作者等根据传播目的和原文底本选择并勾勒出传播内容，接受并重组他们认为有价值的信息，方才借助传播媒介进入传送环节。只有传播受众读懂表面意义背后的含义即传播作者的真正意思，双方才能产生适切的共鸣，达到"视域融合"的传播效果，该作品才会受到反馈、重视和推广，并在反馈环节上转入下一个生产、传送、接受和反馈的循环，从而保证该作品能吐故纳新，生命长存。如果缺少共鸣或只有单个循环，它往往会丧失传播效果，很快销声匿迹。在作品的每个单循环发展的过程中，"传"可以简单概括为传播的生产环节和传送环节，"受"则可以基本描述为传播的接受环节和反馈环节。当然，每个环节也并非绝对排他的，比如，生产环节就含有传播作者的接受因素，而反馈环节也带有传播受众的传送因素，如此的复杂性加强了各环节的关联性和各传播要素的共生性，使它们自然构成一个连续的功能整体，并在两大知识共同体之间展开跨文化对话和协商，充分彰显传播的意义和价值。

既然传播目的、传播作者、传播内容、传播受众、传播媒介和传播效果等各个传播要素覆盖了一部作品在域外流传的全部环节，能评判该作品的成功与失败，揭示不同知识共同体和文化共同

体的异同，反观该作品的发展环节和影响因素，甚至预测它在域外的动向和未来，并探析"为什么""怎么办""向何处去"等问题，那么，从传播的维度探究《西游记》在英美的译介、文学和文化等领域的表现和本质，有助于扩大跨文化研究视野，并以之为纽带把相关知识有机串联起来，厘清该作品在域外流传的演变机制，这也是本书研究的重要依据。因此，本研究拟从传播学的视角出发，结合接受美学的相关理论，通过描述和总结《西游记》在英美的传播状况和特点，揭示"英美本土化"传播流程中的必然和结果，并透视《西游记》在英美的传播要素，以探讨和推演《西游记》在英美的"传播之链"的构建。

毋庸置疑，《西游记》能在英美流传至今，显然是"传"与"受"圆满合体的结果，而"传"的根源与核心就是琳琅满目的译文和译本，这些译作引发了大众的共鸣并广为接受，是《西游记》在英美产生历史生命的源头，是《西游记》扎根英美的根本。由于《西游记》的原著世界与英美读者的经验世界大相径庭，差异性、未定性和陌生性接踵而生，原作者、译者、英语读者的思维、期待、审美、想象、理解等天差地别，这种结构性的失衡和矛盾只能依靠各方的"视域融合"才能建立新的平衡，所以，从传播角度研究《西游记》在英美的演变自然就标明《西游记》首先作为"为重新传递和接受而再度创作"的文学译介而存在，这种"再度创作"的译介绝不是简单比对的纯话语转换活动，而是传播作者结合自身和传播受众的接受能力所权衡而成的传播内容重构，是"选择并加工后"的产品，是各传播要素接力的跨文化结晶。西方式的逻辑性分析和微观优先的思维从根本上决定了英美传播作者习惯于把美猴王的行动和历险视作个体化的个人英雄主义加以传播，而不会像中国传播作者那样倾向于把孙猴子定位成服务于取经大义的集体主义精神的象征。因而，当《西游记》最初以译介形式进入英美世界时，它实际上传播的已不再是中国人熟悉的文本，而是汉学译者为迎合英美"期待视野"所变形后的产物，即一个满足英语传播语境并具有鲜明英美文化气质的作品群。这个译作群是传播要素综合作用的成果，不仅选取和保留了英美民众欣赏的异域风情和人文话题，而且成为深度译介和非译介活动的生成性母体，促使《西游记》的传播出现"由译到创"的局面，在最大限度上发挥了传播的社会功能，进而在译介、文艺、网络等领域演绎出一个精彩纷呈的西游世界，带来了更多的快乐，的确，"《西游记》的乐趣比其他任何一本书都要多"。①

《西游记》在英美世界的主要传播内容包括文本形式（如译本及现代改写本等）和非文本形式（如影视剧、舞台剧、动漫、音乐、网游等），它们中每个作品的产生都意味着一次意义的重新传播，一种连续性变化，即一次"传"与"受"的单循环过程，这种服务于"英美本土化"的传播最早产生于译介领域，接着扩散到所有文本和非文本形式，彻底重塑了《西游记》在英美的本质和趋向。这样，这种变形体现在语言、内容、形式、题材、主题、意义等多方面，在"传"与"受"之间担当起必不可少的转换和桥梁作用，并始终贯穿于各个作品的传播过程中，目标直指传播受众，以满足传播受众的需求，接受他们的反馈。因此，只要厘清了各个传播要素的角色和作用，就能把握住《西游记》在英美世界流变的脉搏，而"英美本土化"传播几乎涉及《西游记》文本和非文本形式的每个符号、每个对象、每个特点、每个变化、每个环节、每个阶段等，涵盖了《西游记》在英美演变的历时性进程，像一股无形的推动力

---

① D. E. Pollard. "Review", *Bulletin of the School of Oriental and African Studies*, University of London, Vol. 46, No. 1, 1983: 180.

促成了《西游记》作品在英美的薪火相继，于不知不觉中迎来一个又一个高潮。所以，"英美本土化"传播是英文版《西游记》研究中一个值得深究的课题，是挖掘和领悟"中国文化走出去"的有效手段。

当然，在英美传播语境下，不同的时代需要和传播因素造就了各异的《西游记》文本和非文本形式，它们通常都有各自的传播目的、传播作者、传播内容、传播媒介、传播受众和传播效果等，这些传播要素总体上呈相辅相成之势并反作用于《西游记》的传播，推进其在英美的嬗变和发展。这种发展趋势不仅见证了《西游记》译介的全面开花，也推动了英美世界对译介进行改编和创作的一个个热潮，这也是衡量《西游记》是否成功的绝对指标。从历时性上看，《西游记》在英美世界的传播大致经历了三个历史时期：译介传播期（1895—1941）、译介＋研究传播期（1942—1976）和文化传播期（1977年至今）。最早从1895年开始，以美籍在华传教士吴板桥 (Samuel I. Woodbridge) 仅有16页的片段译文 *The Golden-Horned Dragon King; or, The Emperor's Visit to the Spirit World* 为标志，《西游记》译介主要以片段选译或章节择译的方式走进英美社会，但这些译作的传播受众集中于汉学界，传播内容和范围极其狭窄，导致传播效果一般。从1942年英国汉学家阿瑟·韦利 (Arthur Waley) 推出 *Monkey*（《猴》）起，《西游记》传播的范围不再仅仅局限于翻译领域，而是同时拓展进学术圈，在范畴、形式、规模、程度上都有起色，《西游记》进入了译介和研究并重的传播期。在这一时期，《猴》走向市场，走向民间，走向各色传播受众，为《西游记》译介进入主流出版界提供了经典样板，也为学术研究铺平了道路。《猴》于1961年被收入象征英语世界文学标准的"企鹅丛书"(*Penguin Classics*)，表明《西游记》译作开始符合英语文学认定的标准性与标识性。紧接着，《猴》又被其他欧洲各国转译成波兰语、丹麦语、德语、法语、捷克语、罗马尼亚语、瑞典语、匈牙利语、西班牙语、意大利语等，显示出不凡的传播效果，也使该译本成为世界文学史上一块难以磨灭的里程碑。同期，《西游记》的译介与研究齐头并进，交相辉映，以 1970 年英国汉学家杜德桥 (Glen Dudbridge) 出版的论著《十六世纪中国小说〈西游记〉前身考》(*The Hsi-yu chi: A Study of Antecedents to the Sixteenth-Century Chinese Novel*) 为标志，独具西方特色的《西游记》研究的论文和专著在英语世界发表或出版，与《西游记》的大规模传播相得益彰。从 1977 年开始到现在，随着全球翻译界的"文化转向"思潮、席卷全球的文化浪潮、多媒体普及和信息化应用等风起云涌，西方学界开始"向东看"并从《西游记》的儒释道思想中领会到一些文化滋养和精神慰藉，于是《西游记》的传播迎合着跨文化交流的热点需求，配合英美的文化嬗变，在英美世界的传播效果得到突破性提高。也是在这一时期，《西游记》两大英语全译本面世，《西游记》首次得以向英美世界进行完整、全面的展示，其文化价值和传播意义得到整体性阐释和彰显，对社会宣传、学术探索、理论建树和文艺创作等起到了扩张声势的作用。同期，《西游记》的各种文本和非文本形式，即改编的影视剧、动画片、舞台剧、音乐、网络游戏等艺术作品屡见不鲜，传播内容的数量和质量等大幅提高，传播受众呈几何级增长，撬动了整个红火的《西游记》文化市场。由《西游记》译介衍生出的美国现代小说《孙行者》(*Tripmaster Monkey: His Fake Book*)、《格瑞佛：一个美国猴王在中国》(*Griever: An American Monkey King in China*)、电影《失落的帝国》(*The Lost Empire*)、电影《功夫之王》(*The Forbidden Kingdom*)、音乐剧《美猴王：西游记》(*Monkey：Journey to the West*) 等皆在英美世界大获

成功并显示出了持续的潜力，这些传播效果都说明《西游记》在英美的传播具有光明的发展前景。

难能可贵的是，英美的《西游记》传播作者始终抱着开放性的学术态度与中国本土学者保持学术交流与合作，积极吸取中方最新的学术资源、文化营养和传播建议，并主动将之应用于《西游记》的后续传播中，这些中西合作模式下孕育的强大活力使得《西游记》在英美的传播每20—30年就出现一次新高潮，从而确保了其传播的可持续性发展，这是研究《西游记》实现英美本土化时必须留意的动向。

总体而言，《西游记》在英美的文本和非文本作品是根植于英语传播语境且面向英语传播受众的，任何一部作品都是一套英美社会化的符号体系，都是一个具体的传播过程，而传播受众是一定知识结构和社会关系的结合体，每个接受者都是社会的个体、集体的一员、文化的单元，这从根本上决定了《西游记》传播的英美本土化倾向。在《西游记》流传英美的历史长河中，不同时期会出现不同的传播目的和传播内容等，传播作者和传播受众利用不同的传播媒介不断对《西游记》进行翻译、阅读、评论、翻印、增删、改编、反馈、借鉴等，表达他们复杂鲜明的态度，或褒或贬，或推崇备至或等闲视之，通过各种反馈可以了解英美世界在时代潮流、民族精神、社会思想、审美心理、文学倾向、文化需求等方面的变迁以及《西游记》传播的传承与嬗变。这种始终处于变化中的生产—传递—接受—反馈的传播循环是无穷的，它将成为映照《西游记》演变的一面镜子，不仅折射了英美社会的思维方式、精神世界和文化价值，而且照亮了中西文化的共识与分歧，有利于中西双方顺应当前的全球化传播语境，理性审视和应对中国文化和英美文化的差异，纠正跨文化交流中的自我意识和传统偏见，促进多元文化的实质性理解、互动、包容和生成，为标榜和开发《西游记》的文学和文化魅力贡献一份精彩。

在英美文化长期占据全球性强势地位的背景下，《西游记》文本和非文本形式的生产势头强劲，《西游记》在英美的传播效果总体乐观，实属不易，这也凸显了本书研究的现实价值和意义。在当前中国"加强对外文化交流，吸收各国优秀文明成果，增强中华文化国际影响力"的整体战略推动下，研究《西游记》在英美的传播要素问题，对于强化对传播中"传"与"受"的认知，打破偏重"传"而忽视"受"的传统传播模式，推动跨文化交流，揭示中西文学和文化的异同点，把握英美社会的思想变迁和时代脉搏，探索"中国文化走出去"的可持续性发展以及发展路径，促进"文学相通，文化相通，民心相通"，无疑是具有宏观意义的。随着《西游记》在英美的传播规模的扩大和成熟以及英美学界和世界华人文化圈《西游记》研究的合流，一种中西互补、传播完善、具有实践指导意义的学问即所谓的"西游学"有望崛起并获得国际显学的地位。"西游学"有利于从国际层面传播中华文化的丰富内涵，提高中华文化的外宣力和影响力，推动中国文化在国际文化市场发挥角色作用并扭转中国文化贸易严重逆差的被动现状，从而成为增强中国文化传承及创新、改善中国国家形象、提升中国软实力、共创"人类文化共同体"的文化抓手。这股"西游学"的学术思潮和理想正在中外的传播圈内扩散，前景广阔。

第二节　《西游记》在英美传播的国内外研究现状

本书研究讨论的问题不仅涉及译介学、比较文学、传播学、

接受美学、文化学等领域，也是海内外"西游文化走出去"研究共同关注的对象。从目前手头掌握的材料看，与本书研究相关的学术成果来源比较庞杂，从地缘上可大致分为国外和国内两部分。

《西游记》在英美的传播在一定程度上也包含百余年来所有英文版文本和非文本形式的学术研究。相对来说，英美学者更专注于《西游记》文本研究，而对其非文本形式的评论较少且多见于报纸和网络等，这些学术成果基本以 20 世纪 40 年代、80 年代为界，划分为早期、成长期和丰收期三个阶段。在 40 年代以前的早期阶段，英美学者的研究重心比较单一地集中于译介的宗教性主题方面，专业的学术性成果极少，只能通过各种译本及其序、跋、注等来提炼。《西游记》译者通常也是汉学研究者，他们译本的前言和后记都是展现他们的研究视角和学术成果的窗口，由于受到长期浸淫于中国学界的宗教式研究模式的影响，早期汉学家同样坚信《西游记》是一部谈佛论道的宗教小说，所以他们都以此作为传播的切入点，从宗教和西方式朝圣的角度来翻译和评论原作，也基本上实现了预期目的。英国汉学家翟理斯（Herbert Allen Giles）把短短 7 页的梗概版《西游记》类比成东方的《天路历程》，这种宗教性的阐释思路一直为后来的译者和学者所继承，并成为西方研究《西游记》的主流视角之一。英国汉学家韦尔（James R.Ware）沿用翟氏的思路，选译了数回名篇的精彩片段，并借助中国学者的研究资料围绕小说的朝圣主题评点人物的道德和寓意；英国汉学家倭纳（Edward Werner）延续了前贤的传播思路，用一章多的《西游记》讲述美猴王如何皈依宗教、朝圣并封神的故事，以强化宗教性的教化意义。美国传教士兼汉学家李提摩太（Timothy Richard）同样立足宗教传播《西游记》，他的轮廓版译本大谈原著的争议作者丘长春道长、中国的宗教信仰、魔法、冒险、寓言、科学等，把基督教立场嫁接入佛教教义，使译本上下洋溢着基督精神，这种援耶入佛的创新思路一度加剧了《西游记》海外传播的宗教化。美国汉学家海斯 (Helen H. Hayes) 尽管未像李提摩太那样将原著的佛教融汇成基督教，但仍保持对宗教色彩的高度认同，重点译介佛教和道教的表象，还比较了中国的地府说和基督教的地狱观等。可见，早期的英美学界对《西游记》的传播范畴以宗教性为主，其间夹杂些关于中西哲学和文化的浅显对比，这股跨文化比较的苗头为《西游记》传播带来了新的思考和变异。

　　自 20 世纪 40 年代起，英美学界开始把学术目光转向小说的版本、原作者、主题、人物特征、艺术手法、译介对比等，推动《西游记》传播跨入了成长期阶段。亚瑟·韦利在《猴》的序言中就强调《西游记》的寓言内涵即主角美猴王大闹的天宫其实代表着中国人间的封建官僚统治，这一主旨思想直至今日仍为众多受众解读《西游记》的圭臬。另外，韦利的论文《真实的三藏和其他》(*The Real Tripitaka and Other Pieces*)（1952）在介绍玄奘取经的史实的同时也指出了《西游记》的寓言性和讽喻性，进一步拓宽了受众的认识架构和评价体系。而杜德桥的论文《西游记祖本考的再商榷》(*The Problem of Xi you ji and Its Early Versions: A Reappraisal*) (1964) 和论著《〈西游记〉：十六世纪中国小说前史之研究》(*The Hsi-yu chi: A Study of Antecedents to the Sixteenth-century Chinese Novel*) (1970) 以及美国哥伦比亚大学教授卡林顿·古德里奇 (L. Carrington Goodrich) 等编著的《明代传记辞典》(*Dictionary of Ming Biography, 1368-1644*)（1976）都重视小说的整体研究，如版本的梳理、原作者考证和白话小说的特征和地位。阿尔萨斯·严 (Alsace Yen) 的论文《中国小说的改编技巧——谈〈西游记〉第九章》(*A Technique of Chinese Fiction: Adaptation in the "Hsi-yu Chi" with Focus on Chapter*

Nine）（1979）也涉及原作版本争论和艺术手法问题。类似地，伦敦大学哲学博士柳存仁 (Liu Ts'un-yan) 的论文《佛教道教影响中国小说考》（*Buddhist and Taoist Influence on Chinese Novels*）（1962）、《四游记的明刻本》（1962）、《〈西游记〉的原型》（*The Prototypes of Monkey*）（1964）、《〈西游记〉的明刻本——伦敦所见中国小说书目提要之一》（1964）、《伦敦两个图书馆里的中国小说》（*Chinese Popular Fiction in Two London Libraries*）（1967）和传记《吴承恩的生平与职业》（*Wu Ch'eng-en: His Life and Career*）（1967）都涉及小说的宗教性、原作者考证、版本、寓意和体裁等，同时这些研究的道教倾向性也引导了后续的道学研究。美国汉学家哈里特·戴伊 (Harriet Dye) 的论文《关于猴和奥德赛的比较解说》（*Notes for a Comparison of the Odyssey and Monkey*）（1964）、美国塔尔萨大学的 Alfred Kuang-yao Yeh 的博士论文《一个造反者的演变——释吴承恩〈西游记〉》（*The Evolution of a Rebel : An Interpretation of Wu Cheng-en's Journey to the West*）（1976）将孙悟空与西方历险式典型原型进行类比，力图从比较文学角度揭示中西方文学形象的差异和魅力。美国哥伦比亚大学教授夏志清（C.T.Hsia）的论著《中国古典小说史论》（*The Classic Chinese Novel : A Critical Introduction*）(1968)、夏志清和夏济安 (Tsi-an Hsia) 合撰的《两部明代小说的新透视：〈西游记〉和〈西游补〉》（*New Perspectives on Two Ming Novels : Hsi-yu Chi and His-yu Pu*）（1968）、美国普林斯顿大学教授浦安迪（Andrew H. Plaks）的论著《中国叙事体文学评论集》（*Chinese Narrative: Critical and Theoretical Essays*）（1977）则结合中西文学和文化的异同，深究《西游记》的叙事视角、艺术手法和创作特色等，向受众展示《西游记》的文学地位和非凡成就，这些学术主张和成果表明《西游记》的传播日益具体、细致、多元，为《西游记》研究进入丰收期打下了良好基础。

20 世纪 80 年代以来，《西游记》的传播研究越发全面深入并进入了丰收期。在英国汉学家詹纳尔 (W.J.F.Jenner) 和美国汉学家余国藩 (Anthony C. Yu) 的两大全译本的激励下，其研究全面开花，涵盖了大多数的传播关键词，从节译本到全译本，从段落篇章到报刊专著，从故事表述到意蕴挖掘，从文本英译到文体叙事，从文本形式到非文本形式，从文学解读到文化阐释，从文化特质到跨文化比较，都有细致的探讨。美国印第安纳大学 Koss Nicholas Andrew 的博士论文《形成期的〈西游记〉》(*The Xiyou Ji in Its Formative Stages*) (1981) 通过比较 1592 年版的《西游记》、朱鼎臣删节本《唐三藏西游释厄传》与杨致和仿作《西游记传》，对《西游记》故事来源和版本演进着力探讨，总结了当时国际化的版本研究成果，强化了《西游记》研究中的"版本"意识。柳存仁所著的《伦敦所见中国小说书目提要》(1982) 进一步梳理和考证中文版本的来源和演变，也附和了当时中国学者的流行观点，富有逻辑性地提出了新的版本生成说。美国南浸礼会神学院的 Yun-han Gwo 撰写的博士论文《〈西游记〉和〈约翰福音〉之间的传道对话》(*Homiletical Dialogue between The Journey to the West and The Johannine Logos*) (1986) 从宗教和跨文化对话角度讨论原著中三教合一寓意以及中国宗教与基督教之间的异同，充实了《西游记》的跨文化传播意义。美国芝加哥大学文学博士李奭学（Li Sher-shiueh）所编译的《余国藩西游记论集》(1989) 从文学特质、文化地位、叙事结构、英译难点、版本演变、寓言性主题和宗教对比等角度对《西游记》进行了多角度导读式的论述，既展示了余国藩"由内到外"的特别论证方式，也证明《西游记》研究已具有中西学术融合的互补性和前瞻性。美国路易斯安那州立大学学者李前程（Qiancheng Li）的论著《启蒙小说:〈西游记〉〈西游补〉和〈红楼梦〉》(*Fictions of Enlighten-ment: Journey to the West, Tower of Myriad Mirrors, and Dream of the Red Chamber*)(2004)第一次分析了佛教和中国古代白话小说之间的绵密联系,并结合佛教意象论述了小说的视野、结构和叙事体等方面。浦安迪教授的《明代小说四大奇书》(*The Four Master Works of the Ming Novel*)(1993)以独立论文的形式,从比较文学理论的观点出发,阐释《西游记》"文人小说"的概念、美学思想、作者抱负以及反讽寓意等,令读者大开眼界。他的《浦安迪自选集》(2011)中有一篇论文专门结合西方读者熟悉的叙事学,从中国的"五行""阴阳""心学"等古典文化视角分析《西游记》的寓意以及小说的叙事性和哲理性,很有中西融汇的特色。余国藩教授的《余国藩论学文选:〈红楼梦〉、〈西游记〉与其他》(2006)秉承中西方"人文学问"的传统,从跨文化角度分析和论述《西游记》的版本、可译性、史诗性、寓言性、叙事性等,论证细致严密,见解深刻独到,对传播中国传统文化颇有意义。美国密歇根大学教授陆大伟(David L. Rolston)的论著《如何解读中国小说》(*How to Read the Chinese Novel*)(1990)从阐释学角度论及《西游记》的语言形式、小说特点、批注特色、文化术语等,传播中西比较诗学的批评机制,这是新时期下英美学术界批评中国古典小说理论的一部重要代表作。美国华盛顿大学教授何谷理(Robert E. Hegel)的论著《中国文学中的自我表述》(*Expressions of Self in Chinese Literature*)(1985)和《中华帝国晚期插图本小说阅读》(*Reading Illustrated Fiction in Late Imperial China*)(1998)一样侧重比较视野,应用比较文学的批评理论探析小说的生产与流通、书籍插画、版本考证、文本细读、读者分析、叙事特色、社会流传等,其中所表现出来的独特视角、文献训诂、求真务实精神、跨学科比较以及研究细节的创新性等，对"西游学"的建构具有启发意义。何谷理还于 2016 年 9 月赴新罕布什尔大学孔子学院作了讲座《美猴王的七十二变》（*The Many Faces of Sun Wukong: Transformations of the Monkey King*），从《西游记》的故事缘起、历史版本、谋篇布局、五行机制与主要人物的性格等分析原作者的意图、美猴王的象征意义、小说和人物的历时性意义与社会传播效果，进一步说明美猴王依然是《西游记》传播的中心，有利于美国学生对《西游记》和中国文化加深思考。这些学术成果从多角度审视和探讨《西游记》在英美世界的传播，表明英美学术界对《西游记》的传播研究日趋成熟、完善和统一，新见迭出，极富启发性和建设性。但整体看来，这些研究还是浅尝辄止，并过多地局限于话语和文本研究，未能立足某一文学视角或文化理论对《西游记》在英美的传播进行系统性、整体性的批评，进而揭示《西游记》文本和非文本形式的发展历程和特点，更乏人留意它们对"中国文化走出去"的参考价值。

相比而言，国内对《西游记》在英美的传播研究也是成果颇丰。目前根据中国知网自 20 世纪 70 年代末开始的统计结果，截止到 2018 年 1 月，有关《西游记》传播的期刊论文 70 余篇，硕博士论文 30 篇左右，还有专著如《西游记资料汇编》(2002)、《西游记传播研究》(2013) 等 10 余部，这些学术成果主要涉及三类。

第一类集中于《西游记》的英译研究，代表性作品有：黄进的硕士论文《文化迁移、文本误读与翻译策略——以〈西游记〉中佛籍语汇为例》(2005)、苏艳的《余国藩〈西游记〉英译本中诗词全译的研究》(2008)、何惠琴的硕士论文《目的论视角下的〈西游记〉英译本中文化专有项的翻译》(2010)、田小勇的博士论文《文学翻译模糊取向之数字视角——基于〈西游记〉的语料库研究》(2011)、郑锦怀与吴永昇的《〈西游记〉百年英译的描述性研究》(2012)、王丽萍的《〈西游记〉英译研究三十年》(2013)、鲍啸云的《余国藩的〈西游记〉英译本简介》(2013)、韩艳丽的《信息论视角下汉英翻译过程中信息失真的研究》(2014)、李瑞的博士论文《文本世界理论视阈下的〈西游记〉专名英译研究》(2014)、王镇的《试论汉译梵词在〈西游记〉英译本中的体现和翻译》(2017)等，这些研究从英译角度探讨翻译质量、翻译策略、翻译思想、翻译文化以及翻译史等，对《西游记》在英语世界的译介情况展开个案分析，为传播研究积累了大量基础的事实和材料，但很少延伸至并说清英译和传播之间的关系，需要深入而细致地考察二者的衔接点。

第二类围绕《西游记》文本和非文本形式的传播研究，代表性作品有：王丽娜的《〈西游记〉在海外》(1999)、李萍与李庆本的《〈西游记〉的域外传播及其启示》(2009)、郭明军的硕士论文《〈西游记〉之"西游"记》(2007)、李蕊芹的博士论文《〈西游记〉的传播接受研究》(2009)、王卓的硕士论文《文化的西游——〈西游记〉在英语世界的翻译和传播研究》(2011)、王镇的博士论文《译介和变形：〈西游记〉在英美的接受研究》(2017)、王丽娜的专著《中国古典小说戏曲名著在国外》(1988)、张弘的专著《中国文学在英国》(1992)、施建业的专著《中国文学在世界的传播与影响》(1993)、黄鸣奋的专著《英语世界中国古典文学之传播》(1997)、朱学勤与王丽娜合撰的《中国与欧洲文化交流志》(1998)、朱一玄与刘毓忱合著的《西游记资料汇编》(2002)和胡淳艳的《〈西游记〉传播研究》(2013)等，这些研究从文化传播的视角考查《西游记》在海外的百年传播，对传播机制、传播过程、传播特征和传播效果等进行了概括和总结，拓宽了《西游记》研究的视角和方法，且著述较丰，多以资料见长，在国内外的学术圈比较有影响力，对我国古典经籍的外传和研究起到启发性和指导性的作用，但绝大多数研究偏重于传播状况的事实描述，分析性不足，更缺乏从跨文化传播角度去挖掘中英文学和文化的差异、交流以及英美文化语境对《西游记》传播的引导和改造。

第三类研究多是《西游记》文本和非文本形式的文学和文化研究，代表性作品有：雷静辉的《神魔小说背后隐含的中西文化差异——以〈魔戒〉和〈西游记〉为例》（2006）、罗艳丽的《从美国版〈西游记〉看美国深层文化结构》（2007）、黄珊珊的硕士论文《经典的异域风情——从〈西游记〉的跨文化改编看经典在后现代的"失语"》（2008）、李萍的《中国古典文化海外影像传播的特点分析——以〈西游记〉为实证》（2012）、曾瑛的硕士论文《功能对等理论视角下〈西游记〉两个英译本中宗教文化负载词语的对比研究》（2013）、王欣欣的《论中美文化深层结构差异——以美国版〈西游记〉为例》（2014）、张兴龙的《〈西游记〉文化的现代传播》（2016）、王镇的《从洛特曼文化符号学视阈看文学文本的跨文化传播——以〈西游记〉为例》（2018）等，这些研究立足于跨文化理论层面，从中西方文学和文化差异入手，分析中西不同的民族精神、思维方式、逻辑分析、人际观、价值观、时空观、宗教观、社交观、文化心理、商业元素等深层文化结构差异，揭示《西游记》文本和非文本形式的改造，寻找中国古典文化在海外传播的启发，展望西游文化的繁荣未来。此类研究以深层文化建构比较为中心，结合译介、文化差异、文化交流、文化接受等多因素探索《西游记》海外传播的特点、问题及解决办法，肯定了《西游记》在当前全球化语境下的跨文化传播意义，顺应了 20 世纪 80 年代中期以后"中国文化走出去"的学

术热，综合性较强，成果斐然，但总体上还缺少理论方面的洞见和突破。

通过对国内外相关研究的大致梳理，笔者认为：当前国内外学界从多角度、多视角对《西游记》在英语世界的传播现状做了透彻研究，涵盖了文本、译介、传播、接受、文学比较、跨文化交际以及"中国文化走出去"等方面，逐步夯实了《西游记》的跨文化传播研究。但是，由于中西方思维方式和深层文化结构存在的鸿沟、《西游记》本身广博深远的文学性和文化性以及一定程度的误读、误译和误传等，国外从文本、译介、文学和文化比较等角度来研究《西游记》传播的成果相较国内显得偏少，且分析和论述趋于宽泛和片面，更欠缺持续性关注和后续性研究；而国内对《西游记》的传播研究大多属于个案研究，更多地从某一文学或文化项进行英译和传播研究，将之作为纯粹的个体问题来局部处理，各自为战，对《西游记》在英美的演变和影响问题缺乏材料的追踪梳理、创新性发现和系统性论证，尤其是对非文本形式在英美的历时性发展和跨文化传播意义的综合研究基本处于空白状态。这片研究领域亟须一个立足于传播总括原版训诂、译介和接受、文学和文化的综合性思维，从评析传播要素的角度阐述《西游记》文本和非文本形式在英美的发展特点和跨文化传播价值，进而把《西游记》在英美的传播视为一个相互联系、相互影响的历时性整体，开展系统化、可持续性的总体研究。当前国内外对《西游记》在英美的传播研究大多依托文化视角，从英译策略、文化词比较、文化差异、非文本改造、域外传播等角度进行分析、比较和论证《西游记》的传播效果，有逐渐多样化、复杂化和精细化的趋势，但很多研究囿于审视角度及资料所限，过于重视"传"的问题而忽视"受"的因素，更缺乏对各个传播要素的整合式研究。因此，如何以传播要素为主线探讨《西游记》在英美传播的内在原因、特点和机制，摸索其传播中"为什么""怎么办""向何处去"的解决方案，为"中国文化走出去"战略做出理论性和实践性建言，这一研究方向是个有价值的突破点。

第三节　本书的研究框架

本书共有五章，主要以传播学的核心观点为依据，以探讨百余年来《西游记》在英美的演变历程为主线，把《西游记》在英美的传播视为一个相互联系、相互影响的历时性整体，形成由远及近、由表面到实质、"传"与"受"并重的总体研究体系。

第一章是依据传播学的核心观点，结合译介学、文学、文化学等相关理论，通过对《西游记》在英美的文本译介包括片段译介、章节译介和全文译介的文献梳理，总结《西游记》译本在英美经历的由部分到全面、由专业受众到普通受众的传播历程和文化影响，描述并阐明其译介传播的特点，论证"英美本土化"因素对《西游记》译介的导向作用，奠定本书研究的理论基础和创新基础。

第二章是结合《西游记》在英美的现代文学改写本的现状和特点，通过分析其与译介的内在联系以及英美深层文化结构对《西游记》文本的改造与调适指出现代小说的现实性、模仿性和创新性显著有别于译本的神话性、游戏性和幽默性，揭示《西游记》在英美传播和接受的深度变形以及"英美本土化"因素对《西游记》文学改写的必然影响，阐发"传"与"受"的文本互动机制，指出文本变形才是《西游记》真正走进英美社会的一面镜子。

第三章是通过对《西游记》在英美的非文本形式，即视听作品，包括影视创作、动漫创作、舞台创作和网络作品的传播特点的客观描述和文献梳理，大致厘清《西游记》非文本形式在英美的传播脉络，围绕"受"表现出的相当的独立性和生成性，分析《西游记》非文本形式和大众传播的深度融合，阐发"英美本土化"因素对非文本形式在英美传播中的决定性作用，指出《西游记》的传播过程表现为一个不断生产、不断修正和不断完善的过程，《西游记》非文本形式融入了英美受众喜闻乐见的狂欢因子和游戏元素，在英美的文化语境下走出了一条自我变形、自成一体、自得其乐的传播之路。

第四章是结合《西游记》在英美传播中出现的问题，参照拉斯韦尔的5W传播模式对《西游记》在英美的传播要素进行评析，从传播目的、传播主体、传播内容、传播媒介、传播受众和传播效果六个方面探讨合理的传播要素和理念，重点考察"英美本土化"传播与上述六方面的关联效应，阐述各传播要素在传播中"你中有我，我中有你"的发生机制，厘清一个由点到面、从简单到复杂的"英美本土化"传播的基本思路，指出只有充分地分析和把握《西游记》传播链上的这些关键性要素，才能不断充实其传播的基本信息，预判其传播的变动走向，规避其传播的内在矛盾，优化其传播的协调规制，概括其传播的普遍本质，保障其传播的稳健发展，最后切实达到其传播的共识分享。

第五章是从"英美本土化"传播的发展路径谈起，在源头上指明《西游记》最新中文本的传播价值，提出"接受型"的"缘合"翻译准则，倡导译介的"缘合"应用和非译介的"接受型"创作，强调非译本形式这个阶段的传播作用，阐发"英美本土化"传播的开放性引导作用，尝试构建《西游记》在英美的"传播之链"，聚焦这个关系链上的内容、目的和媒介等，引导受众走上适切的文化桥梁，以推动各方传播力量在《西游记》传播过程中进行阶段化的、系统化的重组，提高《西游记》的外宣力，让更多的中国文化符号和文化精神在英美本土化，推演一套行之有效的中华文化对外传播的系统。

西游记

第一章

《西游记》在英美的译本传播

　　《西游记》英译最早始于 19 世纪末，在这长达百余年的时间里，近 20 位英美籍译者与华裔译者，包括来华传教士、驻华外交官、汉学家和大学教授等，根据不同的中文版本进行"改写"或"重写"，① 陆续发表了 60 余种片段译文、章节译本和全文译本，其间经历了一个由易到难、由简到繁、由部分到整体、由专业受众到普通受众的发展历程。这些译本契合西方的逻辑性分析思维和微观思维以及深层文化结构，向英美世界传达了小说的故事性、历险性、游戏性、幽默性和文化性，让无数读者为美猴王这样的超级英雄齐声点赞，确保《西游记》译介在英美文学和文化体系中逐步站稳脚跟，为《西游记》在英美的传播起到了根本性的作用。

第一节　片段译介的"概"

　　对译者而言，要翻译像《西游记》这样大百科全书式的鸿篇巨制，哪怕只译一小部分都困难重重，所以，绝大多数英译都是从

---

　　① Susan Bassnett, *Comparative Literature:A Critical Introduction*, Blackwell Oxford UK & Cambridge USA, 1993,pp.147-148.

零星片段开始，立足于原作的基本事实和读书市场，把重心放在为读者喜闻乐见的历险故事上。这使得《西游记》译本很多都是片段式的故事选译，而且各本的篇幅程度差异巨大，从几页、几十页到几百页不等，体现出明显的"概括"意味。

最早在 1895 年，上海华北捷报社（North China Herald）出版了美籍在华传教士吴板桥 (Samuel I. Woodbridge) 的 The Golden-Horned Dragon King; or, The Emperor's Visit to the Spirit World（《金角龙王或唐皇游地府》），这只有短短 16 页的小册子是他根据清刊本《西游记》第 10 回"老龙王拙计犯天条 魏丞相遗书托冥吏"与第 11 回"游地府太宗还魂 进瓜果刘全续配"中的数个片段以及美籍传教士卫三畏（Samuel Wells Williams）编写的汉字学习手册选译而成，当时仅在极少数传教士等专业受众中传播，且影响几可忽略不计。今天，只有一些国内外大型图书馆的二手资料里偶尔提及它，学者们也只把它权记作《西游记》进入英美世界、开启传播之旅的一个标志性存在而已。

1901 年，D. Appleton and Company 在纽约和伦敦同期刊印了英国汉学家翟理斯 (Herbert Allen Giles) 编写的 A History of Chinese Literature（《中国文学史》），其中将近 7 页的第八卷第三章"蒙元文学·小说"首次提及《西游记》书名"The Hsi Yu Chi, or Record of Travels in the West"及唐僧师徒西行取经的故事，主要包括清刊本《西游记》第 7 回"八卦炉中逃大圣 五行山下定心猿"中佛祖斗败大圣的趣事和第 98 回"猿熟马驯方脱壳 功成行满见真如"中接引佛祖助唐僧师徒巧过凌云仙渡的片段。该书一度被评价为"翻译集"，① 在当时汉学研究几乎空白的情况下取得了很好的反响，目

① D. E. Pollard, "H.A. Giles and his translations", Renditions, Autumn1993,105.

前它仍是不少英美学生学习汉语和中国文学的常用教材，而且"*Hsi Yu Chi*"这种威妥玛拼音式译法长期成为《西游记》的一种比较常见的英文书名。翟理斯不仅把《西游记》的整体轮廓首次介绍给英美受众，还建议读者把《西游记》视作东方的《天路历程》（*The Pilgrim's Progress*）去阅读，由此正式开启了《西游记》在英美的传播之门，对后续的译本起着引导性的作用。

1905 年，上海华北捷报社在 *East of Asia Magazine*（《亚东杂志》）第四卷中发表了英国汉学家韦尔（James R. Ware）的论文 *The Fairyland of China*（《中国的仙境》）。该文的引言概述了《西游记》的取经过程，翻译了尤侗为陈士斌评点本《西游真诠》所作的序，强调了原作的"三教合一"和"心性之旨"，还沿用翟理斯译介《西游记》的思路，详细对应班扬 (John Bunyan) 的《天路历程》的寓意，宣称唐僧代表善良、正直和虔诚的圣徒，孙悟空代表放荡不羁的人性，猪八戒代表粗鄙下流的人欲，而沙和尚则代表懦弱无能的贱民，指引读者从朝圣、人性和道德等角度理解原作的内容、主题以及人物。该文第一部分选译了陈士斌评点本《西游真诠》第 1 回"灵根孕育源流出 心性修持大道生"到第 7 回"八卦炉中逃大圣 五行山下定心猿"的片段，第二部分节译了第 9 回"陈光蕊赴任逢灾 江流僧复仇报本"的主线，第三部分摘译了第 10 回"老龙王拙计犯天条 魏丞相遗书托冥吏"和第 11 回"游地府太宗还魂 进瓜果刘全续配"的梗概，第四部分简译了第 12 回"唐主选僧修大会 观音显像化金蝉"到第 15 回"蛇盘山诸神暗佑 鹰愁涧意马收缰"的情节，这十几回的片段故事和评述增强了读者对《西游记》的故事印象，又折射出当时《西游记》传播的寓意取向和学术思想。

1921 年，纽约的弗雷德里克·阿·斯托克公司（Frederick A. Stokes Company）出版了美国汉学家马腾斯（Frederick Herman

Martens）的 *Chinese Fairy Book*（《中国神话故事集》），该书是德国汉学家卫礼贤（Richard Wilhelm，亦作"尉礼贤"）的德文版《中国民间故事集》(*Chinesisch Volksmarchen*) 的改译版，正文总共 329 页，其中有 4 篇涉及了《西游记》人物，即第 17 篇《杨二郎》(*XVII, Yang Oer-lang*) 的杨二郎家世和救母神话、第 18 篇《哪吒》(*XVIII, Notscha*) 的哪吒出世和闹海传说、第 69 篇《扬子江的和尚》(*LXIX, The Monk of the Yang Tze－Kiang*) 的唐僧身世和第 74 篇《心猿孙悟空》(*LXXIV, The Ape Sun Wu Kung*) 的猴王出世、大闹天宫和受困五行山的故事。为了帮助读者体验中国民间传奇的神话性、故事性和趣味性，马腾斯提醒读者把这 4 篇等同于《一千零一夜》(*One Thousand and One Nights*) 的故事去理解，还强调《心猿孙悟空》和《天路历程》具有类似的讽喻性，心猿体现人心的修炼，神话人物的言行代表中国三教的教义，而猴王戴的神奇头箍和德国作家威廉·豪夫（Wilhelm Hauff）的童话名篇《年轻的英国人》(*The Young Englishman*) 中的头箍类似，这些注解具有比较文学的视野，突出了译文的"中国元素"，有益于读者感受西游故事的异域风采，特别是从儿童视角挖掘出猴子的不可思议和神奇，为猴子进入儿童世界做好了铺垫。

1922 年，伦敦乔治有限公司 (George G. Harrap & Co. Ltd.) 出版了英籍汉学家倭纳（Edward T. C. Werner）496 页的 *Myths & Legends of China*（《中国神话与传说》），该书第 14 章 *How the Monkey Became a God*（《猴子如何成神》）简介了猴王出世、大闹天宫等惊险故事，专门讲述《西游记》(*The His Yu Chi*) 在中国文学中的白话小说地位以及唐僧师徒的隐喻意义，如唐僧代表美德，孙悟空代表人性，还有一些经典对话和两幅中国艺术家创作的插图，即 *The Demons of Blackwater River Carry Away the Master*（黑河妖孽擒僧去）

和 The Return to China（五圣成真），这章译文带有明显的翟理斯痕迹，语言简单，译述结合，配有图画，有助于读者从宗教和道德说教层面解读西游故事。

1944 年，纽约惠特尔西豪斯出版社 (Whittlesey House)、麦克罗—希尔出版社 (McGraw-Hill) 各自出版了美籍华人陈智诚（Chan Christina）与陈智龙（Chan Palto）合作的 50 页选译本 The Magic Monkey（《魔猴》），简短的篇幅附有一些特色插图，主要围绕猴王的神奇故事梗概，该译本是华裔学者对《西游记》英译的首次尝试，印证了美猴王在英美语境中的传播中心地位和《西游记》英译的主导型潮流，更暗示《西游记》在英美的大变形已势不可挡。

1946 年，纽约科沃德—麦卡恩出版社 (Coward-McCann Inc.) 刊行了高乔治（George Kao，亦作高克毅）的 Chinese Wit and Humor（《中国的智慧与幽默》），其中包含美籍华人王际真（Chi-ChenWang）选译的《西游记》前 7 回片段，即猴王从出世到大闹天宫的传奇。这部分译文重在向英美人讲述猴王的聪明和诙谐，树立了人性化的猴王形象，符合全书的人文精神。该书于 1974 年由纽约斯特林出版公司 (Sterling Publishing Company) 再版，销量可观，收到了良好的效果，很多读者把它视作了解中国人的必读书目，颇有传播价值。

1964 年，伦敦保罗·哈姆林出版社 (Paul Hamlyn Publishing) 发行了英籍译者瑟内尔 (George Theiner) 摘译的 Monkey King（《猴王》），该书以《西游记》捷克文选译本为底本，主要选取了美猴王的成佛片段，同样打造了一个伟大的大圣形象，这反映出猴王的故事极富魅力，说明当时《西游记》和猴王早已在英语和非英语世界广为传播，在翻译层面还具有互动关系。

1972 年，美国汉学家白之（Cyril Birch）主编的 Anthology of

Chinese Literature，*Volume II*，*From the Fourteenth Century to the Present Day*（《中国文学选集·第二卷（14 世纪至今）》）由美国纽约的格罗夫出版公司 (Grove Press Inc.) 发行，很快成为一些美国大学生学习和研究中国文学不可或缺的素材，书中收录了美国汉学家夏志清和白之的 *The Temptation of Saint Pigsy*（《八戒的诱惑》），该译文是根据《西游记》第 23 回八戒受诱见惩的趣事改写而成，也包括取经故事的梗概和相关的重要角色，突出了中国文学的幽默、说教和智慧，对猪八戒活灵活现的描述也延伸了英美读者对《西游记》的阅读视角和关注视线，从而进一步扩大了《西游记》的文本传播范畴。

1979 年，美国加州绿虎出版社（Green Tiger Press）发行了美国插画家埃莉诺·哈扎德 (Eleanor Hazard) 编绘的 16 页儿童版 *Monkey : A Selection of Incidents from a 16th Century Chinese Novel*（《美猴王》），用简短的中英文和插画扼要地描绘了孙悟空的取经历险，一度畅销儿童读物市场。事实上，自 20 世纪 40 年代开始，在英美图书市场就出现了不少儿童插图版《西游记》，都是围绕一些具有童趣的西游经典故事，可以说在儿童读者群中为西游故事的传播撒下了无数的种子，可惜很多简短的儿童版在内容上都过于雷同，销量不大，也不便逐一统计。

在此需要指出的是，中国大陆官方出版社自改革开放以来一直重视《西游记》的英译和外宣。1977 年，外文出版社（Foreign Languages Press）出版了詹纳尔的片段译文 *Havoc in Heaven: Adventures of The Monkey King*（《大闹天宫——猴王历险记》），该文以 60 年代的国产动画电影《大闹天宫》脚本为底本，附有画家李士伋的插图。1985—1986 年，该社又刊印一套插图版儿童读物"美猴王丛书"（ *Monkey Series*），包括《大闹天宫》（ *Monkey Makes Havoc in*

Heaven)、《红孩儿》(*Catching the Red Boy*)、《三借芭蕉扇》(*Borrowing the Plantain Fan*)、《无底洞》(*The Bottomless Cave*)、《玉兔精》(*Monkey Defeats Jade Hare*)、《盘丝洞》(*Seven Spider Spirits*)、《真假猴王》(*True and False Monkey*)等，并于 2007 年再版。中国文学出版社（*The Chinese Literature Press*）则在 1981 年出版了杨宪益（*Yang Xianyi*）与戴乃迭（*Gladys Yang*）夫妇合译的 *Excerpts from Three Classical Chinese Novels: The Tree Kingdoms，Pilgrimage to the West，Flowers in The Mirror*（《中国三大古典小说选译：〈三国演义〉，〈西游记〉，〈镜花缘〉》），其中第二部分 *The Flaming Mountain*（《火焰山》）就是关于唐僧师徒三借芭蕉扇、恶斗牛魔王的名篇，后来该书被收入"熊猫丛书"(*Panda Books*) 系列，进一步巩固了《西游记》在传播中的经典地位。稍显遗憾的是，由于意识形态、发行渠道和赞助人等方面的限制，这些推向英美世界的作品整体上市场销量相当有限，绝大多数只能出现在英美的一些大学、图书馆和文化研究机构的书架上，无法和英美本土出版的译作相比，传播效果难言理想。

第二节　章节译介的"简"

1913 年，上海广学会（Christian Literature Society for China）发行了美籍在华传教士李提摩太 (Timothy Richard) 的首个英文单行本 *A Mission to Heaven，A Great Chinese Epic and Allegory*（《天国之行，一首伟大的中国讽喻史诗》）。虔诚的基督教徒李提摩太参照多个明清版本，把原作压缩成第 1—7 回、第 11 回和第 98—100 回全译、其余各回简译并包含 29 幅插图以及 113 首诗词的 362 页正文。同时，他在译本序言中强调小说的讽喻性和百科全书式气质，还认定佛祖即"God"，而《西游记》的作者即伟大的道长丘长春和原著中的唐僧最后都皈依基督，这种化佛入耶的译法代表了当时英美人传播《西游记》的主流思路。后来，1931 年上海北新书局出版的"英译中国文学选粹第一辑"的汉英对照本 *Romance of the Three Kingdoms and A Mission to Heaven*（《三国志与西游记》）中录入了李提摩太译本的第 1、5、7 回等，足见李氏的基督法译文颇受认可，在虔诚的基督受众中有一定的传播市场。当然，李提摩太把《西游记》视为福音传播书并自封是此重大发现"第一人"时，也遭到了翟理斯的嘲讽并被冠以"最可笑的文学闹剧之一"。①

　　1930 年，伦敦的默里出版社（John Murray）和纽约的达顿出版社（E.P.Dutton & Co.Inc.）同时出版了英籍汉学家海斯 (Helen M. Hayes) 的 105 页百回选译本 *The Buddhist Pilgrim's Progress*（《佛教徒的天路历程》），该书也入选了 *Wisdom of the East Series*（《东方智慧丛书》）。该译本包括《石猴》《猴王在天宫》《皇帝游地府》《法师朝圣》《天路历程》《佛陀加冕》等 6 章，夹杂少许人物对话和诗词，并在书名页注明"译自吴承恩著《西游记》"(From the Shi Yeu Ki, *"The records of the journey to the Western paradise"* by Wu Ch'eng － en)，还在序言中简介了吴承恩背景以及唐僧和猴王的原型故事等，这说明海斯的译介是基于同时期中国文豪鲁迅和胡适等有关《西游记》的最新研究成果。不过，海斯偏爱在译文中随意插入文化性比较的评论，顺便表达她对原著背景、中西方的宗教观、天堂地狱观、宇宙观、两性观、饮食观等的看法。她还力图偏重小说的崇佛抑道、宗教寓意和游戏色彩，在序言中指出唐僧、悟空、八戒和沙僧分别代表人善、人智、人欲和人劣。而在翻译蟠桃会上的"龙肝凤髓"

---

① H. A. Giles. *Avdersaria Sinica*, nos.1-11, Shanghai: Kelly & Walsh,1914, p.426.

式佳肴时，她就信手添了一句："谁尝过凤髓这样的东西呢？"这种品论式译法明显有损译文的流畅性和可读性，不受读者待见，但从全新的文化视角阐释原著为《西游记》的传播拓宽了发展方向，也为后来的事实所证明。

1942 年和 1943 年，伦敦乔治艾伦与昂温出版有限公司（George Allen & Allen Unwin Ltd.）和纽约格罗夫公司（Grove Press Inc.）分别出版了英国汉学家阿瑟·韦利（Arthur Waley）的 305 页单行本 *Monkey*（《猴》）。该译本以上海亚东图书馆（The Oriental Book Company）1921 年排印本兼标点本《西游记》为底本，选译了第 1—15 回、第 18—19 回、第 22 回、第 37—39 回、第 44—49 回、第 98—100 回等 30 回的故事，自成一体，包括 20 首左右的诗词，且只着力塑造唐僧、悟空和八戒的形象，展示人物寓意、政治主题、现实主义、戏谑意味、故事性及世俗化，曾获得"詹姆斯泰德布莱克纪念奖"（James Tait Black Memorial Prize），并长期以来作为许多英美大学讲授中国古代文学的必选书目，所以该译本一直畅销图书市场，后来又有多家出版机构重印和再版。1944 年，韦利应读者的热烈要求，将该译本改为 143 页的儿童版 *The Adventures of Monkey*（《猴子历险记》），主要包括猴王出世、拜师学艺、大闹天宫等极富童趣的前 7 回故事，内附画家库尔特·威斯（Kurt Wiese）的插图，该书一经纽约约翰戴公司（John Day Co.）发行后便风靡英美。1973 年，韦利的妻子艾利森·韦利（Alison Waley）将丈夫的译书再次缩译为附有乔吉特·博纳（Georgette Boner）插图的 *Dear Monkey*（《美猴王》），并由格拉斯哥和伦敦的 Blackie & Sons Limited 等英国多家出版社陆续出版，再度风行一时。可见韦利夫妇的《西游记》译本在英美世界传播广泛，影响深远，效果惊人，在读者群中占据无可撼动的地位，堪称《西游记》译介传播中的典范。

1990 年，中国台北的汉光出版公司 (Hilit Pub. Co.) 和北京的中国展望出版社 (Prospect Pub. House) 发行了香港大学教授谭力海编译的 *The Journey to the West*，该译本名列 *Pictorial Series of the Ten Greatest Chinese Literature Classics* 第七种，也是西游故事的章节重组，内容和发行量有限，在世界图书市场上都较罕见，在英美的传播影响显然未能收到预期效果。

2005 年，美国香巴拉出版社（Shambhala Publications）出版了美国汉学家大卫·赫尔典（David Kherdian）224 页的《猴王西游记》（*Monkey: A Journey to the West*），该译本试图仿效韦利的译本而采用章节式的选译法，主要突出美猴王的幽默性和游戏化，产生了一定的反响，但该译本从市场销量和读者反应来看难以与韦利夫妇的《猴》相媲美。

2006 年，美国芝加哥大学出版社（The University of Chicago Press）面向普通受众，推出了余国藩 528 页的简译版《西游记》*The Monkey and the Monk*（《神猴与圣僧》），该书针对大众读书市场，删去了余氏全译本中庞杂繁多、艰深晦涩的诗词和文化术语，间接说明目前《西游记》译本的传播还是以简译本为主，要向英美世界完全传播好《西游记》全译本的整体性、学术性和文化性还面临着漫漫长路。

2012 年，乔·兰伯特（Joe Lamport）（笔名：Lan Hua，兰花）在 "Tang Spirit Network" 网上翻译了《西游记》（*The Adventures of Monkey King*），该译文以诗文的简写形式展现了西天取经的史诗，也是目前唯一一种以诗歌自由体面世的《西游记》译本，语言简单，情节紧凑，但译者表达的情感极其浓烈，赞美之情溢满纸面，是一部学习译文和诗歌的好作品。

第三节　全文译介的"详"

20 世纪 60 年代后，随着英美学界"翻译文化事实"①思潮的兴起，译界极其重视语言和文化的内在联系以及文化在翻译活动中的特殊性，这种"文化转向"直接推动了《西游记》英译及相关研究领域的繁荣，特别是以号称"文化译本"的两套《西游记》全译本的发行，标志着《西游记》的英译事业蓬勃开展并迎来了新的高潮，这是英美汉学家和华裔译者对《西游记》传播所做出的彪炳青史的贡献。《西游记》全译本可谓全面开花，不仅未在体量上缩水，而且几乎囊括了原著中关于体制哲思、衣食住行等所有中国大百科知识，彻底挑战了翻译中国古典文化的高难禁区，对英美读者了解和品味中国文化大有裨益。

1977—1983 年，美国芝加哥大学出版社在美国和伦敦同步陆续出版了美籍华人教授余国藩的四卷全译本 *The Journey to the West*，在英美学术界轰动一时。2011 年，该社又推出了余国藩的改进版全译本，进一步扩大了余版全译本的国际影响。几乎与此同时，在 1982—1986 年间，中国大陆的外文出版社也先后出版了英籍教授詹纳尔完成的四卷全译本 *Journey to the West*，后来也多次再版。2000 年，外文出版社将詹版全译本编成 6 册汉英对照版并把其收入"大中华文库"，又在 2003 年将它归入"汉英经典文库"出版。这些中国官方译本成功地走出国门、走进英美并取得了一定成绩，但受传播渠道、机制等所限，詹版全译本在英美的知名度和影响力

---

①　Gideon Toury, *Descriptive Translation Studies and Beyond*, Amsterdam & Philadelphia : John Benjamins Publishing, 1995, p.26.

相对来说要远远低于余版全译本。

必须承认，两套《西游记》全译本的刊印都堪称英美译界的一项文化盛事，都是全球化文化浪潮推动下的必然结果，都是中西方文化交流至一定高度的集中体现。正是"文化转向"的驱动，才使得两版全译本不谋而合地把翻译重心转向对中国古典文化信息的译介上，尽可能忠实、完整地再现原著的风貌，凸显原作的诗学价值和文化意义，传达中国文学和文化的魅力，加快了"西游文化走进英美"的进程。

作为时任芝加哥大学人文学讲座教授和西游记专家，余国藩长期致力于向英美社会传播中华传统文化的事业，积极地将各种《西游记》研究成果引入英语世界。他质疑之前译本的故事性、幽默性和游戏性译笔，认为这种文化性的缺失无助于英美人体会真正的西游精神，更不可能推动中西方的跨文化交流。尽管小说富含英美人难以理解的儒、释、道教义等文化词汇、中国地方性俗语以及中国独特的诗词，要完成全译版《西游记》至为艰难，但毕竟，文化译介已是众望所归和大势所趋，全译须应时而生。于是，自幼就熟读《西游记》的余国藩凭借中国国学素养、英语造诣、华裔学者的文化自觉以及历史责任感，投身于全译的惊世之业，力图彰显中国古典文化的特质并做好《西游记》的"传"与"受"。

余氏全译本最具特色之处就在于他采用归化和异化总体平衡、偏重异化的英译策略，而"异化翻译是一个持不同政见的文化行为"，① 为了减少异化所可能产生的"接受差"，他在译文中添加了大量的注释，这使得他的译本较以前的版本更科学、更全面、更忠实、更有文化性和学术性，也更适合做传播和研究之用。比如，该

---

① Lawrence Venuti, *The Translator's Invisibility*, London: Routeledge, 1994, p.148.

版本仅序言就有数千字，长达 62 页，概述了《西游记》的翻译和研究现状，包括小说的成书历史、作者争论、出版背景、版本演变、文本特点、译介发展以及英美学者的研究重心等，对《西游记》在国内外的文本影响做了提纲挈领式的总结和展望，起到了很好的导读作用。余氏全译本是相当重视"受"的，似乎想让读者读透和接受原汁原味的文化源语，所以在每卷后的附录中都有词条式的考证和注释，引经据典地对字面直译的文化词进行详尽解释，尽量拔除文化芥蒂，既帮助普通读者了解词根和词义，进行有效阅读，又便于专业读者籍此旁征博引，开展跨文化研究。例如，余国藩把《西游记》第 1 回中"盖闻天地之数，有十二万九千六百岁为一元。将一元分为十二会，乃子、丑、寅、卯、辰、巳、午、未、申、酉、戌、亥之十二支也"译作"We heard that, in the order of Heaven and Earth, a single period consisted of 1 29,600 years. Dividing this period into twelve epochs were the twelve stems of Tzǔ, Ch'ou, Yin, Mao, Ch'ên, Ssǔ, Wu, Wei, Shên, Yu, Hsü, and Hai"，这些汉语拼音式的音译词忠实再现了中国地支文化，讲解透彻，使读者对这一异质文化域一目了然并建立中西双方共同的知识基础。据此，他把第 2 回的"子前午后"的中国古代特殊的计时法译作"before the hour of Tzǔ and the hour of Wu"，并在该册书后的附录中加以注明"Wu means 11∶00 a.m. to 1∶00 p.m."，这种威妥玛音译加注释的方式像教科书一样简洁易懂。此外，他对很多文化特色词进行了导读性的处理，注重词韵、词义和意境的阐释，例如，他把第 2 回中"天花乱坠，地涌金莲。妙演三乘教，精微万法全"译作"With words so florid and eloquent That gold lotus sprang up from the ground. The doctrine of three vehicles he subtly rehearsed, Including even the laws' minutest tittle"，后面的附录又对"三乘"详加注解，注明其佛教的本意，颇富文化性和专业性，这说明余国藩很有佛学素养，也在意佛学的传播。因此，很多汉学家认为，余国藩的全译本兼具忠实性、学术性和人文性，注重考虑读者对异域文化的直接接受，语言流畅，注释明晰，用心良苦，质量上佳，是英美汉学译界的优秀成果，应该是最适合当前文化传播的译本。

　　和余国藩更注重对异域文化"受"不同的是，时为中国外文局所聘的英国利兹大学（The University of Leeds）教授詹纳尔具有天生的母语优势以及对传播语境的天然性感知，为了确保阅读流畅性和理解便利性，他对《西游记》的翻译采用归化和异化结合、侧重归化的策略，尽可能地少用注释，追求译文的通俗化、大众化和本土化，以致他的译本更多地体现为读者对异域文化的间接接受，更倾向于突出"传"的方向，全书仅有 50 余条的注解，这一点就无法与余版相提并论，而总体上学术性和文化性偏弱。例如，他把《西游记》第 1 回中"盖闻天地之数，有十二万九千六百岁为一元。将一元分为十二会，乃子、丑、寅、卯、辰、巳、午、未、申、酉、戌、亥之十二支也"译作"In the arithmetic of the universe, 129,600 years make one cycle. Each cycle can be divided into twelve phases: I, II, III, IV, V, VI, VII, VIII, IX, X, XI and XII, the twelve branches"，把第 9 回中的"明日辰时布云，巳时发雷，午时下雨，未时雨足"译作"Tomorrow the clouds will gather at mid-morning; late in the morning there will be thunder; at noon it will start to rain; and in the early afternoon the rain will finish"，把第 2 回的诗词"天花乱坠，地涌金莲。妙演三乘教，精微万法全"译作"Heavenly flowers fell in profusion, While golden lotuses burst forth from the earth. Brilliantly he expounded the doctrine of the Three Vehicles, Setting forth ten thousand Dharmas in all their details"。这种译法简单明了，易于接受，但略显保守，近乎汉英直译，摒弃了其中的文化韵味，而力求保证英语行文的原汁原味和阅读的顺畅，所以詹氏全译本文化信息含量欠缺，译语美感较弱，显得机械性、简约性、可读性、英语味有余，而忠实性、准确性、文化性和交际性不足，对读者的跨文化接受有一定束缚。

第四节　译介传播的特点

一、简译化

（一）简译的主流

目前《西游记》在百余年的传播中总共出现了 60 余种版本，但除了两个全译本外，其余的绝大多数都是几百甚至几十页的故事型简译本，在全部译本中占比高达 95% 以上，且构成了《西游记》在英美世界的文本主体和传播主流，恰似一种文学传统，对《西游记》的域外传播起着根本性、延续性的作用。

从操作和影响力上讲，《西游记》简译传统的形成可以说肇于强调意译而非字面翻译的翟理斯，自翟氏译作而起，无论《西游记》的人物、回目、主题、内容和情节等再怎么简译，都基本上沿用了翟氏的套路，都能或多或少地察见他译样的影子，都足以使英美读者看得津津有味。在翟理斯的译笔下，中国的玉皇大帝被直接改成了上帝，尽管二者的背景、形象、经历、生活、地位、职权等方方面面天差地别，但这种统一化、模糊化的身份嫁接显然便于读者接受，当然更多精彩的章节都被简单地一两笔带过，译文整体上明显是偏重骨架而忽略血肉。比如，孙大圣不齿玉帝官封、反下天宫、搅扰蟠桃宴、戏耍诸仙、恶斗二郎神、大闹天宫等 3 回故事被简译成 "All the minor deities now complain to God of his many misdeeds, and heavenly armies are dispatched against him, but in vain. Even God's nephew cannot prevail against him until Lao Tzu throws a magic ring at him and knocks him down. He is then carried captive to heaven, but as he is immortal, no harm can be inflicted on him", ① 如此简洁的叙事方式尽管很难打造出一个形象丰满的猴子，但基本上交代了故事主线，给读者提供了巨大的遐想空间。李提摩太的译本尽管包括了原著的所有回目，但除了第 1—7 回、第 11 回、第 98—100 回等译得比较详细外，其余各回都在标题下注明"概要"一词，以示简译，尤其是缩译唐僧师徒所经历的 81 难，因为他认为 81 难的故事结构有雷同和反复，容易使英美读者生厌。比如，第 12 回的观音幻化并现身水陆大会一事就被简译成 "Early Buddhism cannot save the dead, but Higher Buddhism can take them to heaven, can save man from trouble, can make them long-lived without being reborn again in the world"，而第 54 回发生在女儿国的精彩故事则被 "The Master begged the Queen to excuse him, as he intended leaving with them" 几行字迅速掠过，其间女儿国的富庶、娇媚和开放，女儿国王的艳丽、追求和真诚，唐僧的尴尬、犹豫和彷徨，徒弟们的钦羡、痴狂和算计等引人入胜的笔墨悉数被遗憾地省略。此外，他所选译的 113 首诗词也都是带有强烈宗教色彩的，其他的写景、道情、感怀等题材的诗赋皆一并舍掉，而 113 首译诗是所有简译本中最多的。海斯更善于用最简洁的文字把 100 回的故事勾勒成粗线条式的 6 章，

---

① H. A. Giles, *A History of Chinese Literature*, New York: D. Appleton And Company, 1901, p.283.

像第 56—58 回真假美猴王的恶斗只用了 "The True Monkey and the False Monkey came before the Buddha for judgement—which one was true? Which false? They found Him manifested in the Body of the Law expounding the philosophy to His monks" 就草草带过，连必不可少的大闹天宫故事都被压缩到无以复加的地步，至于诗词，她只选择了和佛教相关的 20 余首，像"色色原无色，空空亦非空"就简单地对应汉句字面译作 "Form，form, form, yet there is no form. Vain, vain, vain, yet there is no vanity"，甚至在第 5 章中评价西天之旅是"一个令人厌烦的行程"，也许正因如此，她才对原著大砍特删，而其中私加的长篇评论比真正的译文要长得多。《西游记》前两回主要讲述孙猴子漂洋过海去拜师学艺的曲折经历，而倭纳用 "During his travels the monkey had gradually acquired human attributes; his face remained always as it had been originally, but dressed in human apparel he began to be civilized. His new master gave him the family name of Sun, and personal name of Wu-k'ung, 'Discoverer of Secrets.' He taught him how to fly through the air, and to change into seventy-two different forms. With one leap he could cover 108,000 li (about 36,000 miles)" [1] 这一段话简短带过，这些话中未见猴子明生死、学人语、习人礼、尝人事、长见识、克劣习、忍苦痛、勤修行等趣事和世理，过分强调猴子学艺的大神奇和大神通，满足了读者的想象欲望，如果能适当添加点人伦和人事的细节应该会进一步拉近文本和读者的心理距离。马腾斯也喜欢扼要地突出主要内容，他用 "Here he was obliged to lie for hundreds of years, until he finally reformed and was released, in

---

① Edward T. C. Werner, *Myths and Legends of China* , London Bombay Syndey: George G. Harrap & Co. Ltd., 1922, p.328.

order to help the Monk of the Yangtze-kiang fetch the holy writings from out of the West. He honored the Monk as his master, and thenceforward was known as the Wanderer" ① 几行话就几乎讲述了孙悟空受困五行山、叩服唐僧西行的一回故事，使这段故事一目了然，其中的溢美之情也油然而出，不过，这样的行文读来牵强，有失合理衔接，分明遗漏了师徒缘分的关键性逻辑关系，也掩盖不住译文在叙事上的肌理缺陷。在很长的一段时间里，韦利的译本是传播最广、最好的版本，也是简译的巅峰之作，比如，他把原著中孙悟空、大圣、美猴王、行者等诸多名号都统一简化成"Monkey"，连回目都是概括式简译，把第1—7章合至一个简单的标题"The Monkey's Story"，而西游故事中只保留了乌鸡国、车迟国和通天河等三个故事，其他更多的像三借芭蕉扇、大战红孩儿、智胜金角银角等名篇被一概排除，以致胡适在1942年写的一篇评价韦利译作的英文导论中深表遗憾。对于原著中的诗词，酷爱中国古典诗词的韦利也只选择了其中明白易懂的、和情节联系紧密的不足30首诗词，例如，第38回讲到悟空诱骗八戒去水井里捞宝时，有句"清酒红人面，黄金动道心"，被译作"Clear wine brings a blush to the cheeks; Yellow gold moves even a philosophic heart"以讽刺老猪贪财好利，至于其他的几句话，因为韦利认为与主题和内容关联小就不予翻译了。此外，唐僧的报国救世情怀、老猪见了美女就痴情的丑事、沙僧和白龙马的附属角色等在韦利的笔下基本不见了，取经五人组几乎被简化为美猴王的个人专场表演秀。

大致来看，绝大多数《西游记》译本的传播作者都不约而同

---

① Frederick H. Martens, *The Chinese Fairy Book*, ed. by R. Wilhelm, New York:Frederick A. Stokes Company, 1921, p. 329.

地把简译作为应对的首选策略，体现为明显的连续性，也许在很多英美译者和读者眼里，简译足够了，无须赘译，"若照译全书，那取经者们的旅程则会使西方读者生厌，因为作品在叙述上虽然颇有风味，许多情节实质上是重复的"。① 译者们能把握住英美读者的接受脉搏，用概括性的叙事笔法把纷繁复杂的西游故事重塑成一个简单的、极具可读性的中国故事，将它的玄妙、通灵、魅惑、梦幻、睿智、传奇、宗教和世俗传递至英美的千家万户，并使其广为接受，这种简易的"传"的方式留给了人们无限的遐思和改造空间。

（二）简译的传播效果

《西游记》登陆英美世界时，也是英美汉学初兴之时，那时，"英国读者四处查找，恐怕也找不到与中国文学哪怕是有一点点关系的著作。……但是，卷帙浩繁的中国作品仍然是一块处女地，仍需要我们去拓荒"。② 于是，勃发的热情和急切促使很多英美读者期待简单实用的汉学作品，而《西游记》简译本是简单易懂、便于接受的读物，其影响力是最直观、最广泛的，只要能在最大限度上符合文学传统、时代精神和受众品味等，就比较容易获得良好的传播效果。就各简译本的传播效果而言，有的不温不火，有的昙花一现，有的名噪一时，有的经久不衰。像韦利的《猴》，该书自 1942年出版后迅速成为销量最大、受众最广、效果最好的译本，因而时至今日它已被数十次地再版，并一度获得"在《西游记》各种英译

---

① ［美］夏志清著，胡益民、石晓林、单坤琴译：《中国古典小说史论》，南昌：江西人民出版社 2001 年，第 119 页。

② H. A. Giles. *Gems of Chinese Literature: Prose*, Second Edition, revised and greatly enlarged, Shanghai: Kelly & Walsh, Ltd., 1923, p.i.

本中影响最大的是韦利本人翻译的《猴王》(*Monkey*)"①这样的盛赞，为《西游记》在英美世界的声名鹊起和深度传播提供了有力的保障。从重要性层面上来看，翟理斯的译本带动《西游记》在英美世界受到了"自上而下式"的关注，使知识阶层第一次感受到西天取经的魅力。作为西方近现代重要的汉学大家，他的译本带动了无数的学生、学者变成《西游记》的爱好者和研究者，他的翻译思路和样式不知不觉中成为评判后续简译本的准绳，就如同他翻译的"God"被许多译者理解、接受并对应为汉语中的"天"或"道"一样。"英译汉籍不胜枚举。但是，这些翻译往往流于沉重、乏味、呆板，这无疑加深了英文读者对中文典籍的偏见。英文读者只是偶尔涉猎汉籍，而汉籍，在他们看来，无异于一片荒野、一片沙漠……但是翟理斯博士在这片昔日的荒野中发现了许许多多的花园，在这片貌似贫瘠的沙漠里找到了一片绿洲……仰仗其对原文的深刻理解，翟理斯的译文使汉籍'英语化'(Englishes)了，粗俗的译法被荡涤一尽……取而代之的是美和内涵。枯燥、毫无生气的语言外壳留给了原文，优雅、鲜活、生机盎然的一切留给了译文……在这些译文里我们看到的不是一个陌生的、古里古怪的、身着西服的中国人；相反，我们看到的是这位天才译者用一支化腐朽为神奇的妙笔所展现出来的来自天国的精神和生命。中国文学之精神经过他的提炼，以欧洲语言的'肉身'展现在我们面前，其语言丝丝入扣、优雅大方。"②即使后世有译者认为翟理斯对《西游记》的翻译存在明显的误读和误译问题，也对此普遍表示谅解，并参照他的译文不断进行修正、完善和推介。《西游记》简译本就是在这样的探讨、争议

---

①　马祖毅：《汉籍外译史》，武汉：湖北教育出版社 1997 年，第 265 页。

②　J. Dyer Ball. Dr, "Giles's History of Chinese Literature ", The China Review, Vol. XXV, 1901, p.208.

和改进中持续地扩大其受众群，如果没有这些汉学家的倾力传播，《西游记》很难进入普通大众的视野并博得越来越多的眼球。在韦利版出现之前，《西游记》简译本的译介处于一个驳杂纷纭的状态，译介的中心摇摆不定；而在韦利版出现之后，《西游记》简译本的译介则呈现一副相对稳定的局面，说西游必言大圣。今天英美人所熟悉的《西游记》，主要还是得益于韦利的《猴》的传播。也正是由于《猴》深入千家万户，才有今日广泛普及而丰富多彩的《西游记》传播。

整体而言，每一个《西游记》简译本都不应该被武断地忽视甚至遗忘，因为任一译本都至少从一个角度或多个维度概述了取经历程，阐发了故事精要，展现了文理，树立了形象，宣传了教化，凸显了实质。比如，李提摩太的译本是以玄奘为中心人物的，为了把唐僧塑造成中国的古代耶稣，特别强化他对几个徒弟的耐心点化，原著中唐僧的胆小、自私、怯懦、哭啼、昏庸等被雪藏，译本中的唐僧变身为纯粹的意志坚定、道德高尚、无私无畏的大德宗师；而在韦利的 30 章译本中，孙大圣作为主角出现在了其中的 25 章里，孙悟空的高大上形象得到空前强化并晋升为核心人物，其无所不能的神通灵性、感天动地的英雄气概和暴躁狂妄的人性弱点时时可见，而唐僧近乎完美的高僧形象和胆小自私的性格侧面也得到真实再现，"正因为韦利的《猴王》基本上再现了《西游记》的原貌和神韵，这一节译本在西方雅俗共赏，受到普遍称赞"。① 可以说，这些简译本形成了一个互通有无、互相补充的译本群，读者从中看到了翟理斯版的文学寓言，马腾斯版的传奇叙事，韦尔版的中式神奇，李提摩太版的援耶入佛，海斯版的文化附会，韦利版的诙

---

① 张弘：《中国文学在英国》，广州：花城出版社 1992 年，第 250 页。

谐游戏，等等。这些五花八门、色彩斑斓的简译本共同将《西游记》在英美的知名度和流行度不断推向新的顶点。

无论是翟理斯的梗概式简介、韦尔的片段式略写、李提摩太的轮廓式叙写、马腾斯和倭纳的传说版讲述，还是海斯的评点式改创、韦利的一体化编撰等，都是专业读者，包括翻译家、批评家和艺术家等，和普通读者解读、接受和传播《西游记》的重要结果和贡献。在长期的简译本的熏陶下，英美世界的专业读者往往对《西游记》的历史性、宗教性、叙事性、文本性、文学性和文化性，甚至科学性等，如数家珍，侃侃而谈，可以细化至译本的版本演变、主题要旨、叙事风格、人物阐释、讽喻寓意、三教合一、审美特征、艺术特色、英译技巧、文化差异等；而普通读者一般更欣赏故事中的人物优劣、情节魅力、世俗享受、精灵古怪和诙谐笔法等，比如，唐僧的风雅与迂腐、大圣的神通与顽皮、八戒的天真与下流、佛祖的高尚与庸俗、观音的神性与人性、美女的可爱与邪恶、妖精的凶残与纯真以及美食的精致与烦琐等。各色读者可以从中根据自身的阅读口味各取所需，自得其乐，由此可以看出简译本基本满足了译入语文化中的"诗、赞助人和意识形态三大要素"，① 在英美传播语境中具有相当的热度和广度，为《西游记》的适度传播做出了重大贡献。尤其是韦利的译本为《西游记》在英美培养了巨大的受众群并开拓了广阔的市场，"正是韦利的译本，使得英语世界中成千上万的读者，无论儿童还是成年人，在今后的岁月中都可以从中获得乐趣"。②

---

① Andre Lefevere, *Translation, Rewriting and Manipulation of Literay Fame*, London / New York: Routledge, 1992, pp.17-58.

② Hu Shih, "Introduction to the American Edition", Arthur Waley, *Monkey*, New York, Grove Press Inc., 1943, p.5.

许多中英文化词汇难免在意义对应上出现"空白""失联"或"误接"等问题,所以译者通常只能选择暂时放弃这些标识中西文化差异的义项,对通篇进行零散和简短的缩译或改译。这使得《西游记》简译本习惯性地把关注中心集中到故事主线上并对之大加叙事重组,只能重点围绕猴子的大本领、大神奇、大冒险、大战斗和大游戏等展开,以满足读者对异域故事的好奇心和新鲜感。这样,有的译者把该书视作诙谐搞笑的故事会,有的译者用译文进行道德说教,有的译者从宗教角度来解读和改造取经历程,有的译者索性把它改写成西方冒险记,而这些译介都有鲜明的时代性,呈现出宗教化、娱乐化、主观化、本土化的英美色彩,比较契合同期受众的"前知识"和期待视野,符合他们的心理预期、异域情结、审美感受和趣味需求。

但是,从意义本真和认识论的角度上看,这些《西游记》简译文总体上都打破了原著的基本结构,省却了中国古典话本小说的语言美、文学美、古典美和艺术美,在表情达意等方面难称忠实全面,还有很大的传播前景和接受空间,当然,这种专注主干的译介方法便于信息的传递和读者的接受,是汉学家们为了传播《西游记》所做出的聪明而权宜之举,是英美译界对中西交流的重要共识,是《西游记》在英美世界站稳脚跟并逐步扩大影响的必经之路,也是充分考虑"英美本土化"传播的典型成果。

二、儿童化

(一)儿童版的盛行

欧美社会自 19 世纪中期以来就强化家庭观念、提高教育保障和感情投资等,继而在英美文学界逐渐形成了一个用童话艺术进行文学实验并"重返童年""缓冲危机"的创作传统，在这幅宏观的发展图景中，几乎所有的重要作家都或多或少地在创作实践中运用了童话母题和儿童精神等来审视世界并表达思想，客观上极大地推动了儿童文学的发展。在这股绵延至今、成果斐然的创作主潮中，对像《西游记》这样具有先天匹配优势的文本翻译活动也就自然而然地深涉其中，具有发生学依据了。受此儿童化创作浪潮的影响，20世纪下半叶以来，欧美的文化传播作者推出了一系列卓具艺术成就且别有风格的儿童版《西游记》，遍数《西游记》的英译版本后，可以发现一个有趣的现象：其中有将近一半的版本都是简短易懂、童趣十足、图文并茂的儿童读物。

这也难怪，《西游记》中游戏人生般的笔法，诙谐幽默的语言和情节，法术灵通的飞禽走兽和奇人怪士，真实感人的人言兽语，人类和动物杂处的奇趣世界，等等，这些描述和情节对喜爱动物、好奇心强的儿童来说具有天然的吸引力，甚至连成年人也乐在其中，"儿童文学才是最受欢迎的流行文学。儿童文学是真正的民间文学，是为所有民众创作的文学，是无论老少都在阅读的文学，它对于儿童的社会化具有极其重要的作用，特别对于发展孩子们的批判性和富有想象力的阅读能力具有非常重要的作用"。①

正是敏锐地觉察到《西游记》的儿童化气质，韦利夫妇自20世纪40年代起就开始致力于儿童版《西游记》的开发，围绕一个神通广大、侠肝义胆、无所畏惧、顽皮聪慧的美猴王形象，以区区百余页文字和精美插图打造出《西游记》的儿童版世界。韦

---

① ［美］杰克·齐普斯著，舒伟主译：《冲破魔法符咒：探究民间故事和童话故事的激进理论》，合肥：安徽少年儿童出版社2010年，第230页。

利儿童版《西游记》的畅销撬动了英语世界的读书市场，引发了更多译家的关注和投入，很多汉学家和韦利夫妇一样都确信《西游记》里蕴藏着一部童话，因此可以从儿童美学的视野来解读，所以他们要带领孩子们在美猴王的世界里享受人生并快乐成长。由此，儿童版《西游记》如雨后春笋似地遍布英美社会，在英美的发行市场上形成了一个出版传统，几乎每隔几年都有旧的版本再印或新的版本面世。这些版本主要包括：沙利·霍维·瑞金斯女士（Sally Hovey Wriggins）于 1977 年在纽约出版的《白猴王》（*White Monkey King*）；亚伦·谢帕德（Aaron Shepard）于 1997 年在加州出版的《美猴王：一个中国超级英雄的传说》（*The Monkey King: A Superhero Tale of China*）；格林芬·安道切（Griffin Ondaatje）于 1998 年在纽约编辑的《美猴王及其他故事》（*The Monkey King & Other Stories*）；克罗斯·罗伯特（Kraus Robert）于 1998 年在加州推出的《小石猴称王》（*The Making of Monkey King*）；Debby Chen 于 2001 年在印第安纳州推出的《美猴王大闹天宫》（*Monkey King Wreaks Havoc in Heaven*）；蒋季礼 (Ji—Li Jiang) 于 2002 年在旧金山发行的《魔法猴王》（*The Magic Monkey King: Classic Chinese Tales*）；2004 年，蒋季礼又在加州出版了《魔法猴王：大闹天宫》（*The Magical Monkey King: Mischief in Heaven*）；2005 年，大卫·赫尔典（David Kherdian）在英美同步出版了 23 章的《猴王西游记》（*Monkey, A Journey to the West*），该书概述了西行取经的历险，精选了石猴龙宫抢宝、唐僧收徒、智斗铁扇公主等传播性极强的故事，对儿童和青少年颇有吸引力；同年，面向英美市场的塔托出版社推出了大卫·索（David Seow）的《猴子：经典中国冒险传说》（*Monkey, the Classic Chinese Adventure Tale*）；2006 年，杨靖伦（Gene Luen Yang）在纽约推出了漫画版《美籍华人》（*American Born Chinese*），构思了一个美籍华人的孩子如何穿越性地巧遇美猴王转世而来的表哥，顺带讲述了猴王大闹蟠桃宴、被压五指山等经典故事，意在教育孩子要像智勇双全的猴王一样学会在异质文化中安身立命；2013 年，美国学生作家 Kathryn Lin 通过 CreateSpace Independent Publishing Platform 网站出版了 8 本儿童版系列丛书《西游记》，每本约 40 页，主要讲述一个神奇故事，包括"猴王出世""龙宫夺宝""戏扰蟠桃""大闹天宫""斗战佛祖"等这样脍炙人口的名篇，该丛书凭借简单的语言、精美的画面和活泼的东方文化广受儿童的好评，不少青少年读者表示这个中国猴给他们留下了刻骨难忘的印象。

儿童版《西游记》在表达幻想和童话方面具有独特的艺术优势，它们可以通过简单恣意的思维和语言以及直观形象的卡通画展现儿童们心驰神往的梦幻世界，满足他们内心憧憬的惊险刺激的远游和历险愿望，宣泄他们快意潇洒的游戏精神，并形象化地投射他们叛逆的人格心理和未来愿景，最终凸显成人作家们再现"童心不泯""童言无忌"和"戏如人生"的艺术初心。例如，谢帕德在讲述美猴王初听神仙、欲求长生时，就绘声绘色地用"and I've already reached the heights of greatness. What is left to hope and strive for? What can be higher than a king?" "we have ever been grateful for that time four centuries ago when you hatched from the stone, wandered into our midst, and found for us this hidden cave behind the waterfall. We made you our king as the greatest honor we could bestow. Still, I must tell you that kings are not the highest of beings." "No, Your Majesty. Above them are gods, who dwell in Heaven and govern Earth. Then there are Immortals, who have gained great powers and live forever. And finally there are Buddhas and Bodhisattvas, who have conquered illusion and escaped rebirth." 和 "'Maybe I can become all three!' He considered a moment, then said, 'I think I'll start with the Immortals. I'll search the earth till I've found one, then learn to become one myself!'" ① 这样的简易语句注意将轻松幽默的儿童化语言和随心所欲的魔幻精神结合起来，刻意降低理性说教和道德训示的传统教条，即使字里行间弥漫着孩童般的自我吹嘘和喃喃呓语，又使"奇思异想"的译文充满演绎儿童本性、张扬自由幻想、呼应人类原始本真的艺术弹性，同时还能因应孩童的认知结构和审美需求重造一个全新、便利的传播语境。

当然，精明的作者和出版者都会一致地要求在儿童版《西游记》中绘制大量惟妙惟肖的封面和插图，不管它们是彩色的还是黑白的，绘画的还是摄影的，二维的还是三维的，手工制作的还是电脑合成的，都能做到"画中有物""画中有言"，色彩艳丽的画面内容绝大多数都是以美猴王形象为主，而且越来越强调低龄化、卡通化、夸张化和多样化，这股视觉冲击力明显不同于成人版的构思和样式，远远超出了"解说文字""照亮文字"的作用。这从较新的儿童版封面设计足见一斑，显示出儿童版《西游记》深思熟虑的创作风格。事实上这些精美的、极富想象力的画面利于促进儿童智力发展和语言习得的对接，所以有效激发了无数儿童的兴趣，甚至撩拨了很多成年读者的心弦，进而赢得了日益增多的读者群，为儿童版《西游记》的奇观盛况添注了一个跨文化传播的惊叹号，最终从一个侧面巩固了《西游记》在英美文化版图中不可动摇的地位。

----

① https://www.amazon.com/The-Monkey-King-Superhero-Ancient-ebook/dp/B004I1KRUK [2018-2-1].

by Jiang　　　　by Lin　　　　by Soew　　　　by Waley

（二）儿童版的传播魅力

很多儿童心理学家都认为，儿童在 6 岁到 8 岁时已经从"前运演阶段"进入"具体运演阶段"，他们的语言运用能力与过去相比有了很大发展，已经可以通过词语和其他象征符号表达较为抽象的概念；而经典童话及幻想故事的内容和形式正好呼应了这一年龄段的儿童感应世界的方式，包括泛灵论、自我中心论、意识与物体之间存在的魔法般的关系、报应式的正义、抵消性的惩罚、并列性的因果关系，不能将自我与外部世界区分开来，相信物体会响应他们持续的愿望呼应而发生移动，等等，所以对他们具有强烈的吸引力。① 而得益于成人译者对儿童文化背景的投射，儿童版《西游记》在英美世界所展示的魅力之大、传播之广、接受之深堪称一大传播奇迹，这一现象显然是受到英美本土文学和艺术传统等的深刻影响才促发的。通常情况下，成人眼中的世界明显不同于孩子眼中的世界，但偏偏在《西游记》的奇幻世界里，成人和儿童的眼光和话语达成了惊人的一致，实现了惊世的融合，共创了一片广阔的天地。

---

① J.Zipes, *Fairy and the Art of Subversion: The Classical Genre for Children and the Process of Civilization*, London: Heinemann, 1983, pp.177-178.

换言之，英美的这块文化土壤极其适合儿童版《西游记》的滋生蔓延与茁壮成长，英美传播作者的犀利眼光促使他们充分利用话语权为孩童的普遍性代言，从儿童美学的角度来理解和改编《西游记》，挖掘并强化了原著中可能一直受到忽视的独特艺术珍宝，凸显引小说的童心、童稚和童趣，进而迸发出惊人的艺术魅力，儿童版《西游记》之所以能在英美的图书市场长盛不衰自然在很大程度上要归功于其内在强大的传播魅力。

《西游记》自进入英美世界后，各种译文不时地体现儿童的心理、眼光和趣味等，其主角美猴王凭借清新、逆天的超凡形象很快赢得了大批儿童乃至成人的欢心，让他们沉浸其中并乐于模仿。"天真烂漫是吾师"，其实成人传播作者也是在利用这种投射完成对自身的文化身份的重构，因为正如詹纳尔的全译本前言中所言，"猴子有颗孩童般纯真的心，丝毫未受凡尘俗世的污染"，[①] 这一立场也代表着成人学者对现实人生的思考和反省，对于搭建儿童和成人间的对话平台有促进意义。

概言之，这些儿童版《西游记》大体上都是以感性质朴的儿童化语言和细致精巧的插图或漫画形式面世，有的围绕猴王出世、拜师学艺、龙宫夺宝、大闹天宫、斗战佛祖、战败受压的前取经传说，有的简述取经路上的斗智斗勇和功成封圣故事，有的将中国的儒释道教义巧妙融入话语中，这些文质兼具的魅力成为吸引儿童甚至童心未泯的成年人的奥秘所在。可见，《西游记》传播作者们心系儿童且慧眼独具，能自觉地把握住孩子们的心理倾向和阅读脉搏，紧扣他们活泼好动的天性、率真质朴的童心、嬉笑怒骂的童稚、轻松自由的童趣、敏感细致的观察力、天马行空的梦想，既给

---

① W. J. F. Jenner, *Journey to the West*, Foreign Languages Press, Beijing, 1993, p.10.

儿童们打开了一扇欣赏猴王形象、尽情畅想的启蒙之窗,"儿童将故事中显现出的成人幻想当做自己的理想镜像,并把它定为自己的主体结构",①也打破了儿童文学、童话文学和奇幻文学之间的界限,使得儿童版《西游记》在很长时期内成为颇具活力的一种文学样式,进而在无数的读者心灵里埋下了一粒无与伦比的传播火种,可谓用心良苦,成绩斐然,令人侧目。因此,儿童版《西游记》的蓬勃发展是其独特的传播魅力使然。

儿童版《西游记》简译本的盛行充分说明这样的历险素材深受广大儿童和成人读者的喜爱,早已成为许多受众的精神食粮。而英美作家们喜欢从儿童视角结合个人的生活体验改造译作,讲述作品对自己和他人的童真时代的影响,评议作品对个人、家庭生活和社会的重大意义,这种由己及人式和返璞归真式的怀念书写如同拉家常一样拉近了无数受众彼此的心灵距离,极具人文关怀和普世意味,为《西游记》通往英美社会另辟了一道捷径。

由于儿童版《西游记》重塑了以孙悟空为核心的故事并且儿童们偏爱美猴王,他们不可能也没必要关注全译本,所以近四分之一的成人读者会在亚马逊的评论上不仅对各种儿童版《西游记》褒奖有加,顺带着还积极地向儿童们推荐韦利版的《猴》,把它与西方的《安徒生童话》《格林童话》《白雪公主》《哈利·波特》《霍比特人》等魔幻故事相提并论,甚至还有读者认为《西游记》和深受欧美儿童喜欢的魔幻小说在创作理想上有异曲同工之妙。有位网名叫 M.Chang 的读者在 2007 年 5 月 29 日评论 *The Magical Monkey King: Mischief in Heaven* 时写道:"I purchased this

---

① [美]凯伦·科茨著,赵萍译:《镜子与永无岛:拉康、欲望及儿童文学中的主体》,合肥:安徽少儿出版社 2010 年,第 7 页。

book, hoping it would stimulate my ten year old grandson to enjoy his introduction to The Monkey King, and want more. It did just that! He has enjoyed the action, and the unique stories, and is now ready to delve further into a more mature rendering of The Monkey King. This book is an excellent first step into this magical world."① 另一位名叫 Kashif Ross 的读者在 2012 年 2 月 24 日评论 The Monkey King: A Superhero Tale of China, Retold from the Journey to the West 时写道："I'm reading this weekly with my third grade students. I personally enjoy the story, but can't believe how much they're into it⋯.Initially, I began reading the story with my booming stage voice to keep them interested, but I looked around and saw ten hands raised.⋯This continued until just about everyone in the room read a page. Now, I read first and the others read it after I've completed a few pages. They're really into it and learning some huge words at the same time. But I don't have to define too much so it works out. My class loves this."② 而对 Kathryn Lin 的 The Journey to the West: Birth of the Monkey King，James Zheng 和 Michael Chu 分别在 2013 年 12 月 20 日和 2013 年 12 月 13 日留下评论道："Like the author, I also grew up with stories of the Monkey King, Wukong. This is a great re-telling of story. I love the illustrations! I am buying a copy for my nephew." " Really cute book and easy to read. Pictures

① https: // www.amazon.cn/ The-Magical-Monkey-King-Mischief-in-Heaven-Jiang-Ji-Li /dp /1885008252/ ref = pd_sim_14_1? ie=UTF8&psc=1& refRID =7GZ3V56N4TFWQD35C5SZ#review Bucket Header [2017-8-17].

② https: // www.amazon.cn/ gp / product / 0938497413 / ref = pd_rhf_se_p_img_1? Ie = UTF8&psc =1 &refRID =AGR1K98FZ44QHV5R692T#reviewBucketHeader [2017-8-17].

are watercolor and nicely done, bright. The length of it was also enough to be a good story time book. Good addtion for a child's library. Would recommend." ①

美猴王活泼灵动的造型和率性无羁的性格对于儿童具有非凡的榜样作用，也的确影响了很多儿童的成长之路，这是毫无疑问的事实。很多成人读者的评论就是结合本人的童年经历和成长感悟，从儿童美学的视角回顾《西游记》的童趣以及给他们童年带来的情感宣泄和鉴赏快乐，颇有几分童稚感和怀旧感，突出《西游记》对儿童的心灵震动、情感慰藉和行动取向，从侧面证明《西游记》的豪迈情怀足以在孩童们的记忆深处打下终生难忘的印记，对他们的成长有教育意义。对许多儿童以及成人来说，《西游记》就是这样一部适合"传"与"受"的上好作品，市场前景十分看好，假以时日，儿童版《西游记》的传播必将会在英美世界进入到一个全新的升华阶段，所以这是备受《西游记》跨文化研究者重视的热点话题之一。

三、文化趋强化

《西游记》英译本在英美的文化传播经历了从简本的文化缺失到全本的文化专注的发展过程，况且，随着译学的"文化转向"和跨文化交流的推进，中西合作已成《西游记》英译的必然选项，从而推动"文化相通，民心相通"。

---

① https: // www.amazon.cn / The-Journey-to-the-West-Birth-of-the-Monkey-King-Lin-Kathryn / dp / 1483935884 / ref = pd_sim_14_2? Ie = UTF8 &psc = 1 & refRID =7GZ-3V56N4TFWQD35C5SZ # review Bucket Header [2017-8-17].

（一）英译简本的文化缺失

《西游记》中文版本数量庞杂，包括中国学术界广为认可的十四种明清版本和新中国成立后以人民文学出版社为代表的数十家出版社发行的相似版本，这些中文全本页码多在一千五百页左右，字数多的达八九十万字，少的也有四五十万字；而种类繁多的《西游记》英译文本基本上都是简译本，长的有三五百页的几万字，短的只有区区十来页甚至七八页的三五千字。这样，《西游记》中文全本和英译简本之间形成了一个巨大的体量级反差，究其原因，其中一个重要因素就是英译简本存在明显而普遍的文化缺失现象。

众所周知，文化代表人类各民族发展的共同存在，它包括"物质和非物质的总和""理念、情感条件反应和习惯行为的模式的总和""标志任何民族的生活方式的信仰、行为、知识、认同、价值和目标的总体"，① 其包罗万象的特质和价值建构了各民族独有的文化属性和人文精神，并影响人们思维和行动的方方面面。而《西游记》中文全本所描绘的佛地、天庭、人间、地狱中的神仙、妖魔、凡人、洞府、动植物等，无一不是当时中国文化具体而形象化的写照，尽显古代中国衣食住行用的俗情，其中很多文化要素和气质保留至当代中国。这些文化信息都构成了这部古典文学作品"大百科式"的文化性。易言之，中国古典文化通过《西游记》中佛教、道教、儒学三教合一的思想以及围绕衣食住行、日常活动发展的物质基础得到鲜明体现，为各译本予取予求提供了翔实的素材。

---

① ［加］D. 保罗·谢弗著，许春山等译：《文化引导未来》，北京：社会科学文献出版社 2008 年，第 26 页。

遗憾的是，《西游记》译介"进步不小，问题仍大"，[①] 对于这部充盈着中华文化细胞的小说，所有英译简本都选择了其故事性和宗教性，而忽略了文化性，几乎将原著中能体现中国传统文化的理念、诗词、俗语、名称、服饰等一省再省，只是偶尔提及儒释道的人物和术语。即便像李提摩太这样声称要展示中国儒释道文化思想和内容的译本 A Mission to Heaven，也采用了援耶入佛的译笔对原著的九十回进行"概要"翻译，在不足四百页内讲述了取经故事的轮廓，而且用基督教精神来重新压缩、诠释和改造中国的古典文化，宣称佛教即基督教，唐僧最后也皈依基督，"万法归真"的佛义被转换成"The true Illustrious Religion is not human"[②] 的西方景教知识，但实际上佛耶泾渭分明，"佛教没有救主，也不承认救主，佛菩萨都只是觉悟者"，[③] 这种译本实有"挂羊头卖狗肉"之嫌。海斯原本想借其译本进行中英文化对比研究，但常常只用三句话就带过原著中三回的故事，其支离破碎、仅仅一百页左右的译本 The Buddhist Pilgrim's Progress 显得随意性、评论性、游戏性太强，更缺乏文化交流的深度，实际上对中国儒释道文化一知半解且缺乏认同，所以他的译本似乎能体现些许文化意识和视野，但难显清晰的文化比较。最为成功的韦利简译本 Monkey 在不足四百页里以美猴王为核心重述了取经历程，以游戏和幽默的译笔突出人物寓意、政治主题、戏谑意味、现实讽刺、故事性及俗语化等，却刻意避开了文化性极强的诗词、术语、修辞和典故等，使得该译本差不多具有

---

① 爱泼斯坦、林戊荪、沈苏儒：《呼吁重视对外宣传中的外语工作》，《中国翻译》2000 年第 6 期，第 2 页。

② Timothy Richard, *A Mission to Heaven: A Great Chinese Epic and Allegory*, Shanghai: Christian Literature Society, 1913, p.309.

③ 刘耀中：《荣格心理学与佛教》，上海：东方出版社 2004 年，第 176 页。

英语文学的原创性，读者很难从中感受到中国古典文化的痕迹。即使余国藩在其全译本基础上推出的节选本 *The Monkey and the Monk* 也不足五百页，只能以故事情节为主蜻蜓点水般地选择个别诗词和俗语，最多让读者了解丁点中华文化的皮毛。其余的像英国汉学家韦尔和瑟内尔、美籍华人王际真、陈智诚和陈智龙、夏志清和白之、美国汉学家赫尔典等完成的简本以及数十种的儿童简本等都无一例外地把《西游记》压缩成几十页或几百页的故事会，顺便围绕原著中表面化、浅层化的内容对故事中的人物、情节、过程、结局、性质等发挥一下自己的认识和体会。这种整体性的文化缺失诱发了中英双方对《西游记》在文化认知上的歧异，导致英国BBC 的 2008 奥运动漫《东游记》备受英美受众的喜爱，而持批评意见的多是中国人；当英美文化界积极配合中国的西游记研究会力推孙猴子入选奥运吉祥物时，中国人却在选择 2008 年奥运吉祥物的最后一轮淘汰赛中决然舍弃了孙大圣的武神形象，并代之以更符合"同一个世界 同一个梦想"和"和为上"精神的"福娃"系列。

尽管《西游记》简译本存在文化缺失，但老少皆宜的西游故事在英美已广为人知，特别是孙悟空的英雄形象得到了普遍的认可和钦羡，为《西游记》在英美培养了广泛的受众群，为该书的深入传播打下了基础。然而，19 世纪至 20 世纪 70 年代时，中国传统文化在西方尚处绝对的边缘地位，更由于国外对中国传统文化的误解、中西方文化鸿沟的隔阂，以及英美人对《西游记》存在迥异于中国人的"前知识"、阅读传统和理解习惯等复杂因素，英美汉学界都很难从文化角度来综合把握小说的内容和本质，只能借助简单化、通俗化的译述方式。比如，韦利把小说第15 回的标题"蛇盘山诸神暗佑 鹰愁涧意马收缰"就缩略为"The

Dragon Horse"。如此一来，简译本所体现出的必然是西方"能者"和"强者"文化，并造成了原著中东方"德者"和"贤者"文化的"失语"，难怪东方的《西游记》都推崇唐僧并尊奉他为中心人物，而英美的《西游记》则膜拜孙猴子并认定他才是真正的主人公，以致韦利的《猴》迅速流行英美，并被欧洲其他多国语言转译，直到今日依然影响深远。这进一步提醒人们重视和思考《西游记》译本与文化传播的互动关系。一言以蔽之，《西游记》原著的文化性对英美译者和读者来说，了解尚勉为其难，遑论接受了，所以导致他们译介的简短、零散、杂乱甚至片面，只能按照英美的文化背景和诗学传统把英译焦点集中到故事情节上并对之大加压缩和改造，先选择契合读者的接受点，构建起一种归化性的知识轮廓，译文也只得聚焦猴子的大狂欢、大神通、大场面、大战斗、大历险，以满足读者对中国神话故事的好奇心和新鲜感。有的译者干脆把该书缩成再现西方个人英雄主义的休闲搞笑的故事会，有的仅从西方宗教的角度来翻译和改造西游故事，有的一味突出读者熟悉的游戏化、娱乐化和狂欢化，虽然偶有译文提及"Buddha""Kuan-yin""Lao Tzu"的言谈举止、"I lie on a high foreign couch"等诗句以及"There is no water like home water! There are no folk like home folk"等谚语，试图挖掘点文化趣味，但因为原著中"光是各诗字词的确切含义，就够让人受苦受难了"[1]而显得力有不逮，这样的译文无助于"文化相通"，充其量是夹杂些东方意象，而非中国文化，所以即使说它们本质上是英语诗学和文化的作品也不为过。

---

[1] [美]余国藩著，李爽学编译：《〈红楼梦〉、〈西游记〉与其他》，北京：生活·读书·新知三联书店2006年，第319页。

文化是各民族文学的灵魂，从文化学上讲，这些《西游记》英译简文都剥离了原著的文化气质，遗失了这部文化读本的丰富载体，不是严格意义上的文化翻译，更不能展示中国人真正的文学想象力、创作力和文化思维，还有待注重文化性的英译本的推出才能上升到实质性的中西文化传播层面。

（二）英译全本的文化专注

随着 20 世纪 70 年代前后兴起的"文化学研究"以及之后翻译学的"文化转向"的强势崛起，特别是"当'欧洲中心主义'或'西方中心主义'的思维模式破产，文化本身已出现某种难以摆脱的危机时，西方的一些有识之士便开始逐步认识到另一种文化（东方文化）的价值和精深内涵，因此弘扬东方文化并使之与西方文化得以进行平等的对话已成为翻译工作者的义不容辞的义务"① 时，译者们遂开始将翻译视野转向文化属性，产生了很多全新的知识，"小说的主要人物因而也得到了发展：唐僧在展示长处，而猴王必须一再地承认自己的不足"，② 这也是促生《西游记》全译本的动因之一。自 1977 年始，英国汉学家詹纳尔和美国华裔学者余国藩经过数年努力相继推出了各自的全译本《西游记》，也只有这两部全译本能比较忠实全面地囊括原著中的文化信息，特别是余版全译本在每卷本后的附录中都引用儒、释、道经典和名人先贤的著作对偏重直译的文化词旁征博引，附以词条型的注释，连"沉鱼落雁，闭月羞花""奈何桥"等文化词都做了详尽解

---

① 王宁：《全球化时代的文化研究和翻译研究》，《中国翻译》2000 年第 1 期，第 10—14 页。

② Robert E. Hegel, *"Review"*, *The Journal of Asian Studies*, Vol. 41, No. 1 (Nov., 1981), pp.129-130.

释，意在减少文化障碍。这两种全译本突出学术性和文化感，比如，只有在全译本中，"心猿"（mind monkey）的译意和文化韵味才会得到着意展示，詹纳尔和余国藩都把"须菩提"（第 1 回等）译作"Subhūti"，把"菩萨"（第 5 回等）译作"Bodhisattva"，把"罗汉"（第 5 回等）译作"Arhat"，把"如来佛祖"（第 7 回等）译作"Tathāgata"，把"佛"（第 8 回等）译作"Buddha"，把"佛经"（第 8 回等）译作"sutra"，把"寂灭"（第 11 回等）、"涅槃"（第 19 回等）译作"nirvāna"，"许多佛教名字和术语采用了梵语的音译，这当然是正确的，因为它们的中文音译对于母语是中文的读者来说同样充满异域情趣"，① 这些随笔所至的佛教文化细节，使读者能多多少少感受到其强烈的佛门教理。而对于"一日为师，终身为父"（第 31 回）这样的儒家教义，不论是"if a man has been your teacher for a day, you should treat him as your father for the rest of his life"（詹译）还是"Once a teacher, always a father"（余译），都能再现中国"孝"文化的神韵。

余国藩认为之前的简译本"不仅作品基本的文学形式被扭曲，作品语言中许多曾经吸引了数代中国读者的叙事活力和描述力量也丢失了"，② 而这些方面恰恰是最能彰显该小说文化性的亮点和精华，这也是全译本的职责和意义所在。在当前强劲的跨文化交流大潮中，任一读者都可从全译本中找到其感兴趣的某个中国传统文化点，译文中生动传神的人、物、景、言、行等都从各方面展现了中国传统文化，举不胜举的文化现象几乎全方位展现了中华文化的传

---

① John Marney. "Review"，*Chinese Literature: Essays, Articles, Reviews*, 1980(2), p.154.

② Anthony C. Yu. *The Journey to the West* , Chicago: University of Chicago Press, 1977, Volume I, Preface.

统特色，如影随形般的文化因子折射出中华民族长期积淀形成的心理反应、思想意识、价值观念、主观倾向和行为方式等，使全译本成为英美世界体验中国文化殿堂的瑰宝，是走进中国、了解中国的便利渠道，对人类文化学的发展具有奠基性意义。

事实上，学术进步对《西游记》英译的文化专注意义重大，尽管原著有很多文化元素与西方知识背景大相径庭，但都魅力无穷，而且对英美读者来说并非完全陌生，仅译本中屡屡提及的道家炼丹术就令读者乐此不疲，也让一众英美学者穷尽一生去研究，如戴维斯（Tenney L. Davis）、李约瑟（Joseph Needham）、席文（Nathan Sivin）等为此投入大量心力并取得了系统化成果。浦安迪相信丹术的视镜会使人"以为个人心灵（及身体）的封闭世界既能拥抱整个宇宙，也就可以独立运作"。① 类似的专项研究成果对读者不断进行知识普及，为英译拓宽了渠道，更使得其译本接受的广度和深度呈递进之势，所以，余国藩慨叹道："因现代学者多方研究炼丹术，成果丰硕，所以《西游记》的英译者如今才有可能解决诸多的语词难题。"② 可见，《西游记》英译的文化专注不仅是大势所趋，而且具有可行性和发展性，同时发挥"翻译主体的主观能动作用"。③ 但不能想当然地认定，英译全本的文化专注肯定能快速有效地促进文化传播。因为一方面，原著中很多文化词的英译形式和含义尚未得到西方像对炼丹术术语一样的共识和普及，比如，在

---

① Andrew H. Plaks. *Allegory in Hung-lou meng and His-yu chi*, in Plaks, ed.; *Chinese Narrative*; *Critical and Theoretical Essays*, Princeton: Princeton University Press, 1977, p.186.

② [美] 余国藩著，李奭学编译：《〈红楼梦〉、〈西游记〉与其他》，北京：生活·读书·新知三联书店 2006 年，第 322 页。

③ 许钧：《"创造性叛逆"和翻译主体性的确立》，《中国翻译》2003 年第 1 期，第 9 页。

原著第 1 回中，猴王说樵夫"乃是一个行孝的君子"，此处的"孝"在英语文化中只体现为孩子对父母的"孝"，而在古代中国"孝"则包括臣子对君王的"孝"、孩子对父母的"孝"，以及学生对老师的"孝"等内涵，后两种意义一直延续在当代中国文化中；同理，"君子"可指"统治者""道德高尚的人""地位高的人""贵族""仁者"等，可见中国的"孝"文化、"君子"文化等延展性很强，英语中目前没有其严格意义上的对应词，还亟待中英双方语言和文化的磨合方能解决。另一方面，译者和读者对众多中国文化词还不能体会和接受，例如，在中国古典文学中，"黄花"包蕴文化意义，经常意指"菊花"并被文人骚客反复吟颂，正如苏轼的诗《九日次韵王巩》所言，"相逢不用忙归去，明日黄花蝶也愁"。《西游记》第 90 回写道"秋到黄花布锦"，更是为"菊花"这一传统文化共识做了清晰的注脚。在中国文化中，"黄花"唤起的是隐士、高雅、坚毅、节操、吉祥、长寿等联想，而詹纳尔和余国藩将"黄花"直译成"yellow flowers"，把第 73 回的"黄花观"译成"Yellow Flower Temple"，致使该词蕴藏的中国味荡然无存，英语读者更难从文化层面体会中国读者的"心有戚戚"。如果把"黄花"译作"Taoist chrysanthemum"或"longevity chrysanthemum"，在插图或影像作品中附上黄色菊花和道家的文化符号，"文化相通"的效果应会提高。由是观之，《西游记》英译全本的文化专注可谓战略谋划，要达成文化传播依然任重道远，还需围绕汉学家及普通受众的接受背景和英译实践展开战术性的细致推进。

（三）文化传播的中西合作

《西游记》英译本是文化传播的母体，"翻译做的工作形式上是翻译语言，其实翻译的是文化，翻译文化就必须对两种文化都理解"，① 因此《西游记》的文化英译是其文化传播的基础。但是，原著中的中国古典知识令无数的中外汉学家步步维艰，大为挠头，此外，语言和文化的差异也使得译者时常无法传达这些奥妙的文化意韵和雅致。"文学作品蕴含的某些特性，这些特性专属于其所处的文化，无法在另一种文化中找到简单而直接的对应，从而无法不经过详尽的诠释而得到理解。比如说《西游记》里的五行相生相克的学说，比如水火相济、龙虎交会的说法"，② 各简译本上尴尬的页码数字折射出英美世界对中国古典文化的认知窘境，而志在文化专注的全译本不时陷入消极的文化误译泥潭。比如，"詹纳尔和余国藩想当然地将原文第 8 回中的'便见龙王三宝'分别译成'The Dragon King and the Three Treasures can be seen'和'You'll see the three jewels and the Dragon King'，这样一来，对于生搬硬套的逻辑，不要说英文读者，连有一定英文基础的中国读者都会表示怀疑"。③ 如果在英译中附以烦琐的注释，极易被对中国古典知识通常一知半解的普通读者视为畏途，既然这些文化意义连汉学家都语焉不详，更不可能以飨读者，这表明《西游记》单凭英美汉学家一方的努力是绝难完成译本在异域的文化传播的。

正如古往今来，在文化交流中取得成功的翻译译本多是由源语和目的语文化的双方译者合作完成一样，中西合作是《西游记》英译的必然选项，即译文内容的释疑、沟通、导向和选择是双方直

---

① 鲍晓英：《中国文化"走出去"之译介模式探索——中国外文局副局长兼总编辑黄友义访谈录》，《中国翻译》2013 年第 5 期，第 63 页。

② 陈一白：《〈西游记〉西游记》，《东方早报·上海书评》2013 年 5 月 12 日第 A08 版。

③ 王镇、王晓英：《试论〈最新整理校注本西游记〉版本价值和英译意义》，《学术界》2015 年第 12 期，第 206 页。

接或间接地进行反馈、协商、修改和加工，最后由译方确定英译的具体形式和适当内容以契合文化传播规律，这种中西合作能提高英译本的文化传播效果，能促使英美受众能意识到，中国儒家的宗庙祠堂、道家的观宇和佛家的庙宇都是焚香祭拜祈福的文化场所和表达方式，就像英美人到教堂做礼拜和祈祷一样，都是人类善文化的传播路径。难怪，余国藩曾说，如果缺少了陈士斌和张书绅等对《西游记》的诠解资料、鲁迅和胡适的《西游记》新发现以及芝加哥大学同仁的配合，他是无法译出全文的。

　　"文化相通，民心相通"的前提应是双方学者的学术相通，汉学家不能凭空相信自己精通《西游记》中的文化符号和价值观念，就像不能以为"功夫"和"熊猫"的直接拼接就能代表中国文化的某个典型侧面，那样容易只顾媒介传播而忽略受众反应甚至误导英美受众，只顾传播单纯的文化符号而忽略文化内涵的传播，直接拖累《西游记》受众群的理解度和满意度。例如，《西游记》中出现的皇家宫殿和普通民居都应是沿着一条中心轴线并呈两端对称的，这是中国"中庸平和文化"的表现，皇室时常"大开东阁"、请唐僧师徒"上座"是中国"礼文化"的细节，"打入十八层地狱""追魂幡"和"水陆道场"等是中国"鬼文化"的现象，而"七十二变""九九八十一难"等则是中国"数字文化"的再现。对于林林总总的文化规范、哲理和奥妙，只有中国学者才能做到取其精华去其糟粕，并对汉学家说得清道得明。再如，绝大多数中文版本所记述的唐僧母亲殷小姐受辱自尽的尴尬情节虽属中国封建时代的"贞洁"文化，在当下显然不宜"忠实"翻译。反过来，也只有汉学家才能把握受众的背景知识、心理需求、阅读习惯和接受思维，并帮助他们从了解到理解中国文化，甚至在欣赏和认同上寻求突破。例如，余国藩结合音译法和受众的猎奇兴趣，把《西游记》第1回中

的"大道"译作"Great Dao",这样,中国特殊的哲学思辨得以忠实且异化地再现,读来很有异质文化的味道。

诚然,《西游记》英译本离不开中国特质,它的文化元素既要承载英美读者的志趣令他们意兴盎然,又相对独立于他们的"前知识",以致产生文化缺失和消极平面的文化关注,而"在异域比较有影响的《西游记》版本不是由我国主动推出,而是由他国传播者将我国的文化资源进行改编并在本国或全世界推广",① 这个矛盾可通过中西合作对译文进行改造调适以实现文化交汇和历史共识来化解。

翻译"一是充分考虑文化差异,努力跨越文化鸿沟;二是熟知外国语言习俗,防止落入文字陷阱"。② 可见,《西游记》文化传播首先要"知根知底"再"投其所好",然后才能实现"文化相通,民心相通",即要做好英译,必须先具备中国传统文化素养,再知晓汉学家和普通读者的接受状况——他们已接受什么、愿意接受什么和能接受什么,然后才能围绕这三点确定双方共同接受和英美受众所能接受的文化点,然后决定英译什么和怎么英译。这个文化传播的度只有中外汉学家合作才能把握和控制,也间接证明英译本的文化传播应以在英美接受的指挥棒下进行的中西合作为基础。

① 李萍、李庆本:《〈西游记〉的域外传播及其启示》,《徐州师范大学学报》2009 年第 3 期,第 21 页。

② 黄友义:《从翻译工作者的权利到外宣翻译——在首届全国公示语翻译研讨会上讲话》,《中国翻译》2005 年第 6 期,第 31 页。

西游记

第二章

《西游记》现代改写本在英美的传播

第一节　猴王故事的现代阐释

　　《西游记》译介在英美世界早已站稳脚跟并展现出相当的发展潜力，特别是美猴王的形象和精神可谓深入人心，积累了足够的人气，这对英美纯文学的创作产生一定的启发和助力也在情理之中。正如《西游记》"在日本经历了翻译、阅读、重新书写的过程，从而使《西游记》在日本得到了广泛的传播，对日本文学产生了深远影响"①一样，基于美猴王这个中心人物和核心情节，英美小说家们把美猴王精神的某个侧面和英美的文化视角结合起来，再创了本土化的猴王形象和境遇，并重构了全新的现代版猴王故事，如英国华裔作家毛翔青（Timothy Mo）的《猴王》（*The Monkey King*）（1978）、美国印第安裔作家杰拉尔德·维兹诺（Gerald Vizenor）的《格瑞佛：一个美国猴王在中国》（*Griever：An American Monkey King in China*）（1986）、和美国华裔女作家汤亭亭（Maxine Hong Kingston）的《孙行者，及其即兴剧》（*Tripmaster Monkey：His Fake Book*）（1990）等。

---

　　①　张丽：《〈西游记〉对尾崎红叶创作的影响》，《淮海工学院学报》（人文社会科学版）2018 年第 2 期，第 30 页。

这些跨文化小说等新文本形式都巧合式地依托传播受众对《西游记》译介和美猴王的认知、熟悉和喜好，别出心裁地将《西游记》原型背景、互文性指涉和现实性想象等灵活地贯穿于现代叙事手法中，通过浓缩一系列的猴王经历着力阐释了现代中西方文化的必然性交流、冲突性特征和多元化趋势等，"《西游记》传播的新形式，让西方读者或观众通过多种渠道和艺术形式来了解中华文化，加快了中国文化对外传播的步伐。可以预测，新媒体的发展还会不断给这部中国古典小说带来新的活力。《西游记》在英语世界的传播，在不断适应西方读者阅读趣味的同时，其故事本身仍然保持着原有的一致性，而这种一致性作为准确传播的基础，才能带给读者阅读的乐趣"。① 这些中西结合型的现代改写本立足英美本土，紧扣文化，视角新颖，中心突出，选材现实，想象大胆，比喻深刻，进一步拓宽了《西游记》在英美社会的传播力和影响力。

一、《猴王》的"生吃猴脑"

毛翔青的《猴王》以独特的构思和巧妙的设计改写的"现代版"《西游记》，通过极强的互文性讲述了一个西方年轻人在东方被打压直至打拼成功的艰辛过程，再现了现代美猴王在当代文化冲突背景下的生存困境和文学思考。

《猴王》中的主人公华莱士，一个曾自以为是美猴王却不名一文的中葡混血儿，"身材矮小、蓝黑发色、长着所有广东人都有的扁平鼻子"，却有"嵌在下颌的酒窝，以及特别是在遇到挑衅时伸

---

① 朱明胜：《〈西游记〉在英语世界广泛传播》，《中国社会科学报》2016 年 4 月 12 日第 3 版。

长脖子的习惯"，① 这种刻意勾画的长相确实和美猴王的脸谱有几分神似，为矛盾的激化做好了自然的铺垫。华莱士因为家庭窘迫而屈从父命，违心入赘一个广东华人潘氏商业家族，与潘家庶出的梅琳成婚。但是，在这个身份至上、等级森严、秩序井然的家族里，他处处受到歧视和打压，几乎被剥夺了参与所有家族活动的身份、机会和权利，就如同被玉皇大帝招安后的美猴王一样，空有一身本领，却在天庭沦为不入流的末位角色，充其量就是个陪众仙唠嗑打趣的添头，所以只能整日无所事事，流连于幽僻之处，交往于闲散之辈，更毋论参加象征众仙尊享地位的蟠桃盛宴了。潘家掌门人潘先生拒绝兑现之前许诺的所有嫁妆，长子阿龙对他嗤之以鼻，不断挑衅，连仆人阿妈都敢单单就给他吃焦煳的米饭，这种令人愤懑的待遇和美猴王在仙界受封"弼马温"后遭到嘲讽和漠视的境遇如出一辙，皆因二者都是上不得台面的"毛猴"，这自然地为矛盾的积累和爆发埋好了伏笔。

更具有讽刺意味的是，阿龙的妻子多胎似乎是整个潘家上下都可以虐待和欺凌的对象，但唯独华莱士无权享受这一特殊"礼遇"，所以当阿龙殴打多胎时，他为了讨好阿龙及家人，也试探性地凑上前去踢了多胎一脚，却招致"阿龙皱起眉头"，而他只能"愚蠢地收回这一脚，用鞋尖在地板上画圈"。② 这一切好像都在暗示他，潘家上下不光是无视他，甚至是厌恶他，他至多就是个区区的边缘人而已，似乎就不应该走进别人的生活，更不应该也不可能融入别人的家族，而且，在这个困境中他看不到丝毫前程和命运的希望，势必陷入极度的茫然不知、愤懑不平、焦虑不安甚至自惭自卑

---

① T. Mo. *The Monkey King*, London: Paddleless Press, 2000, p.6.

② T. Mo. *The Monkey King*, London: Paddleless Press, 2000, p.48.

中。该情节显然是在戏仿并映射美猴王尴尬、失败的人情公关行动，尽管他也遍访天界各府，极力讨好诸仙，甚至努力与他们称兄道弟，却难以抹去众仙冠之的"毛猴""妖猴"等卑贱的身份标签，仍然免不了被点名要亲自为武安星君等牵马备镫，一旦他胆敢露出些许不悦之情和逆反举动，就会招致对方盛气凌人的口诛笔伐和耀武扬威的大肆讨伐。这样，华莱士和美猴王的互文性和共鸣性得到贴切的彰显，预示着好斗不羁的他们必将为打破如此不堪的窘境而做出相似的抗议和反击行为，虽然被动，尚属合情合理。

情势所迫之下，本来满怀心理优势和生活期待的华莱士突然意识到自己就像法力无边、神通广大的美猴王所经历的一样，由于自己与生俱来的"外来户式"的血统、"上门女婿"的身份和"非主流"的话语，无论再怎么努力，都会被视为异类，就像最初美猴王被玉皇大帝和如来佛祖代表的天界所嘲弄、无视和摒弃那样，他必然被整个家族所鄙视、孤立和排斥，所以他只能依靠自己，奋起挑战，通过拼命表现和玩命奋斗去获得合适的权利，赢得关注、掌声和尊重，并彻底摆脱自己在家族中的他者地位和不公待遇。

不同于"人在屋檐下不得不低头"的东方文化伦理，英美文化长期信奉的是"强者至上"哲学，在此，战天斗地、不服天不服输的猴王形象和精神与华莱士完成了艺术重合和文化重构。起初，华莱士也仿效美猴王义无反顾地"大闹天宫"，与华人家族上下展开针锋相对的对抗，用自己的狂妄反击对方的不屑，企图颠覆既有秩序，争取安身立命的一席之地。他像美猴王广交各路妖魔鬼怪、悖逆天规神律并搅动天宫大乱一样，放开身段，直言敢行，还鼓励妻子迈出深深庭院去尝试西方开放女性的生活方式，通过看书和参加社交活动等增长见识，同时拒绝家族的义务劳动，不再为大姐二姐梳头，也不再给阿龙的儿子做按摩等，这些叛逆行为直接给家族的

日常运转造成了不小的混乱，也引起了潘先生的不满。他还借潘先生动用家法惩治阿龙的机会，明目张胆地挑战潘先生的权威，上前夺下掌门人施暴的棍棒，用教训的口吻数落对方一顿，"在当今时代，你不能这么做"，[①] 此言映衬了孙大圣藐视玉帝的"皇帝轮流做，明年到我家"的狂语，震撼力极强，将故事推向一个明显的高潮。

华莱士"大闹天宫"式的举动很快招致家族对他进行变本加厉的打击和放逐，他的反抗不幸以失败告终，就像猴王被压在五行山下禁锢一样。经此挫折和打压后，华莱士认识到自己还是个假猴王，自己的鲁莽表现和有限才能难以撼动家族权威和秩序，要想反败为胜，制霸称雄，只能放下身段踏上"取经"之路，遵照"中国方式"和中国式"关系"行事，向强大的家族和严酷的现实妥协并寻求原谅和合作。要成长成真正的美猴王，他必须学会美猴王"七十二变式"的神通，赢得各方"仙家"的襄助，才能在"取经"路上"斩妖除魔"，化险克难，如果不经历猴王"九九八十一难"的行事和煎熬，他几乎是不可能在家族中实现翻盘并出人头地的。接着他放弃了其自感优越的西方价值观和行为方式，按照中国的文化秩序行事，以包容忍让、实事求是的态度投身当地建设，终于打败了"取经"路上的"魑魅魍魉"，实现了身份转变和地位重建，尽管自始至终都伴随着说不清的困扰、道不明的迷茫、割不尽的愤懑和舍不掉的忧惧。

经过在外地的隐忍和磨炼，华莱士最后像美猴王受赏封佛一样实现了华丽转身，从潘家的边缘人成功上升为家族掌权者，但是小说却通过华莱士在梦境中主持一次生吃猴脑的家族大宴来结束。生吃猴脑这道东方菜肴在英美文化中是愚昧无知和野蛮残忍的象

---

① T．Mo. *The Monkey King*, London: Paddleless Press, 2000, p.26.

征，几乎可以被视为洪水猛兽般的符号。从艺术构思上讲，作者立足英美文化中心性立场，用生吃猴脑这个精心炮制、富有东方风情的稀有意象去捕捉英美受众的眼球，尽管虚幻的猴脑场景不会像真实的现场描述那样令人厌恶，但既迎合了他们对中国文化的偏见和鄙视心态，又满足了他们的心理猎奇性和文化优越感，从而凸显出英美文化凌驾于中国文化之上的文明主旨。在作者看来，功成名就却空虚惆怅的华莱士其实并不是无所不能的美猴王，而只是个阉割版的"齐天大圣"，因为身处两种文化夹缝中的他最后丧失了其西方文化的主体性而屈从中国化，如果他坚守一个优越的他者或文化局外人的位置而不容于中国的人情关系、文化身份、思想观念和行为准则等，他就是那只"因恐惧和愤怒而紧咬牙关"的小猴子，只能被关在笼中等待宰割，并成为他人刀俎下的美味佳肴。

"异质文明之间之所以能建立对话，二者之间的共同点自然提供了一些可能性，然而这些共同点是比较有限的，而且在处理这些相同之处时要特别谨慎，因为它们背后的动机结构往往不尽相同。"① 毋庸置疑，随着东西方对话的深入，美猴王在英美世界和中国已成为受到共同关注的文化代码，并衍生出彼此相通的话题。《猴王》宣扬的美猴王精神和西方文化中心论符合英美读书市场的传播口味，是小说成功的重要基础，是西方价值体系对东方文化生态的反应和评价，也是当前西方文化占据国际话语权和叙事权的必然表现。华莱士为什么要以生吃猴脑的形式宣告自己新王者的诞生呢？他为什么要强迫自己去适应一个令他反感的文化环境呢？这种似乎难以调和的中西文化矛盾非但没有摧垮华莱士的人生，反而再造了

----

① 曹顺庆：《教育部社科基金重大投标项目特稿：英语世界中国文学译介与研究》，《中外文化与文论》2013年第24期，第8页。

他的前程。这种互文性都衬托了猴王直面困境、积极进取、奋斗不息的战斗精神，揭示了当代美猴王所面临的真实境地，扩大了美猴王在英美文化中的影响力和创新性，同时美猴王的生存环境也引发了更多的关于两种异质文化间对话和交流的争议和深思。终究，西方的美猴王华莱士也能在东方文明的体制下达成价值共识并涅槃重生，这是中国的美猴王能增强在英美文化中的亲和力并转向"英美化"的积极趋势。

二、《格瑞佛：一个美国猴王在中国》的"猴王亲戚"

"猴王传统也正在参与建构美国经典文学"，[①]而美国印第安裔作家杰拉尔德·维兹诺 (Gerald Vizenor) 的小说《格瑞佛：一个美国猴王在中国》(Griever : An American Monkey King in China)（1986）分别于 1986 年获得"纽约小说集体奖"和 1988 年"美国图书奖"。该书剑走偏锋，以作者本人阅读的阿瑟·韦利的《猴王》和自己 1983 年在中国天津大学的学习、从教和生活经历为基础，将印第安部落文化中的恶作剧者和中国大闹天宫的美猴王结合起来，讲述了一个印第安裔美国教师格瑞佛在中国"大闹天宫"的故事，从文化和身份杂糅的视角向英美读者呈现了一个荒诞、另类的"文化英雄"。

来自美国明尼苏达州奥吉布瓦部落的混血印第安人格瑞佛长于"白土地"保留地，虽然接受了美国白人教育，但与美国主流社会格格不入，双重的混杂身份使他陷入难以融入任何一方的尴尬处境。因为他仍深受印第安土著文化的熏陶，相信印第安传统文化和

---

① J. Stephen Pearson. "The Monkey King in the American Canon: Patricia Chao and Gerald Vizenor's Use of an Iconic Chinese Character",*Comparative Literature Studies*, Volume 43, Number 3, 2006, pp.355-374.

思想对印第安裔的生活至关重要，认为被边缘化的印第安裔既要在美国白人社会中谋求生存，又要保留本民族的传统、信仰和行为特征，希望以此种平衡来维护印第安文化在美国现代主流社会中的生存和发展。所以，在他身上兼有美国主流文化和印第安土著文化的印记，他心怀良知正义，追求自由平等，性格幽默乐观，善于独立思考，富有个性思想，眼光锐利独特，同情弱者他者，从不附和那种视印第安文化为"活化石"的观点，反而时刻有意识地向主流社会传达印第安文化依旧活跃于美国社会甚至是异国他乡的信息。

最具典型意义的是，与美国主流文化大相径庭，印第安传统文化视宇宙万物，包括动植物、土壤、水分等，皆为生灵，俱有生命，人类就应该与它们和谐相处，学会交流沟通，并分享生存空间，而绝不能凌驾于它们，对它们生杀予夺。在这种纯粹自然主义信仰的作用下，格瑞佛趁着美国学校课间休息时，偷偷溜过去把即将用于课堂解剖实验的青蛙装进午餐袋，拎到教学大楼的后面放生，表现了他对美国主流文化的无声抗议。这次滑稽可笑的偷蛙放生满足了格瑞佛担当生灵救世主和人间解放者的快感，强调了他在挑战和颠覆美国社会秩序的行动中主动进入了阈界状态，充分演绎了他无所畏忌、无法无天、无所不为的叛逆气质，难怪连他的奶奶都说他是个野生的外来者。当然，这种万物平等、众生皆亲的印第安思想与中国儒释道教义中的自然主义信仰和爱民亲民哲学有某些惊人的重合之处，也是格瑞佛对崇尚逆反的中国美猴王产生亲近感、归属感和认同感的基础，为小说近乎疯狂的"大闹天宫"做好了自然的铺陈。

格瑞佛在中国"文革"结束不久后来到天津某大学当起外教，这丝毫不影响他践行自己的信仰和操守，就像他判定美国主流文化虽然号称民主自由实则偏执荒谬一样，他对当时中国的社会体制也持质疑态度并严重不满，认为那就是"一台荒谬、可笑的喜剧"。[①]他尤其同情那些被主流社会排斥的一切生灵，幻想着自己能扮演救世主的角色拯救他们，帮助他们解脱困境。在阅读了从美国寄来的《西游记》英译简本后，格瑞佛似乎找到了灵感和启发，很快便痴迷于伟大的美猴王，振振有词地声称自己就是美国的美猴王，是"中国石猴孙悟空的亲戚""一个混血的部落恶作剧者"，[②] 并由此一味模仿美猴王狂放不羁的思维习惯和言行举止在校内外大搞特搞恶作剧，开启了自己在中国令人啼笑皆非的"大闹天宫"般的叛逆之旅。

格瑞佛想当然地把自己和美猴王等同起来，坚信自己就是孙猴子的代言人，这反过来更加刺激了他做出令人哭笑不得的举动。他无法容忍鸡贩子在农贸市场宰杀鸡的行为，为了解救这些他认为和人类具有同样生命尊严和价值的鸡，他趁鸡贩子不在意，冲上去打开鸡笼，把鸡驱散、放生，"为了让那些鸡获得自由，他愿意付出任何代价"。[③] 由于担心鸡贩子把鸡抓回再次宰杀，他毅然掏钱买下了全部的鸡，并选了一只大公鸡带回外教公寓当宠物饲养起来，宣称"猴王也会像他一样解放那些鸡，作为解放者他们都是文化英雄"，[④] 而这只不分昼夜胡乱打鸣的公鸡打扰了其他白人外教的休息，面对众人的愤怒和抗议，格瑞佛却懒得理睬，依然以养鸡为乐，导致他和一众外教关系紧张，相互抵牾。这种与白人外教缺乏

[①]　Gerald Vizenor. *Griever: An American Monkey King in China*, New York: Illinois State University, 1987, p.164.

[②]　Gerald Vizenor. *Griever: An American Monkey King in China*, New York: Illinois State University, 1987, p.49.

[③]　Gerald Vizenor. *Griever: An American Monkey King in China*, New York: Illinois State University, 1987, p.44.

[④]　Gerald Vizenor. *Griever: An American Monkey King in China*, New York: Illinois State University, 1987, p.40.

交流、"硬碰硬"的行为不禁让读者联想起孙悟空兜率宫偷丹和衔恨大闹蟠桃盛会的场景，生动刻画了格瑞佛和孙悟空无理闹三分的行为模式，也表达了作者试图将二者现象叠加的艺术手法，对小说的主题创作起到了良好的烘托作用。

为了模仿美猴王并向别人宣示自己已和美猴王融为一体，格瑞佛费尽心思，利用一切的机会和场合将自己和美猴王进行一定形式的捆绑，以示二者之间超越时空的身份重合。在学校为外教拍摄证件照时，他事先在自己脸上画上传统京剧中的美猴王脸谱再前去拍照，以此表示自己和美猴王的外形和身份完成重合，实现标榜自己是"来自白土地的猴王"① 的夙愿，这是小说中重要的指示性环节，从某种程度上也暗示了英美读者对美猴王形象的解读和评价。

格瑞佛梦见自己像美猴王那样从花果山的一块大石中蹦出，自己生来就是要像美猴王挑战天界、大闹天宫一样，自由自在、随心所欲地挑战当前社会体系，哪怕是扰乱了社会秩序也在所不惜，于是他夸张地学习美猴王的举动，带着贴着美猴王脸谱的证件照四处闲逛，一意地做出一系列的恶作剧，还乐此不疲。由于校广播站六点开始播放的晨曲干扰了他的好梦，格瑞佛决意报复，于是他在一个大早上悄悄爬进广播站，不仅把即将播放的磁带调包成美国的疯狂歌曲，还脱光衣服，手舞足蹈地宣泄一阵后才赤身裸体地返回外教公寓，想必此时行为出格的格瑞佛也以为自己就是搅闹蟠桃盛会后的美猴王，是个快乐的破坏者和胜利者。借着中国的中秋之夜，格瑞佛用心组织了一场中美合璧式的中秋晚会，即以中国月饼为主题食品的美式冷餐化装舞会，同时又夹带着印第安狂欢节的色

---

① Gerald Vizenor. *Griever: An American Monkey King in China*, New York: Illinois State University, 1987, p.151.

彩。在晚会上，格瑞佛故意对受到中国人尊敬的计算机专家汉娜等
外教置之不理，而是把孤居在维多利亚湖心岛上、为人不屑的居民
们请来，并对他们大献殷勤，让他们实实在在地过了一把西方式狂
欢的瘾。他的这种有意嘲讽、刻意颠覆的叛逆精神和美猴王对自由
和美好的向往确实如出一辙，鲜明地体现出美猴王对他的深刻影
响，恰如其分地为小说选择了一个阐释角度。更惊煞人的是，格瑞
佛在路上遇到押送死囚的军车时，竟然奔上前，围着军车跳舞，然
后干脆爬上卡车挑衅士兵，还大喊道，"玉帝和孙悟空命令你们释
放这些犯人"。① 他的无厘头言行引起一阵哄笑，士兵们误以为他
是个疯子，就没戒备他，谁知他突然转向，使劲把驾驶员拽出去，
自己钻进驾驶室将军车开走，致使无数市民和士兵追赶卡车并拥堵
于路，乱象丛生。最后，格瑞佛把卡车开至一处建筑工地上，把车
上的死刑犯，包括杀人犯、贩毒犯、抢劫犯等，就地一起释放后才
返回。当警察找到他调查时，他则以证件照上的美猴王脸谱和嫌疑
人外貌不符为借口，戏剧性地躲过了道德指责和法律惩罚。发生在
中国街头如此荒诞的一幕表面上是格瑞佛对中国社会权威和体制的
成功挑战，其实更是小说对美猴王大闹天宫的现代推演，可以理解
成孙悟空大闹天宫却逃脱了如来佛祖手掌的背书。格瑞佛捅大娄子
后却全身而退是作者对美猴王大闹天宫后的美好想象，是美国主流
社会和印第安群体的狂欢化书写，是不同文化间相互映衬、相互交
织的巧妙构思，对拉近中西方的文化距离有一定的帮助。

　　格瑞佛只是凭借对《西游记》英译简本的解读和认识，就从
一个印第安裔美国人的立场来审视和界定美猴王的性格和形象。说

---

　　① Gerald Vizenor. *Griever: An American Monkey King in China*, New York: Illinois
State University, 1987, p.151.

到底，他眼中的猴王不过是一个简单片面、我行我素、只会大闹天宫的恶作剧者，对他们来说，"没有什么是神圣不可侵犯的，他们敢于挑战、颠覆任何人与任何信仰，搅乱任何地方的秩序"。[①] 他对猴王的极力模仿的确和猴王的特性有相似之处，二者的意识和行事特点在很多时候都是恪守信仰观念和理想追求，反对礼教约束和循规蹈矩，崇信自由自在和随性而为，喜欢扰乱和颠覆等级和秩序，即使是超越道德约束与法律惩戒也在所不辞。但是，事实上，这个美国的猴王似乎只善于"大闹天宫"，而不知"西天取经"，在绝大多数时候，无论在美国还是在中国，格瑞佛陶醉于无原则的、一味的闹剧中，这除了给他人和社会制造了无谓的麻烦和混乱外，剩下的对社会安定和文化进步毫无纠偏性和建设性意义。在此，维兹诺也许是想借助格瑞佛的视角反观"文革"后的中国现状，迎合当时的阅读市场的需求，同时作者更是在提醒读者，在现代各种主流和边缘文化持续交流的大背景下，这种只会"破"而不懂"立"的印第安狂欢化信仰在美国社会和中国社会都必然要遭遇生存性危机和文化性对立，有必要对其中的矛盾进行重新思考、判断和选择。

客观来讲，这个美国的猴王还远不成熟和全面，还无力扮演像美猴王那样的文化英雄，因此，他和中国的美猴王在文化实质上相去甚远。格瑞佛对猴王及中国文化最多只了解皮毛，根本不清楚猴王以恶作剧手法惩恶扬善的精神和实质，更不懂猴王的随性而为是响应中国传统价值观、伦理观和道德观的，是服务于"西天取经"大义的，是显现中国式平等自由观的，这决定了格瑞佛无法从灵魂上再现美猴王那种蔑视强权、疾恶如仇、除暴安良的抗争角

---

① 　William Hynes & William Doty. *Mythical Trickster Figures: Contours, Contexts, and Criticism*, London: University of Alabama Press, 1993, p.37.

色，也说明空有猴王脸谱的形似是不可能与中国的美猴王文化达成神似的。格瑞佛在中国制造了很多麻烦，如果在美国也不会有好果子吃，对此，维兹诺应该是心知肚明的，所以他在小说中放大了格瑞佛的恶作剧特征，用委婉的方式表达了美国印第安裔信仰对中国主流文化的挑战和冲击，这也只是他作为美国印第安裔作家试图将血统、身份、文化糅合于一种文学幻想的艺术手法，希望藉此唤起读者对印第安裔身份迷失和文化困顿的重视。从这个角度上说，小说《格瑞佛：一个美国猴王在中国》的成功是具有社会现实价值和文学创新意义的。

三、《孙行者》的"梨园猴王"

汤亭亭的《孙行者》曾于1990年获得"美国西部笔会奖"，该书戏仿了《西游记》中的猴王经历和经典的精彩故事并对它们加以艺术化的模拟、糅合、交叉和嫁接，以互文性对比和文学性拼贴来重构中国传统思维习性、民俗传统、观念操守及行为方式等在现代美国语境中的生存境遇，向读者再现当代华裔美国人如何被美国主流文化嘲弄、排斥和打压的残酷性、现实性和普遍性，从而借《西游记》中似是而非的原型探讨了美国华裔群体的身份缺失、文化错位、心态迷茫、角色转换和价值认同等问题，也道出了一个现代美国"梨园猴王"的真实心声。

深谙中美文化差异、已是第五代土生土长的美国华裔的小说主人公惠特曼·阿新自以为是"美猴王在当今美国的化身"，① 对美

---

① ［美］汤亭亭著，赵伏柱、赵文书译：《孙行者》，桂林：漓江出版社1998年，第35页。

猴王有很强的认同感和归属感。为了家庭生计，自小他就被父母打扮成猴子装束，整天在美国四处以表演猴戏、杂耍和说书赚钱为业，言谈举止无形中都具有猴子的特征，不时"提着长臂""头敏捷地摆来摆去""恰似一只迷惑不解的猴子"，① 连汤亭亭也采用《西游记》章回体小说的"要知后事如何，且听下回分解"②等形式，在书中称他是美国的孙悟空，插说他是"可怜的猴子""亲爱的猴子"等，③ 为二者之间的模拟性关系和引申性新意建起了微妙的平衡。

大学毕业的阿新聪明睿智，自视颇高，希望能有机会大展才华，更渴望能像猴王一样通过奋斗打拼提高社会地位，获得社会尊重，但在美国社会现实中屡遭无情的差辱和打击。阿新在大学毕业后和失业之前的一年里，艰难地寻找和变换最蓝领的工作，只能从事诸如售货员、邮局拣信员、公共汽车售票员和奶油炼制工等"低人一等"的简单职业，还时常被随时解雇，最后只能从事类似"黑人作品"的诗歌创作。他和绝大多数同时代的白人青年怀有同样的世界观、审美观、价值观和行为准则，留着怪异的发型，穿着牛仔靴，一味地叛逆激进，质疑一切，反对越战，抵制习俗，怀疑民权，更本能地凭借傲慢自大的意识形态渊源和冷漠刻板的印象意识嘲讽和敌视新来美国的华人移民，"迎面走过来一个华人，他来自中国，双手背在背后，弓形腿，宽松的裤子。他是出来溜达溜达

---

① ［美］汤亭亭著，赵伏柱、赵文书译：《孙行者》，桂林：漓江出版社1998年，第34页。

② ［美］汤亭亭著，赵伏柱、赵文书译：《孙行者》，桂林：漓江出版社1998年，第117页。

③ ［美］汤亭亭著，赵伏柱、赵文书译：《孙行者》，桂林：漓江出版社1998年，第36页。

的。……如此土里土气。如果说他们的裤子不那么短，运动袜不那么雪白引人，人们也不会厌恶他们的。新来者的风尚——短裤腿或卷裤脚，不可救药，土里土气，土里土气"，①但在他对新移民"他者化"的同时，仍然无可避免地被白人社会"他者化"，由此饱受社会隔绝和心理疏远的折磨，尤其是被他原本的偶像兼美国主流作家"垮掉的一代"的代言人杰克·凯鲁亚克蔑称为"目光闪烁的小华人"，更让他难以释怀。最典型的歧视和失败就是他满怀憧憬地参加马太尔产品展销会，却发现其他人等都心想事成，各得其乐，唯独自己因为有黄种人的样貌而备受冷落，到处碰壁。这样无聊尴尬的场景使他不禁想起《西游记》中美猴王被官封弼马温的情节，意识到自己就像美猴王一样怀才不遇，遇人不淑，好不容易在天庭般的美国社会谋得极其渺小卑微的一席之地，心中尚在沾沾自喜，却瞬间被像神仙般高高在上、自以为是的美国白人群体踩在脚底，自尊心和得意被彻底践踏。面对这种愚弄和羞辱，美猴王还能于盛怒之下，反下天宫，扯起"齐天大圣"的大旗，尽情宣泄，而他却只能默默忍受并吞下耻辱、失望和愤懑的苦水，别无他法。他也想过是否可以名正言顺地娶个白人妻子帮助自己堂而皇之地走进美国主流社会，与地道的美国人平起平坐。然而，事实是他很难得到白人女子的青睐，她们反而会挖苦他长着华人的"小眼睛"并打趣道："你能看见吗？你怎么会看见呢？"②也常问他"你是哪里人？""你来这个国家多久了？""你觉得我们的国家如

---

① ［美］汤亭亭著，赵伏柱、赵文书译：《孙行者》，桂林：漓江出版社1998年，第5页。

② ［美］汤亭亭著，赵伏柱、赵文书译：《孙行者》，桂林：漓江出版社1998年，第114页。

何呢？"和"你讲英语吗"① 等这样划清界限的问题，即使阿新视美国为故土，像孙悟空熟悉天宫的角角落落那样知晓加利福尼亚和旧金山的一草一木，应该是正宗的黄皮肤的美国人，但仍被白人社会视作贬义的中国佬和异教徒。兼之，汤亭亭也在书中暗批这种投机取巧的联姻想法既天真又不可行，因为阿新和美猴王的遭遇在本质上一样，能耐再大，法术再高，在天界看来，也不过是只出身卑贱、无名无分、聊以解闷的猴子而已，不管是主管养马还是专侍桃园，美猴王都不可能忝列真正的神仙，都不可能为仙界正视，更不可能有资格列席高级别的蟠桃盛会。

一次次的侮辱和伤害终于促使阿新领悟到，尽管自己内心自认是地道的美国人，但几乎不可能得到美国主流社会的认同，遑论融入他们的群体生活，而且这种源自种族和身份的矛盾和困境像顽疾一般长期存在、近乎无治，终于逼着他"大闹天宫"。既然"'你穿绿色不好看。'接着，宿舍里有人说：'穿这颜色，我们显得更黄。'和种族肤色有关。当然，自此之后，他便懂得了他该穿什么颜色——绿色"，② 他对华人角色在美国社会中的屈辱性大加反诘，"我正在为你写一台戏。在我为你写的戏里，观众会爱上你，因为你的黄皮肤、圆鼻子、扁瘪的身材、丹凤眼，还有你的口音"，③"听着，你这个目光闪烁的小法裔加拿大人。你知道什么，凯鲁亚克？你知道什么？你屁也不知道。在这儿，我是美国人。我

---

① [美] 汤亭亭著，赵伏柱、赵文书译：《孙行者》，桂林：漓江出版社1998年，第351页。

② [美] 汤亭亭著，赵伏柱、赵文书译：《孙行者》，桂林：漓江出版社1998年，第45页。

③ [美] 汤亭亭著，赵伏柱、赵文书译：《孙行者》，桂林：漓江出版社1998年，第28页。

是行走在这里的美国人。凯鲁亚克和他的美国之路滚一边去",①
大声呼吁"谁也不能把谁排除在外",②"为了我,卸妆吧,好不好?
去那个女厕所,这儿有阿波灵洗面奶,洗了脸再出来。勇敢些。
敢于不涂脂抹粉地生活。找回你的面孔。你的眼睛极大,不仅对
于中国人而且对于任何人来说,都显得大极了"。③他还在朋友
面前大谈特讲美猴王称王花果山和大闹天宫的精彩故事,还借用
了西方的黑马骑士佐罗、中国古代的花木兰、杨家将、岳飞、梁
红玉以及《三国演义》和《水浒传》中的战将等前来助阵美猴王
对战天兵天将,此时的阿新也是个无畏无惧、能思能想、敢说敢
言、好战好斗的美猴王,向忽视自己、将自己边缘化的歧视力量
发起挑战。阿新"大闹天宫"的结果虽然囿于小说的反战主题而
未言胜负,但从评论界的那些貌似溢美实则贬斥的陈词滥调中可
以推敲出阿新其实也战败了,依然带有贬义的属性标签,被视作
"文化杂种"。

　　"fake book"的本意是爵士乐手即兴演奏时参照的基本曲谱,
实际演奏时都会据此进行随机的变奏和创新,虽然最终演奏为了提
高灵活性、趣味性和丰富性,可能相比基本曲谱已是面目全非,但
其总谱、基本框架和主旋律还是要得以保留。汤亭亭以号称美国文
化"三大成果之一"的爵士乐为切口,其实是想"提供许多故事、
许多需要做的事情、许多政治行动,让读者去完成它们,在头脑

---

　　① 〔美〕汤亭亭著,赵伏柱、赵文文译:《孙行者》,桂林:漓江出版社1998
年,第73页。

　　② 〔美〕汤亭亭著,赵伏柱、赵文文译:《孙行者》,桂林:漓江出版社1998
年,第139页。

　　③ 〔美〕汤亭亭著,赵伏柱、赵文文译:《孙行者》,桂林:漓江出版社1998
年,第346页。

中把它们即兴演奏出来"。① 所以小说中的"fake book"隐指美猴王和阿新确实有不少相似的磨难和性格，特别是美猴王于无形之中对阿新有很强的影响力和启发性，进而保证阿新在全新的、现代的美国社会语境中，以美猴王为基本参照物，因势利导地调和自己与边缘化环境的矛盾，通过主动性的改变来应付自己的身份错位感和社会失落感，并试图构建一种多样化、多元化、多种族化、平等包容的社会语境，这在精神品质上实现了和《西游记》的"神似"，能激发读者对两部作品的直观联想、互文遐想和指涉设想。

经过痛苦的反思和感悟，阿新决定不能总是被动地被美国主流文化中的固执和刻板所吞噬，而是要效仿猴王的七十二般变化，不断变换社会角色，争取平等的权益。他要做好包括脱口秀演员、"西行"文化旅者、华裔诗人、华裔剧作家等社会角色，即使当个愤世嫉俗的标准嬉皮士，也要保持文化责任感和价值使命感，要用他的"火眼金睛"去甄别美国文化中根深蒂固的对华人群体的种族偏见和肤色歧视现象，并打败这些变异化、歪曲化的妖魔鬼怪，获取话语权和主动权，甚至刻意打造华裔文化的"西方梨园"，于是更多《西游记》中的互文性故事零星地穿插于小说中，只是场景都已有改变，且各有新意。

阿新从《西游记中》唐僧师徒曾取到"无字真经"的故事中得到启发——"无字真经"也是真经，决定放弃诗歌创作，转而摸索和开辟适合自己的新的存在方式和生存空间，开始对现实展开"即兴演奏"似的文化性批判，通过宣扬自身华裔文化身份积极介

---

① Kingston and Valenzuela. *Two Foreign Women*：*Maxine Hong Kingston and Luisa Valenzuela*，Leiehardt, NSW：Pluto Press Australia Pty Limited，1990, p.23.

入当代美国本土文化，实现美国爵士乐般富于调和、创新、感染、凝聚、共识等价值精神的文化构建和共享。他要利用自己既精通美国文化及俚语又通晓中国文化和智慧的特长，开展一场文化的"西游"活动。他尝试践行中国的传统价值观念，并重归美国社群，组建"西方梨园"，通过排演实验戏剧重振美国华裔戏剧，把不同种族、不同文化的精华和特质都兼容其中，重塑一个跨越中外古今和一切种族、国别界限的"大杂烩"文化载体，最后也基本如愿以偿。

面对绕不开的严酷现实，阿新终于学会根据自己角色的转换和美国社会的接受习惯，讨巧地把中国的古语"好话不说二遍"改成美国的习语"同样的事绝对不能以同一方式对同一人讲两遍，宁死也不讨人嫌"，不但让听者品味中国古语的含蓄委婉品质，彰显了中国文化传统，而且突出了美国"直接明确"的文化特质，体现了中美文化的差异，这种似曾相识又不尽相同的意味表达模式兼具中美语言之美，且被赋予了新的内涵，整体上提高了两种文化糅合且"接地气"的层次和深度。同时，阿新对祖母的孝心富于感染力和号召力，他执意找到失散的婆婆并由此获得戏剧赞助这一颇具童话气氛的戏剧性奇遇凸显了东方文化伦理在美国文化中的异域植根，也是对拉近双方文化共识的一个意味深长的阐释。

与爵士乐在美国吸粉无数的方式大同小异，阿新在"西方梨园"里召集各年龄、各肤色、各族裔、各职业、各层次的人群，演出合作性和思想性极强的戏剧，在新型的对话模式中道出人们希望改变现实的共同心声，通过在作品中掺杂着东方式的表达和智慧，抒发自己"西行取经"的感受和情怀，实现与美国社会群体融合的理想目标。比如，他出演孙悟空，刻意让白人演员扮演如来佛祖，斗战的结果当然是美猴王难逃佛祖的手掌，被压于五行山下，这种既照顾西游故事情节又迁就白人优越感的戏剧架构显然是对阿新主动修复中美文化传统关系的正面倡言。此外，阿新还努力地消磨美国新老移民间的文化隔阂，动员他们一起踊跃参加他即兴导演的猴戏和戏剧，这样，所有新来移民和土生华裔都能在欢笑和愉悦中跨越地理隔绝和文化疏远，淋漓尽致地渲染出文化继承、文化包容和文化创新的终极愿望。客观地说，阿新最终像美猴王功成封圣一样"修成正果"，完成了戏剧理想，创建了新的社群团体，并成为社群文化的新领袖，重新找到了正确的人生方向，获得了一种良好的身份认同。这一成功也将推动美国社会对华裔文化的重新审视和高度重视，从而促进美国本土文化对中国文化的吸纳和更新。

汤亭亭精心地凭借阿新这样自信大胆的思想者和行动者将《西游记》中的互文性文本置于美国文化语境中重新进行"狂欢化"和"戏仿性"组织，深度演绎出美猴王的现代故事，在美国文化中塑造出新的美猴王形象，且不时插入自己的话语评论以充当"观音"的指点并引导读者的理解和接受，从而达成对美国偏见的现实批判和对华裔人生的未来探索。小说的这种创作思路婉转指出当代华裔美国人不应再深陷于身份困惑和文化失落的泥淖中，而是可以通过《西游记》这样的中国古典名著搭建起中美古今文化的互联关系，为美国社会文化的整体质变积累量变的基础。只要这些美国土生华裔能像美猴王那样执着于"西行取经"，抛开偏见、疏离和对抗，代之以交流、引导与合作，敢于依托美国本土文化土壤传承自身传统文化特质，他们必将重建全新的、开放的文化归属感和认同感，并创造出一种超越国别、种族、文化的普世性身份认同和文化价值体系。

汤亭亭曾在书中开玩笑道，"迪士尼应当把它拍成卡通故事片"。①《孙行者》这部改写本小说本身就是像汤亭亭这样的华裔美国人对中国的《西游记》的文学接受结果，这些筛选、过滤后的元素、内容和主张应该会使更多的英美读者对《西游记》有更深切的理解和体会，形成带有明显英美文化色彩的接受反应，正如法国当代比较文学学者伊夫·谢弗莱尔（Yves Chevrel）所言，"提醒人们永远不要以为穷尽了一部作品，永远不要以为完全懂得了什么是文学"。②后来的美猴王好莱坞版本都喜欢采用中西结合的戏仿方式，也许就是在一定程度上受到了该作品的影响，这也间接地证明了《孙行者》的跨文化意义及其在英美社会的传播价值。

以上这些对《西游记》进行文化深度演绎的现代文学读本是与原著文化本体截然不同的全新版本，"在传播方式日益多样化的今天，借助于对原著的演绎来契合、言说当下人们的生存状态，本身也是对原著持久生命力的进一步彰显"。③它们向英美受众虚拟了人化美猴王与现代社会的交集和糅合，再现《西游记》中"大闹天宫""猴王智斗"等经典要素在跨文化传播的语境下，经历了一系列冲突、反思、调整、顺应与调和后，最后生成了一种新旧文本交映的文学类别。

---

① ［美］汤亭亭著，赵伏柱、赵文书译：《孙行者》，桂林：漓江出版社 1998年，第 139 页。

② 深圳大学比较文学研究所编：《比较文学讲演录》，西安：陕西师范大学出版社 1987 年，第 12 页。

③ 左芝兰、丁济：《永远的西游：〈西游记〉的接受和演绎》，成都：四川大学出版社 2015 年，"前言"第 1 页。

第二节　改写本的传播焦点

一、猴王中心化

上述的三部《西游记》改写本《猴王》《格瑞佛：一个美国猴王在中国》和《孙行者》在一定程度上都继承或发展了《西游记》简译本的游历笔墨，模仿性地将叙述重点和人物焦点集中于美猴王一身，将他的化身们华莱士、格瑞佛、阿新等作为贯穿整部小说的一个不可分割的核心组成部分，删除了译本中唐僧师徒五位一体、相辅相成的原貌状态，并围绕其化身们展开现代性、聚焦性的游历叙述和独家表演，从而重塑了《西游记》文学改写本传播中的中心性人物，并让他们带领读者跨进一段现代时空，观摩真实社会中形形色色的芸芸众生和万事万物。从总体而言，猴王中心化的游历笔墨承袭了《西游记》在英美世界中的传统印象，维护了美猴王的基本性格特征，延续了《西游记》文本传播的主流取向，映照了现代社会对美猴王的接受转向。

巧合的是，三部现代文学改写本的艺术风格全变了，在身份设定、叙事风格和人物形象等方面对《西游记》译本都有较大程度的继承和改变，而且它们的时代性和文学性是全新的，转而营造出强烈对比和反讽效果，也使得译本中潇洒、轻松、幽默的游戏色彩趋向拘谨、压抑、讥讽的批判色调，体现出文学改写本的现实性、模仿性和创新性。

在各个小说中，只有化身于现代社会中的猴王是唯一的主角，华莱士、格瑞佛、阿新这些现代美猴王没有了像唐僧、观音似的慈祥领导，没有了像沙僧、八戒、白龙马般的贴心同伴，也没有了像天神星宿一样的高强帮手，只能孤身一人应对一个复杂多变的现代世界和完全失控的麻烦境遇。透过这些猴王化身们的遭遇和阐释，可以反观作者们精心设计的主观演绎和不约而同的社会共识。具体地说，在三部改写本中，令人熟悉的、闯关式的游历框架大致保持方向一致，令人头疼的、教条型的清规戒律大抵威力不减，而猴王的社会身份都被改变了，被置于一个现代、陌生、孤立、无助、尴尬的流亡者位置上，"流亡者存在于一种中间状态，既非完全与新境合一，也未完全与旧环境分离，而是处于若即若离的困境"，① 自此彻底失去了译本中神话猴王的强势权威和无上尊严。

在各种译本中，神话色彩浓厚，石猴的出身从未撼动猴王高贵的身份。译本中的美猴王都是顶天立地、呼风唤雨、无所不能的"七十二变"大英雄，是名副其实的王者，猴王的身份始终是处于高大上的地位，显赫的身份和其精彩的人生相得益彰，"齐天大圣"的名号响彻四方，"弼马温"的名头也充满喜感，足以让人礼让三分，即使屈居徒弟之列，也是响当当的大师兄。但与译本大不同的是，现代现实感弥漫于三部改写本中，每每把美猴王的化身们打得颜面尽失，压得喘不过气来。他们天性乐观，热爱生命，关爱生灵，社会参与感和个人上进心极强，而他们的身份地位偏偏又是那么的卑微渺小，这个戏剧性的命运玩笑似乎成了他们身上的致命伤。因为这些两手空空的入赘女婿华莱士、一文不名的失业大学生阿新、怪里怪气的英语外教格瑞佛，在别人眼中都不是令人敬畏的孙大圣，而仅仅是可怜、怪异、猥琐的小猴子，是出身低微、孤立无援的"他者"，这种出身安排往往直接限定他们的人生地位。普

---

① ［美］爱德华·W. 萨义德著，单德兴译，陆建德校：《知识分子论》，北京：生活·读书·新知三联书店 2000 年，第 44 页。

通、低下的社会身份早已预示了他们平凡、艰难或黯淡的人生，他们要面对社交，安身立命，谈情说爱，娶妻生子，成家立业，尝尽人生的酸甜苦辣咸，尽管他们也自命不凡，也梦想上下打拼、左右逢源甚至掌控一切，却再无威风凛凛的大气场和手到擒来的大能量，而是时常陷入四处憋屈、四面楚歌、变也不灵的窘境，就像华莱士连讨好别人的举动都会成为授人以柄的打击借口一样。残酷的现实正如紧箍咒一样把美猴王的化身们折磨得精疲力竭，而且对这般出身和身份的"小猴子"的打击不是一时的光环就能抵消的，即便华莱士和阿新最后都通过"七十二变"的本领，完成了境遇融合和身份提升，分别当选家族掌门和社团领袖，他们还是得小心防范下一个"紧箍咒"。易言之，在这样一个特别煎熬的现代社会里，这些美猴王化身们自始至终也没在心理上彻底摆脱"小猴子"的阴影，没在心灵上真正享受身份放飞的自由，没在记忆中完全忘却曾经的身份创伤，更没在境界上达到"成佛"的高度。

在三部现代小说中，美猴王的化身们虽然都是主角，但和神话猴王相比，他们都输在了身份的起跑线上，皆因他们身份沦落，致使能力受限，身手难展，负担沉重。从大人物到小人物的身份落差，几乎天然地决定了他们的命运和神话猴王的命运难以相提并论。从《西游记》译本到改写本的反差之中，读者可以深切感受到猴王的化身们在现代社会四处碰壁的无奈、沮丧和尴尬，并在互文性基础上产生像"猴王怎么了？""为什么猴王不一样了？"等更多的对比性思考。

在叙事风格上，译本中猴王的游戏性笔触被基本摒弃，译本中那个集快乐、潇洒、轻松、幽默、调皮于一身的美猴王从此不见了，再也读不到类似韦利所译的八戒将三清塑像扔进茅厕的祈祷、八戒吃斋、八戒撺掇唐僧念《紧箍咒》折磨猴子等滑稽情节，猴王

嬉笑怒骂的游戏色彩被现代小说中拘谨、压抑、讥讽、愤懑、批判的反讽意味取代，使得现代小说的对比鲜明，风格大变。

毛翔青《猴王》中心高气傲的华莱士一旦入赘一个传统的华人家族，就立马化身为一个憋屈受气的上门女婿，变得人见人厌，处处被动，再没有译本中猴王变身牛魔王，戏耍铁扇公主并骗取芭蕉扇的诙谐、随性和主动，即使和弼马温相比，境遇也是难望其项背了。原本呼天天应、唤地地答、左右逢源的孙大圣，此时几乎被逼入了"哭不得也笑不得"的绝境，不得不摆出小心忸怩甚至低三下四之态，使尽浑身解数去应对妻族的合家上下，包括拿糊米饭羞辱他的煮饭仆人，这种令人难以忍受的人生落差具有鲜明的反讽效果。好在华莱士还保留有美猴王好斗的面相和性格，这是他值得骄傲的本性和资本。面对歧视、挑衅、打压和欺凌，他的一切隐忍和退让都只是权宜之计，转眼间他就会变回真身，与各种妖魔鬼怪展开大战。他先在华人家族内"大闹天宫"，搅乱家族秩序，挑战家长权威，接着，在受到挫折后接受异地磨炼，通过游历和实干学会美猴王"七十二变"的能力，最终重返华人家族，并成为家族掌门人。可以说，在《猴王》的世界里，华莱士就是凭借着一股美猴王的永不服输的精神和劲头，终于实现了咸鱼翻身般的命运转折，践行了身份转变和地位抬升，这条主线符合小说的主题和内涵。在这个意义上，华莱士自封美猴王的独角戏是成功的，他对猴王形象和精神的演绎是恰当的，既迎合了英美小说市场的传播兴趣，又进一步增强了美猴王在英美文化中的传播影响，所以，华莱士作为美猴王的代表性化身，为《猴王》占据一个传播时段和传播空间提供了有力的艺术支撑。

美国印第安裔作家杰拉尔德·维兹诺的小说《格瑞佛：一个美国猴王在中国》中的美国猴王，即印第安裔美国教师格瑞佛，堪称一个任性、憋屈且蹩脚的美猴王化身。他是个只知道"大闹天宫"而不知"七十二变"和"西天取经"的猴王，可能只看过或只记得《西游记》简译本中大闹天宫的故事，也只喜欢模仿美猴王无所畏忌、无法无天、无所不为的叛逆言行，所以他幻想着自己能扮演救世主的角色拯救一切弱势群体和生灵，完全痴迷于随心所欲的恶作剧。尽管他自称美猴王，也承认自己是个恶作剧者，但他始终无法控制住内心敏感的冲动和狂放不羁的性格，更不在意任何的社会评判、道德约束与法律惩戒，除了在异国他乡给他人和社会制造了无谓的麻烦和混乱外，他似乎别无他好，这其实和人们期待中的猴王形象相差甚远。无论在美国还是在中国，格瑞佛都沉醉于无原则的恶作剧中，事实上根本不清楚猴王以恶作剧手法惩恶扬善的精神和实质，反而过分放大了猴王特质中的恶性。因为，相较译本中猴王在高家庄戏弄八戒、在车迟国耍弄虎鹿羊三妖等恶作剧，格瑞佛的恶作剧远没那么写意、诙谐和提气，相反，他的恶作剧常常让人啼笑皆非，令人泄气，印象不佳。显而易见，格瑞佛这个猴王化身是个偏执、狭隘甚至不可理喻的形象，无法从灵魂上再现美猴王那种不畏强权、见义勇为、除暴安良的抗争角色，他不可能在游历中取得真经，只能作为一个负面的传播符号给读者以经验提示和人生启发。

在汤亭亭写的《孙行者》中，阿新作为美猴王的化身，二者确实有不少相似的磨难和性格，以致阿新对猴王有最贴切的认同感和归属感。阿新自小就是"可怜的猴子"，更渴望能像猴王一样通过奋斗打拼获得人生成就和社会尊重，但在美国社会现实中屡遭无情的羞辱和排斥，黄色的皮肤和尴尬的境遇一度使他再想尽"七十二变"也无济于事。一次次的侮辱和伤害终于逼着他"大闹天宫"，以美猴王为学习模板，因势利导地调和自己与生活环境的矛盾，通过主动性的改变做好演员和文化旅者，要用他的"火眼金睛"和百变神通去辨别并打败这些变异化、社会化的妖魔鬼怪。最后，他利用自己既精通美国文化及俚语又通晓中国文化和智慧的特长，开展一场文化的"西游"活动，努力将中国的传统价值观念融于组建"西方梨园"的活动中，获得了美国当地各色群体的认可，才算功德圆满。相比于前两个猴王化身，阿新的游历和美猴王的取经有更强的互文性、现实性和创新性，书中较多的戏仿情节将读者对神话猴王的幻想和崇拜拉进对真实华裔的关注和同情，这种过滤后的诉求和主张明显超越并升华了《西游记》译本的传播阈，也是《西游记》译介在英美社会深度传播的重要成就。

在人物形象上，现代小说都程度不同地照顾了《西游记》译本的人物设置，又根据各自小说的实际情况加以调整，基本上都是围绕美猴王的中心而建构起来的。《西游记》译本中的美猴王形象高大完整，令人难忘，那么，依托译本而创作、传播的文学改写本在解读译本中心人物的基础上，特意重塑了美猴王的现代形象，这些美猴王化身们的人物描写虽然还留有译本的风采，但都遭到了明显的弱化，使得他们的形象与孙大圣相比，却是小巫见大巫了。

的确，华莱士、格瑞佛和阿新身上都保留了孙大圣的若干性格，与译本相通，"它就是自由的感觉"。① 他们都处处模仿孙悟空，自比美猴王，心高气傲，自信好斗，能很有心计地在家族、学校和社团掀起一场"大闹天宫"的风波，华莱士能击败竞争对手，完成"鸠占鹊巢"式的大逆袭，格瑞佛甚至还能从容逃过释放重刑犯的嫌疑，这股天不怕地不怕的劲头和大搞恶作剧的天性和孙悟空非常相似，只是他们搅闹天宫的规模、神通、气质等显然差了好几截。

---

① Jane Camens. "Interview with Timothy Mo", *Far Eastern Economic Review*, Business Premium Collection, Feb 1, 2001; 164, 4, p.73.

美猴王形象在现代小说中的最大改变就是这些化身们没了金箍棒，彻底丧失了神话猴王的种种手段，再难以如行者众星捧月一般大展神通，洗刷耻辱，重振雄风，相反，在现代社会中，无论是格瑞佛亮出猴王的京剧脸谱，还是阿新端出猴王的打斗架势，他们的美猴王形象都苍白无力，毫无影响。他们都被人轻贱地对待，常陷于困境而无法自拔，大圣的名号没人再提起，不屑和谩骂倒是此起彼伏，这与译本中猴王只要口中念念有词，一众土地小仙、妖魔鬼怪都会颤颤发抖、抱头鼠窜的威风形成醒目的对比。

现代作者们有意弱化美猴王化身们的神通显然是服务于小说主旨的，书中再无译本中形形色色的神、魔、鬼，只有这些虚幻人物代表的社会磨难，这些人生磨难的设置和描写催生了新的美猴王形象，这是现代小说的创新部分，带有强烈的现实性和哲理性。毕竟，在现代社会里，没有延年益寿的唐僧肉可以吃了，猴王和妖魔鬼怪的矛盾也不再是你死我活的极端对抗了，于是华莱士、格瑞佛和阿新不能再像孙行者那样一言不合就操起金箍棒大杀四方，而只能诉诸文明手段和个人素养了，这是促使现代美猴王形象彻变的主要动因。

华莱士性格演变最符合神话猴王的经历，他先是高调张扬地撺掇妻子搅乱家族秩序，挑战岳父的掌门人权威，"大闹天宫"失败受罚后，变得低调、隐忍、务实、沉稳，学会向强大的家族和严酷的现实寻求妥协和配合，最终得以登上家族的王座。然而，他的形象其实显得黯淡无光，在巨大的社会压力之下，他似乎总是战战兢兢，愤懑憋屈，迷茫无助，缺乏自信，时刻给人一种弱者和他者的感觉，活得很疲累、很可悲。他在梦境中主持一次生吃猴脑的家族大宴就足以说明，他在潜意识中一直把自己视作那只关在笼里等待宰割的小猴子，他和那只小猴子的可怜形象一样，满是恐惧和愤

怒。因而,华莱士的"小猴子"形象总体上比较低沉阴郁,有一种永远都走不出社会阴霾的意味,这和孙大圣活泼、洒脱、自由的阳光形象天差地别,也凸显了《猴王》别样的艺术风格。

格瑞佛的性格最像"大闹天宫"前的神话猴王,是个调皮、无忌、荒诞、自我、另类的纯粹恶作剧者。他敢于偷蛙放生、开笼放鸡、破窗放歌、抢车放囚等,这些滑稽可笑而近乎疯狂的行为完美烘托了一个无所畏忌、无法无天、无所不为的猴王形象。但这种搞怪型、破坏性的恶作剧形象在中西方、古代和现代的社会价值体系中都是负面的,除了给他人和社会带来无聊的麻烦和混乱外,根本无助于社会安定和文明教化。因此,格瑞佛的"狂欢化"形象看似潇洒豪放、热情奔放,实则简单幼稚、偏执疯狂,这和孙大圣是非分明、除暴安良、嫉恶若仇的正面形象有天壤之别,也成就了格瑞佛猴王的前卫艺术性。

阿新是三个现代猴王中性格最温和、行为最理性、思想最全面的,毕竟,自小的悲惨生活经历磨炼了这个"可怜的猴子"对现代社会的忍耐性,使他愿意放下姿态去主动适应变化的环境,所以这个"梨园猴王""大闹天宫"的烈度不像华莱士和格瑞佛那么大,更不会去有意挑起激烈的争吵和争斗,而是采取"文斗"的方式,比如,穿上绿衣服发泄下郁闷,表示下抗议,再把中西方耳熟能详的大英雄杂糅在梨园故事中,演出包容性和融合性极强的"杂烩"戏剧,从而在美国社会中塑造出全新的美猴王形象。阿新的"戏仿化"形象真实淳朴,思想活跃,随机应变又不忘本分和执着,在境界上有点类似那个西天取经路上逐渐成熟、理性的孙行者,也衬托了现代小说想表达的主旨。

由此看来,尽管三部《西游记》改写本《猴王》《格瑞佛:一个美国猴王在中国》和《孙行者》都在着力打造一个现代的美猴王,但此猴王远非彼猴王，只见一个个拘谨、压抑、憋屈、孤独、无助、可怜的人间猴王。猴王化身们在身份设定、叙事风格和人物形象等方面仍试图保持和神话猴王的紧密联系，而小说对译本的依托感和附着度大大降低，并抬高了和译本的割裂感。

二、文化冲突化

受到 20 世纪下半叶"文化转向"的全球性影响，三部《西游记》改写本《猴王》《格瑞佛：一个美国猴王在中国》和《孙行者》都一致地将英语小说、作者自传、中国神话等巧妙结合于现代小说中，把中西文化的独特内涵和对当代中西文化冲突的出路探索合二为一，展现了英美少数裔作家以文学书写介入现实改造的努力，并引导读者对中西文化冲突和跨文化适应展开深入了解和切实思考。

一方面，三个现代作家毛翔青、维兹诺和汤亭亭都是英美少数裔的典型代表，论血统，他们是华裔或印第安裔，论国籍，他们是英国人或美国人，特殊的双重身份不自觉地敦促他们将现代小说聚焦于中西文化冲突，展示处于两种文化背景、两种民族精神影响下的少数族裔在"相接触后所产生的文化和心理的变化"[①]、反思和成长，刻画这些人物处于本族裔家庭的小氛围和异族裔社会的大氛围里的多重自我，反映各角色们在定位和保存自己的文化身份时的艰难历程。既然三位现代作家自身是文化身份尴尬与文化认同缺失的受害者，是中西文化冲突的亲历者和承受者，对文化冲突之弊感同身受，对跨文化书写独有心得，对多元文化戚戚向往，由此他们

---

① R. Linton Redfield, M. R & Herskovits. "Memorandum for the Study of Acculturation", *American Anthropologist*, 1936 (38), pp.149-152.

把文化冲突化作为小说创作的重要体现，希冀减少文化冲突的悲剧甚至挖掘其潜在的积极意义。

　　毛翔青是中英混血儿，一方面接受过正规的英国教育，另一方面又接受了从先辈那里承继下来的中国文化传统，熟知中英双方的文化习俗和故事形式。他擅于结合自身在中国香港和英国成长的真实经历描写华人移居海外的辛酸故事，生动地描绘中英文化的剧烈碰撞，批判中国传统文化和现代英美文化的格格不入，揭示跨文化语境对种族身份造成的巨大焦虑和困扰，所以他的不少作品根植于中国传统文化，深受中国文学的影响，兼具英国本土文学的风格。他常常在笔下表达对跨文化情境下"我是谁""我会成为谁""我该为谁"的文化性思考，探寻中西文化冲突的出路。毛翔青身上流淌着华人血液，但拒绝华人身份，又因亚洲人外貌和气质差异被正宗英国人排斥，于是陷入迷茫的他被迫隐居于东南亚，做起浪迹天涯的亚裔漂泊者和文化无根者，纵使如此，他依然摆脱不了自己文化身份的不确定性，也逃脱不了文化冲突的困窘。一旦一个双重文化身份者陷入文化夹缝中，到底是该摒弃本族裔文化，认同现存的异族文化？还是该坚守本族裔文化，排斥现存的异族文化？抑或是该在二者文化之间采取中立、平衡的立场？对此该做出哪种选择，给出哪种答案，毛翔青始终迷惑不解，纠结难平，或许把这个焦点问题呈现在一部小说中供读者讨论也算是一种精神上的解脱。毛翔青的很多遭遇极像他笔下猴王华莱士的经历，他和华莱士一样对跨文化情境下的生存充满怯意、郁闷、迷惘，总是心结难消，他俩似乎永远也找不到解决问题的答案，这也许是《猴王》能生动、深刻地塑造中心人物、再现中西文化冲突的重要原因。

　　维兹诺作为美国印第安裔作家和印第安文化的代言人，坚信印第安文化足以和美国主流文化相抗衡，这两种文化或者更多文化之间的冲突应该趋向妥协和交融，这是他的小说关注的焦点问题。维兹诺在20世纪80年代曾在中国天津的一所高校担任英语外教，对中国文学和文化有一定的兴趣和认识，这有利于他扩大视野，另辟蹊径，寻找到中西文化冲突的创作灵感。他善于依托自身的美国正规教育背景以及广阔的西方社会、历史、人文背景，在美国主流话语中宣示"本土印第安裔在场"，刻画在美国主流历史叙事中经常被抹杀或边缘化的本土印第安人在美洲历史阶段的存在、参与和贡献，凸显印第安裔的传统文化和英美文化的对抗和妥协，以此重塑本土印第安裔的历史叙写和文化传统。印第安传统文化中独有的恶作剧者兼具聪明、机智、幽默、调皮、无聊、荒诞、任性、低贱等复杂的优缺点，同时还能在人类与动物之间随意变换，这种魔幻化的特点被维兹诺敏锐地抓住并将之和中国古典小说《西游记》中的孙悟空紧紧联系起来，从而神奇地完成了中国文化、美国文化和印第安文化之间的三角冲突以及猴王格瑞佛的文学虚构。能否通过恶作剧者寓言来卸除文化冲突受害者的心理负担？能否通过表达印第安裔族群和美国白人群体平等共存的诉求来实现印第安裔的文化身份重构？有没有跳出文化夹缝、另辟生存空间的创新性尝试？这是《格瑞佛：一个美国猴王在中国》想化解的焦点问题，从维兹诺自信满满的戏谑笔法可推知一二。维兹诺试图劝说读者从全新角度学会认识并推翻美国主流文化对印第安族裔的蔑视和压迫，所以他有意地把各种看似荒诞的情节和人物置于当代社会文化语境中，利用后现代及魔幻色彩的叙事风格，挑战对印第安裔人民的传统阅读、理解与研究方式，发掘、复现和发扬印第安裔传统文化和价值观，力图恢复印第安裔人民被扭曲的传统形象和身份地位，颠覆美国主流的历史叙事陈规和文化歧视，并极大地丰富了当代文化冲突的视野与表现力。

ABC（American-Born Chinese）汤亭亭虽然是小眼睛黑头发黄皮肤，略通中国文化，但她也自小就受美国文化、美国教育的熏陶，说一口地道的美国英语，以融入美国主流文化为人生目标，其思维方式、价值观也是完全美国化的，与移民来美的父辈有本质的不同。父母亲较为深厚的文学修养，潜移默化地影响着汤亭亭的文学内容和创作倾向，而长期弥漫美国的种族歧视制度促使她文学笔锋转向中西文化冲突的普遍性以及美国华裔人们在美国排华政策迫害下的不懈奋斗史，使她的文学创作中的人物多是有血有肉的中国人，具有中国文化、西方文化的双重特征，特别能反映中西文化的融合与撞击，而且对于那些浪迹异域的中国人的思想和心态能够非常准确地把握这一特点在其小说创作中占据的位置尤为重要。汤亭亭曾说，"中国是我创作的源泉，我讲得最好的故事是关于中国的"，① 她的作品中浓厚的中国文学色彩，使它们在美国文学界独具特色。同时她有一种深沉的文学使命感，激励她大声为美籍华人说话，力图纠正美国社会，尤其是美国白人对华人、对华人历史片面和错误的看法，包括以自己的实际行动来消除美国主流社会认为美籍华人只能用"洋泾浜"英语进行文学创作活动的偏见。

如何在文学中使"他者化"的"边缘文化"融于美国主流文化之中，构建美国华裔群体的文化属性，最终真正彻底地消弭文化冲突之害？如何在文学中进一步树立美国华裔人群在美国社会的新形象以及他们的社会文化身份？这是汤亭亭想通过小说创作所探讨的焦点问题。汤亭亭的双重文化身份和意识赋予她的文学灵感就是把许多中英的文化传统、民间传说、风俗习惯、神话传说等，通过说书演剧的叙

---

① 赵红英、张秀明编著:《海外华人妇女风采录》，北京：中国华侨出版社1995年，第271页。

事方式，把它们有机融合为一体的现代小说中，尤其是通过《孙行者》这幅"混杂文化"的乌托邦图景来演绎她构建族裔文化属性的构思和理想。《孙行者》不是为了颠覆种族歧视、终结中西文化冲突而要颠覆整个美国社会体制，"西方梨园"不过是一个从形式到内容都中庸化了的美国华裔文化属性的象征。汤亭亭提供的理想的文化解决方案是消除"文化本真主义"界限而建立包容不同族裔属性的美国多元文化结构，该结构不再是一个非此即彼的单一的、排他性的纯粹主体，而是个超越国界、民族、文化界限的"大同"主体，和另一部美国小说《紫色》的主旨理想有异曲同工之妙。

另一方面，三个小说人物即美猴王的现代化身们华莱士、格瑞佛、阿新都是各自作者在现实世界中的代言人，是双重文化身份的载体和符号，是中西文化冲突的文学媒介。他们被作者卸去了神话猴王的神通，以虚构的普通人的身份被动而实在地卷进中西文化冲突的漩涡中，尝尽了生活在文化夹缝中的煎熬之苦，从现实的艺术角度帮助读者审视中西文化冲突并探寻规避文化冲突的途径。

中葡混血儿华莱士入赘潘氏华人家族的动机并不高尚，不是因为爱慕东方佳丽或欣赏东方家庭，只是为了投机取巧，赚笔丰厚的嫁妆而已。他体内流有华人血液，但心底鄙视华人且拒绝接受华人身份，又因有非亚裔人的外貌和气质差异而被中国家族视为异类并加以排斥。可以设想，如果华莱士想在葡萄牙裔的族群中立足谋生，想必也会因和华人血统沾亲带故而被排挤。一个穷酸的西方人有资格在一个落后的东方封建式家庭做主子的"西方舰炮时代"早已成为过去，而在一个"文化中心"的现代社会，带有西方文化身份标签的人再也没有理由在东方情境下无条件地凌驾于带有东方文化身份标签的人，反之亦然。对此，华莱士似乎不太清楚，不但没有意识到东西方文化冲突的必然性和普遍性，还天真地认为凭借自己西方人的文化身份就可以轻松地在潘氏华人家族立足生存，左右逢源，否极泰来。他从一开始就完全站在西方文化的骄傲立场上，以高人一等的态度俯视东方传统文化和社会，他只知道并崇拜一个看起来神通广大、通吃四方、称王称霸的东方美猴王，其实对孙悟空身上的中国儒释道文化气质一概不知，或许压根也没有丝毫兴趣，更不用说他面对的华人家族以及他们背后代表的中国传统文化，所以心有不甘的他婚后就陷入郁闷、懊恼、愤恨中，这种发自心底的抵触情绪在遇到华人家族的怠慢时更是几何级地发酵和恶化，终于导致矛盾的激化和家族内的"大闹天宫"。

华莱士抗争的失败以及其后被家族放逐恰恰说明在华人社会中，抱定西方文化优越感的他鄙视华人传统和社会规则，拒绝融入华人生活和社区，到头来只是徒有神话猴王一样的抱负和理想，实际上却是个地地道道的文化偏执者和身份可怜虫。如果没有品尝到文化冲突的恶果，如果没有和岳父潘先生之间一番推心置腹的谈话，华莱士很难顿悟似的体会到中西的文化冲突，很难正视中国传统文化和社会生活，更难放下身段，去九龙的社区和当地民众打拼出一番事业。纵使最后华莱士学会了"七十二变"，学会了如何按照中国传统文化行事，学会了如何八面玲珑地和华人打交道，成功蜕变为华人家族的掌门人，但从根本上讲，那更多地都是屈从于生存和物质的需要，而不是精神和文化上的认同和满足。华莱士的压抑和迷惘始终伴随着他对自己文化身份的困惑，无形中折磨着他，因为他在心底深处一贯地鄙夷华人传统文化，正如他的梦魇所暗示的那样，中国传统文化就像"生吃猴脑"一样意味着愚昧、无知、野蛮、落后、残忍、血腥，这也是西方文化长期以来给中国传统文化贴上的丑陋标签。华莱士在很大意义上迎合了西方文化凌驾于中国文化的自我心态，满足了西方文化的猎奇性和优越感，但这种似乎无解的中西文化冲突同时具有潜在的积极意义，即中西文化冲突激烈但并非致命，华莱士功利化的态度在事实上也帮助他像孙悟空一样在东方文化的情境下实现涅槃重生，重获前程，这种痛并快乐着的升华是现代美猴王和中西文化冲突相生相斥并引发中西方共同关注的魅力所在。

混血印第安人格瑞佛的双重文化身份对他没有造成过多的失落感或自卑感，反而鞭策他不惜采用直接对抗的手段刻意宣扬或放大印第安族裔文化和价值，努力在美国白人社会中维护本族裔的文化传统、思想信仰和独立生活，从而表现出了一股对抗强者文化、挑战文化冲突的大无畏精神，这确实有几分像是中国美猴王精神在美国的延续，也为规避文化冲突开辟出一条新路。格瑞佛虽然为了能在美国主流社会生存而接受了正规的美国白人教育，带有美国文化和生活方式的痕迹，但他坚信印第安文化一向是正确、先进、活跃的，自己在本质上更是印第安土著文化的狂热坚守者和执着传播作者，拒绝接受美国文化并融入美国主流社会，以此自得其乐，并获得极大的文化自尊和自信。这样的印第安文化至上者是不可能迁就异族文化的，故而他在美国学校偷蛙放生，以示印第安传统文化的自然性、人文性和超然性应该超越于美国唯我、严酷的白人世俗文化。自然，中国社会文化和印第安传统文化虽偶有交集和共鸣，但也有云泥之别，一旦相遇，冲突难免。当格瑞佛踏上中国领土并面对新的文化环境时，他非但不会认同中国文化体制或遵守中国社会的价值规范，反倒会一如既往地按美国印第安族群的文化方式行事，一旦抓住机会就有意识地向中国主流社会传达印第安文化的优越性，在他眼里，刚刚重新对西方世界开放国门的中国还需要向美国印第安文化好好学习，特别是需要他这样的文化代表者进行有力地干预和示范，于是他在中国城市里做出一系列乖张怪戾的"大闹

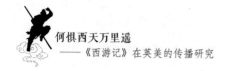
天宫"式的恶作剧其实毫不为怪。

格瑞佛对自己视为荒谬的美国文化和中国文化产生质疑和不满后，他丝毫没有忍让和退缩，也不顾及影响与后果，而是承袭了神话猴王粗鲁的叛逆作风，用印第安式的思维和方式进行了"硬碰硬"的对抗，幻想着自己能扮演救世主的角色锄强扶弱，普救生灵，包括鸡仔和死囚，让美国印第安传统文化之光照耀东方异域，由此开启了在中国近乎疯癫的"大闹天宫"之旅。只要遇到和他的美国印第安信念相左的情境，他就简单而夸张地模仿中国孙悟空的脸谱和行为，以中国美猴王的名义扮起快乐的狂欢者、破坏者和胜利者，随心所欲地挑战当地的社会规范，恣心纵欲地扰乱社会秩序，乐此不疲地嘲弄道德法律，使劲宣泄着美国印第安文化征服中国社会文化的妄想和快感，以此获得自我娱乐和自我满足。看起来，美国现代猴王格瑞佛在面向文化冲突时，所表现出的言行举止只是为了挑战而挑战，为了颠覆而颠覆，没有"七十二变"使他的很多无厘头恶作剧对中西社会和谐和文化融合几无调和性和建设性价值，而其只顾"破"而不管"立"的印第安狂欢化信仰更容易加剧文化性矛盾，导致在一阵社会混乱和尴尬中唯有他自己感到快乐和释然，这种"大闹天宫"的方式对中西文化冲突显然只剩消极意义。但退一步讲，格瑞佛偏执激进、我行我素、只图自我快乐的抗议方式也不失为一种乐观积极、明哲保身的态度，避免他遭受生理和心理上的痛苦并成功保证自己没有成为文化冲突的创伤者和牺牲品，他的"我乐故我在"的自我狂欢为探索文化本性、文化并存和文化冲突等世界性话题提出了一定积极的参考性建议，这是不容否定的。

华裔的美国现代猴王阿新尽管接受了美国大学教育，自以为是土生土长百分百的美国本地人，也和美国白人一样怀着强烈的文化优越感并带着文化的有色眼镜鄙薄新来美国的华人移民，这些新移民几乎所有的言行举止和穿衣戴帽等都被想当然地认为是所谓的愚昧落后、浅薄猥琐的中国传统文化的代名词，都一度是阿新嘲弄的对象和理由。但可悲的是，阿新的黄皮肤、小眼睛、扁身材等亚裔体貌特征还是被美国白人无条件地划入下等低贱的中国佬群体，这几乎成为他进入美国主流社会的天然屏障，令他遭受了无数的白眼和侮辱，更别提在工作和生活中享受普通美国人的国民待遇了。而且这种源自东方种族和文化身份的窘困像瘟疫一般肆虐着全美的大小角落，戕害了数代的无辜华人，且继续摧残着像阿新这样新一代的亚裔美国人。

阿新对美国社会的这个文化痼疾看得真切，知道野蛮对抗的风险极大，而退缩和逃避绝不能躲过文化冲突的碾压，那么不如鼓起勇气正视偏见歧视的魑魅魍魉，用中国传统文化的本真和精华击碎美国文化的自大和虚妄。既然华裔乃至亚裔人群的体貌特征难以掩盖而化妆更容易引起美国白人的嘲笑，那就不妨少浓妆艳抹，大方地将亚裔的真实面目展现出来，用自尊和自信去改变美国白人的审美观，如果亚裔人自强了，形象高大了，他们的小眼睛也终会被美国白人们接受和欣赏。既然崇拜英雄的美国白人对中国古典文化知之甚少还盲目藐视，那就把西方的英雄如黑马骑士佐罗和中国古代的英雄如花木兰、杨家将、岳飞、梁红玉以及《三国演义》和《水浒传》中的战将等组成联合战队前去助阵神话猴王迎战天兵天将，还可以让普通白人在戏剧中尽情出演中国的如来佛祖，让中西英雄联袂大展理想宏图，共抒英雄情结，如果中国古代的英雄得到白人社会的认可，中国传统文化的负面形象也会得到相应的抵消。既然中国传统文化中尊老爱幼的美德和美国文化中敬老爱亲的操守有相同点，不如就践诺执行，不辞劳苦地找回失散许久的祖母，既彰显

了文化寻根的价值，又凝合了中美文化的人文共识，从而加强二者文化间的平等性和互通性。

看来，为了直面文化冲突并扭转不利的生存局势，阿新倾向于比较冷静、理性、中庸的"大闹天宫"方式，选择了"中西结合"的第三种态度和出路。他既没像华莱士那样隐忍和功利化地硬着头皮去适应异域文化，也没像格瑞佛那样强硬和主观化地无所顾忌地去对抗东方文化，而是有理有节地借用"fake book"这样美国本土化的策略应对美国本土白人文化，向蔑视华人、将华人他者化的美国种族歧视力量发起反击，所以他的"七十二变"富有机智和弹性，讲求破立结合，他表现出的综合能力与个人境界要明显超出前两个现代猴王。解铃还须系铃人，文化的问题需要文化的答案，文化同质化也是人类的重要选项之一，"两种文化或两个文化之间的偏见和长期对立可以通过对相互差异的了解而得到解决。通过一种中立的文化媒介，我们能清楚、简单地与他人沟通，我们能向对方表达自己的愿望和动机。这样的话，整个世界将能向和平共处迈出一大步"。① 因此，阿新从文化角度入手，不断变换社会职责，做好脱口秀演员、"西行"文化旅者、华裔诗人、华裔剧作家等社会角色，凭借着中美文化交流互通的责任感和使命感，刻意打造华裔文化倡导的"西方梨园"，用包容、融合的"大美国文化圈"尝试挽救深陷于身份困惑和文化失落泥淖中的华裔群体，推动美国本土文化和中国文化的平等对话和相互吸纳，并最终演变出一种超越国别、种族、文化的普世性身份认同和文化体系。

---

① ［美］迈克尔·沙利文-特雷诺：《信息高速公路透视》，北京：科学技术文献出版社 1994 年，第 191 页。

第三章

《西游记》在英美的非文本传播

进入 21 世纪以来，伴随着各种《西游记》译本在英美世界的深入传播，西游故事、美猴王形象、历险题材、神魔趣事和各色原型人物等广泛受到西方影视界和现代传媒的垂青，取材于《西游记》的视听作品如影视剧、动漫片、舞台剧、音乐剧以及网络作品在英美社会层见叠出，持续引发反响。时至今日，酝酿西游视听作品的呼声始终不绝于耳，而基本上每隔 2—3 年就会有一部《西游记》题材的非文本作品面世并轰动一时，由此悄然形成了一股非文本传播的热潮。

"在古代文学经典中，《西游记》的对外影像传播表现出较强的活力和领先的态势"，[①]《西游记》非文本作品都是基于其各色译作传播后的接受成果，是英美文化传播语境和接受能力共同作用的体现和结果，整体上看似经历了一场大变形、大嬗变的过程，实则这些作品都具有英美民族原创文化的自然属性和本土特征，几乎在一夜之间就彻头彻尾地实现了英美本土化。作为英美本土文化的载体，《西游记》非文本作品旨在传播英美文化的内容和精神，它们要与中文版《西游记》分道扬镳，要借用原著的武力压服及神魔想

---

① 李萍：《中国古典文化海外影像传播的特点分析——以〈西游记〉为实证》，《社会科学家》2012 年第 1 期，第 123 页。

象以呼应和维护西方的"强者"文化传统及"胜利者"精神，只有最后的"强者"和"胜利者"才配得上英雄、领导、主角和尊崇，这种西方式的英雄文化思维完全贯彻于《西游记》非文本作品的"创""传"与"受"的始末之中。既然东方的孙悟空形象远远不像英美受众所想象的那样狰狞可怕，那就把他的造型改得更魔幻、更恐怖；如果唐僧一味地哭哭啼啼，文弱可欺，缺乏一个强势领袖的气质，那就淡化他的形象或直接屏蔽他，再换个主角和领导，哪怕是观音菩萨这样的厉害女性也行，要么就加强唐僧的武性和凶性，让他也变成一个比徒弟们更擅逞强要威、好勇斗狠的"老大"角色；当然，如果再不时地加上一些英美受众喜欢的人神魔混恋、古今穿越情节就更好了。于是，屡屡呈现穿越成现代人物乃至美女的大小唐僧、唱着流行嘻哈歌曲并大跳爵士舞的唐僧师徒、卷入人神魔混恋的感情伤怀、各种冷热兵器和魔幻法术混战的视觉拼杀、打败机器人并拯救未来世界的科幻决斗等西方式"脑洞大开"的情节大片，每每爆红于各种媒体和网络，充分显示出《西游记》非文本形式的传播特色。

第一节　影视传播

为了迎合美国民众对《西游记》的欣赏视角和观影口味，美国 NBC 电视台在 2001 年首次播出了时长约 150 分钟的《猴王》(The Monkey King) 改编电影，即《失落的帝国》（The Lost Empire），将中西方、古今的表现元素一股脑儿地杂烩其中。该剧制作组绝大多数工作人员都是美国人，所以该电影具有十足的美国味儿，剧中虽然保留了西天拜佛取经、降妖伏魔的主题情节及中国古代儒释道的活动居所、穿着打扮和礼仪规范等，但唐僧师徒由清一色的欧美人扮演，个个造型夸张奇特得像人形神兽，观音菩萨由来自中国的女星百灵扮演，猪八戒则追求时尚，坚持减肥并瘦得可以看到胸下排骨，仅此改编对原著来讲就颇具颠覆性色彩。更具现代表现力的是，该剧极尽在古代中国与现代美国之间穿越之能事，剧情被完全演绎成一个美国式英雄拯救他人和世界的历险故事。剧中的唐僧被穿越成一个痴迷中国古典文化、婚姻破裂、闲居在家却身手不凡的美国学者尼克，他偶遇了爱喝威士忌、打扮像个印度舞娘的观音，也迷上了她的中国傣族式紧身衣裙以及她的酥胸、美腿、纤腰，还柔情蜜意地喊着"guanyin"。情侣二人在神力的帮助下，一边恋爱，在含情脉脉中凝视对方，在花丛中追逐嬉戏，在亲吻中呼唤彼此，一边搭救了孙悟空、猪八戒、沙僧和《西游记》作者吴承恩，顺便也拯救了整个世界。当然，最动人、最卖座的还是观音宁愿放弃法力和神位跟随唐僧返回凡间的悲怆爱情，一如既往地向观众传达了美国式的英雄观、爱情观和神话观，还"把这个朝圣之旅变成了一个人在神秘的东方世界的旅行"。[①] 此外，该剧特聘了《职业特工队2》负责科幻动作特效的 Cinesite 团队设计剧中的视觉动作，完成了五百余个的电脑特技打斗场面，从侧面为该剧赚取了较高的收视率。

一方面，的确，这部美国影视剧早已同原著的内容和精神相去甚远，表达的完全是美国人在神秘新奇的东方古老世界中寻找刺激、神奇和爱的传统套路，但面目全非的影片中充斥着魔幻雷人的造型、设计精巧的穿越、东方逼真的历史、逗趣搞笑的情节、浪漫

---

① Sun Hongmei. "Time travel and chronotope: The Lost Empire and The Forbidden Kingdom as adaptations of Journey to the West" *Asia Pacific Translation and Intercultural Studies,* 2016(3:2), pp.175-187.

销魂的爱情、紧张激烈的打斗、扣人心弦的脱险等，集各种主题、想象、技术、创新等影视元素于一身，足以吸引无数的眼球，这也是它很快进入德国影片市场并获得更大成功的原因。另一方面，电影《猴王》的成功进一步启发了一些英美制片人，例如，史蒂文·斯皮尔伯格（Steven Spielberg）就表示，他从这部《西游记》题材的电影中学习到了如何将东方的异国风情、魔幻灵异、神秘仪式等和西方的尚武精神、奇思妙想和冒险情怀结合起来，并将这些元素有机地添进其 2008 年完成的《印第安纳琼斯——水晶头骨》（即《夺宝奇兵 4》）等大片中。

　　2008 年，中美联合投资并制作的约 90 分钟电影《功夫之王》（*The Forbidden Kingdom*）在北美地区由狮门电影公司（Lionsgate）与韦恩斯坦公司（The Weinstein Company LLC）发行，在美国的首映一度好评如潮，票房更是高达七千万美元。该片是个典型的美国式"梦中之梦"，[①] 把孙悟空的灵光穿越至一个美国小男孩杰森（Jason）身上，讲述酷爱中国港台功夫片、饱受问题少年欺负却不敢反抗的他意外地在一家唐人街古董店获得了美猴王的如意金箍棒，并借助它穿越时空返回到数千年前的远古中国进行一番生死大冒险。在成龙扮演的游侠吕岩、李连杰扮演的默僧和刘亦菲扮演的金燕子等三位功夫高手的帮助下，杰森战胜玉疆战神、白发魔女霓裳等邪恶势力，最终从五行山石头中找到并解救出李连杰饰演的孙悟空，合力夺回天界，同时杰森也实现梦想，蜕变为智勇双全的英雄。导演罗伯·明可夫和编剧约翰·福斯克以及中方制片人在《功夫之王》寻宝和救人历程中利用电脑特技整合处理了所能联

---

　　① Roger Clarke. "The Forbidden Kingdom", *Sight & Sound*, Jul, 2008, Vol. 18 Issue 7, pp.57-58.

想到的所有中国武侠电影的经典场景，包括孙悟空等东方人物形象、唐代风格的服饰和艺术、落魄秀才、和尚、歌女、游侠、中国武术招式、阴阳太极、神秘咒语等中国传统文化符号，美轮美奂的西式造型、中国山水、人物活动、武打场面和英雄情怀等打动了众多观众。别具特色的是，影片中还引用了很多中国俗语和功夫迷们耳熟能详的武术专有名词，比如庖丁解牛（the butcher who cuts meat every day with such skill, his knife Never touches bone）、青出于蓝而胜于蓝（learn the way, then find your own way）、水滴石穿（nothing is softer than water, yet it can overcome rock）、醉拳（drunken fist）、虎拳（tiger style）、螳螂拳（praying mantis）、水上漂（flight on water）等，这些中国味的用语经过美国制作团队的提炼和加工，比较适合英美人的知识基础和审美品位，能帮助更多的英美受众理解并欣赏东方风情和人生哲学，进而提高《西游记》的接受度。基于《功夫之王》的票房收入和良好反应，中美双方计划投资拍摄续集，让第一集中鲜有表现的白发魔女彻底"复活"，和默僧大炫二人前世今生的动人情史，同时增强着墨很少的孙悟空的戏份，将他由沉默寡言、高高在上的形象改造成激情洋溢、有血有肉的角色，其他重要人物依旧个性鲜明，武艺超群，法术高明，这些情节设计和卖点符合英美受众的观影品味，更有助于提高《西游记》的知名度，自然也吊足了英美影迷的胃口，他们正急切地等待着走进影院一睹续集的风采。

2009 年，由好莱坞 20 世纪福克斯公司（20th Century Fox Film Corporation）摄制的、时长约 100 分钟的电影《龙珠：进化》(Dragonball:Evolution) 在英美各地公映，虽然其票房收入和观影反响不及《功夫之王》，但也不失为成功之作。该片改编自日本漫画家鸟山明所创的《西游记》题材类漫画《龙珠》，演员来自中国、美国、日本等国，主要讲述具有超自然能力的英雄孙悟空肩负上天赋予的拯救世界的重大使命，他必须要确保神秘莫测而能量无穷的七颗龙珠不能落于横行宇宙间的邪恶势力之手，以免黑暗势力借龙珠的神力主宰地球。所以他联合了一群武艺高超的伙伴们，历经漫长艰辛的旅程，最终在一场惊天动地的恶战后打败了企图入侵地球的妖魔，捍卫了地球的安全与和平。该片从《西游记》中找到灵感，打造了一个活泼幽默、神通广大、行侠仗义的美国英雄孙悟空，再配上刺激惊险的想象、奇特科幻的造型、轻松逗趣的情节、灵动翻飞的武打、幽深静谧的东方山水和美妙精彩的电脑特技，将跨时代和跨文化的魔幻世界、现实人生和英雄情怀糅合一处，在中西合璧的影视风采中重新诠释了孙悟空等角色的意义和东方风情的神韵，从而加强了孙悟空在《西游记》影视中的主角和核心地位。

2015 年，美国 AMC 有线电视台推出了由《西游记》改编而来的 6 集功夫题材电视剧《不毛之地》（Into The Badlands），每集时长约 60 分钟，播出时间不太长。该剧以美方执导，中方参与制作、武术指导的形式合作完成，剧情直接简单，情节夸张雷人，美工豪华精美，画面考究细腻，充斥着在古装与现代之间的错乱穿越。该片主要讲述吴彦祖饰演的、野蛮善战的冷血武士、超级打手兼摄政大臣 Sunny（即孙悟空）护送一个身负重任的美国农家小男孩 Aramis Knight（即唐僧）寻找人类教化、救赎以及极乐世界的艰辛旅程。在未来"彻底分裂"的北美洲封建时代大陆上，没有火器枪械，七个敌对的巨头瓜分了所有土地，他们凭其私人武装用拳头和杀戮对辖区实施残酷的独裁统治，而为了拯救危险的世界，孙悟空则拜小唐僧为师，一路骑着大摩托车，穿着褐红皮衣，背着东洋长刀，不时地单挑十几个杀手，最终帮助师父剪灭各路邪恶势力，取得真经，终结了血腥的乱世。在这部打打杀杀的历险片中，西游原

著的故事和角色几乎彻底变形，代之以天马行空、信马由缰的美国式改编，但这似乎并未过多影响观众对该剧的喜爱，因为该片只是借助了《西游记》的题材以阐发美国方式的创意、专业改编的摄制、设计独特的穿越、幽默可笑的情节、艺术夸张的打斗、精彩激烈的功夫、东方异域的风光、古朴地道的乡村风情等，这些令美国观众着迷的卖点为该剧赢得了可观的收视率。

2015 年，北京儒意欣欣影业、贰零壹陆影视公司、华夏电影有限公司携手美国派拉蒙影业全球（Paramount Pictures, Inc.）联合摄制的《西游记》3D 魔幻电影《敢问路在何方》(Journey to The West) 正式发布筹拍消息，计划 2018 年开始真人拍摄，2019 年全球上映。据悉，为了满足中国和英美市场的观影口味，该电影中主要人物将部分沿用中国大陆经典 86 版《西游记》电视剧的主创阵容，由六小龄童、马德华分别再次出演孙悟空、猪八戒，人物造型基本保持不变，中国的服饰和自然山水也要保留，同时《少年派》特效团队和好莱坞视效大师 John Hughes 加盟负责影片特效。在采访中，派拉蒙影业全球副董事长罗伯·摩尔（Rob Moore）表示要向英美观众真实展现举世闻名的英雄美猴王，且魔幻西游情节和现代的最新特效技术特别匹配，而六小龄童严肃反对英美制作方对像《西游记》这样的中国国粹进行完全西方式的恶搞、胡编和乱改，比如，坚决反对让女性出演唐僧等，当然，为了提高英美世界的关注度和影片的国际化，不妨邀请西方著名演员参演一些要角，这样既满足了当前流行的国际电影环境和中西国际合作化潮流，也能坚持《西游记》的中国文学经典性和文化性，保证西游文化精髓的传播。可以设想，如果这部电影版《西游记》能邀请到对电影技术和魔幻神话剧有独特建树的世界级导演，比如詹姆斯·卡梅隆（James Cameron）、斯皮尔伯格等，参与摄制工作，并根据英美受众的审美习惯重拍西游故事，《敢问路在何方》应该是东西方文化和谐结合的产物，也是《西游记》跨文化传播的结晶。的确，之前中国的许多经典文作都被好莱坞影视取材并完成加工，但无论票房和口碑反应如何，对中国文化的再现和阐释等几乎被弱化甚至抹去，更不用说广泛传播了。面对当下复杂的国际文化交流背景，如何通过《西游记》影视作品去更好地传播西游文化的精神和魅力已是一个新的时髦话题和现实挑战，对此《敢问路在何方》或许能提供一个参考答案，这令中西方的专业人士和观众翘首期盼，拭目以待。既然图像的生产、传播和消费已经成为当今世界的主要文化形态和交流模式，那么英美的影业公司和电视台偏爱取材《西游记》并独自或联手中国合作方进行作品改编，则是《西游记》在英美世界传播的一种重要渠道和一件重大利好，必将推动中西方对《西游记》达成越来越多的文化共识。

第二节　舞台传播

正如西游戏在中国一向是一种广为流行的传播形式一样，《西游记》在英美社会也常被改编成舞台剧，原著或译本中固有的信息就转变成舞台剧所独有的造型、场景、画面、音乐、灯光、对白、旁白、独白、唱腔、动作等视听觉符号，进一步扩大了《西游记》的传播渠道和喜剧精神，也收到了意料之外的接受效果，因为"西方民族的喜剧精神很大程度上是来自中世纪的民间戏剧"，[1] 也就是笑剧。当然，由于舞台剧基本采用"演唱＋舞蹈＋对白"这样的

---

① 陆扬：《西方美学通史》（第二卷），上海：上海文艺出版社 1999 年，第 315 页。

现场演出形式，特别依靠音乐、剧本、造型、舞台设计、灯光、形体等专业化技能，对演出条件具有先天性的苛刻要求，而且演出成本较高，导致《西游记》舞台剧未能像影视剧那样传播迅速而且广泛，但终究还是以其相对自足的传播特点和接受意义表现出一定的生命力，在《西游记》的传播过程中占据了一席之地。

舞台剧在英美文化传统中自古就被视作一门格调高雅、作用奇特的艺术，"在这种创作中，作品的当代的思想感情倾向性是通过富有表现力的、夸张的形象表现出来的。像接受仪式演出一样，观众把这些戏剧演出当作某种符合他们迫切的社会利益的'另一种现实'来接受。这样，作为一种真正艺术的文学就这样产生了"。①即使舞台剧在现代的日常娱乐活动中有被边缘化的趋势，但观看舞台剧始终是英美民众的一项根深蒂固的传统活动，尤其是对文化素质高、收入水平高的观众来说更是不可或缺的。在很多戏迷看来，舞台剧虽是浓缩于三尺看台的戏剧艺术，但表演精彩，蕴意丰富，回味无穷。随着现代高科技在舞台剧中的广泛运用，《西游记》舞台剧在重视本身的戏剧性和创新性之外，更追求特效、创新、异质、多元的舞台效果，显得现代感十足、独创性鲜明、感染力暴增，其舞台的配套设施愈发齐备，舞台的综合功能日臻完美，舞台的整体效果震撼逼真，加之流行音乐、动漫技术、现代劲舞、说唱旋律等渲染形式，更容易给观众一种身临魔幻异境的感觉，促使他们在戏内外感受新的体会和共鸣。

美国肯尼索州立大学（Kennesaw State University）戏剧学院的中国代表剧就是美猴王题材，这也是该院与中国戏剧学院交流的

---

① ［苏联］波斯彼洛夫著，王忠琪等译：《文学原理》，北京：生活·读书·新知三联书店 1985 年，第 94 页。

传统项目。"洋猴"学生们就曾在极具空间感的双层舞台上打造了
另类的美国式话剧《猴王》，该剧以夸张的形体动作、舞台造型和
现代话语，通过重新演绎美猴王在现代文明中的荒唐遭遇和奇特感
受，道出了当代普通美国大学生的社会心态。正如该剧的编剧玛格
里特·鲍德温（Margaret Baldwin）所说："考虑到观众主要是美国
大学生，他们对于这个中国故事的了解比较有限，因此便有意识地
加入了与他们生活环境相关的社会内容。……孙悟空不仅生活在过
去，也生活在当下。……我们觉得，美国的青年一代与孙悟空有很
多相似的地方，他们对于未知世界充满幻想，十分有活力和自信，
能勇敢地面对一切，但有时也会狂妄地认为自己能够改变世界。"①
在这个舞台上，人神魔等各界人物都穿梭于物欲横流、自我至上、
精神苍白的现代社会；玉帝、龙王等众仙身着摇滚乐手的奇装异
服，大肆炫耀着腰间的前卫手机；玉帝的侍卫们都是些眼观六路、
耳听八方的智能机器人；猴王领着众猴们在现代服装上粘些毛毛，
伴着古典乐、爵士乐以及中国佛教的曲调，上蹿下跳地跳着古怪的
街舞和机械舞等，随心所欲地游戏人生。按照该剧女导演凯伦·罗
宾逊（Keren Robinson）的构思，"我一直在寻找能代表孙悟空的基
本精神，并去发现他在生活中的真正意义。就在这时，我接触到了
《西游记》译者引用明史学者谢照之的一句话——寻找你无拘无束
的心性。这句话，深深触动了我的心弦"。② 这就不难理解，为什
么当猴王到人间寻找长生不老药时，商人开导他说时间就是金钱生
意，活着只为赚快钱，时髦女郎勾引他说他要逛街狂扫名牌货才快

---

① 西西：《另类猴王东游记——记美国肯尼索州立大学话剧〈猴王〉》，《上海
戏剧》2006 年第 2 期，第 50 页。

② 西西：《另类猴王东游记——记美国肯尼索州立大学话剧〈猴王〉》，《上海
戏剧》2006 年第 2 期，第 50 页。

乐，药剂师则哄骗他说服用高科技提炼的小药丸方能青春永驻，直到搞得猴王晕头转向，无所适从。因此，这部满是铜臭气和市侩化的现代舞台剧相当有趣，其实意在讽刺现实束缚和道德沦丧，张扬美猴王的自由心性和快乐精神，同时洋溢着美国的现代气息，细看之下也算是一部中美文化结合得比较有特色的现代佳作。

2007 年 6 月 28 日到 7 月 8 日，中西方联手合作的《西游记》歌剧《美猴王：西游记》（*Monkey：Journey to the West*）在英国曼彻斯特国际艺术节（Manchester International Festival）上连演了 12 场，几乎场场爆满。这部附有中文歌词和英文字幕的歌剧版《西游记》由曾策划、执导美国版戏剧《牡丹亭》和《赵氏孤儿》的华裔导演陈士争（Chen Shi-Zheng）和英式摇滚乐天才 Blur 乐队灵魂的达蒙·阿尔班（Damon Albarn）联手打造，主要围绕悟空出世、自封大圣、大闹天宫、赌斗佛祖、困禁五指山、唐僧开释、西行取经、功成封佛等核心故事，采用中国传统民族乐器和阿尔班自己发明的中西结合式的新乐器谱写音乐，歌剧风格兼有中西方旋律，突破了西方传统歌剧的表现方式，显得全新另类，而舞台服装、动画设计和舞台效果由街头霸王乐队动画大师杰米·休莱特（Jamie Hewlett）制作，欧美式风格明显。该剧演员阵容强大，包括约 40 名中国杂技演员、歌手和武术演员，扮演美猴王的北京京剧院演员费洋身着中式传统戏服，一会儿用咏叹调高唱京剧，一会儿抓着吊绳上下翻飞，一会儿昂头模仿猴王抓耳挠腮并吱吱尖叫，而其他扮演猴群的演员玩着各种杂技动作并伴唱着。此外，中国的乐山大佛形象也被搬上舞台，再加上 65 个标新立异的神魔人物造型，尤其是投射在银幕上的动画与故事情节汇织于场景转换中，使得这部汇聚中西舞台因素的表演惟妙惟肖、引人入胜，基本上展现了《西游记》中的中国古典文化神韵和英美人期待中的猴王形象。

之所以排练《西游记》歌剧，也许是因为"在所有音乐形式中，歌剧是对政治、经济、社会和文化大环境的变化最具即时性敏感度的，……喜歌剧，因为在本质上比正歌剧要受到较少传统的拖累，所以它在 20 世纪一如既往，依然是孕育新思想的天然土壤"。① 在这个比较强调原创性的国际艺术节上，这部将东西方的舞台元素融合为一的喜歌剧成为该盛会的最大亮点，令英国观众大饱眼福。据悉，为了宣传这部时长约 110 分钟的现代歌剧，英国维珍铁路公司（Virgin Trains）特意定制了一个来往于伦敦和曼彻斯特之间的 217 米长专列，车厢表面遍布该剧中美猴王等角色的动漫造型，吸引了不少伦敦市民专程前往一睹风采，也满足了他们对这一出好歌剧的预期。之后，陈士争在接受《华尔街日报》访谈时特别谈到了该剧的创意，"你需要在这个故事中加入些现代元素，这样人们才不会觉得这孙悟空是 1500 年前的形象。他是今天的孙悟空"。② 歌剧版《西游记》的现代性创新随即引发了英国主流媒体的热评，《泰晤士报》艺术专栏作家兼乐评人理查德·莫里森（Richard Morrison）给该剧的制作和表演打了满分，他表示该剧不太像西方传统意义上的歌剧，倒像是马戏、杂技、舞蹈、笑剧和功夫的中西大杂烩式的舞台剧。《观察家报》认为该剧更像是跨流派的现代流行剧，"无论是中国导演、英国作曲和造型设计、法国的指挥，都打破了常规"。③ 作为力图突破传统的现代流行艺术家，阿尔班也首肯了该剧的创新意义，"我不知道它究竟是什么，也许是一种首创的国际歌剧。我

① Donald Jay Grout. *A Short History of Opera* (second edition), New York and London: Columbia University Press, 1965,pp.536-549.

② 《陈士争用"西游记"融合东西方》，《中国青年报》2007 年 10 月 9 日。

③ 《曼彻斯特国际艺术节：歌剧版〈西游记〉受好评》，《国际先驱导报》2007 年 7 月 13 日。

只知道人们喜欢它"。① 这部歌剧的成功说明《西游记》的传播向多样化、现代化和国际化的舞台迈进了一大步。

2008 年 5 月 22 日，曾上演于英国曼彻斯特国际艺术节的歌剧版《西游记》经过一定程度的完善后在美国南卡罗来纳州查尔斯通市 (Charleston, South Carolina) 的索特尔剧院（Sottile Theatre）上演。由于在美国，歌剧市场广阔而繁荣，歌剧风格千姿百态，新品迭出，极其追求现代、丰富、前卫和创新，而歌剧版《西游记》题材别致，表演多样，现代感极强，最基本的出发点就是让观众获得笑声和欢乐，它从主题、表演、音乐、特效、设计等方面都力求东西方文化和艺术元素的交汇，特别是在表演上借鉴了中国传统京剧的特质以及近半个世纪以来风靡世界并已为西方观众喜闻乐见的中国功夫片中的武打韵味，再加上利用动画和片幕来呈现水帘洞、筋斗云、七十二变、龙宫、天宫、火焰山等东方异域风情，不但有效衔接了故事情节和场景转换，而且让演员和观众在舞台上进行趣味性互动，对观众产生出神入化的视听觉冲击和身临其境的参与效果，更加深了他们对美猴王冒险的体验和喜爱。

2008 年 7—11 月间，该剧再返英国，在伦敦的皇家剧院 (The Royal Opera House) 等著名剧场多次上演，热度相比上次艺术节来说丝毫不减。观看的人群有 90% 以上都是讲求时髦、追求艺术的 20—40 岁间中青年，他们酷爱新事物、新形式和新笑点，自然会偏爱这种中西结合且综合艺术性强的现代性歌剧，并且希望剧院能不时地上演《西游记》这样多姿多彩、热闹好看的歌剧。当然，连一些苛刻的剧评家都给了这部《西游记》现代歌剧较高的评价，他们的诚恳建议对这部经典歌剧的持续完善起到了积极的作用。

---

① 《英文版歌剧〈西游记〉巴黎上演》，《烟台日报》2007 年 9 月 29 日。

这部歌剧版《西游记》历经数年的反复修改和打磨，终于被打造成一部时长 90 分钟的精华版音乐剧《猴·西游记》，堪称一部世界级的经典歌剧。全剧根据创新性、英美化、国际化等理念，围绕降妖除魔、扬善惩恶和功成名就的主题，精选了英美受众耳熟能详的大闹天宫、赌斗佛祖、三打白骨精、智过火焰山等 9 个经典片段，掺杂东西方服饰、西方歌剧咏叹调、欧美摇滚音乐、中国武术杂技、中国京剧的唱念做打、仿真冷兵器道具以及现代数码动漫技术等多元化舞台形式，将西游故事完美融入舞台之中，让一颗东方文化明珠闪耀在英美世界。

实际上，如今的美国观众对中国文化的好奇心越发强烈，他们希望通过《西游记》了解更多关于中国的故事和精神，积累一定的中国文化基础知识。对此，陈士争坦言，为了完成这个舞台盛宴，讲好西游故事，他和整个创作团队特意采用了当代最流行的、能吸引中西方年轻人的多元艺术形式，包括歌唱、魔幻、摇滚、动漫、武打、杂技等艺术表现手段，只为博得市场反响，"我希望美国人也能喜欢西游记，就像他们喜欢星球大战和指环王一样喜欢西游记。西游记应该成为全世界人民都喜欢的一个故事。……这个故事太漂亮了，它不需要靠一个形象或人物去带动，它需要的是一种最合适的方式，能够让观众喜欢"。① 自 2013 年 7 月 6 日开始，这版《西游记》舞台剧于艺术节期间在全球瞩目的美国林肯艺术中心 (Lincoln Center) 连演 27 场，场场爆满，观看的人群有一大半都是年轻人，票价高至 50—250 美元，商业价值极大，并创下了单一剧目在该中心演出场次的新高。在很多美国年轻人进一步了解中国经典《西游记》的同时，美国林肯艺术中心为该剧的宣传、排

---

① 《陈士争：希望全世界都喜欢西游记》，大公网，2013 年 6 月 30 日。

练和演出等工作投资的 600 万美元也得到了很好的回报，可谓艺利双收。林肯中心艺术节总监奈杰尔·瑞登（Nigel Redden）在接受采访时直承剧本的一个主题，"但是最终唐僧某种意义上是成功了，因为取到了真经。这是个寓言。而他取到的真经则是可以影响很多人的。而这是我们想要做的事情"。① 在此期间，林肯艺术中心为宣传该剧而发布的 facebook 页面在短短 30 天内就收到了近 2 万个好评，其中有大批纽约市之外的西游粉丝们在网页上呼吁这部舞台剧应该到美国的其他地区进行巡回演出，让更多的观众现场显示一下他们对美猴王取经故事的礼遇。"这是林肯艺术中心第一次以音乐杂技剧的形式表现中国古典文学名著，更是林肯艺术中心建立以来单一剧目演出规模和场次最多的一次，打破了 2011 年英国莎士比亚戏剧在林肯艺术中心艺术节演出 21 场的记录。"② 为了帮助英美观众看懂《西游记》的部分精髓，剧中穿插运用了众多"国际语言"的表达方式，结合西方观众熟悉的音乐旋律、舞蹈杂技、武打造型以及英雄主义情结，辅之以魔幻的造型、京剧的脸谱、惊险的表演、动漫的背景、紧凑的叙事和幽默的情节等，让不同年龄层、不同阶层、不同情趣的人都能通过这部舞台剧感悟《西游记》的精华并演绎出新的精彩，让他们从不朽的中国古老故事中产生跨越时空的共鸣。陈士争还对记者特别指出，这部《猴·西游记》的艺术价值是异常挑剔的林肯艺术中心最为看重的，"孙悟空自我中心的性格所引发的心灵成长，是很多西方观众都能理解并产生共鸣的历程"。难怪，在林肯艺术中心的宣传海报上，这部《猴·西游记》被冠以"年度盛宴"的称号，常被拿来与《哈利·波特》的个人

---

① 《华尔街一刻：另类西游记何以纽约热卖》，腾讯网，2013 年 8 月 6 日。

② 《音乐杂技剧〈猴·西游记〉受到西方观众和媒体高度好评》，江苏省文化厅交流处、信息处，2013 年 7 月 29 日。

成长相提并论。"孙悟空的惩恶扬善、自由奔放的性格，完全符合美国人的英雄情结，他们说这就是一部中国的英雄剧"，"曾经欣赏高雅艺术的都是年长的人，而这次却是年轻人占大比重。这部剧老少咸宜，几乎都是一家人一同去的"，"两部都被美国人看作魔幻剧，甚至比《哈利·波特》还要棒，因为美国人更惊叹中国16世纪就有了如此棒的魔幻想象力"。① 更有趣的是，这部剧的主角虽是美猴王，但很多年轻人在网页评论中写到他们开始莫名地喜欢上活泼、纯真、可爱、顽皮的猪八戒，认为他更贴近现代年轻人所追求的一种自我真实的、崇尚生活乐趣的人生态度和价值取向，这种意想不到的正面评价说明《西游记》的"传"与"受"已在美国出现新视角，《西游记》的传播和效果还有很大的拓展空间。总之，这部《猴·西游记》市场性和文化性并重，精彩别致，在同类舞台剧中独树一帜，所以《纽约时报》评价道："2013林肯中心艺术节的重头戏《猴·西游记》非常热闹，与以往的节目大不相同，剧中的某些唱段表面上模仿了中国传统戏剧风格，但实际上表演者没有受限于那种风格，采用了更符合西方观众口味的姿态更流畅、更自然的方式，就像故事中各种异想天开、追求智慧的人们那样，演出生动活泼、精彩有趣。"好莱坞《综艺报》评论文章认为："该剧是一场艺术盛宴，为纽约的夏夜提供了史诗般的休闲娱乐。"美国《明星纪事报》刊文说："该剧反映的是师徒四人跨越浩瀚的大海和凶险的火焰山，经受各路妖怪和神仙的磨难与考验，并与能力似乎没有极限的杂技和武术高手展开较量。杂技演员们自始至终都在蹦跳、翻转和空中飞行，

---

① 《音乐杂技剧〈猴·西游记〉受到西方观众和媒体高度好评》，江苏省文化厅交流处、信息处，2013年7月29日。

不断地进行手倒立和转动呼啦圈，眼花缭乱地舞动手中发光的杆子，表演十分精彩，有一名女杂技演员居然能做到用一只脚举起一盘仙桃，另一只脚还能妥帖地放到自己的鼻尖。该剧的动画效果能让不可能的场面变得栩栩如生：孙悟空变成一只蜜蜂被铁扇公主吃进了肚子里。艺术家们取得了巨大成功，是一场独一无二的剧场体验。"①当美国观众还在回味《西游记》这部中国家喻户晓的取经故事给他们带来的快乐和启发时，陈士争和他的国际团队正在忙着和百老汇大道商谈如何展开合作并把这部《猴·西游记》推上百老汇的大舞台，让《西游记》在戏剧和剧场这个行业代表着最高级别的艺术成就和商业成就的圣殿一展风姿。在解决一些诸如时间安排、商业化因素、演唱语言、剧作技术难题、舞台安全、演出成本等一系列关键难题后，这部《猴·西游记》极有希望在百老汇的剧院大放异彩，向美国社会传播古今中外相似和相异的故事、风情和精神等，并成为英美世界文化市场中的传世之作。

　　2013 年 11 月，北京演艺集团和根华国际文化传媒有限公司运用百老汇式的音乐剧创作理念和艺术表现手段，耗费巨资联手推出了时长约 2 小时、面向全球文化市场的大型原创音乐剧《大梦神猴》（*Monkey King：A Browdway-Style Musical*），进一步将这个家喻户晓的"中国神猴"改造成具有国际范的舞台形象。该剧的主创人员阵容豪华，皆来自世界一流的美国百老汇团队，制作人是曾出品《美女与野兽》《阿依达》《浑身是劲》《乔的咖啡屋》等作品的美国音乐剧公社的艺术总监托尼·思迪马克（Tony Stimac），编

---

① 《音乐杂技剧〈猴·西游记〉受到西方观众和媒体高度好评》，江苏省文化厅交流处、信息处，2013 年 7 月 29 日。

剧是曾参与《哦！凯伊！》等音乐剧创作的詹姆斯·洛切夫（James Racheff），作曲人是曾获格莱美音乐奖的路易斯·圣路易斯（Louis St. Louis），中方导演是曾执导中文版音乐剧《妈妈咪呀》的胡晓庆，主演"齐天大圣"是美国知名黑人演员阿波罗·莱维恩（Apollo Levine），在他们看来，音乐"作为一门模仿、表现、再现的艺术，有它不同于其他模仿艺术的特点，它是模仿人生的感情和人类的性格的"，① 猴王的音乐自有其中的妙趣和乐趣。该音乐剧集结了中、美、韩三国20余名优秀演员，以《西游记》中的"大闹天宫"为蓝本和素材，采用汉英双语字幕，从现代、时尚的视角再度演绎了美猴王充满梦幻和冒险的传奇经历，共有寻找仙家、龙宫夺宝、回归猴山、妖女魅惑、授封天庭、仙女戏怒、大战天庭等7段小故事。不过，这个舞台"神猴"彻底颠覆了美猴王在人们心目中的原始古装形象，他已摇身化为时尚帅气的舞台男，褪尽了以往各种艺术作品中的狂野风格，增添了些许现代青年的率真品质，个性化特强，而海龙王和玉皇大帝的魔幻造型和西式服装更具现代气息，为了抗议猴王抢宝，龙王会狂热地唱一首滑稽歌曲《不要碰我的东西》。在这部世界首个"黑人猴王"的音乐剧中，总能看到古典和现代的流行舞台元素，包括神通广大的神仙、机关重重的秘境、美丽调皮的仙女、邪恶多变的妖魔、跌宕起伏的历险等，以及魔幻魅惑的动感舞台、现代新奇的人物造型、地道流行的美式英语、浮华艳丽的舞台洋装、精彩搞笑的嘻哈曲风、鲜活灵动的中西舞蹈、眼花缭乱的街舞比拼、幽默逗乐的插科打诨等，如此音乐化、舞蹈化、国际化、多元化的文化演出编排别致，精彩时尚，惊喜不断，

---

① 范明生：《西方美学通史》（第一卷），上海：上海文艺出版社1999年，第561页。

且充满人性化和个性化，将古典故事和现代舞台包容其中，为英美文化市场增添了一抹亮色。所以，中方导演胡晓庆坦言："观众不会看到猴子长毛，因为他们的服装非常现代，甚至进剧场你会感觉看的是一场美剧而不是中国剧。而天庭会有中国传统元素的呈现，有明显反差，它展现得是中美文化的融合和差异。我们希望孙悟空的故事不仅中国人能够欣赏，还要把它推向世界。同时让作品更符合现代人的审美需求。"① 而思迪马克在接受采访时承认："我的目标是在中国一边完善对《大梦神猴》的创作，一边培育市场，最终让该剧登上百老汇的舞台。……《大梦神猴》对于我来说就像一个新生儿，它刚刚出生并不漂亮，但随着时间的推移，就会发现他变得越来越招人喜爱。《大梦神猴》不仅在演出前进行了6场示范性演出，之后还会做长线演出，通过观众、专家等各方面的反馈意见不断完善。"② 由于一部音乐剧讲究舞台点面的环节化、精准化、流程化和生产线化，类似于工程类的高精尖产品，其中任一环节如果出现丝毫割裂，从一开始就可能会抹杀其艺术品质，《大梦神猴》正是凭借各制作环节的有效整合才把美猴王大闹天宫的传奇故事讲得有滋有味、有声有色。因此，《大梦神猴》还需针对在中国剧院试演中出现的不足和问题以及即将面对的英美观众群进行不断修正，以便早日完善并开展全球巡回演出，就像大卫·高克利 (David Gockley) 所说，"身为一个美国的歌剧监制，我也特别看重作曲家的艺术观如何与当地观众的要求结合。虽然作品可以受到国际观众的欢迎是件好事，但当我们准备新作品的时候，最重要的是本地的

---

① 《百老汇原创音乐剧〈大梦神猴〉11月北京首演》，《国际在线专稿》2013年9月23日。

② 《思迪马克：中国音乐剧不能只图短线赚快钱》，《北京商报》2013年11月22日。

观众群"。① 目前，《大梦神猴》剧组已经与美国等国家的剧场签署了演出意向协议，只等它日臻成熟，届时它有望在异国他乡一领风骚，与观众擦出心灵的火花。

第三节 动漫传播

动漫作为一种时髦的国际语言，在《西游记》的传播中发挥着催化剂的作用，为《西游记》在英美社会积累了数量可观的受众。2008 年 7 月 24 日，英国广播公司（BBC）为迎接当年的北京奥运会在其官方网站上正式推出了一部时长近两分钟的动画宣传片《猴子：西游记》（*Monkey：Journey to the West*），之后该片被陆续转载到电视、广播、互联网及手机等所有传媒平台上，旋即成为全球各大视频网站的点击热点，并引起强烈的反响。为了更便于传播，该片还被精简成时长仅 60 秒、50 秒、30 秒、20 秒和 10 秒等多个动漫版，以便于在奥运转播节目中插播宣传。在这部由街头霸王乐队（Gorillaz）造型设计漫画家杰米·休莱特（Jamie Hewlett）担纲的动漫中，在开场古色古香的中国背景音乐中，在烟气缭绕、神秘莫测的崇山峻岭中，造型魔幻的孙大圣 (Monkey) 从爆裂的蛋型巨石里一跃而起，横空出世。随即他头戴紧箍，手舞金箍棒，脚踏筋斗云，在天边的观音 (the Goddess of Mercy，Guan Yin) 的指引下飞往东方取经，途中结交了猪八戒 (Piggy) 和沙僧 (Sandy) 并结伴而行。在跨越千山万水的旅途中，他们凭借自己的运动天赋和中国功

---

① ［美］司马勤、［美］大卫·高克利著，李正欣译：《大卫·高克利：影响美国歌剧命运的人》，《歌剧》2007 年第 4 期，第 12 页。

夫，在铅球、铁饼、跨栏、撑竿跳、单杠、跆拳道、跳水、游泳等体育项目上击败了各种怪兽，并胜利抵达目的地——北京鸟巢体育场，取得了真经，点燃了奥运主火炬，唱响了"为了希望荣耀，燃起梦想，生死与共"的主题曲。BBC把孙悟空等取经人物的动漫形象定位为北京奥运大使，并设计了"OLYMPICS，080808，BBC SPORT"的广告语，从而将流行英美的魔幻创意、悟空取经、中国元素和奥运特质杂糅一起，在创意角度、情节构思和传播效果上颇受受众的好评，尤其是年轻人，他们还根据取经的目的地将该片称为《东游记》。从该动漫的造型设计和表现动作上来看，这部宣传片的英美味典型而浓厚，因为动漫造型酷似英美大片《指环王》《哈利·波特》等中的魔幻原型，孙悟空毛发杂竖，龇牙咧嘴，妖里邪气，缺少原著里中国人的沉稳和内敛，像是脱胎于虚拟卡通乐队Gorillaz的嬉皮士主人公；猪八戒更像健硕敦实、爱出风头的田径运动员，巨肥的肚子、奇丑的瞪眼和超细的双腿令人可笑，尽显傲娇神态，完全丧失了原著中憨态可掬的味道；沙僧俨然是长着精灵耳朵的蓝面水妖，看上去瘦弱、丑陋、猥琐且咄咄逼人，全无原著中老实巴交的气质。更贴近奥运创意的是，孙悟空挥舞金箍棒来完成标枪投掷、单臂大回环等奥运项目，猪八戒一通老拳打败妖怪后就大吃鸡腿犒劳自己，而孙猴子凌空而降时用四肢触地的样子就是拷贝了蜘蛛侠的动作。这些种种细节勾起了英美观众的热烈评论，人们众口纷纭，褒贬相加，有些人大赞该片中中国古典音乐、中国乐器的运用以及现代电子化设计，有些人大夸该片中的西式魔幻造型和中国功夫，有的人大斥该片表达的主题意义和原著失调，有的人大贬该片对奥运竞赛的穿越纯属恶搞，这些有时针锋相对的争论客观上显示出这部《西游记》动漫作品在英美世界的吸引力和影响力，表明英美人对美猴王的理解日趋理性和深入并开始慎重考虑如何将中国元素恰当地植入西方人主创的作品中，以便更好地传播《西游记》，这个可喜的苗头代表着《西游记》在英美文化交流中的一个持续本土化的大趋势。

2009 年，中国大陆在法国戛纳电视节（MIP）上推出了每集时长约30分钟的52集动画片《西游记》，并一举打入英美文化市场，单集售至 10 万美元，实现了中国动漫产业迈向国际竞争的重大突破。这部制作精良、独具东方神韵的动漫巨作历经四年秘制，顺应国际动漫界主流习惯，在保留原著的内容基础上，糅合了好莱坞动漫的现代风格，强调情节创新、动作夸张和非暴力对抗，人物对白大量采用现代语的表达习惯，始终保持轻松、幽默、通关、成功、和谐的娱乐氛围。该片在最大限度上借用了迪斯尼美国元素和日本动漫技术，由迪斯尼亚洲区节目总监龚宾四执导，主要人物的造型既延续东方传统风格又充分考虑英美市场的接受习惯，并由日本专业动漫机构创意设计：孙悟空仍头戴金箍，但时尚帅气，看起来更像日韩的青春偶像和花样美男；猪八戒的长鼻子、大耳朵被改成了微微上翘的人类鼻孔、耳朵和大腹便便的啤酒肚，乌黑厚重的糙皮也换成了英美人喜欢的、表示健康的巧克力色皮肤，还有亮白的牙齿和甜甜的酒窝，这样的人物造型阳光、性格温和、视觉柔暖，更符合现代英美受众的思维方式与审美倾向，所以在动漫节具有较强的吸金力。还有，乐观的市场预期和传播效果，也是该片被英美发行商相中的原因之一。紫光软件集团（无锡）有限公司总裁助理王向明认为，精良的制作水平，创新的制作理念及与国际接轨的制作思路是《西游记》海外获得好评的制胜法宝。① 这部长篇《西游记》动漫的热卖说明西游故事在英美世界已占有相当的地位，折射出国

---

① 《国产动漫：离成功尚有距离》，《辽宁日报》2009 年 5 月 6 日。

际动漫市场对《西游记》的浓厚兴趣、关注、需求和接受，将极大地刺激《西游记》动漫创作的发展势头，并使《西游记》动漫产业做大做强，成为风行英美的动漫品牌和文化名片。

此外，中美合作的数部《西游记》动漫正在酝酿之中，准备在时机成熟后投向英美市场。2015 年 1 月，有中方参股的美国 Aquamen 娱乐公司在北京宣布筹划出资 5000 万美元投拍一部《西游记》题材的 3D 动画片 *KONG*，在该片中，生于几十亿年前的火山岩浆中的孙悟空即 Kong 被迫卷入了两个部族间的战争，一个部族是脑力发达的智能机器人，他们决意逼迫另一个部族"难民"从地球上消失，但是，因为 Kong 深爱该部族首领的女儿，所以他决定牺牲自己，跳回岩浆，化成一座高山，以消弭血腥的杀伐。该片由好莱坞电影《花木兰》的导演巴里·库克（Barry Cook）执导，联合导演是《星球大战》系列大片的概念设计师伊恩·迈克格（Iain Mccaig），悟空则被设计成类似好莱坞金刚的科幻模样，显然这部动漫的创作相当科幻、现代，爱情、战争和死亡勾连的话题更多是面向英美观众，因此对它将来在英美动漫市场上的表现值得看好。

2015 年 7 月，根据《西游记》进行改编的 3D 动画电影《西游记之大圣归来》（*Monkey King：Hero is Back (3D), CUG: King of Heroes*）在中国市场率先上映，一炮走红，据悉，该影片打破了中国动画片海外票房纪录，累计销售收入高达总投资的 25%。该片类似于《西游记》前传，主要讲述一个俗名江流儿的小和尚，即童年的唐僧，误打误撞地为已困于五行山下五百年的孙大圣解除佛祖的封印，并帮猴王重拾初心，打败妖魔，实现自我救赎的历险故事。电影采用了好莱坞的经典结构，采用了通行全球的 3D 特效，把梦幻玄妙的场景、朴实美丽的画风、深含东方神韵的武打设计、尽人皆知的神话题材和感天动地的侠义情怀等融合在一起，既有《阿凡达》

式的魔幻森林，又有《指环王》般的天宫与魔堡，将民风彪悍的长
安城、大佛林立的五行山山洞、妖气缭绕的悬空寺等表现得丰富精
细、纹理可靠。除此之外，影片在 3D 动画技术中巧妙融合了东方
美学取法大自然的淡彩风韵，如市井街头皮影戏、屋角一枝梅的烟
雨、大桃树下红扑扑的果实、石拱桥上的暴雨将至、山前江畔的帆
船，以及大反派的书生造型。①《西游记之大圣归来》特别注重受
众的反响，而各方反应极好，曾出品《黑客帝国》三部曲、《寂静岭》
《占水师》等大片的好莱坞制片人安德鲁·梅森（Andrew Mason）
在出席 2015 上海电影节《大圣归来》首映后赞道："这是一部世界
级电影！很中国！……电影形象非常生动，猴子的设计也非常能被
大众接受，普及效率会很高，这是部全球化的合家欢动画电影，适
合各类人群观看，形象也很国际化！"②《大圣归来》在中国积攒的
口碑引起了英美众多发行商的兴趣和热忱，他们已经正忙于将这部
国际化动漫大片引进英美市场。据报道，《大圣归来》的海外发行
事宜已在有条不紊地开展，择日首先在美国上映，其中为妖王混沌
配音的是 Feodor Chin(《忍者神龟》中斯普林特老师的配音)，老和
尚法明配音是 James Hong(《功夫熊猫》中阿宝爸爸的配音)，猪八
戒的配音是 Oger Craig Smith(曾经为"蝙蝠侠"配音)，江流儿的
配音是 Kannon Kurowski，孙大圣配音则是年轻的 Joey Richter，③ 这
些配音大腕的加盟抬高了《大圣归来》的品牌效应，吊足了观众的
胃口。可见，《大圣归来》从筹划之初就确立了打开英美市场并"赚

---

① 《10% 的排片，票房却上亿 〈大圣归来〉逆袭暑期档》，《重庆晨报》2015
年 7 月 16 日。

② 《老外点赞，秒懂〈大圣归来〉笑点泪点》，腾讯网，2015 年 6 月 23 日。

③ 《大圣归来将在美国上映 美版配音阵容疑曝光》，《羊城晚报》2015 年 7
月 14 日。

外快"的国际化战略,而且它与现代国际动漫的传播潮流和接受品味不谋而合,在英美社会拥有可观的潜在受众,有望再掀热潮,名利双收。

第四节　网络传播

20 世纪下半叶以来,随着科技的日新月异和互联网的国际化普及,网络一跃成为新兴、时髦、繁荣的大众传媒手段,已经像报纸、广播、电视三大传统媒体一样发展得日渐迅捷化、日常化、规模化、社会化、应用化、多元化、信息化,成为人们在工作、学习、生活、休闲中绝对不可缺少的虚拟平台。据不完全统计,截至 2016 年年底,英国网民超过 5 千万,美国网民则达到 2.5 亿,这说明网络平台在当代信息传递和共享方面的快捷性越发明显,并对现代社会信息传播的渗透性和影响力愈显突出,当然,网络传播在《西游记》走进英美世界的过程中也必然发挥充分的作用。正是在网络平台的助力和造势之下,《西游记》的网络传播才呈现出遍地开花、异彩纷呈的局面。

网络技术的完善使英美民众在网上拥有无限的西游空间,他们可以根据个人兴趣和社会需要,直接打开搜索引擎,输入检索对象,发送任务请求,找到大量中英文的《西游记》网站和网页,阅读诸如阿瑟·韦利的《猴》和詹纳尔、余国藩的《西游记》等各种译文,了解《西游记》的时代、背景、内容、作者、版本、主题、流变、争议、译介、改编等,或陪同孩子享受儿童版《猴王》的奇妙幻想,或观看《西游记》的静态、动态的图像资料,如 BBC 的《西游记》奥运宣传片等,或聆听各种音频作品,如不同影视剧的主题曲等，或复制、下载、上传自己感兴趣或创作的文字、图片、音乐、视频等。英美传播集团也意识到有时"孩子们想和他们最喜欢的人物一起玩，而不是仅仅在书里看他们"，[①] 所以开发了一款后现代版的科幻《西游记》网络游戏，即《奴役：西游记》（*Enslaved：Odyssey to the West*）。该以西游人物为角色的动作游戏系英国 Ninja Theory 小组开发，由 Namco Bandai 公司于 2013 年 10 月发行。该网游的故事发生在一个毁于战火的 150 年后的世界，但在那个世界生命没有彻底灭绝，尚存一丝人类复兴的希望，只是因为战争，人类大规模减少，导致机器人统治着那个世界。所以，幸存的人们必须为重新掌握自己的命运而战，他们面对的邪恶异类不是妖魔鬼怪而是各式各样的机器人。网游的主角是一名被奴役的伟大战士 Monkey，他从奴隶贩子的监狱中逃出后巧遇已化为女儿身、精通电脑和电子游戏的唐三藏 Trip 和精于机械制作的猪八戒 Pigsy，他们一行利用金箍棒、筋斗云以及各种冷热兵器、魔幻神功、电脑处理等一路过关斩将，最终护送美女唐僧穿过美国返回西方乐土，并重建人类世界。这款网游想象丰富、品质优良，就像一部冒险闯关的大电影，以细腻的人物表情、自然的肢体语言、幽默的对白台词、动人的背景配音和惊悚的闯关救美、完美的团队协作和无畏的抗争精神博得游戏迷的满堂赞，让他们在和这些虚拟角色一起闯关时大呼过瘾。另外，游戏玩家们还能在这款世界末日版《西游记》网游中思考人工智能的趋势，揣测未来可能的世界，体会后世人类的喜怒哀乐，找寻未知世界的轨迹，设想自己的未来命运。因此，很多网站给这款《奴役：西游记》网游打出了五星级的评分，认为

---

① STRATEGIC PLAY - CARTOON NETWORK, *Animated play, New Media Age*, London, Oct 6, 2005, pp.20-21.

它是 21 世纪目前最被低估和忽视的游戏产品之一，并向游戏玩家们大力推荐，这是《西游记》网络传播中意外收获的一大亮点。

2014 年，英国流行音乐家 Shaun Gibson 录制的一段时长 4 分多钟的中英双语音乐视频在互联网上发布，短短一周内该高清视频就红遍世界网络。Shaun 表示，大多数英国人都了解西游故事，他在中国旅行期间受到《大话西游》和广场舞的启发后认为，如果能把《西游记》和流行音乐结合起来载歌载舞，应该会博得英国人的掌声，所以他在录制的视频里打扮成东方传统的唐僧形象，唱着英文版的《小苹果》，虽然看上去有点不伦不类，但基本上实现了他想把西游故事和华语流行音乐反串并逗乐英国人的初衷，也表达出他对《西游记》快乐精神的独特音乐阐释。2015 年 3 月，Shaun 又在利物浦一家著名的购物广场上引领了《小苹果》快闪舞模式，当场吸引了很多民众跟着一起跳起了英国式的"广场舞"，有关这一趣事的新闻、照片、视频等很快在世界各地的网络上疯传，点击率飙升，教会了很多英美人学着唐僧或美猴王的腔调唱着《小苹果》。Shaun 说这是利物浦二十年来，中国首次以流行文化的身份亮相街头，好多当地人都说这是中国版的《江南 Style》。① 此后，一副中国扮相的唐僧、孙悟空、猪八戒、沙和尚的洋组合不时会走上英国城市的街头，唱着《小苹果》的调子，和人们打招呼、交谈、合影、娱乐、飙舞等，这些快乐、时尚、另类的互动很快通过网络传遍英美社会，更激起了民众对《西游记》和中国流行音乐的热情和享受。

此外，美国的有关政府部门也通过网络等渠道对《西游记》和美猴王的传播做了力所能及的工作。2015 年 11 月 17 日，美国财

---

① 《英国版"小苹果"亮相街头 英伦小伙爱上中国音乐》，中国新闻网，2015 年 4 月 3 日。

政部造币和印钞局在官方网站正式宣布，按照惯例，为庆祝 2016 中国农历猴年，该局从 18 日开始通过电话、传真、实体店以及网络等方式面向全球发行两款猴年"吉利钱"，在当天发布仪式上，"Year of the Monkey 2016"展幅很是惹眼，美国财政部财务长罗西·里奥斯（Rosie Rios）对中新社记者表示，"吉利钱"产品因其限量发行且寓意美好而广受收藏者们的欢迎。① 在两款猴年"吉利钱"中，一美元版的封面中心印有一只手捧寿桃的鎏金猴，右下方刻有"金猴献寿"的汉字。在内页的右上方，端坐着一只怀抱寿桃的猴子，基本造型容易使人联想起阿瑟·韦利的《猴》中的插图形象，左边则配以中国传统猴年的生肖简介和祝福语，再加上"如意"的字眼很容易使人联想起猴王的如意金箍棒，只是省去了猴王暴打天宫的大杀器，版中的迎新拜年意味十足。而两美元版的主体是一张未经切割的钞票纸，内含 8 张两美元票面，钞票纸四周装饰有中国十二生肖以及汉字"福"等图案，其中的猴王依然不举金箍棒，一派祥和相。据悉，一美元版"吉利钱"总共发行 88888 套，两美元版"吉利钱"总共发行 16888 套，所有钱上的前四位编号都是讨喜中国人的吉利数字"8888"。最后，除极个别产品有少量剩余外，大部分"吉利钱"在开售后很快被抢购一空，其中多数都是西游爱好者在网上订购的，他们也在网上售后留言中表达他们对这两款猴年"吉利钱"的喜爱，对一个和平、祥和、快乐、祝福的美猴王也赞赏有加。可见，作为美国猴年"吉利钱"的重要销售渠道，网络平台使得"吉利钱"迅速成为时尚的新年礼物和祝福藏品，受到美国华裔和其他族裔的热捧和收藏，同时给猴王的形象塑造和寓意寄

---

① 《美国发行猴年"吉利钱" 编号均以"8888"开头》，中国新闻网，2015 年 11 月 18 日。

托赋予了更多的实用性和文化性意义。这种源自中国的招财进宝、福寿双全、吉祥如意的美好寓意借助网络的传播，在中美的文化交流中得到了广泛的认可，成为一个新的传播热点。

第五节　非文本传播的特点

自 20 世纪下半叶以降，传媒技术和多媒体制作在世界范围内普及开来，英美文化圈独立或联合中方合作者把中国的文学名作《西游记》改编成电影、电视剧、动漫和舞台剧等艺术形式并借助四通八达的网络加以传播已成为一种新常态文化行为。这些时髦的非文本形式表象直观、复制方便、容易接受，即使缺乏文化素养和想象力的受众都能看懂一二，自得其乐，从而为西游题材的非文本传播提供了一片跨文化沃土。

随着这些《西游记》非文本作品被习惯性地搬上银幕、荧屏、舞台和网络等，《西游记》中的人物、故事和精神等在客观上达到了广泛传播、快速普及、强势影响的效果，这种成功反过来更进一步刺激了现代多媒体对《西游记》非文本创作的深度介入，并使《西游记》非文本传播主要呈现以下几大特点。

一、狂欢化

西方世界向来就有狂欢、纵情、游戏、恶作剧的文化传统，当下流行欧美的后现代主义社会思潮更是追求一种狂欢性的精神解放和个性自由，要"发掘人类的创造性思维潜力，把人的思想从现实的压抑中解放出来，用狂欢化的享乐哲学重新审视世界，反对永恒不变的绝对精神"，① 在这股狂欢精神的主导下，人们可以在特殊时机和场合下，不分高低贵贱、不分种族肤色地利用无限制的角色发泄压抑和忧愁，抒发对自由和幸福的向往。巧合的是，来自东方的《西游记》似乎具有与生俱来的狂欢化气质，也特别适合英美受众借此传播平台共同参与、共同分享其游乐、欢乐的气氛。普通的英美受众不太可能理解也无意揣摩《西游记》中神秘、玄妙、高尚的儒释道大义，不管是"修身齐家治国平天下"和"普度众生"，还是"五行相生相克"，都不如文本和非文本中关于唐僧和猴王的大幻想、大颠覆、大情节、大神通、大游戏、大场面、大战斗、大乐趣等那么容易令人纵情于狂欢的感官享乐，这些直观的、游戏化的、平面化的叙述和再现能帮助他们了解各色人物的心理感触、言行习惯、刺激历险、性格特征、荣辱盛衰以及其他的异域风趣，并足以成为他们茶余饭后大肆炫耀的谈资笑料。更何况，在当前极端重视个体升华、民生舆情的英美社会，诸多个体所追求的物质享受和精神满足等都常常上升到必不可少的群体性文化需要，并在承认、关注和鼓动之下，遂成个体性展示和社会性狂欢的局面。而《西游记》原著本身富含的颠覆特性、市井气息、游戏色彩、神魔角色、人文关怀等诸多中西兼具、老少皆宜的大众性话题恰恰可以针对英美世界的这股群体精神状态，切合受众对自我个体和现实社会的观察、审视、理解和想象，适合他们展开精神消费和灵魂狂想，迎合他们寻求感官刺激和感情宣泄的叛逆性心理。

在狂欢精神和仪式中，人类社会的等级、权威、优越、差距等概念统统消失，那些高高在上的神灵、领袖、法令、禁令、限

---

① 朱立元主编：《当代西方文艺理论》，上海：华东师范大学出版社 1997 年，第 265—266 页。

令、规矩、界限等一概取消，这种讲求一切平等泛化的感受和实质体现着人类最原始、最朴实的生存观，使得所有的行为和交往都变得简单、直白、自由和亲昵，也使得英国译者韦利的经典简译本《猴》不再关注唐僧取经的宗教大义和抽象情怀，转而紧扣中国学者胡适的"游戏说"，尽量删去神秘晦涩的宗教性、说教性等内容，保留颠覆性、世俗性、生活性等情节，模糊人神魔之间畏惧、凌驾、谦卑、敬仰、顺从等的角色界限，张扬像美猴王这样一个自由、平等、独立而鲜明的个体，通过直白朴实、狂放粗鄙的口语化语言讲述美猴王偷丹偷桃、大闹天宫、对佛祖撒尿、把三清神像扔进茅坑等狂欢体验，凸显简单易懂、游戏人生、娱乐大众的狂欢化叙事和自我个性，给受众带来颠覆性的情感宣泄和内心满足，最终进入一种群体的精神释放状态。《猴》的成功基本上也确定了后来《西游记》非文本作品所沿用的狂欢化精神，这些非文本创作选取受众普遍感兴趣的形、言、戏、斗、情、趣等方面作为主旨，借助高超炫目的科技、大众流行的语言和前卫时髦的化妆，引导受众和美猴王等虚构人物一样口呓混乱拼接、非逻辑性、世俗性和粗俗的语言，进行疯狂忘我的行动，践行自由放纵的思想，感悟复杂深刻的人生，而且都取得了令人满意的传播效果和商业效益。

事实上，这些《西游记》非文本作品都延续了简单、亲民、高效的狂欢化路径，非常注重通过游戏化的艺术处理方式表现群体性的思想自由、行为独立和精神宣泄，以实现大众传播和普遍接受，只是视角各有不同而已。例如，美国版电影《猴王》给观众以印象深刻的是古今人神之间一场温柔的大狂欢，包括人神交织的爱情、调侃幽默的语言和科幻刺激的打斗；《功夫之王》博得喝彩的是中国古代武侠和美国现代英雄合作的一幕大狂欢，突出古色古香的唐代传奇气息和伟大典型的美国英雄成长经历；《龙珠：进化》令人着迷的是一回太空大狂欢，尽显激烈癫狂的宇宙战斗和无穷无尽的科幻色彩；52 集动画片《西游记》更是一部长篇大狂欢盛宴，为了照顾广大受众的接受习惯和审美意识，连孙悟空和猪八戒的造型都变成了西方动漫中常见的靓仔美男，他们的吃穿用度、言行举止、性格特征等全然世俗化了；歌剧版《美猴王：西游记》为观众所认可的是一番音乐和杂技的大狂欢，专注于中国的传统杂技表演和中西合奏的现代流行音乐；音乐剧《大梦神猴》则是一次歌舞和谐趣的大狂欢，强调表现现代流行的街头歌舞和幽默搞笑的舞台艺术。这些大众化的西式形象和游戏化的艺术处理彻底重构了猴王和原著在中国的角色和意义，将之转换成英美舆情和狂欢精神的代言人和载体，在嬉笑怒骂中给人以可笑、可亲、可近、可学的聚合感。当然，这些绚丽多姿的大众游戏化艺术手法在《西游记》非文本作品的创作和传播中事实上已发展成一种一拍即合的文化"潜规则"，使故事迷、影视迷、武打迷、动漫迷、歌舞迷、音乐迷、网络迷等所有受众都能在各自喜欢的品种中自得其乐，从中找到感同身受的话题、体验、乐趣和知识，极度彰显了《西游记》的狂欢化气质，同时这种狂欢化趋向完全颠覆了《西游记》宏大性、学究性、专业性、严肃性的传统"道德观""价值观""真理性""象征性"等说教体系，反而附和感官化、游戏化、癫狂化的大众狂欢需求，既给受众带来强烈的快感和共鸣，又极大丰富了《西游记》非文本作品的多样性创作和广泛性传播。

二、穿越化

穿越本是时空间的混乱组合，在艺术上是一种建立在历史与现实交错重合基础上的创新性思路，该手法鼓励艺术作品彻底抛开现实时空的束缚，以天马行空、文思跌宕的方式重组素材，将幻想、虚实、神话、历史、人文、激变、历险、言情、战争、魔幻、科幻、异时空等叙事元素杂烩拼合，在情节构建中设计现代人参与历史重大活动甚至涉身未知的未来，或安排古代人造访现代社会并影响当代事件的发展轨迹，展现现代人对跨时空和异时空背景下未知世界的思考方式、阐释途径和话语体系。可见，穿越俨然是英美文艺界对人类过去、现在和未来以及神人魔空间的后现代演绎，表达人们对人类永恒的、经典的、普世性的信仰和价值的尊重和探索，对人类的发展具有现实性的深远意义，"只有对现实生活产生兴趣才能进而促使人们去研究以往的事实，所以这个以往的事实不是符合以往的兴趣，而是当前的兴趣，假如它和现实生活的兴趣结合在一起的话"。① 正因为此，穿越故事往往显得新鲜另类，脑洞大开，收放自如，扣人心弦，具有极强的刺激性、幻化性、张力性、戏剧性、震撼性，极易给受众带来感官和精神的洗涤和惬意，也成为吸引受众眼球的优先选择。

在英美狂欢精神浸淫下的大众化传播时代，《西游记》穿越题材的作品受到高新科技手段的推波助澜，不断地跳出传统、推陈出新，以迅雷不及掩耳之势占据传媒阵地并风靡英美，引领了另一种非文本传播的主流。穿越堪称现代《西游记》非文本作品的内在属性，放眼当今的英美世界，《西游记》的穿越故事层出不穷，在三四十年内就形成同质化的"穿越热"，并呈燎原之势。

在这股社会化的"穿越浪潮"中，《西游记》题材理所当然地为非文本作品穿越化注入了新鲜血液，并带动了《西游记》的非文

① ［意］克罗齐著，张文杰等译：《历史和编年体》，《现代西方历史哲学译文集》，上海：上海译文出版社 1984 年，第 151 页。

本传播。因为《西游记》的游乐和魔幻特质本身就是进行穿越化构建的绝佳素材，仅孙悟空被压五指山下长达 500 年就值得用穿越手法大书特书一把，如果让他亲眼见证并口述一个人类没有记录的架空时代，会撩拨起无数好奇的历史迷的心思。自然而然地，美国版电影《猴王》的穿越故事相当浪漫，唐僧化身为追求爱情的现代美国学者，和爱喝威士忌的观音菩萨边谈恋爱边搭救孙悟空、猪八戒、沙僧和《西游记》作者吴承恩，还顺便欢天喜地地拯救了地球，由此曾经虔诚守戒的中国佛教徒唐僧穿越成国际化、世俗化的美国英雄；《功夫之王》把一个一度胆小无助的美国唐人街少年带回到中国古代唐朝，让他凭借着一根金箍棒打败多家邪恶势力，还救出了被压于山下的孙悟空，从而把他穿越成自我成长的美国小英雄；《龙珠：进化》让本已世俗化的孙悟空穿越到一个浩瀚而危险的宇宙时代，在冥冥之中，他在龙珠神力和伙伴们的帮助下成功击败妖魔侵略者，并保护了地球的安全；《不毛之地》中的孙悟空早已投身凡胎，穿越到未来"彻底分裂"的北美洲大陆上，他借助超群的武艺和现代机械设备，为帮助美国小唐僧求取捍卫人类和平的真经，骑着摩托，用拳头和古代的冷兵器打败邪恶的七巨头及其私人武装，并拯救了黑暗沦落的世界；BBC 的动画宣传片《猴子：西游记》中的穿越特别契合现代奥运会，孙悟空和猪八戒、沙和尚一路东行，凭借全能神异的体育天赋和登峰造极的中国功夫，战胜拦路挑战的妖魔怪兽，最后抵达北京鸟巢主体育场，点燃 2008 年北京夏季奥运会的主火炬，并唱响诠释"希望、荣耀、梦想"的主题曲，创意非常现代；陈士争的歌剧版《美猴王：西游记》和《猴·西游记》则让孙悟空穿越到中国的京剧舞台，只见美猴王唱着京剧，和着西方歌剧咏叹调和欧美摇滚流行音乐，卖弄京剧的舞台功夫，其他的众猴和仙女们则或荡着秋千，或抖着呼啦圈，一起玩着高难度的杂

技动作,其中的穿越味道并不亚于让中世纪的教士修女们大跳街
舞;音乐剧《大梦神猴》的穿越手法则在现代舞台上把美猴王重新
包装成满口说唱乐、一副嘻哈做派、时尚帅气的黑人形象,他轻松
快乐地搅闹龙宫和天宫,而现代造型的海龙王和玉皇大帝身着最流
行的花哨款式,和美猴王玩起嘴皮功夫,龙王还搞笑地高歌一曲护
宝歌。在整部剧中,几乎所有角色都时不时地炫着街舞,甚至观众
们都经常不知不觉地有感于现场强烈的歌舞气氛,情不自禁地跟着
台上的演员们轻歌曼舞起来。据闻,正在酝酿中的数部大制作《西
游记》非文本作品都会继续夹杂着穿越化元素,或是古今人物的互
动,或是不同空间的交织,或是中外故事背景的拼合,或是异域情
节的关联,或是中西主题的杂烩,必选其一。几乎所有参与《西游
记》非文本制作的公司和专家心里都很清楚,既然穿越化已内化为
英美受众的接受品味,对这一"吸睛"手法也已"上瘾",为了实
现《西游记》的非文本传播,他们必须把穿越化升格为《西游记》
非文本创作中专业而常态的表现手法,才能促使受众和穿越化手法
二者一拍即合,并保证作品的名利双收。相反,如果一部《西游
记》非文本作品还严格按照原著的内容和形式进行改编而缺少穿越
的"无厘头"元素,恐怕都很难拿到审查资格,即使得以上市也必
然观者寥寥,惨淡收场。

三、多面化

《西游记》在英美传播的百余年间,绝大多数的受众一直都相
信该作品的主角兼唯一中心无疑就是美猴王,而并不是他的师父唐
僧——一个在真实历史中无比伟大的中国高僧。这也解释了为什么
一谈起《西游记》,人们脑海中泛起的第一印象总是那个神通广大、

手持金箍棒大杀四方的猴子形象，而在《西游记》的各种文本和非文本的封面和海报宣传上，唐僧或师徒的集体照也很少出现，更多的时候都只看到美猴王作为独行侠的画面。所以，在英美世界，相较于师父唐僧，孙悟空反而听起来威名更响，拥有的粉丝更多，更配得上《西游记》的代言人，这是不言而喻的事实。长期以来，在英美世界流行的各种文本和非文本作品大致都是用"猴王"一词来做《西游记》的代名词，这也似乎从常识角度上认定了《西游记》就是美猴王的独角戏，更确立了孙悟空在《西游记》流传中成为无可动摇的唯一画面。但是，正所谓此一时彼一时，也许是英美受众在长期的美猴王冲击波中逐渐对他产生了审美疲劳，在无声无息中表达了保留意见，也可能是受到现代社会普遍追求文化和思想的多元化大潮的熏染，趁着《西游记》非文本的大变形风潮，美猴王时常被拉下曾经的绝对神坛地位，被硬性地抹去了唯一性，并代之以多个角色画面，使《西游记》非文本作品出现典型的多面化趋势，但丝毫没有影响其传播效果。这股重塑中心的"戏说"风呼应了现代英美社会的"去中心化"的质疑精神和解构精神，构建了一种开放的、平等的、扁平化的和可选择的认知方式和知识体系，为《西游记》非文本传播提供了全新的视角和巨大的潜力。

美国版电影《猴王》虽然名义上还是以美猴王为噱头，在宣传海报上也还是突出了猴王的版面，但实际的主角却是画风陡变的法师唐僧，即穿越到现代美国的大学教授尼克，因为他是整个故事发展的主线和推手。尼克和原著中的唐僧一样受到神灵护佑，显得胆气十足、法力无边，他可以和妖媚的观音一边浪漫缠绵，一边拯救了孙悟空、猪八戒、吴承恩及整个世界，一切千难万阻和妖魔鬼怪在他看来仿佛只是心生的浮云，任他信手化解，这部以唐僧为中心的电影衬托出一个美国超级英雄的豪情壮志和轻松潇洒，彻底遮

蔽了美猴王的戏份和风采。在《功夫之王》中，一个美国小英雄同样取代了美猴王的核心位置，虽然片中照例充满了魔幻斗法和激烈打斗等，但孙悟空被极度边缘化，连个起码的配角都算不上，沦为故事的由头而已，鲜有开口的机会，亮相极少，令观众津津乐道的反倒是美国小唐僧的神奇经历。即使李冰冰饰演的"白发魔女"也很快上升为另一个重要画面，她那古装、魔幻、靓丽的发型和打扮一度成为无数女性争相仿效的对象，成为大街上一道美丽的风景线。同时，影评人所撰写的评论也是围绕上述两个中心人物展开，对"白发魔女"带来的意外惊喜大加赞叹，而对人们更熟悉的孙悟空基本上很少提及。这是一部少见的"非美猴王"的《西游记》作品，可能会对《西游记》非文本创作产生不小的导向性影响，因为《功夫之王》的续集也只是计划稍微增加一下美猴王的戏份，而依然不打算让孙悟空回归中心地位。《龙珠：进化》的宣传海报上那颗占据最前位置、金光闪闪的龙珠似乎在向观众暗示它才是影片的主角，因为孙悟空不再是凌驾时空、神通广大的战神，而是一个有血有肉的普通凡人，他面对邪恶的险境和势力显得手忙脚乱、力不从心，如果没有龙珠的灵性和神力以及一众伙伴们的给力，孙悟空根本不可能打败妖魔鬼怪，只会狼狈不堪地退缩。那颗龙珠的决定性作用奠定了它在该部作品中的耀眼地位，令人无限神往，必欲得之而后快，它也成为受众记忆深刻的中心议题。《不毛之地》中的主角是一个平凡、沉稳、高尚的美国小唐僧，一个要匡扶正义、救民救世的少年仁者，让观众颇受感化，而孙悟空不过是一个受到神灵启发并服务于小唐僧的配角兼保镖，头脑简单、少言寡语、粗犷冷血的他只知显摆武功，杀灭敌手，角色次要虽还算鲜明但却被极端狭义化，更像是充当衬托超级英雄小唐僧的背景板而已。在BBC的动画宣传片《猴子：西游记》中，美猴王的戏份最大，但该片的主角严格说来应该是孙悟空和猪八戒、沙和尚师兄弟三人，他们的中心任务也不是保护唐僧西天取经，而是一路东进，用体育天赋和中国功夫扫灭毒魔狠怪，到北京鸟巢主体育场点燃奥运主火炬，最后自己取得真经。这种主角和任务的多中心化变形方式很符合英美受众追求即时的、偶然性的、情境性的艺术感受，对《西游记》的多面化创作有很多启发意义。陈士争的歌剧版《美猴王：西游记》和《猴·西游记》的表现中心是中国传统京剧表演、中华杂技功夫、西方歌剧咏叹调、欧美摇滚流行音乐、现代街舞、高科技舞台设计、幽默台词等一系列舞台元素，观众对此啧啧称赞，而不太在意美猴王大闹天宫的出彩以及取经路上发生在孙悟空和凶神恶煞之间文争武斗的叙事。最意想不到的是有关剧中角色主次的争议，很多英美年轻人开始把更多的目光投向二师兄，认为美猴王固然值得崇拜，但最可爱、最难忘的角色当属活泼风趣的猪八戒，希望增加老猪的戏份乃至把他提到主角的位置，因为他们更欣赏老猪简单、轻松、乐天的生活方式，"他们对这个可爱的猪八戒萌翻了，……他们觉得人就应该这样会生活，会在当下享受乐趣"。① 音乐剧《大梦神猴》的中心旨趣是一部梦幻音乐狂想曲，一台现代歌舞会，美猴王和西游故事都降格为一个载体。当它讲述一个现代版的美国黑人猴王如何穿着怪异西服、唱着嘻哈乐、跳着街舞，一路载歌载舞地大闹龙宫和天宫时，观众原先设想的"期待中心"全部被置换了，美猴王在人们心目中的传统战神形象完全颠覆了，魔幻打斗的西游故事淡化了，观众们忘记了这个舞台是在表演取材于齐天大圣的神话故事，他们只想手舞足蹈，快乐地休闲。这些更多地发生在《西

---

① 《音乐杂技剧〈猴·西游记〉受到西方观众和媒体高度好评》，江苏省文化厅交流处、信息处，2013 年 7 月 29 日。

游记》非文本作品中的多面化趋势说明，随着现代英美受众接受品味的日益休闲化和娱乐化，《西游记》题材的作品需要在适当保持紧张刺激、冲关挑战的尺度下，增加多元表达、轻松幽默、休闲娱乐的风格，帮助人们在喧嚣压抑的现实生活压力之下找到消遣和宣泄的出口。

四、中西创编统筹化

《西游记》在英美的非文本传播中固然经历了必要的、深刻的本土化变形，但肯定不会全然抛却美猴王、唐僧、老猪和沙和尚等基本角色和历险故事等中国元素而不顾，另起炉灶，哪怕改编得再离奇，让猴子穿着靓丽的西服，或骑着超级摩托车，他还得是那个满手绝活、能征惯战的美猴王，否则任何一部作品都会失去《西游记》最起码的属性和标签，也就丧失了跨文化交流和艺术创新的存在意义。另外，《西游记》的根源还属于中华文化的范畴，在很多英美受众看来，不学点汉语，不懂点中国文化是难以想象的，这是他们开始了解和喜欢《西游记》的初衷，不然他们直接去看《哈利波特》和《指环王》等系列片岂不更好？他们的艺术修养越来越高，文化视野越来越广，求知欲望越来越强，他们很想通过一部《西游记》的非文本作品了解古代中国人的自然风貌、社会结构、风俗民情、衣食住行、儒释道教条等，而单靠汉学家们和英美本土艺术家的努力已远远不能满足受众对中国文化的兴趣和需求。毕竟，《西游记》中有太多的文化内容是很多英美专业人士无法看懂、无法关注更无法解释的，比如，为什么神通广大的美猴王会听从单纯文弱的凡人唐僧驱使，背后的文化原因应该如何推理等，这些只能依靠中国的合作伙伴们加以援手。中西双方只有悉力把消费特殊的文化符号和关注文化意义的传播结合起来，进行统筹发展，才能找到中西方文化对话的共同语言，并使一部作品为之代言。

当英美艺术界尚在策划一部《西游记》非文本作品时，他们的眼光同时早已盯上了英美和中国的文化市场，这也促使他们往往在创作剧本前就已成立了一个中西合作的团队，这个团队将负责整部作品的中西统筹化流程，尽量平衡潜在受众的接受差异和文化需求，以保证该作品中兼有迎合双方受众的元素，并凭此两头讨好的策略开拓中西方市场。在作品正式杀青和上市前，他们也会邀请一些英美汉学家和中国专家先对作品进行内部观摩和批评，有时也会将一小部分作品预告内容置于互联网中，听取网上点评，征集好评和挑剔。最后，制作团队还会综合各方意见，对作品中的文化细节和纰漏给出详细的完善和修改方案。

目前看来，基本可以肯定地说，《西游记》题材的影视剧、动漫片、演出剧、网上视频等非文本作品无一不是中西创编统筹化的结果，这已成为《西游记》非文本传播的新特征和新常态。这些非文本作品都尽可能地同时容纳中国和英美文化的内容和意义，极大地提高了受众的理解度和满意度。每个制作团队都会习惯性地打磨剧本，反复斟酌双方受众的接受能力以及可能的市场反应后才最终拍板作品开机。而且，在作品的样品完成后，他们一般都是通过小范围的预演或彩排的方式对观众进行有限开放，并选取一小节作品作为网络预告片，以获取广泛的网上评价。比如如果涉及建筑美学，现场观众的褒贬和网评都会指出，在何种情况背景和目的下，中国的宫殿和民居是体现成轴心对称的空间文化合适，还是表现出英美建筑的简洁庞大恰当。这些作为细节精进的重要参考依据当然有利于作品趋于完美。一旦一部作品在隆重上市后票房收益可观，热评不断，甚至在网络上收获了五星级评价，该作品的主创团队往往会吸收更加专业化的人士，推出中西统筹化的精华版，把它投向更多的文化渠道。同时他们也会踌躇满志地着手筹划续集，开发下一部既能突出某些中西文化点还能抓住广大受众眼球的作品。至少这些优秀的制作团队能逐渐学会从与受众的互动反馈中敏锐地感受到把握中西统筹的必要性和合理度。

2011年中国大陆版《西游记》的制片人张纪中就表示，《西游记》的创编要考虑西方式的开放态度和"环保"精神，"唐僧我们也不是一味强调他的糊涂，师父其实是想孙悟空领悟，即使是妖怪，你也不能打死他，从佛教来说众生平等，让他有做人、改正的机会。小说里孙悟空是一棍把妖精打成肉酱，这可不符合环保。这些我们都做得和以往观念不一样了。……女妖也有人性。……她觉得唐僧去西天取经是很好的事，不应该逼他留下成亲。我觉得这样改编没有背离原著，有表现力的地方尽量让它表现，没意思的就可以省略"。[①] 这种非文本传播的中西创编统筹化模式足以解释为什么《功夫之王》打算在续集中添加"白发魔女"和孙悟空的戏份；《大圣归来》在英文版中会强化轻松幽默的对白；陈士争的《猴·西游记》经一改再改、强化西方歌剧表现力后方成一场欧美舞台盛宴；而《大梦神猴》为了实现全球巡演，不仅在中国和美国进行了一系列的预演和正演，不断调整角色转换和情节控制，还计划做长期海外轮演，最终将其打造成一部英语品牌。

可以说，《西游记》非文本作品的规划和创编都离不开对中西方文化元素的统筹安排，制作团队、普通受众和专家学者在这

---

① 《〈西游记〉变形，带你进入"魔兽世界"(2)》，《南方都市报》2011年7月22日。

些作品中各展所长，各有所学，各取所需，促进《西游记》非文本作品的中西融合性特征日益明显。例如，从古至今，很多中国人都朴素地怀着"造反有理"和"皇帝轮流做，明年到我家"的个人梦想，冀望着浪漫神奇的时来运转。他们当然觉得大闹天宫的故事就是这样典型的传奇，孙悟空遇到了昏君一样的玉皇大帝，就该竖起反旗，大闹天宫，追打玉帝，所以《西游记》的非文本作品就应该褒扬出这股造反精神。但是，在很多英美受众眼里，《西游记》非文本作品也要讲善恶分明、契约文化和法治精神，而美猴王的西天取经之行是一次标准的西方式罪而见惩的社会改造，是一场自我忏悔和救赎活动，是一个坏孩子成长为一个大英雄的升华过程。因为孙悟空开始恃才傲物，目空一切，无法无天，他到龙宫抢宝，在天界偷蟠桃、盗仙丹、欺负仙女、诓骗神仙，还破坏蟠桃盛宴，反下天庭。这些任性的孩童般行为堪比对上级权威和社会秩序的挑衅、报复和犯罪，必须加以审判和惩处，否则，就是相当于鼓励孩子们学偷、学骗、学抢、学顽等，挑战个人道德和社会法治，所以大闹天宫故事中猴子的顽劣行为不宜过分突出或渲染，反而应该做出弱化性删改。正是在这些中西统筹化传播思想的主导下，现在出产的《大闹天宫》题材的非文本作品，无论是中方投资的，还是西方主创的，都已婉转批评并淡化处理美猴王的好斗、放肆和顽钝，转而维护神仙的管教、天界的权威和玉帝的形象，有意识地树立一种和平观、是非观、正义感、秩序感和纪律感，在主题上突出中西共识性、普世性的教化意义。这个《大闹天宫》的变形范例将会使得《西游记》的产品创作体现出愈发浓厚的中西统筹兴味，为其非文本作品在英美的传播拓宽了足够的空间。

五、网络优先化

当今的世界已处于信息爆炸的高科技和网络化时代，自由、开放的网络科技给所有人都带来了丰富的福利，因为网络科技能促进文化交流，整合社会资源，提供信息便利，开阔人们的见识，加快人们的生活节奏，提高人们的工作效率，"文化和科技之间的关系几乎是无缝对接的"。① 而放眼全世界的网络，最通用和流行的语言就是英语，也正是这种占统治地位的英语网络对《西游记》非文本作品在英美社会的传播产生了不可估量的影响。可以说，正是通过互联网知识的即时传播和持续影响，《西游记》在英美社会开启了一个知识爆炸的时代，为西游故事、精神和文化的艺术生产提供了全面的素材，也为中西文化的交流和融合提供了一个稳定、平等、广阔的平台。在如此理想的平台上，普通大众可以自由地穿梭于网上空间，自主随性地点击各种链接，追踪自己感兴趣的西游信息、话题、动向等，并作出选择还是放弃的取舍，借此加强个人体验，无限拓宽自己的知识面，成为《西游记》的业余爱好者。不少英美人就是通过接触《西游记》的网络知识逐渐了解了真实的中国，并开始喜欢上中国文化的。受众可以主动地通过文件传输、视频下载、博客推广、推特交流、资源共享、资料学习、即时更新等网络化手段，存储、传播和接受《西游记》非文本作品，使得网络成为传播西游信息和知识的首选渠道，更使《西游记》非文本作品的传播模式明显有别于以往的传统模式，体现出强烈的网络优先性。如果网络优先的积极意义能得到淋漓尽致地发挥，将对《西游记》非

① Jonathan Arakaki Game. "Communication, Culture, and Technology: An Internet Interview with James W. Carey", *Journal of Communication Inquiry,* April 1, 1998, Vol. 22, Issue. 2, pp.117-130.

文本作品在英美世界的全面辐射造成翻天覆地的变化。

显而易见，英美受众在互联网上了解、欣赏和交流《西游记》作品是他们接受《西游记》的最便利渠道。《西游记》的网络传播早已借助文字、声音、图像三种传媒符号，发挥多媒体传播的综合优势，实现了西游信息的全面化、海量化和专业化，可以满足所有不同的兴趣、需要和疑问。在互联网上，关于《西游记》的网站、网页、视频、新闻、图书、图片、音乐、舞蹈、广告、游戏等成千上万，据粗略统计（2018年1月前），如果进入百度的搜索引擎，搜索"Journey to the West"，相关的《西游记》英文网页可达近800个，中英文图片近1000张，中英文视频超过400个，更有近五百万条的中英文专业研究信息和普通受众的留言板，着实把西游迷们带进了一个"指尖的世界"。为了能够在来源丰富、容量巨大、品种繁多的《西游记》信息中寻找到心仪的材料和知识，英美受众总是优先选择在互联网上进行过滤一番。他们会在尊重作品版权的基础上，借助相关专业网站查询、欣赏、对比或者下载《西游记》的各种译文、影视片简介、动漫宣传片、舞台剧片段、歌曲、图片、网游、学术研究文献、最新动向报道等，顺便培养起网络优先的思维习惯和首选倾向。也正是这些咫尺之间、应有尽有的天量信息促进了《西游记》在英美世界的普及，帮助人们实现迅捷的、面对面的、全方位的感知和反馈，并反过来提高《西游记》非文本传播的效率。固然，不仅英美人，世界各国懂英语的西游迷都可以在互联网上学习和交流《西游记》在英语世界的传播现状和动向，在这个共享的话语体系里，他们可以凭借相似的兴趣、感觉、习惯、语境等扩大西游知识，发表个人意见，倾诉心底感受，构建西游知识的网络化"文化共同体"，这更凸显了《西游记》非文本传播中的网络优先化特点。

互联网上的《西游记》信息更新和传播速度极快，往往能在第一时间就吸引海量的受众不知不觉地参与到最新的时髦作品中，所以很多非文本作品在完成后会被优先上网，以便宣传，有时也能收到奇效。堪称奇迹的是，仍然流行的 2015 年英国版《小苹果》快闪舞视频被优先公布于网络中，其所带动的一股"西游歌舞热"更是借着网络传播而勃兴于英美街头，并且正在英美之外的世界范围内迅速扩张，这股西游造型和现代演艺风格的快乐拼接在悄无声息中超越了地域、国别、民族的界限和壁垒，帮助大批受众实现了无障碍交流，开启了一种感官传播的便利途径和优选模式，拓宽了普通民众的接受疆域，使一小段普通的《西游记》非文本视频凝聚为一块特殊的人类共同话语域。而为了烘托中国的新年主题，连优先在网络上发行的美国 2016 猴年"吉利钱"都摒弃了大杀四方的金箍棒，猴子的造型一改其肆意顽皮、争胜好斗的传统形象，反而成为社会舆情的代言人，他温文尔雅地端坐着，为大众喜迎新年、祷安祈财、祝福贺寿，诠释了美猴王的祈福身份和和平精神，折射出了时代的精神，同时该"吉利钱"明显具有跨文化意义和人文价值，能反映出现实的需要和受众的心声。

网络优先化之所以会体现为《西游记》非文本传播的一个重要特点，原因就在于：网络上信手可得、无所不包的巨量信息不仅为无数传播作者和接受者开创了一个前所未有、无限开放、即时互动的虚拟空间，更赋予他们一个真切的自我存在感和个体成就感，使普通受众的声音有机会被聆听到乃至被重视，相对于一贯偏重于采纳学者观点的学究型刊物和专业媒体来说，这无疑是个绝佳的弥补方式。在这个开放空间里，以往所有的身份鸿沟、等级壁垒和沟通障碍都不复存在，任何人都可以无拘无束地参与各种形式的网站维护、网上评价、网上论坛、问卷调查、留言提问、博客互动、聊天室等大众活动中，发出长短不一的帖子和留言，甚至可以视频交流，倾吐自己真实的情感和意见，并找到生产新知识的依据和灵感，这种全民参与的情状在网络空间构建之前是难以想象的。此时所有参与人之间的交流突破了纸质、影视、舞台等单向传播媒质的框架和限制，传播方可发表代表性的或全新的作品，坦承他们的意图和想法，收集和倾听他人的反馈，总结出修改意见，对作品进行再生产；而接受方可以针对作品的梗概或细节，把批评意见迅速反馈给传播方，无论巨细，皆能表达个人关注和集体展望。更重要的是，在这般循环往复的交流模式中，传播方和接受方之间的角色定位是模糊难辨、来回切换并即时刷新的，因为传播方常常变为反馈末端的接受方，而接受方实际上也在影响着或间接参与传播方的生产行为。事实上，在《西游记》文本和非文本传播中，网络都已被视为优先选择，这种开放、自由、便捷、轻松、互换的集体交流方式显得尤为经济、实用、高效。早在余国藩的首版《西游记》全译本一经推出后，网络于20世纪末很快就取代实体书店成为最主要的销售渠道和品质试金石，而译者也变为一个广纳良言的倾听者，始终关注网络销量，收集网上评价，同时针对网友普遍质疑的全译本量大、烦琐、生硬、误译等问题，总结完善要点，最终相继推出了《西游记》简译本和全译改进本，从而扭转了《西游记》译本在图书市场上的尴尬局面，并成就了一段译本传播和接受互动之间的网络佳话。时至今日，面对图书市场上数十种针对各种不同读者的《西游记》译本，更多的读者在决定网上阅读或购买纸质前已经养成了一个习惯，就是一定要优先在网络上查看一下之前读者留下的文字评价、褒贬对比和评价星级，摸清他们预定目标的流行程度和畅销原因，最后才定夺阅读方式和出手目标。

网络优先化广受认可的结果之一就是：随着普通网民视野和见

识的整体性拓宽和提升，他们对《西游记》创作特别是非文本作品的见解和素养越来越理性化、专业化、正规化、深刻化、全面化甚至学者化，他们在互联网上的实力和影响丝毫不可小觑，在《西游记》的非文本传播中俨然已成一股强大的新势力。网民大众通过与《西游记》的专家学者、投资方、创作团队等展开网上互动交流，正在拉近与这些高端、专业群体之间的距离，并间接而频繁地涉身于《西游记》非文本作品生产，逐渐确立了他们在这个传播链条中不可或缺、难以估量的角色和地位。对此，曾参与 2011 年中国大陆版电视剧《西游记》制作的英国作家兼好莱坞编剧尼尔·盖曼（Neil Gaiman）深有体会。他熟谙网络的妙用，喜欢在博客上分享自己参与改编《西游记》的经历，并通过互联网与他的团队和网友保持沟通，和他们一起推敲《西游记》的改写重心以及细节，最终这个大名鼎鼎的西游迷竟意外地从中得到了新的启示。他一再宣称来自网络上的一些新认识使自己萌生了续写一部《西游记》科幻小说的念头，但要写好这部现代性小说，他本人还要在该小说中和唐僧、孙悟空等一道重走西游路，给科幻情节加以现实的支撑。像盖曼这样优先从网络中提取信息、整合资源并汲取灵感的事例还有很多，足见网络优先化是现代《西游记》非文本作品生产线上无以替代的一环，每个网友的评论都有可能关系到一部非文本产品的某个细节乃至品质，而每个作品在部分和总体上都应该优先考虑并尽量消化网友的只言片语，只有这样的作品方能经受住文化市场的考验。

的确，网络中《西游记》已经从某种程度上取代了传统上文字阅读的地位并跳出了英美的地域范畴，以致不同国别、不同肤色、不同民族、不同文化、不同阶层、不同职业、不同品味的民众都优先通过网络，自由平等地获取知识，扩大交流，对《西游记》

非文本作品进行充分的"反复消费"甚至"循环创作"，使《西游记》的网络世界越发精彩绚烂。《西游记》在网络上的优先化传播颠覆了传统的传播模式，推动了国际性民间话语体系的交汇，促进了中西文化的多元、和谐、跨越式的发展，从而对《西游记》在英美的传播产生了根本性影响，更在《西游记》的"英美化"中施展了超常规的魔力。

第四章

《西游记》在英美传播的要素评析

　　《西游记》在英美传播的百余年间，经历了大大小小的坎坷，方才取得了今日的成绩，其中有很多成功的传播案例，也不乏失败的传播教训，这些成功和失败一样都能启发人们围绕"为什么传"和"如何传"等根本问题思考传播过程中的细节和关系，并展开要素化的探讨和总结。"在跨文化传播中，文化一般都会从下面四种方式中的一种来定义：(1) 作为等同于社会的概念。(2) 作为传播行为。(3) 作为所谓的'共同文化'，以共识为特征。(4) 作为个体化的交流。"① 今天的人们大都已经意识到，《西游记》在英美的跨文化传播符号上的意义，而具体实践主要还是取决于传播作者能否根据传播作品、传播受众和传播作者自身的特点，运用科学系统的观念和方法，分析传播中的需求、重心和问题，完善传播的规划、步骤和体验，建立解决问题的有效机制，合理理解、把握和组合各种传播要素，为获得最大传播效果而制订传播的计划与方案。从传播学角度上说，某个完整、具体的《西游记》传播活动明显涉及信息源、传播作者、受传者、讯息、媒介和反馈等，就如同一个庞大复杂、交叉影响的系统，由多种传播要素有机地构成，包括传播目

---

　　① 　单波、刘学主编：《全球媒介的跨文化传播幻象》，上海：上海交通大学出版社 2015 年，第 40 页。

的、传播作者、传播内容、传播媒介、传播受众、传播效果等，它们无时无刻不在发挥或大或小的作用，调节并控制着《西游记》传播符号的扩散，成为传播实现预期目标的充分性条件。同时该传播过程也必然受这些要素的制约，在不同程度地加工、改变、传输、反馈着源符号和源意义，最终在英美接受方可能产生全新的行为结果。

第一节　传播目的的定位

一、传播目的的首要性

跨文化传播是一种日趋普遍的、必不可少的人类行为，而任何人类行为都是有主观性的、有目的的、有定位的。跨文化传播作为两个不同的文化系统之间相互作用的信息传递活动，体现了源语文化系统和目标语文化系统的关系，它应该是以源信息为基础的有目的的主观能动行为，这一主观能动行为的内在属性必然要求摆脱源信息中心的束缚，必然以预期定位为导向，必然经过一系列协商和变形才能完成，也就必然会确立并遵循自己的合理法则。在这些法则中，居于首位的就是其传播目的，而目的决定方法和结果，因为从传播的起点上看，是传播的发起者来决定是否传播、如何传播、完成哪些传播任务，以及达到怎样的传播结果。也就是说，传播的结果首先取决于传播的目的的精准定位，传播作者必须考虑跨文化传播中的内外差异，尤其是目标文化系统的阐释语境和接受期待，根据不同的传播目的采用不同的传播策略和方法，选择和修改目标系统可能感兴趣的传播内容，调试源信息和目标信息之间的连贯性，激发接受方的知识欲望，确保接受者的可理解性和可接受

性，最终到达预设定位点。

近数十年以来，传播学界广泛议论的传播活动中是应该注重实用主义、功能主义、实证主义和有效影响，还是应该坚持意识形态、理性主义、修正主义和量化研究的路子，抑或是应该整合人、技术和文化的三角关系，这个争议性话题归根结底都源自于对传播目的的认知差异和路径分别。第一种经验学派主张旨在实现传播的实用性和功利性，第二种批判学派主张意在达成传播的思辨性和可行性，第三种媒介环境学派主张则实为追求传播的文化性和人文性，这三种传播目的泾渭分明，各有定位，也在源头上促使这些传播活动的走势截然不同。

传播目的是传播活动的出发点和根本依据，就像指挥棒一样决定随后发生的一切，从传播策略、传播方法、传播内容到传播受众的各个要素的斟酌和把握都必须以传播目的为参照，一旦传播目的出现摇摆等模糊迹象，整个传播活动将失去定位，无所适从。由于文化系统的差异，不同文化体对同一信息往往持有不同的看法是完全正常的，在传播作者看来，源信息只是一种基本信息和必要信息，不是唯一信息或绝对权威信息，传播作者有权取舍和过滤信息以与目标文化体完成协商与合作。因为传播方常常位于两个迥异的文化体之间，是要完全用目标文化体的形式机械传达源语文化体的信息，还是为了向目标文化体的预期妥协而选择表达源语文化体的信息，这都取决于传播作者想达到什么样的目的，比如是为了给私家谋利的还是公益道德的，是满足个人兴趣的还是社会交际的，是彰显本土精神的还是异国情调的，是面对小众社圈的还是大众群体的，是工于长效说教的还是短期宣传的，是针对业余受众的还是专业学者的，是展示高雅格调的还是通俗品味的，等等。如此一来，在接下来的具体过程中，对应不同的传播目的就会产生多种定位的可能性，使得传播行为充满了各样的变数，其间传播内容或长或短，或简或繁，传播媒介或新或旧，或单一或多元，传播受众或多或少，或老或小，传播效果或好或坏，或强或弱，并据此衍生出了很多传播学中的流行术语，如大众传播、人际传播、文本传播、非文本传播、数字传播、图像传播、网络传播、有限传播、无声传播、两级传播、有效传播、文化传播、工作传播、游戏传播乃至跨学科传播等。

如果对传播目的在传播行为中的首要性有了清楚地认识，就不难理解，为什么在跨文化传播中传播作者的主观能动性首先凝聚成传播目的，并取代了原本中心论，进而出现所谓的"连贯性"和"忠实性"的偏差，即源语信息在转换成目标语信息时经常遭遇可理解性和可接受性问题，甚至出现二者完全相反的情况。这恰恰是由于定位不同，传播作者根据传播目的所做出的自然性选择所造成的，要是传播作者意在褒扬目标语文化系统的正面形象，他自然会尽量地选择和改造肯定的源语信息而忽视和屏蔽掉其中否定的意义。这种自然性选择的幅度突出交际功能，而且呈动态变化，赋予了传播作者充分的自由，将决定源语信息和目标语信息之间的"连贯"和"忠实"程度，选择幅度越大，"连贯"和"忠实"程度越高，反之亦然，只要传播作者认为恰当合适地找到预设定位就好。可见，"国际传播当然也可以设定为一种目标或者一种衡量指标"，①在跨文化传播要素中，传播目的尽管比较抽象，但它仿佛是传播活动的总纲领一样具有定位功能，它处于先天性的首要地位，是隐身在一切具体行为后的真正掌控因素，其余所有隐性和显性的准则及行为等都必须无条件地服从它的指挥棒，配合它进行解释、协商和

---

① 郭可:《国际传播学导论》，上海:复旦大学出版社 2004 年，第 4 页。

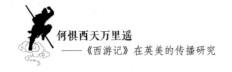
合作，完成预定的传播活动。

二、《西游记》传播目的的多样性

纵观《西游记》各类文本和非文本作品在英美的百年传播情况，可以发现，五花八门的《西游记》作品的定位相异，它们的传播目的显然各不相同，这决定了它们各自的传播作者、传播内容、传播媒介、传播受众、传播效果等都很少完全一致，也在品种和广度上极大地丰富了《西游记》的传播范畴，从传播意义上培育了一个前后相继、精彩纷呈的西游世界。

笼统地说，《西游记》在英美世界的传播目的大致可归为三类，第一种目的是为了满足早期的东方新奇感、个人兴趣和语言沟通；第二种目的是归化东方知识，宣扬英美本土文化；第三种目的是适当宣传中国古典文化，比较中西文化差异，促进中西方文化交流。这三种传播目的定位相斥，选择不同，志趣各异，路径有别，结果悬殊，从而鲜明地体现了不同文化系统的知识特性，对理解和开展跨文化传播具有醒目的意义。

从《西游记》最早进入英美社会的 19 世纪末开始后的约二三十年间，《西游记》传播目的定位相对简单直接，一目了然。此时的《西游记》主要由在华的传教士和机构人员完成简短粗糙的译介并在极其有限的范围内进行推广，以满足同行们对古老中国的新鲜感甚至是学习汉语的读本需要。这种传播目的操控下开展的各种文本译介活动存在着极强的短暂性、功利性和猎奇性，导致《西游记》的影响相对较小，仅仅局限于对文学感兴趣的汉学家等知识阶层，也往往受到他们个人兴趣和主观喜好的操纵而出现大幅度的"连贯性"和"忠实性"偏差，这也是早期的《西游记》简译本每每受人指摘的主要原因之一。比如，吴板桥翻译的 16 页《西游记》小册子 The Golden - Horned Dragon King; or, The Emperor's Visit to the Spirit World 就以卫三畏给来华英美人编写的汉字学习手册为重要底本，还要特别照顾传教士们的地狱知识和魂灵意识，所以把该简译故事作为学习汉语和了解东方神鬼的传教材料，以致该小册子当时只在极少数传教士人群中传播一段时间后就几乎湮没于人们视野中，以后便难见踪迹。后来，翟理斯的 The Hsi Yu Chi, or Record of Travels in the West 大谈西方的朝圣之道，并成为英美学校讲授汉语和中国文学的常用教材，而韦尔的 The Fairyland of China、马滕斯的 Chinese Fairy Book、倭纳的 Myths & Legends of China 和李提摩太的 A Mission to Heaven, A Great Chinese Epic and Allegory 等简译故事都特意提及《西游记》有股基督教的朝圣味道，更加侧重宗教说教，连"佛祖"都被替换成"God"，足以印证他们的基督教手笔是有意而为的。这些都曾兼具传教士身份的汉学家之所以这么做也是出自类似吴板桥的目的，只是他们更加注重扩大传播的外延，显得他们的目的更加明确细致，也取得了更好的效应。

从 20 世纪 30 年代起，随着英美汉学家们对《西游记》的深入解读，他们对《西游记》的传播目的也在不知不觉地发生改变，开始注重《西游记》的社会功能性，借用其中受到英美人推崇的元素进行本土化改造，以用于宣扬英美文化，这种定位的变更证明了《西游记》的可传播性，它的传播深度和广度在持续扩大。海斯的 The Buddhist Pilgrim's Progress 就喜欢在译文中随意地插入非情节文字，随机表达对小说历史背景、宗教仪式、宇宙生成、蟠桃盛会、两性文化、中西方的天堂地狱观等的看法，突出英美读者喜欢的游戏色彩，认同师徒四众所代表的人类、人智、人欲和急躁符合英美精神，一句"谁尝过凤髓这样的东西呢？"说明她始终没忘记从西

方的文化优越立场对东方文化的挑刺和批评，通过方式和观念的比较来说明英美文化对中国古典文化的吸纳和包容。韦利的 Monkey 举世闻名，这部译本删去了沙和尚的角色，淡化了宗教性和文学性，强化了故事性、世俗性和戏剧性，可并不是为了推介东方想象和中国文化。他之所以重写了美猴王的成功故事，特别烘托了猴王的英雄形象，是想借用这个善于斗争的神话英雄鼓舞读者的勇气和士气，唤起他们内心的英雄情结，激励他们坚持抗争直到最后胜利。从这个层面上说，韦利的传播目的实现了，他借东方的美猴王形象表达了西方的英雄话语，体现了英美文化的英雄观，以至于读者都认为这部畅销书是原创作品，而很少有读者相信它只是一个简译本。为了阐发这种相似的西方英雄观，韦利还推出了儿童读本 *The Adventures of Monkey*，只凸显猴王一己的战斗和胜利，而他的妻子艾利森接着将 Monkey 改编为 Dear Monkey，同样凭借着一个战斗英雄的神奇赢得了图书市场的好评。

此外，陈智诚与陈智龙的 *The Magic Monkey* 只写猴王历险争胜，瑟内尔的 *Monkey King* 干脆以《西游记》捷克文选译本为底本，只专注于猴子的"高大上"形象，大卫·赫尔典 *Monkey: A Journey to the West* 也有意无意地淡化美猴王的中国身份，这些都是《西游记》被有目的地改造成"英美化"的典型成果。尤其是自 20 世纪 40 年代开始，在英美市场涌现了一批面向儿童的插图版《西游记》，都是从儿童美学的视角关注《西游记》和猴子的童趣以及给他们童年带来的英雄故事、情感宣泄和鉴赏快乐，富有英美文化的童稚感和怀旧感，突出一个神话英雄对儿童的心灵震动、情感慰藉和行动取向，从侧面证明英雄的豪迈情怀足以在孩童们的记忆深处打上终生难忘的印记，对他们的生长有教育意义，但没必要太关注英雄的非英美文化身份。

在这种不断借助《西游记》新鲜血液宣扬英美文化的传播目的指挥下，当代的《西游记》非文本作品也不可避免地成为具体活动的热门选项，极大地带动了《西游记》在英美的本土化延伸。于是，美国版电影《猴王》把唐僧的角色改编为浪漫、无畏的现代美国学者，让他和观音一路打斗，搭救孙悟空、猪八戒、沙和尚和《西游记》的作者吴承恩并拯救地球，由此一个现代版的唐僧彻底地改头换面，化身为国际级英雄；《功夫之王》把美国少年带回到中国古代，用神力助他战胜邪恶势力，救出孙悟空，从而将他包装成全新的美国小英雄；《龙珠：进化》让一个俗家孙悟空飞到宇宙太空时代，他在神力和伙伴的配合下击退妖魔侵略者，并保护了地球；《不毛之地》中的孙悟空借助古代冷兵器和现代机械设备，回到未来"彻底分裂"的北美洲大陆上，为护送小唐僧求取真经，用武力征服七巨头及其私人武装，并拯救了崩溃的世界；BBC 的动画宣传片《猴子：西游记》指引孙悟空和猪八戒、沙和尚一路向东，他们凭借体育天赋和中国功夫，打败无数怪兽，最后抵达北京鸟巢，点燃 2008 年奥运的主火炬，并唱响诠释"希望、荣耀、梦想"的主题曲，现代西方感很强；正在投拍中的《西游记》题材 3D 动画片 KONG，想讲述生于几十亿年前的火山岩浆中的孙悟空即 Kong 如何卷进了两个部族的战争并牺牲自己和爱情，跳回岩浆，变成一座山，以消弭部族间的斗争，这部动画片更多的还是面向英美观众，传递西方式的爱情和英雄；在网游中，《奴役：西游记》的故事发生在被战争毁灭的 150 年后的世界，被奴役的战士 Monkey 从奴隶贩子的监狱中逃出并结识已化为女儿身、精通电脑和电子游戏的唐三藏 Trip 和精于机械的猪八戒 Pigsy，他们利用金箍棒、筋斗云以及各种冷热兵器、魔幻神功等一路斩妖降魔，最终护送美女唐僧穿过美国返回至西方。这些《西游记》作品的创作视野和表现范畴呈几

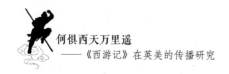

何级扩展，其艺术作品的表达空间和传输多样性愈加丰富，为《西游记》在英美的本土化另辟了一条蹊径。

随着 20 世纪 80 年代"文化转向"和"向东看"的时代劲风，英美世界的知识范畴和传播视野早已不满足于对东方猴王的好奇和自身优势文化的陶醉，人们期待一个更真实、更全面、更东方、更文化的《西游记》，接触更多的异质文化知识，这使得《西游记》的传播目的转变为促进中西文学比较和文化交流，这个全新的定位表明中西文化系统之间有必要搭建了一个沟通和融合的桥梁，在客观上推动了"西游文化走出去"，扩大了《西游记》在英美世界的文化共识，促进了中西跨文化交流中的"文化相通，民心相通"。

詹纳尔和余国藩都响应了时代大潮所呼唤的翻译目的，不约而同地本着尽可能忠实、完整的原则推出了《西游记》全译本，并把翻译重心转向对中国古典文化元素的译介上，这份文化情结使得《西游记》的诗学价值和文化意义越来越受到读者的重视，这些文化介质的桥梁作用在"西游文化走进英美"的过程中愈发凸显出来。值得赞叹的是，为了向英美社会推介中国古典文化的特质，余国藩的全译本采用归化和异化总体平衡、偏重于异化的策略，较简译本和詹氏版本更全面、更忠实、更有文化性和学术性。在该版本的序言中，他用长达数千字的 62 页简述了《西游记》的翻译和研究现状，对学术研究和文化交流很有导读价值。每卷本后的附录中还引用大量中国儒、释、道经典和名人先贤的著作，对偏重直译的文化词加以词条型的考证和注释，像"三教""三乘""三花聚顶""沉鱼落雁，闭月羞花""奈何桥"这样的文化词都有详尽的解释，意在扫除文化障碍，帮助读者进行理解和欣赏中国文化，也更有助于专家学者开展文化研究，所以余氏《西游记》全译本定位坚定且执着，应该是当前在西方传播最广的文化译本。

与此同时，这种适度宣传中国文化，扩大跨文化交流的传播目的也主导了《西游记》的非文本传播活动，加快了《西游记》的国际化合作进程。北京儒意欣欣影业携手派拉蒙影业全球合制的《西游记》3D魔幻电影《敢问路在何方》邀约国内外知名演员参演，要展现举世闻名的斗士美猴王、魔幻西游故事和现代最新的特效技术，而出演美猴王的六小龄童一再强调绝不允许像《西游记》这样的中国国粹遭到恶搞、胡编和乱改，要保持西游文化的精髓不能变，这种主张也得到了西方著名导演卡梅隆、斯皮尔伯格等的首肯，他们一致认为电影版《西游记》的定位应该是东方的艺术和西方高科技完美的结合，才能使《西游记》更好地走进英美世界。在中国市场大获成功的3D动画电影《西游记之大圣归来》采用了好莱坞的经典结构和通行全球的3D特效，人物形象很国际化，讲述了孙大圣和小唐僧的东方故事，被英美的电影公司评估为一部全球化的文化电影，适合各类人群观看，因此被购买和译制，准备推向英美市场上映。而由中西团队合力打造的歌剧版《西游记》，运用了众多"国际语言"讲述东方文化的表达方式，以有趣的人物造型、京剧的脸谱、动漫的表达、神奇的想象等，突出西方观众熟悉的音乐和杂技以及英雄主义情结，让各个年龄层、各个阶层的人都能在这部剧中各取所需，理解其中的文化精华并演绎出新的趣味，让他们从耳熟能详的中国古老故事中寻找共鸣，体会这部中国的英雄剧。

从以上《西游记》在英美世界的历时性和共时性动态传播过程中我们可以看出，传播目的不是一个被动凝固的目标，而是一个流动发展的变量指标，《西游记》的传播目的是整个跨文化活动的总纽结，抓住了它的定位，就掌握了具体行为的根本和关键，保证不同肤色、不同国别、不同民族、不同文化、不同阶层、不同职业

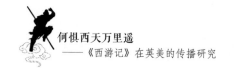
的人们都通过各种形式的产品进行充分的"反复生产"甚至"循环传递"，各取所需，各得其乐。

第二节　传播作者的互动

一、传播作者的能动性

文化是人类行为的产物，是具有"活性"内质的。在文化传播活动中，人是传递信息的发起者，是有能动性有主观性的，离开了人的组织串联，任一极小的传播活动既不可能存在，更不可能完成。显然，传播作者，无论是个人还是具有人格化的机构组织等，都是在受教育程度、社会地位、掌控社会资源等方面享有相当特权的阶层，在传播中往往更早更多地接触跨文化信息，获得传播的优先权和权威性，与目标文化体发生互动。这样，他们居于执行者的实体地位，掌握着传播的信源、工具和手段，决定信息的取舍选择，参与信息的生产、传递和反馈的物质化过程和环节，是传播实践活动的协调者、组织者和实施者，在很长一段时间内都会保持相对稳定的状态。传播作者作为信源控制者，必定发挥主动作用，在对信息的真伪、偏重和价值进行判断之后，再决定传播的信息内容和路径方式，以服务于带有强烈主观性的传播目的。而人是极具主观性的，每个个体的身份、立场、兴趣、情感、素养、赞助人、自身需求不同，兼之"前知识"和目的性的差异等，这些都决定了他们生产和传递信息的能动性彼此难同，客观上容易产生"百花齐放，百家争鸣"的互动盛况。

正所谓术业有专攻，仁者见仁，智者见智，即使面对同一信源信息，不同的传播作者也会发挥各自的能动性和主观性，进行不同的过滤、筛选和加工，然后才会向目标语系统传递自己的声音，发挥出"把关人"和"舆论哨"的作用。自然，他们的选择内容、表达方式和互动结果等往往迥然不同，正如一个和平使者绝不会宣传好战言论一样。在现实的传播活动中，即使同一传播作者对同一信源信息前后做出不同的解释行为都屡见不鲜，这实属正常现象。确实，没有哪个文化永远不变，也没有哪个信息可以绝对真实客观，一种正常的、发展的文化总是在变迁的，只有信息变迁才能促动信息交融和再生，少有跨文化传播行为是一步到位，一劳永逸的。正是对同一信源消息，特别是冲突性的信息，经过多重阐释和反复甄别，才会保持两种文化系统始终处于一种接触→冲突→协商→矫正→妥协→交融→增殖→再生的动态交往过程中，使两个文化体都葆有生机和活力。这充分说明，文化是基于人的能动性的，是交叉互动的，而传播作者在跨文化传播活动中是真正具有主导性的显性要素和实体力量。

可以理解的是，人无完人，对于传播作者来说，由于文化鸿沟的客观存在，在跨文化传播活动中出现大大小小的误差是再寻常不过的，这其实给传播作者与其他各方因素进行反复而深入互动提供了更充分的理由和更广阔的空间。不管是出身源信息文化系统还是目标语文化系统的传播作者，在向对方系统转换和传递信息时都不可能做到样样都通，面面俱到，事事皆准，都会有意或无意地出现误转、误传或误导的现象，比如错误地将源信息的贬义词解读成目标语的褒义词，把源信息的文化标志词理解成普通生活的常识词，或者刻意将双方文化系统彼此排斥的信息折中处理乃至干脆删除，此类现象林林总总，似乎颇为常见。然而，如果离开了这些所谓的跨文化误差，就不可能考查各文化圈的异质性，更无法探究人

类跨文化互动及整合的轨迹。如果传播作者通过与其他传播力量的互动，或者后来的传播作者通过与前面的传播作者的互动，能够矫正这些文化误差，这本身就是传播作者不断解放自我的写照，是一种文化进步的表现，也是人类实现"文化共同体"的希望。所以，事出有因，对于这种现象，不要急于给某个行为贴上"不忠实"或"错误"的标签，更不宜对之投以否定、鄙薄或讨厌的眼光，而是首先要理解传播作者的主观性和局限性，肯定其行为的暂时性、合理性、探索性和价值性，并从中得到启发。这是传播作者与跨文化系统的互动结果，也是两种文化碰撞、矫正和嬗变的根本动力，同时预示着有更大的传播空间有待深入互动、持续开拓。

当时代出现新变迁、新发展和新挑战时，传播作者多会在一定程度上主动迎合时代需求，与其他传播力量发生更大范围的互动，寻找新的话语、思路和启发，摸索传播活动的社会需求、发展趋势和未来状况，调整自己的传播目的和行动方法，以保障传播活动的顺利开展。尤其是在当前知识爆炸、文化全球化的新形势下，随着电子设备、网络技术和信息技术在全世界的普及，跨文化传播由单一化向多元化的方向转变，传播作者与其他传播要素之间的互动加深，使得传播形式和内容等更加多样化、复杂化、全面化。他们更多地涉身于Google、Facebook、Twitter、QQ、微信、微博等新式交流空间，进行频繁的角色互动和信息互换，这也逐渐成为一种传播常态。于是，在新媒体技术的推波助澜下，传播作者这一群体迅速变得多样化和社会化，各行各业的人，无论男女老少，专业和业余，只要对某一文化知识点有兴趣、有积累、有主见，都可以借助虚拟空间发表信息，提供知识，反馈批评，加入跨文化传播队伍的行列。

传播作者与其他传播力量的深入互动以及传播作者这一群体

的快速膨胀对跨文化传播可持续性发展的方方面面都产生了深刻的影响，当前，文化传播似乎无时不在，无处不在，文化信息和传统信息之间的界限越来越模糊，区别越来越小，很难从单一方面辨别。从宏观层面上看，凡是涉及两个文化系统之间的信息都可归属为跨文化传播，这极大降低了跨文化传播的准入门槛，给传播作者提供了即时加入、施展才能的空间，使得跨文化传播更加趋向同步化、真实化、复杂化和多样化，也为个体传播作者和小众传播媒体及机构的培养和发展带来了福音。

当然，传播作者作为传播界的舆论领袖和文化使者，不能信口开河、为所欲为，他们必须具备诚实、可信、客观、中立、公正的品质，具有道德意识、自我规范意识、责任意识、正义意识和文明意识，要避免传递无聊、消极、偏见、暴力和虚假的信息，为跨文化传播创设一个平等、互动、纯洁、积极、高效的环境，协调好各方之间的利益关系，鼓励各方大力参与到跨文化传播的互动中来，共同创建和维护跨文化传播的新机制和新秩序。

二、《西游记》传播作者的多元性

《西游记》在英美世界的传播开始于 19 世纪末期，先是通过传教士、汉学家、大学教授和文化学者等传播作者的文本译介传播，后来通过中西双方的传媒机构和合作团队的非文本传播，其间形形色色、日渐多元化的《西游记》传播作者在英美社会为各类受众欣赏这部中国经典作品奉献了不同的精彩画面，促进了西游文化在英美世界的传播。

粗略地说，《西游记》在英美世界的传播作者大致可归为三类，第一类传播作者是英美本土的对华传教士、汉学家、大学教授和文化学者等；第二类传播作者是华裔英美籍的汉学家、大学教授和文化学者等；第三类传播作者是中西双方的传媒机构及其组织的合作团队。这三类传播作者的背景迥异，身份不同，旨趣各样，重心有别，他们的构成在外延上不断扩大，所以他们带着专业化的知识建构，怀着各自的目的开展传播活动，诠释了对同一跨文化传播活动的不同理解、不同策略和不同路径等。

第一类传播作者是英美本土的对华传教士、汉学家、大学教授和文化学者等，他们凭借对中国古典文化的好奇、热情和执着，一代接着一代地前赴后继，积极参与传播《西游记》文本译介和非文本创作的活动，为《西游记》在英美社会的传播做出了彪炳青史的贡献。早期的美国来华传教士吴板桥和英国来华传教士李提摩太等在英美人普遍鄙视或反对像《西游记》这样的中国古典文化典籍时，他们却反其道而行之，通过 The Golden – Horned Dragon King; or, The Emperor's Visit to the Spirit World 和 A Mission to Heaven, A Great Chinese Epic and Allegory 对《西游记》中神灵和英雄等的简短译介，明确赞扬东方神话人物所蕴含的信仰意识、挑战精神和理性信息，尽管有时他们的译介武断地带有明显的基督教意味。同时，英国汉学家翟理斯的简译 The Hsi Yu Chi, or Record of Travels in the West 成为《西游记》首次进入英语世界的中国文学史著作中的译本；英国汉学家倭纳所著的 Myths & Legends of China 关注文本地位和人物隐喻，被多次重印；英国汉学家韦尔选译的 "The Fairyland of China" 注意译述结合和人物点评；美国汉学家马腾斯选编的 Chinese Fairy Book 侧重神话故事的叙事性和可读性；英国汉学家海斯的 The Buddhist Pilgrim's Progress 开始表现译介切入中国古典文化的苗头；英国汉学家韦利改写的 Monkey 屡屡重印，在西方影响巨大，发行量也一直是遥遥领先；英国汉学家瑟内尔摘译的 Monkey King

刻意塑造美猴王的高大上形象;而詹纳尔的全译本为了尽可能实现读者接受,特别强调译作的简单性、可读性、归化性和文化性等,在《西游记》的译本传播过程中迈出了可喜可叹的一步。

在《西游记》的非文本传播领域,一些英美本土的文化学者同样用心良苦,成绩斐然。英国音乐家 Shaun Gibson 在录制的视频里扮演唐僧唱着《小苹果》,反串华妃唱着《爱情买卖》,虽然看来有点不伦不类,但还是表达了他想把中国文化和华语音乐介绍给英国人的初衷,也诠释了他从音乐角度对《西游记》的独特理解。他的快闪舞模式带动了唐僧、孙悟空、猪八戒、沙和尚的"西游组"时常出现在英国街头,他们唱着《小苹果》的调子,和行人打招呼、交谈、合影、录像等,这些有特色的互动还被转载进入互联网并几乎红遍全世界,不仅点燃了英美民众对《西游记》和中国流行音乐的热情,而且传达了《西游记》带来的现代乐趣。

第二类传播作者是华裔英美籍的汉学家、大学教授和文化学者等,他们依托自身汉语文化的背景、对《西游记》的文化情结以及对受众接受能力的把握,坚持不懈地投身于传播《西游记》文本译介和非文本创作的活动中,为《西游记》在英美社会的传播提供了事半功倍的助力。美籍华人陈智诚与陈智龙的选译本 The Magic Monkey 是华裔学者对《西游记》英译的首次尝试,虽然反响不大,但揭示了英美世界把美猴王简单接受为《西游记》的传播现实与趋势。美国华裔汉学家高克毅的 Chinese Wit and Humor 收录了美籍华人王际真英译的《西游记》前 7 回,主要讲述猴王从出世到大闹天宫的传奇,并向英美人展现一股中国式的聪明和诙谐,在美国影响广泛,以致很多读者看好人性化的美猴王,也把他视作中国人的代表。美国汉学家夏志清把《西游记》第 23 回译成 The Temptation of Saint Pigsy 并载于 Anthology of

Chinese Literature，Volume II，From the Fourteenth Century to the Present Day，该书很快被一些美国大学列入学习中国文学的阅读书目。美籍华人教授余国藩的四卷全译本 *The Journey to the West* 充分展示了其扎实的英文造诣、深厚的中国古典文学和文化的素养、华裔学者的文化自觉以及适时而为的时代责任感，保证了文本更全面、更忠实、更有文化性和学术性，堪称惊世之作。他的简译版 *The Monkey and the Monk* 虽然简短普通，文化信息量大减，但不失为迎合受众接受能力的客观译介。

在《西游记》的非文本传播领域，一些华裔出身的英美文化学者同样出于不同于英美本土传播作者的视野，在非文本作品中添加了更多、更清晰的中国古典文化元素，使英美受众大饱眼福，大呼过瘾。华裔美籍导演陈士争在英国曼彻斯特国际艺术节、美国南卡罗来纳州查尔斯通市的索特尔剧院、英国伦敦的皇家剧院和美国林肯艺术中心轮番上演的歌剧 *Monkey：Journey to the West* 将东西方的戏剧元素、情节叙事、音乐风格、舞台造型、杂技表演、人物塑造、主题演绎等精美融合，展现了《西游记》中的中国古典文化神韵和现代人眼中的美猴王形象，特别是通过与年轻受众的互动，引发更多的英美人从耳熟能详的中国古老故事中唤醒共鸣，难怪这部《西游记》歌剧连获 2007 年英国西岸最佳戏剧大奖提名和 2008 年英国"最佳十大歌剧"等奖项，这对提振《西游记》的海外名声绝对是件大好事。

第三类传播作者是中西双方的传媒机构及其组织的合作团队，他们越发地成为当前《西游记》传播的主导力量和主力军，表明了《西游记》传播作者构成的现时趋势。因为随着现代传播品位和传播技术的发展，单凭一方或个人的一己之力已很难完成令受众满意并超越前代成就的作品了。特别是在《西游记》的非文本传播领域，如果离开了有实力的传播机构的支持和组织，要开展这种跨文化传播活动几乎是不可能完成的任务。严格地说，詹纳尔的全译本就是在中国大陆官方出版社赞助下完成的成果，背后也离不开中国中文教授的文字帮助；而余国藩也坦言，没有芝加哥出版社的大力支持，没有汉学老师、同事的鼎力相助，仅凭他一己之力是绝不可能承担如此巨担的。

在《西游记》的非文本传播领域，中西双方的传媒机构及其组织的合作团队加强互动，各取所长，通力合作，推动了《西游记》在英美世界大放异彩。当然，对原著的变动是必然的，"若注重影视的可视性，可能就要对原著做更多的删改，虽然我们无法对这样的作品改编做出明确的判断。"[①] 美国 NBC 电视台完成的电影 *The Monkey King* 中不光有中方的制作成员，还有华裔的女演员出演重要角色，而且其中一些惟妙惟肖的中国古代历史细节成为一大卖点，在一定程度上表达了美国人在神秘的东方世界寻找神奇和爱的思想。中美双方投资并制作的电影 *The Forbidden Kingdom* 融合了中国武侠电影的经典元素和西方电影的英雄冒险精神，特意把很多中国习语和功夫专有名词等中国古典文化符号改造成英美人能够理解的孙悟空故事和文化词句，结果票房大好。美国 AMC 有线电视台投拍的 *Into The Badlands* 以美国人执导，中国人参与制作、武术指导的形式杀青，其中孙悟空的中国功夫和美轮美奂的异域风光成为收视看点。北京儒意欣欣影业携手派拉蒙影业全球合制的《西游记》3D 魔幻电影《敢问路在何方》更是云集中西名导和知名演员，采取中外合作的方式整合东方的艺术和西方高科技，并根据外国观

---

① 金鑫：《文学与影视、网络传播研究综论》，沈阳：辽宁人民出版社 2014年，第 211 页。

众欣赏的习惯来改写西游故事，再次进行合体化尝试，力图制作一部中西方观众都满意的经典大片。北京演艺集团和根华国际文化传媒有限公司则联手世界一流的美国百老汇团队，推出了大型音乐剧Monkey King：A Browdway-Style Musical，剧中集结了中、美、韩三国20余名优秀演员以符合现代中西方的审美需求，并与美国等国家的剧场签署了演出意向协议，还计划长线发展，进行全球巡回演出。该音乐剧创作团队强大，有望在世界歌剧界独树一帜，在英美文化市场上占有一席之地。

　　现代人们的文化知识愈发全面化和专业化，他们对外传播知识的愿望也愈发强烈，而《西游记》中还有更多涉及儒释道文化要义、衣食住行、音乐娱乐等方面的信息有待通过文本和非文本形式进行具体阐释，这决定了《西游记》跨文化传播的作者必然多元化，因为它需要越来越多的专业化学者加入中西合作化的团队，以高效地帮助英美受众理解繁杂的中国文化意义。今天，人们看见一个英国音乐家或美国剧作家无意之中成为了《西游记》的传播作者，今后，他们会毫不奇怪地发现，一个专业素质强、深谙中西文化、中国或英美籍的文学爱好者、画师、旅行家、建筑师、民俗家、美食家、养生家、药剂师、育儿师、武术师、机械师、服装设计师、园林师、动漫玩家、发明家等，都极有可能参与一部中西机构联手制作的《西游记》文本或非文本作品中，渐渐成长为一名优秀的《西游记》传播作者，为《西游记》的英美化添砖加瓦，发挥不可忽视的作用。

第三节　传播内容的过滤

一、传播内容的非复制性

人类传播在表象上是交流？而在实质上是交流信息，传达意义。在某个传播行动中，每一个信息都代表一个特定的具体事物或抽象概念，是整个传播过程中的绝对要素，显得举足轻重。可以说，信息相对独立于传播关系的相关参与人之间。信息是借助人的作用才有了意义，才能在接受者的脑海里形成意象和经验，才能生成传播内容，才能推进传播的正常运行。

传播内容是传播作者经过对储存信息进行筛选过滤后，有意向传播受众生产、复制、加工、传达、再现、暗示、分享的感官信息，包括文字符号和非文字符号等，是传播的主要材料和意义载体，是从传播作者过滤和编码到传播受众过滤和编码的重组中介，是联系传播作者和传播受众之间的唯一桥梁。但是，传播绝不是简单的复制，传播作者发出的此信息未必就等同于传播受众接收的彼信息，也就是说，传播作者不必如实照传，传播受众也无须全盘接受。所以，考察传播内容的本质和价值对分析传播机制尤其是跨文化传播特质具有重要的意义。

传播作者的想法和情感将通过传播内容移植到传播受众身上，传播内容可以是话语、文字、画面、实物、数字、姿势、表情、动作、声音、颜色、味道乃至时空等，而传播内容的多少、繁简、难易、真假、新旧、正误、虚实、粗细、褒贬、利弊、强弱、增减、偏重、显隐、主客观等逻辑和性质，在很大程度上决定着传播受众的储存、推测、习得、感觉、意向和反应，影响他们对信息的

思考和理解，并对他们的相关行为产生一定的作用。

由于同一符号极少一成不变或仅仅对应单一意义，而多是具有多指向性和复合性意义的，在不同语境下有时竟然激起完全正面或反面的相对情景和情绪是再正常不过的；同时，传播作者的主观能动性也往往是因人、因时、因境而异的，传播作者是活跃的，导致传播内容也是活性的，同一传播作者对同一传播内容在不同时间会产生不同的认识和过滤才会考虑传播，而不同传播作者对同一传播内容在不同时间更会自然地进行不同的过滤和评价。这样，在循环往复的传播行为中，传播内容在每一次被复制的同时也被再次过滤，进而常常呈现流动发展的状态，不时地在施动者和受动者之间发生位移和嬗变。因此，同一传播内容的不断发生或者不同传播内容的屡屡更换都是反映传播作者进行过滤的动态指标以及折射传播作者和传播受众之间关系的变量因素，这可以有助于进一步探索传播的内在规律和策略，为传播作者过滤和制作更有效的传播内容提供建设性的参考。

传播内容不管是传播什么，都要表达和再现传播作者的认知、意图和愿望等，需要采取一定的策略适应和符合传播目的和传播受众的要求，以帮助传播受众理解和接受信息，达到预期的目标，这并不是一件简简单单的事，对大规模的跨文化传播尤其如此。

跨文化传播是极富人性和人情的大众社会活动，是人们对跨文化资源的分配、过滤和共享过程，其中包含了最广泛、最公开、最开放、最大众的传播内容，凡是大众普遍感兴趣的、关心的都是传播内容绝佳的原始素材。离开了大众趣味，离开了对文化信息的转换、过滤和再生产，离开了信息内容的开放性影响，跨文化传播既难以存在，也无法完成。传播内容直接影响跨文化传播得与失的原因不言而喻，毕竟，跨文化传播的最终目的是大众信息的共通共享，而世界的各个文化圈都不是同质化的，即使对一个极其普通常见的人类共有符号都会在各自头脑中唤起迥异的画面，每个文化圈除了使用全人类共同的一些符号之外，还拥有大量各自独特的符号，这些符号意义专属，极具敏感性和排他性，几近拒他者千里之外。由此，一个信息在源语文化系统中引发的反应有时和它在目标语文化系统中引发的反应相同或相似，但在更多情况下，二者的反应是完全不同的，甚至有可能因为该信息在其中一方的文化系统中处于缺位状态，极难转换并解释，根本就不可能产生任何反应。这种反差就如同生活在寒区的人们对着居住在赤道附近的人们侈谈飞雪严寒一样无聊且无用，缺少了知识经验的交集和交际，传播作者和传播受众之间各自储存的"前知识"、感官刺激、期待视野、价值体系、情感判断、自然反应等参考框架就会暴露出显著差异，如果就这样进行强行交流，则必然造成理解符号差异的困难，更不要说应对那些琐碎细小而精致微妙的跨文化冲突了。

一旦出现了这个必然的问题，就意味着传播内容必须要针对分歧，进行重新过滤、编码和调适，有时还要整合文字符号和非文字符号，借助它们的互补性，以增强眼球效应和说服效果，实现大众普遍的交流谅解和互通，这需要两个文化系统的协商、妥协、说服和耐心，挖掘认知共识。只要双方愿意，不管信息矛盾多大，总能够找到两方皆认可的变通方式，克服交际冲突的负功能。须知，在任何人类的传播中，非文字符号都是重要的信息来源。在当前技术发达的时代，非文字符号的应用性和有效性在跨文化传播中得到了进一步放大，对克服文字符号传播的局限性助有一臂之力，受到了更多的关注。尽管如此，传播内容也很难做到一望而知，必须在双方文化系统中坦然面对随时爆发的矛盾，先过滤掉相排斥的冲突点，再在两相重合区域确立足够的外延意义，并达成一致，最起码是在事关褒贬的内涵意义上意见一致，这是跨文化行为实际举措的基础和起点，那么，传播内容的过滤性和高效性就显而易见了。也唯有如此，经过相当时间的反复磨合，原本冲突的传播内容才有可能两头讨好，在两个文化系统中表现出相当惊人的统一性，否则传播内容始终就是无效的，再怎么过滤、修改、完善都无法支持传播活动成行，而传播作者和传播受众都会因此觉得无法交流并感到无所适从。

再者，传播内容在过滤掉跨文化冲突时，不能一意孤行地孤芳自赏，指鹿为马，指桑骂槐，更不能死抱着一方文化系统的知识体系、意识形态和价值立场，去恶意批评和攻击另一方文化系统，这样容易造成两个文化系统的割裂和封闭，催生一种"死文化"。传播内容作为连接传播作者和传播受众之间的重要纽带，事实上对跨文化传播起着影响思想和行为的作用，所以它理应具有公开、开放、客观、健康、真实、可信、可复制、易接受等特点，要努力在两个文化系统之间寻找协商、妥协、共识和平衡，从而发挥出正能量的作用，推动两种文化系统的互促互进。

二、《西游记》传播内容的丰富性

作为一部中国古代神魔小说，《西游记》故事包含的母题相当丰富而广泛，诸如宗教母题、英雄母题、战斗母题、游历母题、冒险母题、受难母题、性事母题、修道母题等，内容涉及自然、人文、社会、历史、政治、神话、宗教等文化的方方面面，在一定程度上展现了生动多姿的人文生态和理性主张。"各国都将国际传播的重点向文化性方面倾斜。以美国为首的西方国家非常重视国际传播的文化功能，比如他们通过电影、电视剧、电视节目、各种出版物，向广大发展中国家乃至其发达国家盟友传播美国文化。"① 在向英美受众传播《西游记》时，不同的传播作者根据不同的传播受众，表达着不同的传播目的，选取了不同的主题或母题来有意识地制作本土化的传播内容，共同建构了斑斓多彩的跨文化板块。

大略地说，《西游记》在英美世界的传播内容大致可归为四类，第一类传播内容是夹杂宗教性或文学性或中西文化比较的故事简介等，第二类传播内容是儿童版故事会，第三类传播内容是借助原著中的东方异趣来讲述英美文化的神奇故事，第四类传播内容是承载中国古典文化知识的神魔故事。这四类传播内容的雅趣不同，中心各异，琳琅满目，相互补充，以取经故事为共同基础，为《西游记》的跨文化传播不断开拓新的空间。

第一类传播内容是夹杂宗教性或文学性的故事简介等，像《西游记》绝大部分长短不一的简译本，以韦利的经典译本 Monkey 为代表，都是将原著中大量的中国古典文化信息过滤掉，转而主要围绕美猴王大闹天宫、降妖伏魔等核心片段简述师徒一行的取经之旅，更多地勾勒出原著的故事框架，凸显译作的历险叙事性和大众娱乐性，最多再稍微加点评注，用基督教的宗教观评判取经人物的性格优劣，或从英美文化的视角比较一些文学人物、行为、生活方式等的差异，这部分掺杂宗教性或文学性的内容体量极小，鲜有受众的关注，几乎可以忽略不计，而产生了广泛影响的其实都是美猴王的斗士形象和历险故事，说明这些故事性的传播内容才是《西游记》在英美传播的基础，是大众性、开放性的良好传播素材。

第二类传播内容是儿童版故事会，目标读者都是具备一定阅

---

① 赵树旺：《中国数字出版内容国际传播研究》，北京：中国传媒大学出版社2016年，第11页。

读能力的儿童和青少年，这些作品的意义绝对不能忽视。自 20 世纪 40 年代开始，在英美市场涌现了一批面向儿童的插图版《西游记》，都是极其简短地复述一些脍炙人口的美猴王故事，很有直观性、可读性和童稚性，可以说为西游故事的普及播下了无数的种子，也说明美猴王的故事的确是老少皆宜，值得推广。自韦利夫妇以聊聊百余页和精美的插图打造了儿童版《西游记》的标配后，一个聪慧灵动、神通广大、侠肝义胆、天不怕地不怕的美猴王形象从此就雷打不动地受到了英美儿童的青睐，美国插画家埃莉诺·哈扎德（Eleanor Hazard）编绘的 16 页 *Monkey : A Selection of Incidents from a 16th Century Chinese Novel* 只有简短的中英文和插画，沙利·霍维·瑞金斯女士（Sally Hovey Wriggins）的 *White Monkey King*，亚伦·谢帕德（Aaron Shepard）的 *The Monkey King: A Superhero Tale of China*，克罗斯·罗伯特（Kraus Robert）的 *The Making of Monkey King*，大卫·索（David Seow）的 *Monkey, the Classic Chinese Adventure Tale*，大卫·赫尔典（David Kherdian）的 *Monkey, A Journey to the West* 等都喜欢把《西游记》简单理解成一部儿童的童话，从儿童美学的视野来解读，让孩子们在美猴王的世界里快乐成长。美国学生作家 Kathryn Lin 通过 CreateSpace Independent Publishing Platform 出版了面向儿童的 8 本系列丛书《西游记》，每本约 40 页，只讲一个猴王故事，包括"猴王出世""大闹天宫"等，该丛书印刷精致，以简单的语言和精美的彩画，赢得了儿童读者的欢心，连不少成人读者都认为该丛书是适合英美儿童了解中国文化观念的好读本。总体上讲，这些传播内容都以简单幽默的儿童化语言和生动形象的插图或漫画的形式，选译石猴龙宫抢宝、搅扰蟠桃会、唐僧收徒、铁扇公主、真假美猴王等情节性和娱乐性极强的章节，呈现出《西游记》能愉悦儿童的独特艺术魅力，彰显译文的童心、童稚和童趣，所以，儿童版《西游记》的持续卖座是《西游记》走进英美世界的独特现象。

第三类传播内容是借助原著中的东方异趣来讲述英美文化的神奇故事，主要集中于英美机构主导的原创视听作品，针对普通大众最可能感兴趣的形、言、顽、斗、趣等某一方面，对原著的过滤幅度比较大，像已经在英美上映的《西游记》题材的美国电影《猴王》(*The Monkey King*)、《功夫之王》(*The Forbidden Kingdom*)、《龙珠：进化》(*Dragonball Evolution*)、美国电视剧《不毛之地》(*Into The Badlands*)和英国 BBC 动画宣传片《猴子：西游记》(*Monkey：Journey to the West*)、美国 3D 动画片 *KONG*、美国肯尼索州立大学排演的话剧《猴王》、英国团队主创的后现代版的科幻网游《奴役：西游记》(*Enslaved：Odyssey to the West*)等。这些作品的故事内容主角都是英美人物，讲述英美的英雄如何率领中国神话人物历经艰险，拯救世界，转而附和感官化、游戏化、宣泄化的大众狂欢需求，富有刺激性的画面、大众化游戏的形象、细腻的人物表情、自然的肢体语言、动感的舞台、幽默的台词、动人的配音和惊悚的闯关等现代艺术元素，但其中中国的文化信息只是不起眼的配角或点缀，还悄然改变猴子在中国的传统身份，使之成为一个英美的超级英雄，成为英美文化和当代英美大众舆论的代言人。这种英美本土化《西游记》原创视听作品都是主要利用非文字符号表达英美文化思想，在过滤程度和表现范畴上呈几何级扩展，其传播内容的创作空间和主题多样性愈加丰富，为西游文化的繁荣另辟了一条蹊径。

第四类传播内容是中国古典文化知识，主要以詹纳尔和余国藩的《西游记》全译本、华裔美籍导演陈士争打造的歌剧版《美猴王：西游记》和《猴·西游记》以及北京儒意欣欣影业携手派拉蒙影业全球合制的《西游记》3D 魔幻电影《敢问路在何方》等为代表，这些传播内容都尽可能地忠实于原著，力图呈现原作的全部风貌或者其中的一个方面。像中国菜、功夫、服饰、民居、宫殿等典型的、日常化的认知率极高的中国文化符号，凭借安全、温暖、养生、满足等普适性特质频繁地出现于这些文字符号和非文字符号中。中国花园和菜园中的各色物种，无论是花草树木，还是四时蔬菜，都在受众大致的认知范畴内，这种契合度可以支持传播作者如实地复制，并传播其中折射的中国文化的养生、长寿内涵，根据受众对长生不老的"前知识"和道家养生的入门级知识，道教的"采阴补阳"等学说、中医药中的"上火祛火"等知识被有效地转换和阐释。同理，《西游记》第 1 回等描写的水果宴、第 86 回等讲述的野菜宴、第 88 回等刻画的国宴等，可以以实物、食材为基础进行内容化、形象化再现，并利用非文字符号用真材实料来传达中国特色的食文化。再如，"喜鹊"作为中国传统文化中极其重要而独有的"模因"形象，与英语中的"magpie"有很大的情感冲突，需要用"lucky bird"等这样的词进行提示和区分。因为很多英美受众都已明白报喜鸟的吉祥意义，"喜鹊"在中国文化中绝对是代表吉祥如意的褒义词，所以在《西游记》的影视、动漫、网游等作品中，"喜鹊"的形象越来越多地出现于情节画面中，强调它的报喜、和平、安详、幸福等意味，类似如此的传播内容的过滤和趋同现象将会越来越多。

《西游记》原著本身就是一部皇皇巨著，体量极大，可供跨文化传播的素材内容丰富，数不胜数，任凭取舍和过滤。在当前流行的全球文化大潮中，《西游记》在英美的传播内容从主流上讲都是以取经故事为主干，搭配一定的文学性表达和文化性解读，过滤掉中西双方都难以妥协的文化矛盾，服务于展现英美文化或者中国文化的传播目的。其正在不断地拓展中西双方的文化共识，引导更多受众不仅知道《西游记》的表面热闹，还逐渐学会看懂其中的文化魅力。这些成功的传播内容证明《西游记》作品内容丰富，在跨文化领域还有广阔的、有待开拓的发展空间。

第四节　传播媒介的催化

一、传播媒介的承载性

从传播学意义上说，传播媒介是一种具体的、真实的、有形的、普遍存在的物质存在，它不同于口语交流中简单的空气传导，而是指在长时间、远距离、记录化的传播过程中，利用媒质存储、扩大和延伸传递信息并使传播作者和传播受众发生反馈性关系的物质性工具，是人类知识普及化和传播大众化发展到一定文明程度后的社会化产物，当然也可以把传播媒介视作人类文明和时代进步的一个重要的参考指标。

传播媒介是传播内容的依附实体，是传播信息的倍增器和催化剂，是跨时空的信息传输通道，是拓展人类复制和共享信息能力的实现手段。把传播内容移植到传播受众身上，这是传播媒介的天然使命，没有了传播媒介的大众化实体，传播内容就丧失了赖以存在的物质基础和前提条件，人类就会退化到口耳交流的原始时代，这是无法想象、更难以容忍的假设。

在大众化传播的时代和当前社会，传播媒介主要包含两方面承载形式，一是储存和携带传播内容的物质性容器，如书（甲骨、竹简、帛书、纸书、电子书）、相片、录音磁带、电影胶片、录像带、影音光盘等；二是用以传递信息的技术设备手段等，包括通信类（如驿马、电报、电话、传真、电子邮件、移动电话、可视电话等）、广播类（如布告、广告、报纸、杂志、无线电、电影、电视等）和网络类（如 Facebook、QQ、网游、微博、微信等）三大类。这些承载形式与人类的日常生活早已密不可分，相互依赖，可以说，传播内容就如同一道美食佳肴，必须盛在传播媒介的碗碟里才能供人品尝，传播媒介和传播内容天然合一，相辅相成。既然传播媒介无时不有，无处不在，这些物理形式时时刻刻都在使人与人、人与事物事件或事物事件与事物事件之间发生各种关系，都是承载信息、向传播受众传递消息并影响受众意见的大众传播工具，都是传播内容的媒介，都是传播过程的催化剂。"虽然不是真实的生活、真实的环境、真实的世界，但由于这些媒介注重逼真性，能造成'以假乱真'的效果"，[①] 这对考查传播活动的物质手段、认清传播媒介的发展潮流以及指导大众化的文化传播实践有特别重要的意义。所以，对于传播媒介的实体概念和承载特性，首先必须予以澄清和定义。

传播媒介作为传播内容的载体，不会改变甚至扭曲内容信息的原声、原貌和原质，但它是对传播内容的有效补充，正是它的催化作用，才实现了物质和精神的顺利结合和有效联动。一方面，它的物质基础和技术水平决定着大众传播的载量、速度、范围、效率等，不同的传播媒介在承载、控制和传输信息的能力上，在聚焦受众的注意力上，常常代表着数量级的超越，越是发达的传播媒介，显然辐射越宽广，功能越全面，效果越突出；另一方面，传播媒介背后的组织机构或社会渠道，相当于赞助人等，其经济实力、意识

---

① 陈龙：《大众传播学导论》，苏州：苏州大学出版社 2006 年，第 345 页。

形态、文化思想、运行机制、工作能力等影响着大众传播的内容选择和思想倾向，不同的传播媒介在加工和反馈信息的能力上，在引导受众的影响力上，往往呈现出跨越性的差距，越是综合实力强大的传播媒介，越能体现出主导的宣传力、持久力、时效力和统治力。

每一种传播媒介所承载的符号形式及其组合规则明显不同，进而决定了各个媒介在表现形态、表达手段、传输重点、运行规律、时空跨度、时效强弱等方面存在大大小小的差异，各有千秋。比如，书籍之类的传播媒介比较重视传播内容的便携性、细致性、思想性、持久性等，报纸、杂志之类的传播媒介比较强调传播内容的真实性、细节性、深度性、时效性等，而电影电视之类的传播媒介比较关心传播内容的新颖性、刺激性、感染性等，这些承载信息的工具给传播内容提供了自由的选择空间，增加了传播的活力。

物质是精神意识的根源，是人类文明的基础，物质世界的改进通常会连带引起精神世界的革命。随着人类科技的迅猛发展，传播媒介的物质属性取得了翻天覆地的变化，相应地，这也引起了精神创造的巨大变革。信息的扩张本质呼唤承载工具的技术升级，而工具的实用更新反过来必然会促进信息的大爆炸。这样，传播内容和传播媒介容易形成互促互进的良性循环，这是人类发明印刷术的内在推力，也阐明了传播媒介的催化机制。

在跨文化传播中，传播媒介像催化剂一样发挥着更加重要的附加值作用，在一定程度上同样影响着目标语文化系统对源语文化系统的认知和想象，从而对两个文化系统之间信息传播的性质和水平起到支持和协助作用。首先，印刷媒介早已高度普及，并渗透进双方文化系统的方方面面，成为社会化传播的承载工具和推广手段。书籍、报刊、杂志等传统的文字传播媒介可以越来越方便地把

各种知识和娱乐等源信息复制和包装好，对目标语受众进行大规模的、反复的"信息轰炸"，传达文化圈的差异，扩展知识系统的思想观念，激发大众的求知欲，提高受众的文化水平，这奠定了跨国的大众化传播的基础。接着，以广播、电影电视、网络为主体的现代新型传播媒介，就像连接不同文化系统之间的超级管道，使信息超载化和全球化传播成为可能，使跨文化传播内容的方式、感觉、依据、规模、容量、质量、结构、信心和效率得到了空前提升，它们为跨文化传播开辟了一条全新、多元、便捷、稳定、持续、高效、信息化的渠道，也变成了信息加工和超载的强大杠杆，正在潜移默化地改变不同文化系统的社会话语体系和文化环境，重塑不同受众的认知、理解、观念、心理、价值、共识等，在建构趋同的"人类文化共同体"中显示出越来越重要的作用。

特别是以电脑、网络为代表的新传播媒介的强势崛起和全球化运用，跨文化传播在本质上已经打破了一切的异域隔绝和羁绊，拉近了不同文化系统之间的时空间距离，使源语文化系统和目标语文化系统有机会可以随时随地交流、分享异质文化的想法、价值和意义等。传播媒介的催化功能从根本上改变了传播作者和传播受众的交往方式和互动地位，为压缩重重的矛盾、冲突和不合理，并整合和同构不同文化系统创造了前所未有的物质条件。毫无疑问，现代的人类传播和传播媒介的技术进步是不可分割的，纵观人类的传播发展史，从来没有一种传播媒介能像网络一样全面又深刻地影响了人类的跨文化传播活动。

二、《西游记》传播媒介的互补性

《西游记》在英美世界的跨文化传播成就当然离不开各种传播

媒介催化剂般的合力，这些传播媒介包括了人类所能利用的大众信息承载工具，可以分为以书籍等为代表的传统文字传播媒介，以电影电视、舞台为主体的现代非文字传播媒介，以网络为中心兼有文字和非文字的综合性传播媒介，这三类传播媒介采用符号不同，关注重心各异，运行机制不一，相互补充，共同组成传播西游文化的便利通道，有时甚至使得传播作者、传播内容和传播受众越来越离不开这些传播媒介。当然，也不能借助传播媒介传播流言蜚语，随意杜撰唐僧和孙大圣变性、谈情说爱等无聊情节，"释放人的自我膨胀欲。这势必会对网络传播的秩序造成极大的破坏"。① 所以，要探讨《西游记》的跨文化传播，就不可能绕开其传播媒介，特别是要关注不同类别的传播媒介之间如何互相补充，互相催化，并携手承载传播内容，共演了一出出精彩大戏。

《西游记》自 19 世纪末借助以书籍等为代表的传统文字传播媒介刊印后就迅速在英美世界广为流传，被各版《大英百科全书》（*Encyclopedia Britannica*）、《美国百科全书》（*Encyclopedia Americana*）、维基网络百科全书（Wikipedia）等屡屡提及和评价。英美受众最早接触到《西游记》当然是从形形色色的译本开始，也正是传统的文字传播媒介成就了《西游记》在英美世界的文学书架上赫然占有一席之地，其中代表性译作有李提摩太的《天国之行》（*A Mission to Heaven*）、海伦·海斯的《佛教徒的天路历程：西游记》（*The Buddhist Pilgrim's Progress : the Record of the Journey to the Western Paradise*）、阿瑟·韦利的《猴》（*Monkey*）等简译本，阿瑟·韦利的《猴子历险记》（*The Adventures of Monkey*）等儿童本，

---

① 　张国涛主编：《传播文化：文化传播的中国思考》，北京：中国传媒大学出版社 2015 年，第 38 页。

大卫·赫尔典的《猴王西游记》（*Monkey: A Journey to the West*）以及詹纳尔的《西游记》（*Journey to the West*）和余国藩的《西游记》（*The Journey to the West*）等全译本。随着译作在数量和质量上不断积累以及其文学价值和影响的不断扩大，《西游记》作为一系列文学作品总集在英美世界彰显出独立存在的跨文化传播价值并取得了整体性的成功，这是《西游记》在英美世界能流传百余年的发生缘起。这些内容繁多、意义各异的译本将英美文学传统和东方古典文明特质有机结合，在英美文学领域构建了一个丰富多彩的《西游记》文学场，为越来越多的英美甚至非英语世界的读者、译者和作者提供信息解读、阅读乐趣和文学品味。由是观之，以书籍等为代表的传统文字传播媒介是促成一种跨文化、新文学品牌产生的有效基础和可能手段，这些传统的文字传播媒介承载着原著的基本事实和人物形象，各取所需，改动各异，可谓前后相继，应时而生，深受英美读者喜爱，对《西游记》乃至中国古典文学的对外交流意义巨大。

在现代非文字传播媒介的驱动下，《西游记》的影视剧和舞台剧被屡次搬上银幕、荧屏和舞台，BBC 的动画宣传片《猴子：西游记》很快让人联想起另类的穿越、各种出色的体育天赋和中国功夫、无数现代版的怪兽、北京鸟巢体育场、2008 年奥运的主火炬和"希望、荣耀、梦想"的主题曲；美国版电影《猴王》给观众印象最深刻的是离奇的穿越、幽默的语言和刺激的打斗；《功夫之王》最博得喝彩的是神奇的穿越和中国古代武侠情怀；《龙珠：进化》最令人难忘的是保卫宇宙和科幻技术；52 集动画片《西游记》更是为了顾及英美文化市场的传统需求，连孙悟空和猪八戒的造型都改成了现代前卫版的靓仔美男；歌剧版《美猴王：西游记》最为卖座叫好的是动感的舞台设计、中国的杂技表演和中西合奏的音乐；音乐剧《大梦神猴》则一直宣称要表现出中西合璧、流行全球的现代歌舞和幽默搞笑的戏剧元素。这些非文字媒介附带的视听冲击帮助《西游记》传播内容在客观上达到了广泛传输、快速普及、过目难忘的效果，间接地为西游特质缩短了与受众的心理距离、提高了受众好感。可见，《西游记》的影视剧和舞台剧是中国古典文学巨著与现代媒体科技联姻的成功典范，《西游记》视听作品一旦拥有良好的收视率，就会在一定层面上带动《西游记》在图书市场的"鲶鱼效应"，各种《西游记》简译本、儿童本、全译本和研究资料都会紧接着在销量上有所起色，还有不少受众互相提醒看看《西游记》全译本甚至学点中文以比照中文原著，了解原作的文化生态，这种互补互动的现象值得重视。不管怎样，以电影电视、舞台为主体的现代非文字传播媒介正在事实上推动《西游记》题材成为西方演艺界的热门素材，使《西游记》视听作品趋向突出穿越、魔幻、科幻、武打、富于想象力等表现特质，并迅速广受英美民众的关注和喜爱，不断创下新的文化市场记录。

在《西游记》的跨文化传播中，必须对以网络为中心兼有文字和非文字的综合性传播媒介取得的成果大书特书，这是《西游记》融入英美世界的绝对精彩一页。20世纪下半叶以来，随着互联网在全球范围内快速普及，网络渐成新兴、时髦、蓬勃的大众传播媒介，已经像报纸、广播、电视三大媒介一样融入大众生活，其日常化、迅捷化、规模化、社会化、应用化、多元化、信息化等基本特征促使近3亿网民在工作、学习、生活、交流、休闲中频繁使用网络并共享信息。正是借助这种网络传播的大环境和大便利，《西游记》的跨文化传播出现了大跃进式的火热盛况。

英美民众在网上拥有充分的选择余地，他们可以根据个人兴趣和社交需要，直接进入搜索引擎，输入检索名称，发送搜索请求，找到大量网站和网页，或阅读各种译作，诸如阿瑟·韦利的

《猴》和詹纳尔、余国藩的《西游记》等译文，了解《西游记》的内容、时代、作者、版本、主题、流变、争议、翻译、演绎等，或陪着孩子欣赏儿童版《猴王》的图文魅力，或观看《西游记》的静态、动态的图像资料，像 BBC 的《猴子：西游记》奥运宣传片、美国版电影《猴王》和歌剧版《美猴王：西游记》等作品的一些精彩片段，或聆听大量的音频作品，如英国音乐家 Shaun Gibson 录制的一段时长约 4 分钟的中英双语《西游记》音乐视频，学习一下载歌载舞，或复制、下载、上传自己感兴趣的文字、图片、音乐、视频等。游戏玩家们可以下载《西游记》网游，体会一款后现代版的科幻《西游记》，即《奴役：西游记》（*Enslaved：Odyssey to the West*），在这款世界末日版《西游记》游戏中领略虚拟角色的风采，欣赏未来可能的世界，感受其中的世道人情，探寻未来的真相。

此外，网络是美猴王吉祥物的重要销售渠道，连美国财政部造币和印钞局都通过其官方网站正式对外发行猴年"吉利钱"，成为新年礼物和吉祥载体，特别受到美国华裔和其他族裔的热买，同时通过猴王的形象隐喻了更多的平和性、生活性、褒奖性、文化性意义，这种美猴王带来的招财进宝、福寿双全、吉祥如意的全新美好寓意极大地补充了《西游记》的文化外延。

恰恰是借助以网络为中心兼有文字和非文字的《西游记》综合性传播媒介，有心的英美受众可以尽情穿梭于所有可登录的网站、网页、视频、新闻、图书、图片、音乐、舞蹈、广告、游戏等各种信息空间，自由地进行各种链接和交流，自主地追踪自己感兴趣的西游信息、书目、节目、话题、研究、动向等，并作出斟酌和决定，借此积累个人经验与体验，针对性地拓宽自己的知识面，成为《西游记》的业余爱好者。很多英美人就是通过《西游记》网络知识逐渐了解中国话语和表达，并开始喜欢中国古典文化的。更为重要的是，网络媒介提供了无限的开放空间和互动可能，这不仅对《西游记》具有重要的常识普及价值，而且促使普通受众直接、主动地在这种虚拟空间里表达、交流他们的所见所想，使普通受众有机会聆听他人，也被他人聆听到甚至被重视，他们的观点对于通常只采纳专家学者观点的正规出版刊物和现代主流媒体来说，是个绝佳的全面补充。必须承认的是，《西游记》综合性传播媒介已然爆炸性地拓宽了普通网民的视野和见识，他们对《西游记》文化知识的很多体会、感悟和见解越来越全面化、专业化、正规化、学者化，他们的西游素养足够扎实精深，文化实力绝对不容小觑。此外，普通英美受众还通过与《西游记》的专家学者开展网上交流互动，正在全方位拉近他们与这些高端、专业的知识族群之间的距离，并以网上互动的形式间接地参与《西游记》的文化产品制造，从而在《西游记》文化产业链上体现出不可忽略、大有补益的价值。

从时间之维来看，《西游记》传播媒介的发展历史就是《西游记》知识不断创新和传输的历史，西游文化的传播就是在传播媒介的大力驱动下得到了持续的承载和补充，并日趋英美本土化，使得不同肤色、不同国别、不同民族、不同文化、不同阶层、不同职业、不同品味的受众都可以通过具体的媒介开展自由、平等、深入的沟通和交流，对《西游记》各种形式的产品进行"信息再复制""反复消费"甚至"循环创作"，各取所需，各有所用，各得其乐。《西游记》传播媒介日新月异的发展颠覆了单一媒介的传统传播格局，又带动了国际民间话语体系的异军突起，促使各种传播力量发挥出极致的作用，体现出超常规的价值，保证互补、多元、和谐的西游文化稳定传播，从而对《西游记》在英美的跨文化传播产生了革命性影响，并为西游文化融入英美社会注入了无限活力。

第五节　传播受众的干预

一、传播受众的相对性

人类的传播实际上是传者、媒介、受者等一些相互作用的组成部分既矛盾又统一的有序运动过程，这其中传者与受者是一对主要矛盾体。从马克思主义唯物辩证法的观点来看，传者与受者二者是相互依存、相互作用、相互制约的，它们的辩证关系正是在人类社会进化的历史中不断协调、变化、发展的，这一点从人们对文化传播中传者和受者的关系表述里可以得到证实。

文化既然是人类传播行为的动态积淀和"活性"产物，必然需要行为的互动和反馈，不断"反哺"新的知识才能保证文化系统的流动、交往和变迁，那么，在全球化文化传播活动中，"并非每个人都用同一个视角去观察全球媒体的信息流动和控制"，[①] 真正全然单向、单视角的人类传播是不值得设想的，而绝大多数传播关系都是双向性的、"攀谈性"的、长时性的、多角度的，都不是永恒不变的。严格说来，人是传递信息的发起者和主动者，也是接受信息的承受者和反应者，任何人在收到信息后，都会根据自己的思考和理解，做出相应的反应，到底是接受还是拒绝，接受部分还是全部，全凭主观兴趣、个人需求和心理满足来决定。信息接收者绝不是仅仅处于单纯的、被动的、消极的归宿地位，他和信息发出者同样是有能动性的、有主观性的，离开了接收者的接受终端，任一细

---

① 　［美］托马斯·L. 麦克费尔著，张丽萍译：《全球传播：理论、利益相关者和趋势》，北京：中国传媒大学出版社 2016 年，第 14 页。

微的传播行为都不可能存在，更不可能完成，只能是无效的人际活动。

大多数人际交往关系都是存在相对性的，在通常情况下，不必急于判定传播角色的中心性，这样容易走向极端。信息接收者和信息发出者都只是传播活动的参与者，只是他们在交流中卷入的程度不太均衡，而双方的角色都是相对的、模糊的，很难一下界定谁是施动者，谁是受动者，谁是中心者，因为当一个信息接收者在接收信息后向最初的信息发出者表达赞同或是分歧时，他已转变成主动者和制造者，在发起下一个信息分享和情感评判的行为，从而推动传播行为的循环往复和信息汇聚。如果非要硬性地对信息接收者和信息发出者做出区分，不妨从一个具体的传播活动的控制源头、传播容量和反应影响来判断，如果一方人或组织是信息源的发起人，其传递的信息体大量足，能引起普遍的情绪，那他就是信息发出者，而他指向的对应方即是信息接收者。但要切记，这个信息接收者也是潜在的信息发出者，一旦他积累了足够大的信息量后，完全有可能加工、制造出吸引眼球的信息，因而摇身一变成为信息发出者。

很明显，信息接收者和信息发出者彼此之间同时存在着许多明显的个体差异，如身份、地位、贫富、文化教育程度、价值观念的悬殊等，可谓千差万别。在纯粹单一的某次传播行为中，信息接收者和信息发出者不是一味同质的，不同的接收者对于同一传播信息在绝大多数情况下会根据已有的知识体系和情感倾向，积极地寻求信息能为自身所用，于是他们会很自然地产生不同的反应，各抒己见，表达不同的情绪，所以，完全没有必要争较在传播活动中，究竟是信息接收者还是信息发出者才是主角或中心，信息接收者在人类的传播活动中往往和信息发出者具有同等重要的地位，是观察

传播活动得失成败的另一扇主要窗口和醒目指标。

在现代传播学上，传播受众作为传播活动的行为末端，指的是信息传播的接收者，也称为信宿，主要包括报刊、书籍等文字符号的读者、广播等非文字符号的听众、电影电视等视听符号的观众以及接收网络上等文字和非文字符号的网民等。传播受众既可以是表示社会存在的个体，也可以是具有一定社会影响力的群体、机构、组织等，所以，传播受众是传播作者的对象方和相对独立的行动方，从范畴上讲能大能小，从微观上来看就体现为一个具有丰富多样性的社会人，从宏观上来看则是一个具有巨大反应力的社会集合体，是和传播作者一道推动传播发展的一股并驾齐驱的实体力量。

传播学大师保罗·拉扎斯菲尔德（Paul F.Lazarsfeld）在 20 世纪 30 年代就是在转向广播受众研究上找到了突破点，"这种转向又扩展到包括电影、电视、印刷媒介和人际传播等在内的使用与效果"。① 就像假如没有消费，生产就失去了意义一样，传输与接受应当说是文化传播得以完成的基础和前提。在跨文化传播中，传播受众是异域信息的解读者，是符号需求的接受主体，是文化市场的消费者，是产生跨文化价值的利益攸关方。如何看待传播领域中传者与受众的关系并把握传播受众的相对独立性早已成为备受国际关注的共同话题，没有传播受众主动承载信息意义和符号价值，跨文化传播的生产便成了无源之水、无本之木。只有目的语文化系统的受众作为主动者接收并接受了来自源语文化系统的信息，只有传播受众的深度和广度有了突破，只有传播受众感觉受益并愿意信任、

---

① ［美］施拉姆著，王金礼译：《美国传播研究的开端：亲身回忆》，北京：中国传媒大学出版社 2016 年，第 55 页。

表达支持，这一跨文化活动才能构成这种流动的整体，才能获得生命与源泉，才能得以生存和发展，才算有意义、有效。要完全真实地转换成目的语文化系统的表述本身就是要克服重重困难的，在文字中，中国龙的形象是译成"dragon"还是"loogn"，不是译者拍拍脑袋就可以决定的一桩小事，而是有必要就这两个译法对英语世界的受众展开一次抽样调查，才能根据他们的认可度选出一个更好的答案。那么，在视听作品中，中国龙的画风是照搬北京故宫里的神异图腾样式，还是采用西方神话里的"蝙蝠＋蜥蜴"的魔法巨兽形态，这同样要参考传播受众的民调，方能得出一个更佳的选择。

传播作者制造传播内容不可能面面俱到，八面玲珑，更很少是一次性完成的。在正式公开传播内容之前，传播作者其实都要紧扣他的传播目的，对可能的传播受众做些预期调查，以便做到心里有谱，争取赢得受众的好奇和移情心理，最好是提前释放出些许符号信息来试探下传播受众的反应，然后在根据传播受众的喜怒哀乐，进行针对性的内容调整和手段调适。传播作者必须遵循人际传播的一般规律，要设定他的传播内容所针对的受众群体是男性还是女性，是成人还是儿童，是专业人士还是芸芸众生，对他们的兴趣爱好、心理期待、情感倾向、知识结构、意识形态、文化品位、接受视野、理解能力、社会需求等反复琢磨，不断寻求新的传播信息和传播手段，以满足受众多种层次的需求。

此时传播受众的资源作用就是显而易见的，他们是要对传播内容进行评价和批判的，他们的反馈，或赞成，或反对，或支持，或抵制等，这些好恶对跨文化信息的再生产、再输出具有重要的参考意义。这些反馈的意见其实是和源语文化系统的信息等量齐观的另一种信息源，是跨文化传播活动走向全面深入、两相融合的唯一途径。

的确，传播受众作为跨文化传播的广泛群体和舆论定调人，不能恃宠而骄，信口胡言，唯我独尊，他们必须和传播作者一样具备诚实、可信、客观、中立、公正的品质，具有道德意识、自我规范意识、责任意识、正义意识和文明意识，致力于维护自身作为信息源把关人的权威性与公信力，要避免肯定或吹捧低级、虚假、无聊、消极、偏见、暴力、隐私和污秽等信息，自动帮助传播作者设计更有针对性的信息内容、制定传播策略和宣传措施，并由此获得更好的宣传效果，为跨文化传播创建一个有利于社会发展和人类进步的文化环境。

二、《西游记》传播受众的层次性

《西游记》在进入英美世界的百余年过程中，受众从无到有，从少到多，从简到繁，覆盖的受众层次日趋广泛化、复杂化、分散化和网络化，他们的接受品味和接受能力不断提高，使《西游记》作品的生产和反馈中越来越多地出现了受众干预的影子。英美受众的层次性和独立性使得他们自然地构成《西游记》在英美世界的接受和研究中不可缺失的一部分，为《西游记》传播的深入开展夯实了大众基础，成为《西游记》融入英美社会的指向标。

大体地说，《西游记》在英美世界的传播受众可归为两类，第一类传播受众是英美专业受众，包括对华传教士、汉学家、大学教授和文化学者等，也包含出身华裔的专业人士；第二类传播受众是普通的社会大众，包括男女老少以及隐蔽在网络中的网民。这两类传播受众的个体和层次差异明显，他们的构成在外延上持续扩大，所以他们带着最广泛的社会心理和知识，揣着各自的目的参与《西游记》的传播活动，诠释了传播受众在跨文化传播活动中的能动角色和干预功能等。

《西游记》的第一类传播受众是英美专业受众，这些对华传教士、汉学家、大学教授和文化学者以及出身华裔的专业人士都精通汉语甚至多种语言，善于吸收和借鉴中国学者以及更多国家学者的《西游记》研究成果，这种兼容并蓄的国际化学术方式使得《西游记》的传播和研究日趋开放化和国际化，容易催生清晰化的学术共识，对扩大《西游记》在英美世界的传播和影响也大有裨益。

英美专业受众的接受成果散见于各种译本的序跋、英美大百科全书、报刊和相关的论文、论著以及网评中，在事实上也构成了一部分《西游记》的接受史，他们的接受视野常会引导普通读者的接受趋向和接受效果，对《西游记》的大众接受起着导向性作用。

英美专业受众的接受视野主要从原著的文本阐释延伸至现代改写本以及各种非文本作品，对各个作品的创作来源、内容形式、主题要义、风格特色、诗学修辞、艺术价值、美学意义、现实意义等各方面进行多方位的历史考证、理论分析、意义挖掘、专题研究等，突出表现在以下七个方面。

（一）从原著作者、中文版本演变的角度来考查故事体系，分析文本的流传历史、评点争论、文艺批评等，对西游文本进行追根溯源，探讨其背后的主题和精神底蕴。"连西方的汉学家，对有关它们的作者以及版本方面的最细微的问题，也都以极为严肃的态度来探讨"，① 所以各种译本，如韦利的《猴》、余国藩和詹纳尔的全译本都在序中指出中文文本的流变，说明这些汉学家和中国本土学者一样认真地吸收中外的相关研究成果，都很清楚《西游记》的中

---

① ［美］夏志清著，胡益民、石晓林、单坤琴译：《中国古典小说史论》，南昌：江西人民出版社 2001 年，第 2 页。

文版本之争以及原著作者和中文祖本的确定对《西游记》海外研究的重大意义，这也是《西游记》在英美具有非凡文学影响力的原动力。

英国汉学家杜德桥和龙彼得 (Piet van der Loon) 于 60 年代在牛津大学图书馆发现了《西游记》的明刻本，不觉惊呼那"是研究中国小说史的一件大事，特别是研究《西游记》的早期版本的里程碑"。① 杜德桥发表于《新亚学报》的中文论文《〈西游记〉祖本考的再商榷》(1964)、他的剑桥博士论文《〈西游记〉前身考及其早期版本》(The Hsi-yu chi: A Study of Antecedents and Early Versions) (1967)、他在《泰东》(Asia Major) 上发表的《百回本〈西游记〉及其早期版本》(The Hundred-chapter Hsi-yu Chi and Its Early Versions) (1969)、他被收入剑桥大学出版社的"剑桥中华文史丛刊"(Cambridge Studies in Chinese History, Literature and Institutions) 的论著《十六世纪中国小说〈西游记〉前身考》(The Hsi-yu chi: A Study of Antecedents to the Sixteenth-Century Chinese Novel) (1970) 以及他发表于《汉学研究》(Chinese Studies) 的论文《〈西游记〉的猴子与最近十年的成果》(The Hsi-yu Chi Monkey and the Fruits of the Last Ten Years) (1988) 系统探讨了《西游记》的版本演变、章回分合、文本源流、人物原型等，质疑了原著作者的"吴说"，申明"'陈光蕊故事'无论就结构及戏剧性来讲，与整部小说风格并不谐洽。组成前十二回的各节故事中，只有此'陈光蕊故事'对整个故事情节的推展没有贡献。此节故事自成一体，强调伦理孝道。性喜诙谐，落拓不羁的百回本西游记作者，若写了这节故事来寓托这么严肃的

---

① ［澳］柳存仁：《〈西游记〉简本阳本、朱本之先后及简繁本之先后》，《和风堂新文集》，台北：新文丰出版公司 1997 年，第 702 页。

主题，实在令人难以想象"，①"研究者在考察其书前身源流的时候，资料的获取只能依靠手写或印刷的书面材料，但必须认识到口头文学对于《西游记》的重要，承认书面文献的局限"②等，这些独到性和启发性观点证实了《西游记》中文本海外研究的严谨度。余国藩在《亚洲研究学刊》(The Journal of Asian Studies) 上发表的《〈西游记〉的叙事结构与第九回问题》(Narrative Structure and the Problem of Chapter Nine in The "Hsi-Yu Chi")（1975）中探讨《西游记》第九回的特殊意义，提出"玄奘心里的河流经验乃包括生前的灾难、出世后的遗弃，以及最后的获救等这一切，皆和他一生遭遇名实相符"③等观点，余氏还在《源流、版本、史诗与寓言——英译本〈西游记〉导论》中用前半部分讨论《西游记》的中文版本流变和作者问题，充分显示了其译介研究的专业性。威斯康星大学汉学家阿尔萨斯·严 (Alsace Yen) 在 1979 年的一期《中国文学》(Chinese Literature: Essays, Articles, Reviews) 上发表的《中国小说的技巧：〈西游记〉里的改编——以第九回为中心》(A Technique of Chinese Fiction: Adaptation in the "Hsi-yu chi" with Focus on Chapter Nine) 中指明，"陈光蕊故事"的模式"似乎暗示着《西游记》作者在写作技法上有意识地接受了流行传统中一种固定的形式"。④ 这种聚焦原著作者和中文版本演变的汉学研究成果可谓眼光独到，由此引发了更多对中

---

① ［英］杜德桥著，苏正隆译：《百回本〈西游记〉及其早期版本》，《中国文学论著译丛》，台北：台湾学生书局 1985 年，第 374—375 页。

② Glen Dudbridge. *The Hsi-yu chi: A study of antecedents to the sixteenth-century Chinese novel*, Cambridge: Cambridge University Press, 1970, p.11.

③ ［美］余国藩著，李奭学编译：《〈红楼梦〉、〈西游记〉与其他》，北京：生活·读书·新知三联书店 2006 年，第 227 页。

④ Alsace Yen. "A technique of Chinese fiction: Adaptation in the 'Hsi-yu chi' with focus on Chapter Nine", *Chinese Literature: Essays, Articles, Reviews*, 1979(1), p. 201.

文本叙事、母题、版本研究等话题的反思、讨论和借鉴。

（二）从中国民间神话传说的文学叙事角度来解读小说，赞美神奇、夸张、浪漫、想象的幻想，以展现小说的文学性，"作为一部喜剧幻想作品，《西游记》倒容易为西方人的想象所接受。……在这一民间英雄故事基础上，人们又加进了神话因素"，①例如英美的大百科全书都将《西游记》定性为神奇或神话的小说，而吴板桥的《金角龙王或唐皇游地府》、翟理斯的《中国文学史》中收录的《西游记》片段、马斯顿的《中国神话故事集》、倭纳的《中国神话与传说》、韦利的《猴》、陈智诚与陈智龙合译的《魔猴》、《中国的智慧与幽默》中收录的王际真的英译片段、瑟内尔的《猴王》、夏志清和白之合译的《八戒的诱惑》、杨宪益与戴乃迭夫妇合译的《火焰山》以及谭力海编译的《西游记》等译本主要涉及小说的创作背景和传统内容，围绕《西游记》中民间口口相传的神奇故事，以重构的简本形式向英美受众讲述古代中国的神奇故事，迎合了英美人善于讲神话、听故事的禀质，促进了中国民间神话故事的跨国讲述，既丰富了读者的阅读和文化生活，又扩大了《西游记》的文化影响，成为《西游记》神话生命和遗产在异域的延续，对保护西游故事的民间讲述传统、研究《西游记》的话语形成、探索《西游记》的叙事精神等具有比较文学意义。难怪浦安迪称《西游记》属"奇书文体"，"它前承《史记》，后启来者，把中国的叙事文体发展到虚构化的巅峰境界，经过若干中间理论环节的建立，完全可以与西方 novel 作跨越时空的横向比较，而为进一步建立中西叙事文学之间的有效对话而铺平道路"。②

---

① ［美］夏志清著，胡益民、石晓林、单坤琴译：《中国古典小说史论》，南昌：江西人民出版社 2001 年，第 119—128 页。

② ［美］浦安迪：《中国叙事学》，北京：北京大学出版社 1996 年，第 25 页。

在受对《西游记》文学性的研究启发后，不少汉学家深入挖掘各种主题，遍寻文献材料进行考证、比对研究，新见迭出。例如，英美译者和评论者都关注《西游记》中唐僧的世俗背景及其印度之行的史料，留意玄奘的史迹与小说间的真假勾连，在调侃八戒的欲望时习惯把他类比为福斯塔夫式的笑料，一些评论者欣赏唐僧的西行意志，一些学者则强调唐僧的多面性，他们的争论体现了小说的丰富性。海斯支持胡适的想法，相信孙悟空的原型就是印度的神猴哈奴曼，还在其译本序言中对哈奴曼进行简介；海陶玮（J.R.Hightower）在《中国文学论题》（*Topics in Chinese Literature*）一书中从中国传统志怪小说的层面阐释孙猴子何以成为真正的主角；① 韩南（P. Hannan）在论文《小说与戏剧的发展》(*The Development of Fiction and Drama*)（1964）中指出唐僧是个可笑而自我矛盾的形象，八戒是个肉欲横溢、爱耍小聪明的市侩，而孙悟空是个头脑灵活、行动果敢但又骄傲自大的角色；② 杜德桥认为，"仅有书面剧本和小说文本构成我们现在的《西游记》以及与之类似传说的材料体，我们可能不能指望开展一项有效的人物原型研究，如孙悟空原型研究"，③ 他从宗教、风俗和隐喻等角度考证了猴子作为杰出随从的合理性，推测孙悟空的原型可能是佛经故事和散文传奇的合体；而余国藩认可唐僧由真实与想象、神话与历史混成，徒弟的角色不可或缺，孙悟空原型可顺着胡适的思路，向印度文学中索求答

① James Robert Hightower. *Topics in Chinese Literature*, Harvard University Press, 1953.

② Patrick Hannan. "*The Development of Fiction and Drama*", in The Legacy of China, ed. Raymond Dawson, London: Oxford University Press, 1964.

③ Glen Dudbridge. *The Hsi-yu chi: A study of antecedents to the sixteenth-century Chinese novel*, Cambridge: Cambridge University Press, 1970, p.154.

案，他还结合儒释道三家合一的思想，指出悟空的隐源暗合汉语成语"心猿意马"，"'空'的观念以及与'空'互补的'修心'观念不但见于佛教的唯心传统，也为许多道家著作所沿用"；① 夏志清确信作品中的唐僧和历史上的玄奘是两个人物，八戒代表纵欲，是带有文学性、宗教性和世俗性的喜剧角色，而孙悟空的原型到底是源自中国民间传说还是印度史诗尚有待考证，但"不管其原型是什么，吴承恩最终塑造的孙悟空这个人物在蔑视既定权威、追求知识和力量方面，还使人想起普罗米修斯和浮士德这样的西方神话英雄"。② 可见，像《西游记》作为人类文学智慧的普世性结晶，即使在不同的语境中也能诠释相通的文学性和人性，传达相近的情怀和哲理，碰撞出相知的领会和火花，展现世界的本质，这样，受众会在《西游记》的文学世界中感知神话的共识，感悟故事的真理，感受民间的传奇，并感动活跃的心灵。

（三）从主题寓意的角度来解读作品，试图解码书中隐藏的历史符号和微言大义，例如，韦尔、海斯、李提摩太、韦利、浦安迪等一致宣称《西游记》是中国的典范寓言，小说的主要人物、情节设计、主旨目的都带有历史、社会或政治的寓意，这些寓意全部浓缩于言辞、情景、修辞、描画、幽默等叙事技巧中。作者有意采用戏谑的笔法将寓意深刻的表达、术语交织到文本中，预设了隐喻和想象的空间，比如唐僧师徒指代人性的优缺点等，神魔冲突寓示人世的善与恶、公与私等二元对立系统，五行观、心猿说、炼丹术语、阴阳学说等印证着中晚明的"心学"，西行隐喻着人的精神

---

① ［美］余国藩著，李奭学编译：《〈红楼梦〉、〈西游记〉与其他》，北京：生活·读书·新知三联书店 2006 年，第 270 页。

② ［美］夏志清著，胡益民、石晓林、单坤琴译：《中国古典小说史论》，南昌：江西人民出版社 2001 年，第 134 页。

磨炼过程，天界的官僚权力结构揭示了人世的政治层级和低效统治等，取经师徒的个人英雄行为象征了人间秩序、普世伦理、社会担当和道德感召等。依此类推，《西游记》的寓意俯拾皆是，令人遐想无边。在这方面余国藩取得的成果最丰，"余国藩深入《道藏》经籍，在《源流》一文中不但穷究《西游记》作者所受的道教影响，并且从丹术秘笈如《龙虎原旨》中的道教寓言，立论特殊且言之成理。更发扬光大了前清批评家陈世斌、刘一明等前贤的论释传统。在东西学界里，除了浦安迪和日本北海道大学的中野美代子以外，少见有余国藩之能发人所未见者"。①还有很多汉学家提出有力证据来论证《西游记》的讽喻性，"取经的意义已退居次要地位，小说中大量融汇了明代中叶的现实生活，反映出作者对黑暗社会现象的揭露与讽刺，因而这部神话小说含有丰富的社会内容"；②"从《西游记》首度面世以来，这些编次者始终认为本书是深奥寓言"；③"几乎所有传世评本的传统注家都赞同，《西游记》应该作为一部寓言小说来释读，……寓言的这一主要功能把《西游记》与其他三部明代奇书区别开来"；④"《西游记》和《红楼梦》的作者正是运用了种种特殊的技巧，提醒读者注意寓意出现之可能，这些技巧本身也富含那寓意的实体"；⑤"作为一部建立在现实

① ［美］余国藩著，李奭学编译：《〈红楼梦〉、〈西游记〉与其他》，北京：生活·读书·新知三联书店 2006 年，第 2—3 页。

② 王丽娜：《中国古典小说戏曲名著在国外》，上海：学林出版社 1988 年，第 96 页。

③ ［美］余国藩著，李奭学编译：《〈红楼梦〉、〈西游记〉与其他》，北京：生活·读书·新知三联书店 2006 年，第 270 页。

④ ［美］浦安迪：《中国叙事学》，北京：北京大学出版社 1996 年，第 138 页。

⑤ ［美］浦安迪著，刘倩等译：《浦安迪自选集》，北京：生活·读书·新知三联书店 2011 年，第 193 页。

观察和哲学睿智基础上的讽刺性幻想作品，《西游记》的确使人联想到《唐·吉诃德》，这两部作品在中国小说和欧洲小说发展史中分别占有同样重要的地位"。① 这种解读寓意的研究思路借喜喻讽、借笑喻教、借虚喻实、借假喻真，揭示了小说的讽喻劝诫、说教化育的实质，彰显了原著的灵魂和魅力，对引导有效阅读、启发受众思考等极有价值。

（四）从英美基督教、中国三教合一的角度来剖视文本，比较中西宗教的特质和联系，探求小说的宗教意义和现实功能。李提摩太认定大乘佛教即基督教在东方的对应体，并不在意译介是否忠实于原著，所以他秉承基督教的教义来释读和改造《西游记》，在《天国之行，一首伟大的中国讽喻史诗》的序言中言明"这本书的主要目的是赞美大乘佛教，……考虑到作者（指丘处机）被所有的中国学者视为那个时代最伟大的道教圣人，因此，当他写这本书时，一定是像圣徒保罗一样，是一个皈依的基督徒"。② 他还把开篇的天地观比附基督教的创世说，把轮回观视为基督教的原罪说，把地府观视同基督教的地狱说，把唐僧和猴王分别改造成耶稣式的领导和忏悔者。这种译介置换表明，李提摩太几乎没放过小说中任何可与基督教文化相比附之处，意在阐明《西游记》与基督教在教义和精神上吻合，借此宣扬基督教的胜利与伟大。相似地，海斯在《佛教徒的天路历程》中强化《西游记》的宗教色彩，批评道教的龌龊，赞美佛教的高尚，并对比开篇的天地观与基督教的创世说、地府观与基督教的地狱说等，以此强调师徒四人是朝向一个崇高的宗教目

---

① ［美］夏志清著，胡益民、石晓林、单坤琴译：《中国古典小说史论》，南昌：江西人民出版社 2001 年，第 119 页。

② Timothy Richard. *A Mission to Heaven*, *A Great Chinese Epic and Allegory*, Shanghai: Christian Literature Society, 1913, Introduction: , pp.7-18.

标前行，而《西游记》就是在讲述宗教哲学。余国藩的《源流、版本、史诗与寓言——英译本〈西游记〉导论》后半部分指出，《西游记》是部佛教朝圣史诗，擅长用诗词作为叙事、写景或教化的手法，这种韵散交错的技法是受佛教文学传统的影响，其内容离不开宗教主题和术语，但由于书中的道教学说不落下风，小说中佛与道的关系和地位暂不便下定论，"若想更充分地认识五圣之间的关系，我们便得细索西行的宗教意义"；① 在论文《朝圣行——论〈神曲〉和〈西游记〉》中，他比较了二者蕴含的基督教精神与佛道教精神，指出中英文学与宗教文化上的歧异；在《宗教与中国文学——论〈西游记〉的"玄道"》一文中，他质疑霍克思认定中国文学是纯世俗性的观点，指出《西游记》和绝大多数中国传统文学一样，从不乏宗教思想，而且举例证明在中国古代社会深具影响力的儒释道学说与《西游记》有密不可分的联系，"《西游记》之所以能够成为一部喜剧性的宗教寓言，正是因其叙述本质和创造性的设计一方面确立了三教的教理，另一方面又大事讥讽所谓'不济的和尚，脓包的道士'"；② 他还在 2005 年 11 月新加坡国立大学中文系吴德耀纪念基金会讲座上阐发了原作者对三教合一这个概念和范畴的调和，"《西游记》醉人的魅力，正在于小说把历史和宗教材料成功转化为小说虚构的成分"。③ 浦安迪也分析了《西游记》的宗教性，"作者在小说中表现出来的对大乘超度和道教功夫的理解，与新儒家自我修养

---

① ［美］余国藩著，李奭学编译：《〈红楼梦〉、〈西游记〉与其他》，北京：生活·读书·新知三联书店 2006 年，第 291 页。

② ［美］余国藩著，李奭学编译：《〈红楼梦〉、〈西游记〉与其他》，北京：生活·读书·新知三联书店 2006 年，第 382 页。

③ ［美］余国藩著，李奭学编译：《〈红楼梦〉、〈西游记〉与其他》，北京：生活·读书·新知三联书店 2006 年，第 311 页。

的概念步调一致"。① 夏志清更是了然《西游记》的佛教智慧，指出作者对《多心经》的独到重构，这一点很少为中西学者所在意，而儒佛道三教合一对小说影响巨大，"到元明两代，儒佛道三教已得到政府的支持和一般人的敬仰，所以没有一种通俗文学不凭借三教而娱乐或教诲大众的。……因此不论明代小说家私下同情的是什么，他总是不加批评地采纳名家混合一体的教义。但是这种诸如混合主义，在有见解的作家手里却大为有用"。② 在中西方宗教视角的学术指导下，《西游记》时常促使读者不自觉地联想起《圣经》《奥德赛》《仙后》《天路历程》《神曲》等具有类似宗教母题和历险特色的名著，这种饱浸比较文学营养的互文性在读者群中激起了不少宗教性共鸣，"中国古代的道教仪式、佛家戒律，以及孔门伦理思想，也是共同促成古典抒情诗的发展、维系戏曲和章回小说的创作主力。……历来的学者一再暗示，诗和戏剧等文学上主要的文类，可能直接导源自宗教仪式"。③ 只要注意到《西游记》中的宗教性，就能把握其宗教诠释方法间的可比性和互联性，有助于挖掘作品的儒释道思想和普世性的宗教特质，并将之自觉纳入中西方比较文学的范畴。

（五）从儿童美学的角度来演绎原著，呈现《西游记》的儿童教育魅力，凸显小说的童心、童稚、童趣和童育。《西游记》自进入英美儿童世界后，美猴王的潇洒形象很快便赢得儿童的欢

---

① ［美］浦安迪著，刘倩等译：《浦安迪自选集》，北京：生活·读书·新知三联书店 2011 年，第 202 页。

② ［美］夏志清著，胡益民、石晓林、单坤琴译：《中国古典小说史论》，南昌：江西人民出版社 2001 年，第 17—18 页。

③ ［美］余国藩著，李奭学编译：《〈红楼梦〉、〈西游记〉与其他》，北京：生活·读书·新知三联书店 2006 年，第 409—410 页。

心。尽情玩耍的游戏笔法，诙谐幽默的语言和情节，活灵活现的飞禽走兽，生动贴切的禽言兽语，俨然是个咿呀学语、奇趣无比的动物世界，很容易让喜爱动物和马戏的儿童着迷。正是敏锐地觉察到《西游记》对儿童具有天然魅力，自韦利夫妇始，大批汉学家致力于开发儿童版《西游记》，常常以聊聊几十或百余页和精美的插图打造儿童版《西游记》，向孩子们展示一个造型可爱、聪慧灵动、神通广大、义薄云天的美猴王形象，他有"普罗米修斯的勇气与小丑一般的戏谑作风、一心奉献和再三渎神、鞭辟入里的洞察力及盲目的热情。像悟空这类牛马互攻的性格，世界神话中不乏熟悉的典型"。①

儿童版《西游记》的畅销使汉学家都确信《西游记》可以简单理解成一部童话，因此大可从儿童美学的视野来提炼其教育意义，让孩子们在美猴王的世界里快乐成长。概言之，这些《西游记》儿童读物都是以简单幽默的儿童化语言和生动形象的插图或漫画为标配，主要简述美猴王从出生、探宝、大闹天宫到赌斗失败、被压五指山的精彩故事，有的还以儿童的心理、眼光和趣味，描述智斗妖魔的故事，并将儒释道教义融入情节中，这些都成为吸引儿童、青少年甚至童心未泯的成年人的奥秘所在。英国文化研究学者杰奎琳·罗丝（Jacqueline Ross）说，"成人透过书写，在书中建立起某种儿童形象，藉以掌握书外的儿童"。② 可见，汉学家们心系儿童教育且不厌其烦为孩子们培养活泼好动的天性、纯真质朴的童心、嬉戏喧闹的童稚、轻松自由的童趣、细致入微的观察力和高尚

---

① ［美］余国藩著，李奭学编译：《〈红楼梦〉、〈西游记〉与其他》，北京：生活·读书·新知三联书店 2006 年，第 381 页。

② 张盈堃主编：《儿童／童年研究的理论与实务》，台北：学富文化事业有限公司 2009 年，第 189 页。

伟大的英雄观等美德，既给儿童提供了一个模仿美猴王精神的启蒙域场，也在无数幼小的心灵里埋下了感知中国古典文化的火种，这是《西游记》走进英美世界的意外收获。

（六）从译介学的角度展开比较，罗列《西游记》英译问题以及完善细节，探索译介的发展前景。《西游记》不断地有新译本推出，堪称百花齐放，方兴未艾，这种现象背后其实折射着一个现实：目前在英美世界尚无公认的真实、完整的《西游记》译本，《西游记》译介还有很大的完善空间。尽管每个译本关注的重心不同，但每个新译本都是对已发行译本的补充，体现了译者对原著和前译本的最新改进成果，在探取译介宝藏的过程中又迈出了可喜的一步。简译本无法从文学的角度来诠释《西游记》艺术的伟大，"必须一开始就强调，我们所面对的这部晚明小说是一个文学范例"。① 余国藩指出《西游记》译本要结合作者的文学才华，凸显小说的史诗画面，展现诗词的叙事风格、美学意蕴和主题关联等特殊价值，而"亚瑟·韦利（Arthur Waley）的节本《西游记》英译，阅者颇不乏人，但是原文诗体的多样性惨遭抹杀"，②"《西游记》里的韵文功用就一反上述古典说部，因为这些诗词的原创性强，形式上又变化多端，不泥于一，正可以和叙述者共同担负起'说故事'的重责大任"；③ 他还在论文《〈西游记〉英译的问题》中说明英译的艰巨，阐述诗词、方言、专有名词和口语化的文字游戏的译介过程和方式，提出了克

---

① ［美］浦安迪著，刘倩等译：《浦安迪自选集》，北京：生活·读书·新知三联书店 2011 年，第 195 页。

② ［美］余国藩著，李奭学编译：《〈红楼梦〉、〈西游记〉与其他》，北京：生活·读书·新知三联书店 2006 年，第 259 页。

③ ［美］余国藩著，李奭学编译：《〈红楼梦〉、〈西游记〉与其他》，北京：生活·读书·新知三联书店 2006 年，第 257 页。

服《西游记》的"忠实"和"不可译性"的可能性，"再引斯坦纳的话结论：'译者的理论基础越弱越好，弹指间即可道出最好。'我个人英译《西游记》的经验，实可证实斯氏所言不虚"。① 同时，夏志清不无夸张地表示，在整个中国文学的传统里，《西游记》的作者是"最擅长于叙情写景的诗人中的一位"。② 但要如实向读者传达需要殚精竭虑。这些亲身体验和学术观点都说明《西游记》译介任重道远，必须充分考虑接受方的准备状况，要重视译入语文化中的"诗学、赞助人和意识形态三大要素"，③ 也预示着《西游记》全文英译的大势所趋和"接受型"导向。

（七）从现代文学改写本和非文本作品的创作和大众接受切入，探讨《西游记》的现代改写本和非文本作品的思想迁移、内容选择、主题表达以及演绎类型等，摸索《西游记》的现代发展方向。西游故事被英美文艺界不断地改造、演绎成现代改写本并推出不少影视剧、动漫片、舞台剧、音乐、网络作品等。直至今日，在传媒力量的推动下，这股运用《西游记》题材进行大改编的势头依然风头强劲，使得《西游记》继译介后又在非文本领域完成了显著的大变形，两者之间在形式和内容上的表现似乎日渐疏远，有时甚至看起来相同点只剩下最基本的人物姓名和历险轮廓。

英国华裔作家毛翔青的《猴王》、美国华裔女作家汤亭亭的《孙行者，及其即兴剧》等这些现代版《西游记》小说演绎了当代版孙

---

① ［美］余国藩著，李奭学编译：《〈红楼梦〉、〈西游记〉与其他》，北京：生活·读书·新知三联书店 2006 年，第 324 页。

② C.T. Hsia. *The Classic Chinese Novel: A Critical Introduction*, New York: Columbia University Press, 1963, p.120.

③ André Lefevere. "Translated Literature: An Integrated Theory", *The Bulletin of the Midwest Modern Language Association*, Vol. 14, No. 1, Spring, 1981, pp.75-76 (in pp.l68-178).

悟空与现实社会的交集和冲突，表明《西游记》中的传统内容在跨文化传播的现代生活语境下经历了一系列对抗、调整、强调、诠释和变形后，生成了一种与原著文化本体迥然不同的新版本，表现出当代英美人看待《西游记》的现代性、现实性、生活性、文化性、互文性、实用性和反射性等，体现了《西游记》的现代文化再演绎。

2012 年美国著名导演斯皮尔伯格就声称要拍一部能媲美甚至超越《阿凡达》（Avatar）的 3D 电影《西游记》。他向媒体表示，10 年前他就有拍《西游记》的想法，电影应该传达一种价值观，导演要擅长从最简单的对白中告诉观众深邃的道理，拍《西游记》不能只图热闹好看，总是逗观众笑，观众笑完后就容易把电影给忘了；而看过真正《西游记》的英美人并不多，只有从《功夫熊猫》中获得启发才能拍成一部让欧美亚各国的观众都能接受的《西游记》，所以动用想象力和电脑特技对孙悟空进行改造是必需的，猪八戒的喜剧角色应该受到重视，沙僧在孙悟空和猪八戒之间的润滑剂作用不能被忽视，而且好莱坞电影太弱化唐僧了。最后他认为，拍这样一部电影需要像乔纳森·阿贝尔和格伦·伯杰一类懂中国文化的编剧作为核心，选择像周润发这样的中国演员饰演唐僧和玉皇大帝，像李连杰或加雷思·贝尔这样长得像中国人想象中的孙悟空的西方人来出演孙悟空，像印度的笑星沙鲁克·汗一类的演员扮演猪八戒，同时外景地可以选择非洲的雨林、沙漠、大裂谷这些富有各种各样奇怪动植物的地方。① 从话语之间可知，斯皮尔伯格很欣赏中国文化，包括儒释道的教义和情怀，他不屑《西游记》的表面打闹，而是看到了小说故事、美学性和主题性等内在，尽管在《西

---

① 《斯皮尔伯格将拍 3D 电影〈西游记〉 欲打败〈阿凡达〉》,《三联周刊》2012 年 2 月 24 日。

游记》电影中要加入很多现代商业元素，但他立誓要把《西游记》改编成兼容文学、文化、科技和商业等因素的新产品，这无疑有利于摸索一条融合东西方文化精神和跨文化价值体系的现代创编之路。更可贵的是，他愿意接受中国人对他要拍的这部电影的苛刻评判，说明他是严肃审慎地站在跨文化交流的高度来筹划这部现代电影的。

《西游记》的第二类传播受众是普通的社会大众，包括男女老少以及隐蔽在网络中的网民，他们来自中国的《西游记》的态度从基本上无知无感转向乐于接纳，由于文化层次和学术水准的限制，普通受众不可能在专业的研究出版物上发表长篇累牍的论文、论著等，但文化传统和批评习惯使得他们经常借助亚马逊书评、Goodreads、Google 等读书社交网站等对《西游记》的文本和非文本作品发表评论，有的用寥寥数语，仅写几个单词，有的则严肃认真、客观地写上六七百个单词。这些评论主要集中在韦利简译本《猴》、余国藩的全译本《西游记》、詹纳尔的全译本《西游记》、《西游记》舞台剧和《西游记》电影上，每个作品都相应有近百条评论，而其他的作品则没有或区区一二十条。绝大多数评论都是肯定的、正面的，只有大约不足 10% 的评论是否定的、负面的。从这些一手的评价资料中可以一窥普通受众的接受视角，主要表现在以下五个方面。

（一）从文本形式和主观喜好的角度解读中国古代神话或神魔故事，关注主角美猴王的大本领、大智慧、大神奇以及他主导的大游戏、大热闹、大战斗等，表达对中国神话故事的好奇心、新鲜感及崇拜感，这是《西游记》立足的英美社会的大众基础。普通受众的接受倾向首选休闲性和娱乐性，他们的接受动机和观点缺乏专业的内容阐释和学术精神，有时也难免显得随意、主观、简单、感

性、片面、流于形式，在阅读《西游记》的过程中不像汉学家那样深挖小说的"深层结构""内在含义"或"伟大精神"等，更不可能用专业化知识对小说进行科学、翔实的解读，而是惯于从个人好恶出发，围绕表面化、浅层次的故事内容对人物、情节、过程、结局等问题评头论足，抒发直白坦诚的娱乐情感，这样日常化的接受方式轻松活泼，富有现实意义和休闲意义。从亚马逊网站上的读者评论中可以发现，他们强烈推荐西游故事，喜欢用一两句话概述美猴王的动人故事，"monkey magic""exciting""interesting""funniest""delightful""fascinating""excellent""captivating""fantastic""entertaining""in-sightful""thought provoking""joy""adventure""fairy tale""legend"等溢美之词屡见不鲜，这是普通受众谈论最多、接受最广的话题，点明了《西游记》走进英美家庭的主因。一些读者在评论 Timothy Richard 编译的 The Monkey King's Amazing Adventures: A Journey to the West in Search of Enlightenment 时写道，"This dude thanslates funny.""This is a well known story I have been familiar with since childhood.""I bought this book for a World Lit class, and while it was an okay read, it wasn't my favourite. Still somewhat interesting, though, just not my taste.""splendid insight into the stories that form part of the Asian character today."① 等，肯定这个异域故事对自己和家人的吸引力。当然，以个人为中心的普通读者更偏爱韦利的简要式的简译本

---

① https: //www. amazon. cn / The – Monkey – King – s – Amazing – Adventures – A – Journey – to – the – West – in – Search – of – Enlightenment – China – s – Most – Famous – Traditional – Nove l- Cheng – en – Wu / dp / 0804842728 / ref = pd _ rhf _ dp _ s _ cp _ 4? Ie = UTF 8 & pd _ rd _ i = 0804842728 & pd _ rd _ r = 48Q9X8T81 VTNPEVP-G7VT & pd _ rd _ w = 5qJCl&pd _ rd_wg = nwuS3 & psc = 1 & ref RID = 48 Q9 X8 T8 1V TN PE VP G7VT(2013/3/5) [2016/12/28].

而非全译本，谈论个人的好奇和推崇，"而不去注意作者的经历，或推断其社会的或历史的原因"。① 还有读者表示，亚马逊网站对情节、人物、历险、幽默等推介根本无法概述猴王的奇妙、古代中国的高光神韵以及神魔人物的魅力等，从跌宕起伏、神奇绚烂的历险中读者可以感受到动人魂魄的古代中国的神奇和神秘现象，例如中国功夫、神通变幻、降妖伏魔、七十二变、符咒法力等。这种代表性的、共识性的点评表明普通受众对《西游记》的理解、接受、遐思和钦羡的心声，他们追求娱乐的主观性阅读，关注故事表面的形式化阅读，这要归功于译者呕心沥血的译介努力，又得益于普通受众全心全意的执着跟踪，归根结底，这也是西游故事的魅力所致。

（二）从中西比较文学、跨文化交流的角度来批评文本，重视中国古典文学经典在跨文化交流中的价值，关注中国古典文学和《西游记》的比较文学意义，这是《西游记》翻译文学融入英美文学的表征，是中西比较文学全面交流的必然结果。随着中西文学和跨文化交流的深入，普通受众的文学素养、跨文化知识水平和交流能力大幅提高，他们对《西游记》的接受视角已不再局限于休闲性和娱乐性，而是相信"小说本来就是不大现实的一种方式"，② 并开始尝试顺着汉学家们的专业眼光关注小说的"文学经典""文化意义"和"现实精神"等，探讨深层次、现实性、文学性和文化性的问题，把握文学特质和时代风气。这种视野宽广、素养专业的接受方式导向现实、立意高远，发展自然，顺应了时

① ［美］雷纳·韦勒克：《西方四大批评家》，上海：复旦大学出版社 1983 年，第 8 页。

② ［德］沃尔夫冈·伊瑟尔著，金元浦、周宁译：《阅读活动——审美反应理论》，北京：中国社会科学出版社 1991 年，第 65—66 页。

代大潮，对推动中西跨文化交流作用不小。从比较专业的普通受众的评论中可以看出，他们认可小说的文学地位，鼓励读者阅读全译本，时常用几句话简介小说的文学性特征，爱用"a Chinese classic""allegory""satire""a richly mythologised account intended as fable, not history""a great book to use to learn about Chinese culture" "religious philosophies"" historical references"" full of side plots and weird characters, strange alliances and stranger heroes, all set in a time and place and culture we Americans know little about"" You'll also see references to it in Chinese life and literature"等词句盛赞小说的文学高度，指出其对了解中国文化的重要性，并憧憬中西跨文化交流的光明前景。一个标名 Daoist1042 的美国读者在 2013 年 3 月 5 日的评论中写道："Although the footnotes sometimes get onerous, they really are necessary for a complete understanding of the culture and content behind this book. I recommend this, and all the other volumes in this series by Mr. Yu, to anyone interested in the culture, history and/or Tao! Well worth reading."① 这条评论建议从跨文化角度欣赏全译本《西游记》的文学佳处，感受有趣味、有蕴意的中国文化、历史和道等，立意非凡。

（三）从英译本整体状况的角度来评价译介，比较原著、简译本和全译本的优劣问题，强调译介对阅读和理解中国古典文学经典的影响和效果，说明普通读者对《西游记》译介的认识和研究日趋专业，这是《西游记》译介融入英美文学的另一个表征，也是西游文化走进英美社会的有力证据。随着普通受众的汉语知识和交流能

---

① https://www.amazon.cn/The-Journey-to-the-West-v-2/dp/0226971341/ref=pd_bx gy_14_3?ie=UTF8&psc=1&refRID=7WAK7XX82G485K37PG62 (2013/3/5)[2016/12/28].

力的提高，他们开始下意识地关注《西游记》各种译本的信息、重心、策略和质量等指标，呼吁跨文化译介必须做到忠实传真，所以他们对《西游记》的阅读行为已扩大到中文原著以及汉学家们对《西游记》英译美学的研究成果，质疑和评判译本中的"不忠实""失真""删减""篡改""硬塞""妄评"等问题，委婉表达英译质量的欠缺。这种从英译美学的视野来探讨《西游记》的接受方式勇气可嘉，也离不开一定的译学素养，这对促进《西游记》英译的理论和实践很有启发。有读者就指出，詹译本注释少，语言简单流畅，可读性高，适于高中以上英语水平的读者；而余译本注释偏多，语言过分追求转述一致，因此牺牲掉了一部分流畅性和可读性，但该译本更全面忠实，更有学术性。在亚马逊书评中，《西游记》简译本、全译本和它们的英译效果被反复讨论，大多数受众承认韦利的《猴》译效良好，适合通读和速读，但对简译本遗失重要的、丰富的内容觉得可惜，因而在他们的留言中夹杂着遗憾，建议适当比对中英文进行信息补足。相较简译本，多数受众都看好余版全译本，留下不少像"Having read Waley's abridged edition 'Monkey', a good amount of these opening chapters were familiar. Nonetheless, Yu's translation reads differently enough and the complete series of events is captivating enough, that I had no desire to skip straight to Volume 2. I wish I had had the good sense to just read a complete translation the first time. I even find Tripitaka ever so slightly less awful thanks to Yu's introduction which offers some historical background. I thoroughly enjoyed the volume."① 这样的好评。一位标名为 A Dobies 的读者在

---

① https://www.amazon.cn/The-Journey-to-the-West-v-1/dp/0226971325/ref=sr_1_2?s=books&ie=UTF8&qid=1482906413&sr=1-2&keywords=journey+to+the+west#(2013/5/31)[2016/12/28].

2013 年 5 月 31 日评论道，在总体上，韦利的简译本《猴》和余译本质量上佳，但余氏的全译本更引人入胜，值得多花时间通读；同时，借助全译本对原著历史背景的简介，连唐僧都不觉无能了，可见，余译本的一大亮点是其翔实的、专业的简介能帮助受众扩大感触。的确，《西游记》的译介就是个知识大宝藏，"像历史上的很多典籍一样，新知识的增加也是决定这本书是否可译的重要因素。毋庸置疑，任何想译《西游记》的人，都得熟悉书中大量的阴阳五行以及夹杂其间的炼丹术语"。[①] 这些普通受众的评论看来简单朴实，少见译学的专业术语和逻辑分析，但大致可见《西游记》译本的总体效果，有的评价甚至非常接近汉学家的见识，令人佩服。总之，这些评论都肯定了《西游记》的译介成就，再现了读者的接受程度，折射了不同译本的影响，间接地成为推动《西游记》英译事业加速发展的一股新动力。

（四）从儿童趣味和美学教育的角度结合个人的生活体验品评作品，讲述作品对童年塑造的记忆和影响，谈论作品对个人、家庭等成长的意义，指出该作品早已成为许多儿童的精神食粮。这种自揭隐私式和自传怀念式的接受方式如同"围炉夜话"一样，拉近了彼此的心理距离，极具教育意义和人文关怀，为《西游记》感动受众开辟了一道捷径。美猴王的可爱造型和灵动性格对于儿童具有天然、非凡的吸引力，也的确伴随了很多儿童一起成长，这是一个普遍的事实。由于儿童偏爱故事的热闹，他们不可能也没必要读全译本，所以近四分之一的读者会在网上评论中首选韦利的《猴》，认为它可与西方的《格林童话》《白雪公主》《哈利·波特》

---

① ［美］余国藩著，李奭学编译：《〈红楼梦〉、〈西游记〉与其他》，北京：生活·读书·新知三联书店 2006 年，第 322 页。

等魔幻故事相提并论，"If you're a Harry Potter fan, you'll love the magic""you may find your child enthralled with the characters, plot and wonder of Sun Wukong, the Monkey King, or the Jade Princess, or the demon catcher""It's a gift for my 15-year-old son. He liked it, though this is an abridged version""My daughter was assigned this book in her 9th grade Humanities class. She really enjoyed reading the book and creating her own caricature of what the monkey look like to her ."甚至还有读者宣称《西游记》全译本和深受欧美儿童喜欢的魔幻小说实有异曲同工之妙。一个标名为 Denise D 的读者在谈及余国藩的简译本"The Monkey and the Monk: An Abridgment of 'The Journey to the West'"时，在 2015 年 3 月 7 日评论道："Loved this version and sent it as a birthday gift to my son, who loved it as well. Great story to share with your kids. Recommend it all over the place."① 这些普通受众主要从儿童教育美学的视角关注《西游记》和猴王的童稚感、怀旧感以及给他们童年带来的情感满足，彰显《西游记》对儿童的心灵震动、感情慰藉、性格塑造、情怀引领和行动取向等，从侧面证明《西游记》的童趣足以在孩童们的记忆深处镌下终生难忘的烙印，对他们的心灵成长有教育意义。"作品具有引导接受的特性，我们把它概括成为'接受指令'这样一个概念，每一部作品都是一种接受指令"，② 对无数英美儿童来说，《西游记》就是这样一部充满"接受指令"的作品，这是《西游记》的"儿童情结"。

---

① https://www.amazon.cn/The–Monkey–and–the–Monk–An–Abridgment–of/dp/0226971562/ref=sr_1_22?s=books&ie=UTF8&qid=1482907246&sr=1–22&keywords=journey+to+the+west(2015/3/7)[2016/12/28].

② [德] 瑙曼等著，范大灿译：《作品、文学史与读者》，北京：文化艺术出版社 1997 年，第 17 页。

（五）在网络空间频繁参与网站维护、网上评价、问卷调查、网上论坛、聊天室等互动平台中，发表帖子表达感言和意见等，间接参与《西游记》非文本作品的创写，并提炼中西方的文化共识。例如，一直以来，中国人都觉得大闹天宫的故事逻辑特好玩儿、特自然，孙悟空就该偷蟠桃、戏神仙、打天宫、反玉帝、斗佛祖，而英美网友就一再指出，孙悟空偷东西还捣乱使坏，玉帝派人去管教他，他还不服气地大闹一场天宫，实在过分，这无异于教孩童去学偷、学抢、学打、学坏，这不利于在西方语境中树立美猴王的伟大形象，所以原著中无法无天的破坏不应在现代作品中如实再现，应该做出适当删改。正是基于这些宝贵的接受反馈，现在出品的《大闹天宫》非文本作品，无论是中方主导的、西方主创的，还是中西合制的，都已不再渲染猴王的偷抢、捣乱等破坏行为，转而维护玉帝形象，宣讲惩恶感、秩序感、纪律感、教育感等现实意义，在细节和主题上突出普世性的教化意义，烘托《西游记》非文本产品里中西文化融合的现代意味。在一定条件下，"至少在英美国家的读者中，'西方读者'在处理非西方作品时的知识和经验已经达到了高深的程度"，① 既然众多传播作者都是从网络传播和网友互动中收集信息并获取灵感，足见如此普通、频繁而有意义的网络互动和反馈是当代《西游记》文本和非文本作品生产的必要条件，每个网友的评论都有可能有助于改善一部《西游记》作品的某个方面和细节，同时每个新作品在部分和总体上都必须接受网友的客观评价和苛刻审评，否则将很难满足文化市场的潮流和需求。

---

① Andrew H. Plaks. "Reviewed Work(s): The Journey to the West by Anthony C.Yu", *Modern Language Notes*, 1977 (92), pp. 1111-1118.

可见，得益于汉学家们的引导，普通受众正在通过《西游记》学习、洞察中国文学和文化，打造宽阔的视野，并与汉学家的学术性视野日趋交汇，从单纯地瞩目故事表层迈向挖掘其文学性和跨文化价值，从一个侧面折射出百余年来传播受众在《西游记》跨文化传播中的干预角色。

第六节　传播效果的评估

一、传播效果的总结性

凡事有因必有果，判断任何事情，不仅要考虑目的和过程，更要观察结果。传播贯穿于人类历史的方方面面，已渗透到人们所做的一切事情之中，使人们的感官、信息和情感触角延伸到世界的万事万物，并产生不同的社会作用力，最后统统归结到一点，即效果。效果不像传者、受者和媒介等实体那样可见，它是从这些具体事物中概括出来的属性关系，是一个传播的目的和过程的行动体现及检验依据，是一个传播行为的最终总结，是"受"的最终体现。只要一个有效信息发生，不管涉及的事物、事情是大是小，不管最初是出于什么目的，不管施动者、媒介和受动者怎样联动，信息发出者都会作用于信息接收者的认知、观念或价值体系而引起心理和情感的改变，这个改变通过信息接收者的言行反映出来，呈现出相应的效果，有时候该效果能如人所愿，和信息发出者的意愿和目的吻合。这个效果代表的是一个个体或群体反应从量变到质变的变化过程，是一个独立的、客观的、变动的总结性过程，自然也常常是人为无法控制的，在很多时候反而会"种瓜得豆",事与愿违,与传播各方的目的大相径庭。例如,一个本地旅行社通知一个旅游团下周会有连续大雨,本意是想提醒他们备好雨具,注意安全,而这个旅游团却完全有可能做出取消旅游订单的决定,紧接着,这个决定可能会带动更多的旅游团撤销意向和预约,导致最终拉低该地区的旅游收入乃至总体经济产值。这种良好目的却导致恶劣效果的现象对人们来说早已司空见惯,毫不为奇,这也是在很多情况下难以说清"这个传播有什么用"的原因之一。

在传播学上,传播效果是指传播对受众的社会本质产生的有效结果,在关系上更多的是和传播受众绑定在一起,二者相互依存,直接发生作用。具体来说,传播效果指传播受众在接受信息后,在认知、知识、心理、情感、态度、言行等方面发生的变化,通常意味着传播活动在多大程度上实现了传播作者的传播目的,只要有变化,就说明有效果,但这种变化是非物质的、抽象的,只能进行总结性描述。在狭义上,传播效果仅指传播作者实现传播目的的程度,但由于传播效果的不可控制性和不可预测性,不能因为某一行为的传播结果与传播目的截然相反,就急着判定该传播行为残缺和无效。所以,还需从广义上说,传播效果就是指传播行为所引起的总体性的客观结果,包括对他人和周围社会实际发生作用的一切影响,这些影响可能是有意的、直接的、显性的、短暂的、微观的,也可能是无意的、间接的、隐性的、长期的、宏观的,有时候需要跨时空的、全方位的细心观察和总结。

传播受众的主观性、差异性、广泛性、相对性、动态性等特征都会不断改变人们传播活动的方式、路径、意义、性质和作用等,直接决定各种受众反应的汇聚结果,最后总结成不同的传播效果。"大众传播大多时候不会成为受众反应的充分必要条件,而是会作用于众多中介因素和传播效果"。①从正常意义上说，每一个人也可以代表一个总结，一个效果。传播受众的知识层次、接受视野、价值体系、反馈能力等会规定传播效果的范围，至少传播受众的是与非、善与恶、美与丑、全与偏、进步与落后的价值判断将制约着传播效果的体现。离开了传播受众，就失去了衡量传播效果的来源和实体，传播受众反应越小，说明传播效果越小，而忽略了传播效果，单单了解传播受众的反应，就无法考察和总结传播受众的本质性改变。

传播效果不仅仅和传播受众密不可分，而且还与其他的传播要素间接地发生联系。在一个具体的传播过程中，传播效果处于最末端，是所有传播要素的作用力体现的总和，传播目的是什么，传播作者是谁，传播内容有哪些，传播媒介是怎样的，传播受众是谁，这些传播要素就是一个个意义重大的变量，在弹性地、综合性地影响着传播效果的生成状态。一般来说，在一定时期内，反复传播的信息、容量大的信息、群体制造的信息、积极正面的信息、感官冲击力强的信息、多媒体的信息、大众化和普世性的信息等会比短平快的信息、太专业性的信息、只有文字的信息、消极负面的信息等更能表明目的，更有说服力，也更有效果，而这些传播要素的有机组合所获得的传播效果肯定要好于各自为战、随机组合的传播要素所取得的传播效果。反过来，传播效果的大与小、快与慢、好与坏、短与长等，客观上起着形成与维护传播活动体系的作用，并且，假设传播受众反应微弱，收效甚微，传播作者就会感觉到，那么他也会主动调整目的、或者内容、或者策略、或者媒介、或者目

---

① ［美］约瑟夫·克拉珀著，段鹏译：《大众传播的效果》，北京：中国传媒大学出版社 2016 年，第 34 页。

标受众，或者兼有，进行重新传播，这样，传播效果通过自身的反作用力传导给传播受众，接着再引导传播目的、传播作者、传播媒介、传播内容、传播受众形成新的知识、舆论、规范、精神和价值等，来调整、维护和巩固传播活动的所有成果。

在跨文化传播中，传播活动常常不得不面对在不同文化系统之间选择和转换有效内容的问题，哪些目的是真正服务于跨文化交际的，哪些作者是具有中西文化素养的，哪些内容是满足预期受众的兴趣和心理的，哪些内容是符合目标语社会的文化需求的，哪些内容是顺应全球化潮流的，哪些媒介是代表着当前流行技术的，哪些受众是潜在的并掌握话语权的，这在真正的传播活动之前是很难预判和把握的，有时候即使预先做过的受众民意调查都不一定能非常准确地反映出传播效果。因而，跨文化传播活动必须要慎重考虑一番传播效果，最好是提前进行部分预演，事先"侦查"一下传播效果，试探出目标语文化系统的兴趣深浅和需求虚实。于是，传播效果就顺理成章地担当起甄选跨文化内容、标识跨文化需求、核定跨文化症结的作用，成为最后出场的、最有评价权威的"总结者"。当源语文化系统的符号信息被转换成目标语文化系统的对应信息后，显然会面临着不同的反应和影响，有可能很快就淹没在一堆故纸片中，也有可能就此在异国他乡一炮走红，并扎根深植，但不管怎样，传播效果基本上一望可知，传播活动是该调整传播目的、传播作者、传播内容、传播媒介、传播受众中的哪些变量，该集中精力往哪个方向努力大体上也一目了然了。

传播效果是传播活动中的最后一个环节，也是一个标准的"总结者"，它的"评语"才是最真实的、最客观的、最公允的、最具有参考价值的。研究传播效果在跨文化传播中的作用，有助于理解传播的体系化构成，认清不同文化系统的冲突和共识，阐明传播效果与传播目的、传播作者、传播内容、传播媒介、传播受众等传播变量的互动作用，对于指导跨文化实践有突出的意义。

二、《西游记》传播效果的累积性

《西游记》作为为数不多的在英美国家乃至世界范围广为知晓的中国古代文学经典，其在英美世界的成功是历经百余年的苦心传播，从无到有，从小到大，才好不容易得来的。这份成功取决于它对英美受众这一接受共同体的良好的传播效果，而这种传播效果是累积而成的，并不是一蹴而就的。从历史上看，《西游记》的传播效果的累积主要经历了三个时期，即早年近半个世纪的微效期，现代传媒和互联网时代以前的爆发期，和现代传媒及互联网时代的高效期。

众所周知，最早的《西游记》简译本，即美籍在华传教士吴板桥（Samuel I. Woodbridge）在 1895 年完成的 *The Golden - Horned Dragon King; or, The Emperor's Visit to the Spirit World*（《金角龙王或唐皇游地府》）可谓铩羽而归，惨淡收场，它的传播效果近乎为零，以至于今天的人们只能从一些国内外大型图书馆的二手资料里才能偶尔看到它和西游故事的一星半点的瓜葛，在国际的《西游记》学界也罕有问津。真正要说开始产生传播效果的应该从英国汉学家翟理斯（Herbert Allen Giles）于 1901 年编写的 *A History of Chinese Literature*（《中国文学史》）中收录的 7 页西游故事简介 *The Hsi Yu Chi, or Record of Travels in the West*，该译文使《西游记》的故事轮廓首次并正式进入英语文学的殿堂，从而开启了《西游记》在英美学界的传播通道，并且该书因为被翟理斯贴上了"东方的《天路历程》"而在专业学者中产生了一定的反响，最终和这本书被整体保留下来，成为后来讲习汉语和中国文学的常用内容。可以说，此时的《西游记》尚处襁褓之中，还远远没进入大众传播的阶段，所以它的传播效果极其有限，主要表现在英美文学界。类似地，这段时期的《西游记》译介，像英国汉学家韦尔（James R. Ware）的 *The Fairyland of China*（《中国的仙境》，1905）一文，美籍传教士李提摩太（Timothy Richard) 的《西游记》第一个英文单行本 *A Mission to Heaven，A Great Chinese Epic and Allegory*（《天国之行，一首伟大的中国讽喻史诗》，1913），美国汉学家马滕斯（Frederick Herman Martens）的 *Chinese Fairy Book*（《中国神话故事集》，1921），英籍汉学家倭纳（Edward Werner）的 *Myths & Legends of China*（《中国神话与传说》，1922），英籍汉学家海斯 (Helen M．Hayes) 的 105 页百回选译本 *The Buddhist Pilgrim's Progress*（《佛教徒的天路历程》，1930) 等，都是主要针对英美传教士和在华工作人员，带有明显的宗教性和说教性，所以，在这段时期，《西游记》的数量相对较少，受众群体相当有限，传播效果微弱，还处在积累周期内。

《西游记》的传播效果开始出现明显改观并进入爆发期应该以英国汉学家阿瑟·韦利 (Arthur Waley) 的 *Monkey*（《猴》，1942) 为标志，该书的故事性、完整性、大众性、游戏性、世俗性和戏剧性等被刻画得生动传神，一直畅销阅读市场，为无数读者所熟知，同时也被许多英美大学选为讲授中国古典文学的必备教材。此后，美籍华人陈智诚（Chan Christina）与陈智龙（Chan Palto）合作的 50 页选译本 *The Magic Monkey*（《魔猴》，1944），高乔治的 *Chinese Wit and Humor*（《中国的智慧与幽默》，1946），英籍译者瑟内尔 (George Theiner) 摘译的 *Monkey King*（《猴王》，1964），美国汉学家夏志清和白之 (Cyril Birch) 把《西游记》第 23 回译成 *The Temptation of Saint Pigsy*（《八戒的诱惑》，1972），美籍华人教授余国藩的四卷全译本

The Journey to the West（1983），英籍教授詹纳尔完成的 *Journey to the West*（1986），美国芝加哥大学出版社根据余国藩的全译本推出的简译版 *The Monkey and the Monk*（《神猴与圣僧》，2006）等。此外，在英美大学崛起了一批以研究《西游记》闻名的学者，如英国教授杜德桥、英国伦敦大学博士柳存仁、美国教授古德里奇、美国教授戴伊、美国教授夏志清、美国教授浦安迪等，他们的《西游记》专业素养深厚，著述丰硕，视角丰富多彩，方法推陈出新，启发性和建设性越来越强，凭借英美两国强大的文化综合影响力和中心地位将他们对《西游记》的解读、理解和创新扩散到整个英语世界，为《西游记》的大众传播和影响起到了添柴助火的作用。值得一说的是，正是韦利的成功才带动了多达二三十种的一系列《西游记》儿童作品的上市，像韦利夫妇出版的 *Dear Monkey*（《美猴王》1973），大卫·赫尔典（David Kherdian）的《猴王西游记》（*Monkey: A Journey to the West*，2005），美国学生作家 Kathryn Lin 的 8 本系列丛书《西游记》（2013）等，这些图文并茂的作品树立了《西游记》极富特色的儿童品牌，用西游故事丰富儿童的精神世界，滋养他们的心灵成长，让他们与齐天大圣一路走来，终生难忘。由此，《西游记》在英美社会终于实现了《西游记》的数量井喷化、主题多样化和社会普及化，产生了持续的吸引力，传播效果得到了大幅度、根本性的改善。

反观当前，大致从 20 世纪 80 年代开始，随着电影电视、电脑和网络等的广泛兴起，《西游记》在英美社会的文化传播迈入现代传媒和互联网时代的高效期，此时的《西游记》主要借助文字、声音、图像等三种传媒符号，发挥多媒体网络传播的综合优势，实现了海量信息的大众化、多样化、全面化、便利化，悄无声息地收到了良好的传播效果，这在过去很长一段时间内是难以想象的。

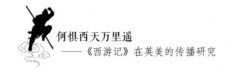

《西游记》的影视剧和舞台剧被屡次搬上银幕、荧屏和舞台，BBC 的动画宣传片《猴子：西游记》、美国电影《猴王》、《功夫之王》、《龙珠：进化》、中美合制的歌剧版《美猴王：西游记》以及中美合作的音乐剧《大梦神猴》等个个叫座，参与团队越来越杂，制作成本越来越高，制作周期越来越短，票房收入越来越好，后续投入越来越大，在客观上帮助《西游记》在英美社会产生了广泛流传、快速普及、过目难忘、带动打扮时髦的效果，大大提高了《西游记》的受众好感和社会名声。而且，这些非文本作品的高收视率还附带着带动了《西游记》各种图书产品的销量，更鼓励和培养了大批潜在的图书作者和非文本作者，因为不时地就会有爆料说，某某译家正在从事《西游记》的翻译工作，某某作家正在埋头忙于《西游记》的专著，某某出版社正在策划《西游记》的儿童画册，某某文化公司正在进行国际合作，打造一部全新的《西游记》电影、电视、动漫或网游等。

在互联网上，关于《西游记》的信息随手可得，并且每时每刻都可能有新的消息出现在网络空间里，随时随地都有可能冒出一个见解不俗的西游迷来。各种各样的网站、网页、视频、新闻、图书、图片、音乐、舞蹈、广告、游戏、网评等不计其数，这个《西游记》的"信息海洋"给受众带来了"幸福的烦恼"，老是让他们眼花缭乱，一时不知该从哪里入手才能找到需要的目标。上述的这些具体数字每天还在稳定地增长，很多英美受众能把大量的精力花在一部源自古老中国的巨著上，恰恰说明《西游记》在英美世界的传播效果，尽管这个传播效果无法被物质化感知，也难以觉察，但非常值得仔细观察。

仅从《西游记》的网上评论来看，经过了百余年的厚积薄发，现在的《西游记》取得了令人瞩目的成就，它的传播效果已经发生了翻天覆地的变化，英美网民们可以在互联网空间上随时随意地发表自己的感受和认识，形成无所不有的网评圈。尽管这些网民成分复杂，还不足以覆盖和代表全部的英美受众，他们的评论也常欠逻辑性、学术性和专业性，但这些评论能反映最广大的受众对《西游记》文本和非文本形式的真实心声，其中有时也不乏个别显得独到深刻甚至有启发性的视野和见解，这是不容轻待的可喜效果。

其实，放眼时下，可以发现，不仅英美受众，而且全世界懂英语的人都已经在互联网上学习和交流《西游记》在英语世界的传播现状、动向、成就和问题，在这个无限的虚拟空间，这些拥有共同的兴趣、语言、基础、习惯、语境等的《西游记》受众可以增进知识，发表意见，倾诉感受，开拓共识，构建西游知识的"文化共同体"，这是日常的、普遍的社会事实，对中国和英美双方的"民心相通""文化相通"是有潜在的积极意义的，也是《西游记》在英美社会的传播效果的切实反映。

第五章

《西游记》在英美的『传播之链』的构建

文化的传播，从形式上讲，就是文化内容的跨时空重建和流转。文化传播从来不是一蹴而就的，文化传播的得失成败虽然受到各种传播因素的制约，但归根结底，还是体现于并取决于传播内容的最终效果。尤其是在跨文化传播活动中，"当先前成功作品的读者经验已经过时，失去了可欣赏性，新的期待视野已经达到了更为普遍的交流时，才具备了改变审美标准的力量"。① 当前，《西游记》在英美世界的传播正在如火如荼地展开，各种各样的文化产品大量面世，并取得了可喜的效果，但这个成绩单远远未达到中西双方所期待的理想程度。西游文化到底是什么，有哪些物质，有哪些精神？对此很多英美受众表示还是稀里糊涂，更时有巨大的分歧，连很多略通英美文化的中国受众也不时加入争论，以至于每当《西游记》文本或非文本作品上市后，即使有的销量或票房看起来不错，实际上大多数受众都是只看热闹，不懂门道，而对于背后的文化精神，广大受众依然常常众说纷纭，莫衷一是，少有共识。面对如此的困境，各方传播力量需要调整思路，整合资源，拓展共识，联手从根本上，即文化内容上入手，有组织、有规划、有步骤地统一行

① [德] 汉斯·罗伯特·姚斯、[美] R. C. 霍拉勃著，周宁、金元浦译：《接受美学与接受理论》，沈阳：辽宁人民出版社 1987 年，第 33—34 页。

动，寻求突破。

文化传播活动应该是传播各要素前后统一的一系列行为，而文化内容是物质的、可视的、可控的，在文化传播中是个非常有效的抓手。既然《西游记》的文化内容要经过从中文文本形式到英文译本形式，再到非译本形式，最后汇成《西游记》综合形式的文化体四个阶段的接力性流转，才能实现《西游记》在英美世界的文化传播，那么不妨把这个《西游记》的整个传播过程视作一个有机的链条，每一个阶段就是其中的一个关系链，一个信息流通通道，在每个关系链上，都有兴趣相投的传播作者筛选信息、重组信息并传递信息后，再传到下一个关系链。为了防止出现上一个关系链的发出信息和下一个关系链的接收信息产生抵牾，进而导致传播链条断裂的现象，两个关系链上的传播力量有必要尽可能地做好沟通、协商和妥协，凝聚最大的共识，否则，必然导致各执己见、各行其是、各得其所的传播乱象，使传播活动流于形式，名存实亡，最后无疾而终。此时，如果能借助各方传播力量建立起一个清晰、统一的《西游记》文化内容，将会奠定《西游记》传播的物质基础，有助于各传播要素围绕着这个传播内容思考并构建《西游记》的"传播之链"，从而保证《西游记》在英美世界的高效传播。

随着互联网与信息技术的不断发展，《西游记》的传播方式已然发生了急剧的改变，更多的英美受众倾向于视听作品和网络作品，这对《西游记》的文化传播是一种新的挑战，也是一个新的契机。《西游记》在英美世界的"传播之链"意欲以《西游记》文化资源共享、文化共识共享、文化价值共享为目标，通过阶段化、可视化的分析手段建立成本低、范围广、效率高的"链式"传播系统，提高文化信息的传播效率，实现《西游记》大众的、顺畅的、模式化的传播，并在可控化的传播过程中，帮助每个参与者深度挖掘传

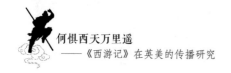
播的价值，获取更多的未知资源，让正面、积极、普世性的内容传播得更深远更全面，充分实现《西游记》的英美本土化和《西游记》文化品牌的国际化。

第一节 《西游记》中文本的传播价值

一、《西游记》中文本的传播基础

《西游记》在英美世界的传播貌似缘起于文学译介，因为英美受众大多都是从《西游记》的译本开始了解《西游记》的，但实际上，从跨文化传播的源头上讲，《西游记》的传播发端始自其中文版本，是众多汉学家和文化学者作为传播作者最先接触和阅读了《西游记》中文本，并产生了传播冲动和传播目的后，《西游记》才有可能被介绍进英美文化市场，进入西方大众的视野。在过去和当下，《西游记》中文本都是作为源语信息而存在，不管《西游记》作品是文本译介、文学改写还是非文本形式，其传播作者都必然是兼通《西游记》中文本和英译本的，而不太可能说只看过《西游记》英译本却不懂《西游记》中文本。李提摩太如此，韦利如此，余国藩如此，汤亭亭如此，连计划筹拍《西游记》电影大片的美国名导斯皮尔伯格也如此。可见，从传播学上说，《西游记》中文本其实构成了《西游记》在英美传播的基础，它是一切《西游记》英语作品的原始素材和文化母体，是在"传播之链"上的首要关系链，会引发一系列的连锁反应，它的传播内容即作为信源的数量和质量将在很大程度上影响着下一个关系链的生成和传承，甚至决定着《西游记》在英美社会的传播走向。因此，很有必要从传播源头，即《西游记》的中文本，开始分析其传播的个性，探究其传播的价值，对《西游记》中文本的考查，本身既是文化传播的一部分，也是领悟西游文化"传播之链"的有效途径，更是《西游记》跨文化传播中一个期待深入研究的课题。

（一）《西游记》中文本的版本交错

《西游记》中文本的版本多达数十种之多，从它诞生之日起，就慢慢形成了一股长达数百年的"版本热"，到底哪个版本是祖本或正宗原本，哪个版本最好，中西方学界对此一直争议不休。从内容上看，有《西游记》全本和《西游记》简写本，从时间上看，有明清时期的 13 种原著版本和现代以中国的人民文学出版社为代表的几十家出版社发行的、相似的《西游记》原著版本，这些版本长的有 60 多万字，短的只有两三万字，有的明清古版仅有 7 万多字，可以说彼此间除了故事的主体框架外，在方方面面有着明显而巨大的差异，这就意味着《西游记》的跨文化传播在原始母体阶段就存在着最起码的信源体量上的区别。由此，在《西游记》走向英美世界之初，在英美学术界就始终伴随着到底哪个版本意义最清楚，哪个中文版本最好，哪个中文版本最适合哪个人群，哪个中文版本最适合传播等各种的疑问，显得热闹非凡。

不同的信源肯定会传达不同的意义，造成不同的结果，《西游记》英语作品的原始素材之分就这样直接孕育了千姿百态的成果。每个参与《西游记》作品制作的汉学家或文化学者都宣称自己的作品必定基于《西游记》的原始母体，以某个《西游记》中文本为主要底本，并参考和掺杂其他几个版本中的一些描述、细节、启发和体会等而成，当然，如果需要，还会结合不同的英译版本。而有趣的是，几乎很少有人说他们喜欢的、参照的中文版本都是一致的，这就值得深思了。《西游记》中文本的版本交错现象导致了《西游记》跨文化传播的演进中必然体现出独特的个性，面对众多的中文版本，传播作者首先会根据自身的"前知识"、兴趣、爱好和需求等确定不同的目标，而所选的内容反过来也可能会促使传播作者调整预定目的和预设受众等传播变量。比如，李提摩太并未明确宣称他的译本 A Mission to Heaven 的翻译底本是哪个中文版本，但从译者的原著作者论、故事回目、诗词细节等来推测，应该是清代的删本《西游证道书》，但也不能完全排除他还同时参考了部分的清代《西游真诠》、《西游原旨》乃至《新说西游记》的可能；反过来，这些比较专注道教解读的中文版本强化了李提摩太执着的宗教情怀，激励他对《西游记》进行重新架构。海斯的简译本 The Buddhist Pilgrim's Progress : the Record of the Journey to the Western Paradise 极有可能以清代的《新说西游记》等为主要中文底本，但可以肯定的是，她还参照了胡适的《西游记考证》等非小说原文的文章，以致她把《西游记》译得五花八门，既有取经艰难的梗概，又有唐僧原型的真实经历，还有吴承恩的原诗，以及美猴王的印度亲戚等。韦利的 Monkey 以基于清代的《新说西游记》的 1921 年标点本《西游记》为翻译底本，该底本比明清版本增加了不少插科打诨、活泼有趣的闲文，对译本的口语化和游戏化来说意义重大。詹纳尔的 Journey to the West 在序言中清楚地说明其译本是以明代的《西游记》世德堂本和清代的《西游真诠》为翻译底本，但从内容的一致性和完整性上看，应该还包括人民文学出版社的《西游记》等，符合官方机构比较重视正统性、权威性、可读性、大众性和全面性的工作理念。余国藩的 The Journey to the West 在介绍中注明其译本是以中国作家出版社 1954 年的《西游记》为翻译底本，同时参照了明代的《西游记》世德堂本和清代的《西游真诠》等，该译本的出发点

和詹纳尔版相似，只是在操作上更细致、更有学术性。汤婷婷创作
Tripmaster Monkey：His Fake Book 的灵感应该来自于类似于人民文
学出版社的现代本《西游记》等。陈士争排演的一系列美猴王歌剧
所采取的中文本所关联的应该也是类似于人民文学出版社的现代本
《西游记》等。斯皮尔伯格打算筹拍的《西游记》电影的中文底本
也应是类似于人民文学出版社的现代本《西游记》以及中央电视台
1986 年版《西游记》电视剧等。这些新时代中的传播作者虽未挑
明最看好哪个中文版本，但都表示同时接触过《西游记》译本，很
喜欢美猴王的精神，熟悉《西游记》的东方神话气质，更想向英美
民众介绍中国文化。

　　从这个关系链上看，一方面，不管这个中文原著作者是吴承
恩还是另有其人，尽管他的传播目的已无从推敲，他预想的传播受
众是否包括英美民众，这个中文原著→英美少数精英学者的传播
关系已然存在，译者、汉学家和文化学者等这些传播作者都是《西
游记》最早的英美传播受众，他们的反应和反馈都将构成传播效
果的一部分，并以译介的形式体现在下一个关系链中。另一方面，
《西游记》中文本的版本交错，每个版本所呈现给传播作者的内容
显然是不一样的，有时涉及版本的性质区别，给最早的英美传播受
众兼传播作者带来了不小的问题。例如，像明代的世德堂本全书
50 余万字，明代的杨闽斋本全书 40 余万字，二者的回目、框架、
情节等相似，可能针对的读者群是文墨水平高、欣赏眼光高、对作
品期待值高的读者，但相差的 10 余万字都是凸显小说宗教性、文
学性和游戏性的趣笔闲文，对小说的属性特征影响很大，甚至会
改变读者原有的判断和观点；而明代的杨本单行本大概只有七八万
字，文字简单，基本只见故事轮廓，殊少意趣，简陋程度可想而
知，可能更适合粗通文墨、文学品味低的市井人群；清代的《西游

证道书》则将《西游记》彻底导向了道教金丹大道，把原著署名权归于宋元时期的道长丘处机，删略了像世德堂等繁本中的大量诗词，只保留宗教意味浓厚的诗词，特别是关于道教修真的诗词，另外，该书把很多意趣盎然的闲文改成了平淡无味的叙述题，添注了大量的道家解读评点文字，涉及小说内容、形式和思想等，极有可能会引领受众以道教眼光理解《西游记》，加剧读者的宗教偏执感；人民文学出版社等出版的现代版《西游记》大致参照了清代《新说西游记》的做法和明代世德堂本，补充了唐僧家世故事等，吸收了鲁迅、胡适等人的研究成果，肯定了吴承恩的署名权和原著的儒释道三教并存的意味，并增加了一些校注，尽量维护了几百年来中文版本的主流性，对《西游记》中文版本的传播有不可低估的价值，其影响一直延续至今。可以想见，如果韦利特别痴迷道教和金丹修炼，执着于以《西游证道书》《西游真诠》为翻译底本，也不参考鲁迅和胡适等人的学术主张，他的 Monkey 就可能会单一、纯粹地指向道教修真，而绝对不会是以戏谑性、游戏性、世俗性见长，估计也不会成为英美世界传播最广的《西游记》简译本。如果美国电影 The Monkey King 的制片组是道教爱好者，也以《西游证道书》《西游真诠》一类等中文版本为知识底本，那么影片中的吴承恩可能穿的是一身道袍，而非儒生打扮。假如詹纳尔和余国藩不采用现代版《西游记》，而以明代的杨本等《西游记》版本为翻译底本，他们可能也就主动放弃了唐僧家世等精彩故事以及仔细的校勘、注释等，也违反了现代读者的阅读习惯，这会加重他们的翻译难度，更拖累翻译的精准度。同理，斯皮尔伯格要拍好《西游记》，想必他也会充分考虑现代《西游记》的中文版本主流，以现代版《西游记》为中文底本建构影片框架，保持现代本的纯粹和一致，以免旁生麻烦。

据此看来，传播基础取决于传播母体，传播母体与传播基础息息相关，牢不可破，传播母体始终占据着跨文化传播中的绝对优势地位，不可动摇，一旦传播母体的内部构成交错并存，各自大行其道乃至互相矛盾，它们对传播基础的影响是强烈而鲜明的。由于中国历史上的复杂原因，《西游记》的中文版本作为传播母体，其内部十分庞杂，无形中对《西游记》的域外传播制造了一定的基础性困难，这是《西游记》在英美传播中的一个比较奇特的现象，也是一个需要正视的问题。

基础不牢，往往会导致后面的行动难以为继，基础牢固，方能保障后续事业的稳步推进。在《西游记》的传播源头上，译者、汉学家和文化学者等这些最早的传播受众兼传播作者是信源筛选人、信息把关人和基础夯实人，对《西游记》中文版的版本交错情况要做到心中有数，有的放矢，他们对中文版本的甄别、选择和倾向将决定他们对《西游记》的"前知识"和期待前景，决定他们对英美大众的传播内容的范畴、内涵和属性等，决定受众的知识建构和情感反馈，决定传播效果和传播前景。那么，为了实现《西游记》在异域最起码的接受需求和话题延续，为了打好《西游记》在英美世界的传播基础，他们有必要把握住主流的中文现代版本，补充进明清的参考版本，照顾到各种传播变量，协调好各方传播力量，确定下传播内容的方式和方向，保证把首个关系链上的《西游记》知识完整、顺利、理性、平稳地传递到下一个关系链。

（二）《西游记》中文本的跨文化契合本质

《西游记》自成书以来的四百余年中始终畅销，从未像很多其他古典名著那样在中国国内出现极端文化专制时遭到一度禁绝，这足以说明它的内容和精神切合中国人物质生活和精神生活中的共享

特质，是代表性的民族文学产品，具有跨时空的"普适性"和"契合性"，这种温和的、共通的品质显然有利于《西游记》的域外传播。而百余年来，英美人一直带着浓烈兴趣热衷于从不同的视角挖掘《西游记》的魅力以及文中所折射的异域文化，似乎每个受众总是可以从中找到他们喜欢的《西游记》的形式和实质，《西游记》的作品层出不穷，这说明英美人对它的认识、理解、矫正和研究不断进步，同时为下一个作品拓宽创作思路和重心，为更叫座的新作品的面世做好铺垫。

《西游记》原著的版本交错，内容庞杂，母体巨大，话题繁多，形象林立，可谓一部取之不尽的文学宝藏，兼其属于俗文学、白话文范畴，语言偏口语化，叙事简单流畅，文风开放灵活，有利于其他文学、艺术形式的借鉴和转换。其主要背景、故事情节、主题思想、叙事逻辑、艺术手法、情感精神等文笔都和英美文学的笔触时常吻合，是向来喜欢了解东方古典文化且颇具文学鉴赏力的英美人了解中国的一扇重要窗口。一些西游故事如"龙宫夺宝""大闹天宫""三打白骨精""三取芭蕉扇""真假美猴王"等通俗易懂，个人英雄主义情怀浓烈，对英美受众来说几乎契合每个时代的精神，符合每个人的审美需求和接受取向，这能保证作品在传播故事梗概和基本精神上一贯的"忠实性"和"一致性"，不管各种作品对内容如何取舍，对人物塑造如何加工，对叙事如何调整，基本上都会收录经典型的西游故事，确保与中文原作的本质性联系，这是毫无异议的。归纳而言，《西游记》中文本的跨文化契合本质主要表现在以下四个方面。

（一）神话精神：神话是人类童年时代的首个智慧之果，是人类由蒙昧走向文明的合成物和"活化石"，它创造的文化原型和魔幻形象不仅镌刻在人类的本能意识和集体记忆中，而且总是通过各种形式、途径、方法在新的跨文化语境中"复活"，这是全人类共同的历时性现象。英语文学的源头之作如《贝奥武夫》（*Beowulf*）、《圣经》（*Bible*）、《失乐园》（*Paradise Lost*）等史诗都讲述神话故事，传达神话精神，传递人们最普遍、最朴素的信仰，广为世界传诵。鲁迅先生曾把《西游记》列入神魔小说，"虽无专名，谓之神魔，概可赅括矣"，① 但根据世界文学品种的分类标准，《西游记》应被纳入神话小说的统一范畴，这也是英美受众接受它的缘由之一。因为"任何神话都是用想象和借助想象以征服自然力，支配自然力，把自然力加以形象化"，② 它就如同音乐、美术一样，是人类的共同语言，深植于人类的集体幻想和集体无意识中，为世界文明和文化的发展提供了广阔的生成土壤和丰富的素材来源，对各民族的文化品质产生了历久弥坚的影响。《西游记》中莫测的想象、绚烂的神奇、奇妙的魔幻、史诗般的历险、豪迈的东方精神等神话元语言，与英美文明的神话传统、神话气质、神话精神相向而行，为不同民族奏响"心有戚戚焉"的和曲，既契合英美受众的审美追求，也满足他们对神秘异域的猎奇感。

　　每提及《西游记》，即使只有一知半解的英美受众都会在第一时间里想起一众上天入地、翻江倒海、腾云驾雾的神魔精怪以及一连串的斗智、斗法、斗勇及斗战，在弥漫着战斗的打斗中回味相似的人气、神气、魔气和妖气，其中浪漫神秘的奇情幻象、魔幻难测的神灵鬼怪始终撩拨着英美受众的心弦，特别契合他们的接受兴趣，这是《西游记》主线架构，是传播作者关注的重中之重，自然也是传播受众接受的爱中之爱。于是，西游神话就在各作品中被反

---

① 鲁迅：《鲁迅全集》第 8 卷，北京：人民文学出版社 1957 年，第 134 页。

② 中央编译局编：《马克思恩格斯选集》第 2 卷，北京：人民出版社 1972 年，第 113 页。

复地改编和讲述，"demon""dragon""eternal""Heaven""immortal"
"magic""monster""mysterious""paradise""power""spell""spirit""wan
der like a cloud""worship""transformations"等这些熟悉的、普世性的、
共识性的字眼指出了《西游记》具有最典型的跨文化契合特征，即
神话气质。

世所周知，无论在"敬神拜鬼"的中国还是在"言必希腊"的
英美世界，神话从未被淡忘或忽视，相反，人们对神话都保持血缘
般的亲近感，始终聆听其透彻于骨髓的古朴妙音，感知其潜流于心
灵的沧桑旋律，使得神话的想象得以沿展，神话的诉求得以彰显，
神话的精神得以传承。像《西游记》这样"讲述了正义和邪恶两大
力量在天堂、人间和地狱里的斗争，而且是以正义的最终胜利而告
终"① 的神奇和西方原创的奇幻一样能唤醒人们无拘无束的原始幻
想和自我本真，激活在人类心灵深处休眠的纯真动力，催生英美受
众心意相通的快感。

西方人一向偏爱阅读神话传说和奇幻故事，很多妇女、老人、
儿童都是这一题材受众的主力军。了解美猴王的受众会自然地把
《西游记》与古希腊神话等西方传统神话故事联系起来，而且会想
起现代魔幻类文本和非文本作品，如《超人》系列、《魔戒》系列、
《蜘蛛侠》系列、《哈利·波特》系列等。其实，中国人何尝不是如
此。中国儿童文学评论家刘绪源曾说，自己阅读《霍比特人》时常
不由自主地联想起英语的《圣经》和汉语的《西游记》。英国牛津
大学教授托尔金（John Ronald Reuel Tolkien）的《魔戒》中描写的
最高神依鲁维特、魔王索隆、魔戒、矮人族及霍比特人、护戒远征

---

①   Timothy Richard. "Introduction". *A Mission to Heaven*, *A Great Chinese Epic
and Allegory*, Shanghai: Christian Literature Society, 1913, pp.5-9.

队、精灵鬼怪、离奇磨难、艰险征途、幽默快乐、克服私欲、团结精神等，在本质上与《西游记》有很多相似之处，所以被称为"西方的《西游记》"。

《西游记》的神话精神使它在跨文化传播中必然成为改编题材的来源，并被不断演绎和变形，致使原著中过于陌生化的表述、情节、人物、造型、特效、结构、想象等常被重建。英美当代作家把《西游记》故事进行现代化重写，并发挥丰富的想象力将现代猴王改造、融入他们的创作中，从侧面折射出《西游记》神奇的适应性。尽管不同民族、不同地域在漫长历史的演化中孕育了不同的神话内容和意义，比如，"在西方，玫瑰在神谕的花卉中历来居于首位：我们首先回想到《天国》篇中用玫瑰花作为沟通感情的象征；……在东方，莲花或中国的'菊花'常常取代玫瑰"，①但人类相似的生活阅历和心理经验会催生类似的神话母题和精神，就如同人类对地球上的空气、水分、石头、冷暖的知识相同一样。《西游记》中包含挥洒自如的灵异气质，与英美传统的神话精神相贯通，无形中拉近了它与英美受众之间的共情距离。

（二）人文关怀：神话作为原始时代的知识产物，随着人类现代文明的发展早已弱化，但滋养神话精神的物质、思维、原型、母题等人文积淀日渐牢固，保证了神话精神通过丰富多彩、想象非凡的文化艺术形式得以延续，换言之，神话是原始人类的世俗"人话"，承载着无尽的人文关怀，它对后世人生和文学的干预使其成为叙事记史和表情达意的外在形式，表达时人对时代、社会、生活、思想、意识、发展等的观察和理解，实际上是在以神话般的幻

---

① ［加］诺思罗普·弗莱著，陈慧、袁宪军、吴伟仁译：《批评的解剖》，天津：百花文艺出版社 2006 年，第 204 页。

想揭示现实，再现人生，勾勒未来，而这股源自本真的人文关怀是中西方文化共享的元语言和知识场。

单从人文世俗的角度看，《西游记》中文本中有太多精彩的人文话题，美国汉学翻译家葛浩文（Howard Goldblatt）在谈起当代美国人喜欢的中国文学作品时曾说，"一种是性爱多一点，第二种是政治多一点"，① 这些人文热点在《西游记》的英文作品中屡见被捕捉。孙猴子偷桃后还大闹天宫牵涉组织结构，女性妖精的艳丽是情色情节，猪八戒的贪吃好色都是荤话揶揄的好素材。即使如李提摩太的基督教化的译本，都侈谈了一把女儿国国王对唐僧的权力诱惑和性幻想；海斯的译本和美国电影《猴王》中混杂着颠覆的权力、女色的勾引、淫荡的媚笑和下流的笑话；韦利也附和胡适说《西游记》折射了"爱骂人的现实主义"，② 所以他的《猴》着力刻画了悟空的世俗特点，猴王的好酒贪玩、幽默诙谐、嬉笑怒骂、暴躁斗狠、恩怨分明等人性侧面时时可见。这些"人性的光辉"似乎有意无意地在暗示受众赞同前人的寓意解读，即唐僧暗喻世俗人性、人类理性等，猴子暗喻智慧、能力等，八戒暗喻人欲、感性等，这些人文化揭示使英美受众对中国人的现实和特征感同身受。这都表明中西方都公认"神话必寓人世，神人不分"，所以《西游记》的"人文之光"当然契合英美受众的文化需求。

《西游记》的外壳是神、魔、人的人物交集，核心却是人文缩影和人情世态，是世俗关怀和精神寄托。地府、龙宫、唐帝国、宝象国、朱紫国、玉华国、女儿国和天界的宫廷建筑、人事组织、职

① 季进：《我译故我在——葛浩文访谈录》，《当代作家评论》2009 年第 6 期，第 46—47 页。

② 胡适：《〈西游记〉考证》，《中国章回小说考证》，合肥：安徽教育出版社 2006 年，第 251 页。

能机构、等级秩序、用物装潢、水草花景、吃穿用度、歌舞乐器、交通武备等人文构成都具有英美人感兴趣的异国风格，人、神、魔的言谈举止都是同语境的、世俗化的，所以在神魔争斗之外时常出现神魔相安共处、人魔斗嘴谈情、人神和谐过活的情节，当然更是免不了谈情说爱、婚丧嫁娶等最基本的世俗活动。情爱不愧是世界文学的永恒话题和人文热门，在《西游记》中，不仅女儿国国王执着地想婚配唐僧，而且几乎所有的女妖都不择手段地逼婚圣僧，尽管婚事都以滑稽的失败告终，但靓丽的容颜和凄美的求爱仍会留下了有待满足的遐想空间。所以，在美国电影《猴王》中，观音菩萨和唐僧的一番恋情也是颇有人情味的艺术表达和情感弥补。如果仅仅从女性观而言，《西游记》中的正反面女性人物都具有人文气质，都反映了女性关怀，女性的善恶、道德、尊严、人格、自由、思想、诉求、才能和价值等都得以展示，女性们感性纯真，倾诉人欲和人情，能促使受众对跨时空的女性和女性关怀进行思考，正如英国诗人威廉·布莱克（William Blake）所说："一粒细沙看世界，一朵山花识天国；掌心之中握无限，刹那之间现永恒。"①

　　类似地，不管出于何种原因，英美的神话作品都在诉说一个共同的"人话"，即隐含人间的现实主义，它们借助奇妙想象、荒诞情节和怪异形象来赞美正义和美德，鞭挞邪恶与戾气，抒发感慨和理想。例如，在古希腊神话中，暴君宙斯曾召集诸神会议决心毁灭蔑视他的人类，称得上西方文学史上最早出现的专制残暴的"父亲"，但阴谋不可能得逞，反而被普罗米修斯偷走天火，用以造福人类，宙斯的妹妹兼妻子得墨忒尔因教会人类耕耘并解决饥荒而成

---

① William Blake. *Poems of William Blake*, W．B．Yeats(ed.). New York：Boni and Liveifght, 1920, p.45.

为最受尊敬的神祇，而雅典娜和波塞冬还打赌，以谁送给人类的礼物更好来决定谁胜谁负。《魔戒》中的人类、精灵、矮人、霍比特人、法师等组成了正义阵营，与魔都的邪恶大军顽强抗争，精灵公主亚尔纹为了自己所爱的人类甚至放弃了永久的生命，弗罗多的心智得到人性的感化和拯救，终于销毁罪恶的魔戒，并拯救了整个世界。还有，当伏地魔势力卷土重来，整个魔法世界因之惊恐失措时，为了抵抗这股黑暗势力，以邓布利多校长为代表的正义力量团结奋战，斯内普给予哈利·波特无私的关爱与保护，凤凰不惜牺牲自我，他们帮助哈利·波特走出昏厥等困境，揪出伏地魔安插在自己身边的反面卧底，最后奋起反击，击败伏地魔集团，解放精灵，自己也回归到世俗世界，享受人生。就这样，一系列"谈神说魔，尽在人事"的离奇故事将人生幻象嫁接到现实世界中，从情感上打动中西方受众的人文情愫，进一步夯实了《西游记》走进异域他乡的人文基础。

瑞士心理学家荣格（Carl Gustav Jung）早就发现：不同的文明、民族甚至不同时期的文化所产生的神话传说和文艺作品中会存在惊人的共同母题，如英雄、圣母、导师、美女、恶魔、斗争、胜利等，这代表了人类的"集体潜意识"[①] 所造就的普世性和契合性，因此，《西游记》中"热颂真善美，冷对假恶丑"的人文关怀慰藉了人类跨时间、跨民族、跨区域的心灵需求和永恒情怀，也在无形中助长了《西游记》的跨文化传播优势。

（三）普世性的文学性：任何一部成功的世界性文学作品必然具有其丰富、独特的文学性，这是它的生命力所在和特殊价值的

---

① 蒋广学、赵宪章主编：《二十世纪文史哲名著精义》，南京：江苏文艺出版社 1995 年，第 826 页。

体现，尤其是对《西游记》这样皇皇巨著的文学母体来说。《西游记》中文本堪称名副其实的"世界性奇书"，它迥异于当时流行的通俗小说的文学产品，紧扣大众的文学快感与心理享受，抓住受众对神话、传奇、历史、名人、游历等的好奇心，利用日常、诙谐、幽默、精彩的语言将唐僧西行取经的真实经历改造成整体结构宏大、想象梦幻绚丽、情节跌宕起伏、人物生动活泼、中国独有的章回体古典小说，以行云流水般的笔触铺就了有幻有真、亦庄亦谐、夹虚夹实的文风，这些信手捏来的兴趣点足以迎合英美受众的知识期待。大多数《西游记》的中文版本结构都符合浦安迪所言的"奇书文体"，①几乎囊括了押韵、白描、对照、象征、比喻、拟人、夸张、反复、反讽、双关、排比、渲染、虚构、插叙、夹议、抒情等世界通用的所有艺术手法以增添幽默、浓烈的文学感染力，其闯关夺宝式的叙事策略特别契合英美受众的"前知识"和"前期待"。对此，英美的大百科全书在介绍《西游记》时都不约而同地用"喜剧性的""幽默的"这样的字眼来形容这部小说，但也只是点出了其鲜明、独特的一部分文学性，既指明它具有民间性和民族性的艺术特质，又点明它与西方的文学精神能实现和谐统一，这种普世性的共鸣对中西方的《西游记》文学来说实至名归。

《西游记》的文学主题始终是中西学术界的一个热点话题，这也常常影响各个作品的基调。例如，鲁迅的"游戏说"被汉学家普遍接受，胡适在《西游记考证》中写道："这部《西游记》至多不过是一部很有趣味的滑稽小说、神话小说；他并没有什么微妙的意

① ［美］浦安迪著，刘倩等译：《浦安迪自选集》，北京：生活·读书·新知三联书店 2011 年，第 120 页。

思。"① 这种"游戏说"或"童心说"的结论对英美受众都产生了长期的导向作用，以致韦利的大众版和儿童版的译本都有意省去了李提摩太等所关注的宗教性，完全代之以游戏性，他把八戒将三清塑像扔进茅厕的祈祷、八戒吃斋、八戒撺掇唐僧念"紧箍咒"教训猴王等夸张、滑稽的情节几乎完整译出，像"你这泼物，全没一些儿眼色！我老猪还掐出水沫儿来哩，你怎敢说我粗糙，要剁鲊酱"就译为同样谐谑的"Coarse indeed！ …I'm a dainty enough morsel to make any mouth water"，而这一游戏化译介策略，也是其译本广为英美读者接受的一大主因。对《西游记》主题的游戏化阐释拉近了它与英语文学的距离，书中的神仙菩萨和基督教神灵原本宗教本质相似，讲究不妄语、不苟笑、不浪行、不随俗、不婚嫁等，但游戏化策略使得菩萨的言行大众化，并始终在庄重与戏谑之间维持着世俗、有趣的尺度，他们的嬉笑怒骂给人以可贬、可乐、可学、可敬的亲近感，也能使敏锐的英美受众在取经大义的严肃和凶险中觉察到一股熟悉的"狂欢化"洪流涌淌于小说的字里行间，狂欢化的鲜明反讽与"陌生化"的人物刻画在小说中的自然结合令人惊叹，这种一拍即合的狂欢气质对英美受众的吸引力真是无以复加，极大增强了小说的文学魅力。

伟大的文学作品往往不仅仅凭借作者的直抒胸臆，而是作者含蓄婉转的艺术再现，因此文本需要凭借丰富的手法，蕴藏深层的内涵，承载普世性的主题，《西游记》就是这样典型的佳作。"《西游记》的艺术魅力，不是在于它写了多少神出鬼没的法术，多少出奇制胜的法宝，而是将人的感情赋予了神魔，那些天神地祇，狮魔

---

① 胡适：《胡适古典文学研究论集》，上海：上海古籍出版社 1965 年，第 923 页。

牛怪，都有或善良或残暴、或豁达或贪婪、或坦荡或嫉妒的心理活动，是读者在自己的人生经验中所常见的、所理解的"。① 但是，《西游记》"游戏化""狂欢化"的趣笔有时未免引发人们的疑惑和混淆，导致受众对同样话语产生不同，甚至相反的观点和结论，就像中外学者对《西游记》原作者到底是不是吴承恩依旧争执不下一样，这是证明《西游记》具有普世性文学性的有力佐证。

《西游记》就是这样具有普世性文学意义的生成母体，"有着众多的各自独立而不相融合的声音和意识，由具有充分价值的不同声音组成的真正的复调"，② 使作品从文字、宗教、世俗、人情、哲思、道德、心理、社会、历史、教化等方面衍生出意义丰富、阐释繁多的复调型话语，充分体现了文学的多义性、模糊性和共同性等特质，给中外受众提供巨大、精彩的想象空间，激起他们对文学性和现实性的深思，并产生"普世性的西游记"的共鸣。

（四）"大百科式"的文化性："《西游记》是明清之际特定时代审美文化的集中体现，蕴含的审美意识无比丰厚，是包含了所谓'天道、地道、人道、神道'在内的'大美学'"。③《西游记》在英美世界之所以能一直备受关注和热爱，当然与其应有尽有、雅俗共赏、中西共乐的中国古典文化内容难脱关系，因为它是英美受众了解中国文化艺术殿堂的瑰宝。当神魔性和人情味等交相辉映，浓缩于奇幻的天庭、人间、地狱、神仙、妖魔、人物、自然、动植物、

---

① 何满子：《神魔小说〈西游记〉概说》，中华书局编辑部编：《古典小说十讲》，北京：中华书局 1992 年，第 59 页。

② ［苏联］巴赫金著，白春仁、顾亚铃译：《诗学与访谈》，石家庄：河北教育出版社 1998 年，第 4 页。

③ 竺洪波：《四百年〈西游记〉学术史》，上海：复旦大学出版社 2006 年，第 309 页。

衣食住行等具体而形象化的现实符号时，这部古典文学作品独特的"大百科式"文化色彩更加显得斑斓异常，美不胜收。

文化作为人类发展的共同本质，其无所不包的内容和意义建构了各民族独特的生存属性和人文精神，并影响到人们的一思一想，一言一行，而在《西游记》中文本中，中国传统文化则通过佛教、道教、儒学三位一体的教义融合以及依托衣食住行、日常民俗的充裕物质得到了鲜明的再现，为译介和艺术再创造的予取予求提供了浩瀚的原始素材，"三教并陈，又大量撷取所需教义，也是《西游记》能够鹊立于中国小说史的原因"。①

19世纪至20世纪70年代，中国的传统文化在西方缺乏引介，处于难堪的边缘地位，西游文化即使汉学家也很难看懂一二，以致早期的《西游记》译本重视故事性、奇趣性而忽视文化性，各译本都将中国传统文化符号一删再删，只是偶尔提及个别儒释道神灵的名称，即便像李提摩太这样声称要重视儒释道思想的译本，都未见其对儒释道有赞美之词，反而采用了援耶入佛的译笔，用浓厚的基督教精神来重新诠释中国古典文化符号，权当无奈之举。海斯的确原本也想通过译评进行中西文化对比研究，但本人缺乏文化常识和严谨考据而又无从发力，只能凭借对中国的传统文化的一知半解随性地译评。至于韦利的译本就只有游戏味而没有文化味，特别是如果放到当下的文化大潮中来看，不能不说是个缺憾。

在时下强劲的中西文化交流大潮中，《西游记》"大百科式"的文化属性得到了彻底的认同、重视和挖掘，也只有两部全译本能比较忠实全面地诠释原著中的文化符号，特别是余国藩的全译本保留

① ［美］余国藩著，李奭学编译：《〈红楼梦〉、〈西游记〉与其他》，北京：生活·读书·新知三联书店2006年，第366—367页。

了原著的全部诗词，翻译细致，注释全面，为后来的《西游记》非文本作品的创编带来了很多资料和启发。同时，英美受众都可以从《西游记》的中英文作品中找到令他们着迷的中国传统文化因子，尽管很多中国文化意义与西方的知识背景大相径庭，但都自有魅力，而且对英美受众来说未必完全陌生、百无一用。比如，喜欢中国道家和养生术的文化学者可以关注《西游证道书》和《西游真诠》等从内外丹修炼角度解读《西游记》的中文本，从中体会一下中国的炼丹术和西方的炼金术的区别以及道教的思辨和哲理，寻找新的智慧，再向英美民众推介。这些如影随形般的文化因子全方位地展现了中华民族的传统文化符号，折射出中华民族积淀数千年而成的物质文明和精神文明，是英美受众观察中国、了解中国的一面明镜，对人类文化学的发展具有奠基性意义。

当然，《西游记》"大百科式"的文化性要为英美受众普遍认可还需相当时期的推介、协商和磨合过程，因为原作中有不少玄学即使对中国的国学大儒来说都是天书级别的，自然也令很多英美汉学家和文化学者虽长年浸淫其中，却只能在筚路蓝缕中逐日推敲。此外，语言的本质性差异使得很多中华文化奥妙的意韵和雅致无法得到顺畅的译介，加入在英译中再附以烦琐的注释，很容易被普通受众视为畏途而放弃。既然这些内容连中外专业学者都语焉不详，言之不清，就更没必要下无用功，不如暂且忽略这些文化难点。《西游记》的"大百科式"知识有足够的内容承载着英美受众的兴趣，令他们心生好感，但也有无数的谜团相对独立于英美受众的"前知识"，令他们备感困惑，这个矛盾可以通过跨文化传播活动的变形调适、文化协商和共识拓展来化解，从而使《西游记》这个特殊的"大百科全书"发挥出文化母体的信源作用。对于《西游记》中文本这个复杂而无法回避的文化母体，英美汉学家和文化学者不妨

先删繁就简，避开繁文缛节般的术语、概念、格式、逻辑等，先选择比较契合大众需要的文化兴趣点，帮助他们构建起一整套普世性的知识轮廓，再以之为基础，逐渐向能阐释、能接受的陌生信息延伸。

随着中西方大众知识的积累、交流的深入、需求的增大，《西游记》的中英本解读将呈越来越厚、越来越全之态，同时不断地提高受众对中国"大百科式"古典文化的接受能力。正如"一千个人就有一千个哈姆雷特"一样，英美受众可以转而喜欢憨厚的猪八戒、老实的沙和尚和耿直的白龙马等，爱上中国的穿戴打扮、小吃饮食、民房建筑等，从而扩展《西游记》的"大百科式"文化性和弹性传播空间。

二、《最新整理校注本西游记》对消极文化误读的规避

由人民文学出版社发行的现代版《西游记》中文本（1955 年第 1 版和 1980 年第 2 版，以下简称"人文本"）在华人世界最具权威性（所以本节仅以人文本《西游记》为代表），其他的众多中文版本在内容上与之基本相同，差异率低于万分之一，同时在海内外广为流行。在《西游记》的海外传播过程中，由作为文化母体的中文版本的讹误所引发的消极文化误读现象相当普遍，这个问题直接蔓延到《西游记》译介和非译介创作的过程，导致其各种英译本和非文本作品也错误百出，进而对《西游记》在英美世界的传播产生了负面影响。为了从源头上规避《西游记》的消极文化误读问题，《最新整理校注本西游记》（以下简称"最新本"）致力于文化性校正和学术性拓展，对人文本《西游记》中容易诱发消极误读的语言词汇和文化观念进行勘误和注释，为契合"文化相通"精神的"西

游文化走出去"打下良好的版本基础。

（一）最新本的文化性校正和学术性拓展

英美世界对《西游记》的文本接受最早始于汉学家对其中文版本的选择和接受，然后才是文本译介、非文本形式传播和大众接受，而《西游记》各种中文版本存在极其相似的讹误，一直以来也是海内外方家所潜心研究的课题，因为这些讹误容易引发消极误读，进而阻碍《西游记》的文化传播。毕竟，《西游记》全面彰显了中国古典文化特质，其中的儒释道文化、常识性文化和地方性的雅俗文化无处不在，对现代读者来说，很多情况下确实造成阅读困惑和接受隔阂，最终削弱了《西游记》的文学意义和文化辐射。解决这个关乎文化建设的问题是新时代下文化界和学术界的义务，正如，"实现中华民族伟大复兴，离不开中华文化繁荣兴盛，离不开文艺事业繁荣发展。……弘扬中国精神、传播中国价值、凝聚中国力量，是文艺工作者的神圣职责"。① 连云港市作为《西游记》创作的重要背景地，本土学者对《西游记》的版本勘误具有得天独厚的优势。为了实现《西游记》的文化性和学术性突破，2009 年国家社科基金规划为以李洪甫教授为核心的连云港课题组申报的"人文本《西游记》勘误"立项（该课题也是中国古典四大名著整理项目的首次立项），要求"探讨利用这些校勘成果，重新校点、整理新的《西游记》版本，将成果付诸应用。……有利于为广大民众提供这一中国古典文学重要经典的最完善、最权威的版本"。该课题组以明万历金陵世德堂刊本"新刻出像官板大字《西游记》"（简称

---

① 《关于繁荣发展社会主义文艺的意见》，《新华日报》2015 年 9 月 12 日 第 1 版。

"世本")为底本,唐僧家世部分以明刊《唐三藏西游释厄传》(简称"朱本")为底本,参照古本及多种流行本进行全面勘误,共出校记、注释 12000 余条,并于 2013 年由人民出版社出版,为《西游记》的版本完善提供了准确可靠的依据。可以说,该书"是《西游记》研究领域具有里程碑意义的大事,同时,将有力地推动海内外《西游记》的研究,掀起阅读普及的新高潮"。①

整理者凭借渊博深厚的国学和方言功底,在十几种底本、参校本中审慎选用并择善而从,着力恢复明刊本的语言特色、唐僧家世的"原生态"、博大精深的中国古典文化、鲜明的地域文化以及高深的艺术特色,并针对人文本的讹误,通过反复地检索、比对和斟酌语言疑点,校正文化性信息,插附相关插图,在每回末都添加读音+注释型的校注,以帮助读者答疑解惑,提高阅读效率。这种旨在克服消极误读并服务于"文化译介"的设计和编排思路比各家中文版本要简单化、人性化、学术化,更能减少文化歧义和冲突,所以最新本是对 400 余年来《西游记》学术史上文化信息流变更替的大盘点和大传播,是对《西游记》的文化性校正和学术性拓展,是海外传播的上好底本。

(二)最新本对消极文化误读的规避

最新本着力对儒释道文化、古典常识性文化和地方性文化的消极误读表征进行校正和规避,书后 85% 左右的校注都堪称文化性尝试普及,对《西游记》的文化修正和跨文化传播重构主要表现在以下三个方面。

---

① 《台湾〈中国书目季刊〉转摘最新双版〈西游记〉前言及校纪》,《连云港日报》2015 年 1 月 15 日第 A08 版。

1. 对儒释道文化消极误读的规避

《西游记》虽然是讲述西天拜佛取经的故事，但内涵却是儒释道三教合一的文化小说，这基本上是先贤时俊的共识。遗憾的是，旧版本的讹误滋生了很多对儒释道文化现象的消极误读，最新本重点对这个问题做出规避。

中国古代儒家非常讲究人性、正统、正义和圆满，在写殷小姐以施舍为名去金山寺看儿子时，人文本仅作："刘洪即唤王、李二梢办下船只，小姐带了心腹人同上了船。"这里显然忽视了照顾母子秘密相见的重要细节，未写明王、李二梢是被特意安排一路监视小姐的，缺乏人文合理性，所以最新本特别补充道："那稍水就别了王、李二梢，将船撑开。"① 这样，行文逻辑自然饱满，也符合人性期待。中国古代的传说、传奇、话本等一向注重"团圆"，而"团圆"也是《西游记》的主题，最新本也考证出有关唐僧家世故事的原本素材即名为《团圆记》，但人文本刻意维系唐僧母亲的妇德和贞操，坚持小姐必须"殉节"，所以毫无人性地添上一句"后来，殷小姐毕竟从容自尽"。这种偏执性的添改读来突兀，几乎颠覆了《西游记》的主题，也有宣扬儒家的糟粕之嫌，如果再加以"忠实"地英译，会令英语文化受众产生厌恶感，诱发文化性排斥。所以最新本果断将之删去，不在"殉节"上纠缠，体现了儒家"中庸"精神。另外，人文本为体现"出家人不杀生"的佛教信条，把明刊本中唐僧随众军一起救母报仇的细节删去，而最新本则补道："江流和尚奋勇当先，杀进私衙。"颇有震撼性，因为儒家有发扬正义和惩恶扬善的高尚情操，也有"同仇敌忾""威武不能屈""士可

---

① （明）吴承恩原著，李洪甫校注：《最新整理校注本西游记》，北京：人民出版社 2013 年，相关引文同出此书。

杀不可辱"的无畏精神，这种儒家精神是中华民族在历经数千年的磨难和牺牲而生生不息的传统，也契合英语文化崇拜英雄和正义的民族精神。正是凭着这种精神，中国人民赢得了抗日战争的伟大胜利，当代中国"豺狼来了有猎枪"的信念也是对这种儒家精神的传承，因此最新本在此处的校正显得字字珠玑，振聋发聩，为规避长期以来对小说中儒家文化的消极误读做了最醒目的注脚。

中国古代佛教对人民的思维、语言和生活习惯影响至深，在《西游记》中有强烈体现，但人们对很多佛教概念模糊不清，也使得人文本常疏忽或背离《西游记》的佛性特质，因此，最新本特意增添注释以规避困惑和误读。

人文本 1990 年版 1994 年 9 月第 3 次印刷曾将第 8 回中的"佛子还来归本愿，金蝉长老裹栴檀"①的"栴"改作"梅"，此处的"栴檀"即"旃檀"，是香木名，与"旃檀佛""旃檀瑞像"相关，比喻唐僧得道成佛，最新本将之校正显示出佛学造诣，有助于汉学家的译前接受。人文本第 6 回写二郎神"弹打椶罗双凤凰"。殊不知，首先，没有"椶罗"或"棕罗"这样的树，更是与凤凰毫无瓜葛；其次，原本是想言说"娑罗"的佛教典故，指帮助释迦牟尼涅槃的娑罗树，也与二郎神用"金弓银弹"打落一种梧桐树上两支凤凰的民间传说相关，所以此处的"椶罗"必须校正。在第 37 回中，《西游记》本义是想套用唐代李涉《题鹤林寺僧舍》的诗句"因过竹院逢僧话，又得浮生半日闲"，但人文本竟记作"因过道院逢僧话"，这是典型的风马牛不相及的文化讹误。因为该回是围绕宝林寺参佛，和道观无丝毫关系；再者，宝林寺和尚俗不可耐，而在中国古

---

① （明）吴承恩：《西游记》，北京：人民文学出版社 1994 年，相关引文同出此书。

代史中佛道两教向来敌视,在正常情况下,即使两派代表会面谈论,也绝少在对方的一亩三分地上进行,所以最新本将"道院"还原为"竹院"。人文本第93回写玉兔精故意将绣球"亲手抛在唐僧头上。唐僧着了一惊,把个毗卢帽子打歪,双手忙扶着那球"。须知,毗卢帽绣有毗卢佛像,是佛教徒心中的圣物,一旦它被绣球打歪了,对于唐僧这样的大德,怎么会在第一时间忙着扶绣球呢?相反,唐僧应是下意识地维护僧帽的尊严,这才符合佛教的文化礼制,所以最新本改作"双手忙扶着那帽",自然地展现圣僧的佛家禀质,当然在本质上也与精神崇拜的普适性相通,文化可传播性强。

此外,最新本对人文本把宗教张冠李戴的问题也做了校正。如第82回中写孙悟空使计钻进老鼠精腹中逼她就范时,老鼠精则哀叹道:"蓝桥水涨难成事,祆庙烟沉嘉会空。"此处的"祆庙"是指中国南北朝传入内地的拜火教的庙宇,借此想隐喻一段失落的爱情典故。但人文本将之混用成"佛庙",这种极易催生宗教混淆的无厘头式的谬误必须加以规避,其英文表达方式也能向英语世界展示中华文化的多元性和包容性。

中国古代道教作为土生土长的宗教,其理念在《西游记》中得到展现,书中也有完整的道教体系。四海龙王是中国民间神话中老少皆知的道家神灵,从大到小依次是东海龙王敖广、南海龙王敖钦、北海龙王敖顺、西海龙王敖闰。人文本《西游记》第3回开始写得很清楚,但一会儿改作"北海龙王敖闰说,……西海龙王敖顺……",再接着改为"西海龙王敖闰";第43回又把西海龙王记作敖顺,"敖顺即唤太子摩昂……看敖顺贤父子之情";第45回提及西海龙王父子助力之功时写道"行者又谢了敖顺"。这一系列混淆都在最新本中得到了校正,四位道神总算是各就各位了。哪吒作为另一位耳熟能详的道神,首件武器就是"斩妖剑",但人文本第

4 回等在"砍妖剑"和"斩妖刀"之间任意变换混淆，显得与民间常识脱钩，也值得最新本对之校正以对应民间"前知识"。在《西游记》中，王母娘娘是美丽端庄的女道尊，人文本第 8 回暗衬她的魅力，写道："缥缈天香满座，缤纷仙蕊仙花"，但"缥缈"常指隐隐约约，若有若无，此处和情节无呼应，所以最新本改作"缥渺"，意指"深远""无穷"，具有审美意义和道德价值，更是用溢美之词指明王母娘娘的脸谱绝不是 20 世纪 60 年代的上海美术电影制片厂版动画片《大闹天宫》和 2012 年 3D 版《大闹天宫》中那样阴沉、丑陋的老太太形象，那种丑化改造是受中国特殊时期的"阶级斗争""样板戏""脸谱化"的政治影响以及民间传说《牛郎织女》等文化影响。

《西游记》的儒释道文化因子无处不在，缺乏较强的中国古典文化素养，就很难读懂其中的文化意义，更罔论译介了，从这一维度上讲，最新本以深厚的文化性校正提炼了这部古典文学作品的儒释道积淀，英语传播作者需吃透此中精髓方能从宏观上帮助英美民众理解和接受异域文化。

2. 对古典常识性文化消极误读的规避

《西游记》中有很多语言如今都已鲜用或不用，导致读者对其中折射的常识性文化信息极易产生误读。五行文化是现代人仍颇有兴趣的知识点，在 1986 年央视版电视剧《西游记》中是八戒牵马，三藏骑马，最后是沙僧挑担，此后 2010 年浙版电视剧《西游记》，2011 年张纪中版电视剧《西游记》以及 1999 年中国大陆版 52 集动画片《西游记》都沿袭了这一典型印象，以至于目前在世界任何一处，只要有《西游记》的取经团队画面，都是悟空开路—八戒牵马—三藏骑马—沙僧挑担这样的顺序。但《西游记》中主要还是沙僧牵马，八戒挑担，只是在极个别情况下出了点状况时才轮换让沙僧挑担，八戒牵马。最新本第36回的校注第1条就强调"八戒挑担，沙僧牵马"，因此在第100回取经功成，论功加封时，佛祖对八戒道："因汝挑担有功，加升汝职正果，做净坛使者。"接着又称沙僧："登山牵马有功，加升大职正果，为金身罗汉。"这一事实在第48回中也有印证，当师徒一行过通天河冰面时，熟知水性的八戒担心师父落入凌眼淹死，于是好心拿出禅杖让唐僧横担在马背上，反而招来悟空一顿数落："这呆子奸诈！锡杖原是你挑的，如何又叫师傅拿着？"这说明古人是讲究本分秩序、各司其职的，更是几乎放之四海而皆准的行为准则。还需补充的是，唐僧五众是暗合五行之说的，唐僧属水，白龙马属火，只有和属土的沙僧才能构成一组生命体和平衡体，属木的猪八戒和水、火都是相克的，怎么能整天牵着马、逗乐唐僧呢？第23回等都写明，八戒屡次向猴子抱怨："似这般许多行李，难为老猪一个逐日家担着走，偏你跟师傅做徒弟，拿我做长工！"这样牢骚满腹的表现，各种版本竟都视而不见，也许是认为挑担是苦活，二徒弟就该干点牵马、喂马之类的轻活，不如把挑担这样的累活都安排给忠厚寡言的三徒弟。殊不知，八戒因调戏嫦娥遭贬斥下凡而投胎猪体，这个"夯货"力气未必比猴子小，所以适合挑担，这一专职设计也符合中国古代重罪重罚的教化理念。更何况他动不动想散伙，时常惦记着回高老庄找媳妇，再加上一张争风吃醋、挑拨离间的嘴，要是一路牵着马和软耳朵的唐僧黏在一起，恐怕只会添乱。而沙僧原是卷帘大将，玉皇大帝的贴身侍卫，又长得"一脸晦气色"，具有天生的镇妖功能，由他专事牵马并护卫唐僧当然最般配，同时也能烘托唐僧的威严和显贵。可见，最新本紧扣中国古典文化的规范，通过细节处理将五行文化和艺术构思糅合在一起，意在强调，《西游记》中这些人物设计都是经过深思熟虑的文化加工，意在呼应受众的认知和默契，如果缺乏古典

性常识，势必会导致一味想当然的消极误读。而正是这种对文化意识的歪曲演绎和传播，致使对唐僧取经团队的典型性画面产生了大众性的常识性偏差，也暴露出对中国古典文化的常识逻辑和艺术理念的误读。

第 73 回写唐僧师徒四人途径黄花观，最新本有意加入插图并标明"黄花观七情生毒害"。因为"黄花"容易被理解为"黄色的花"，但了解古典文化的人都会意识到小说中"黄花"常代指"菊花"，正如苏轼的《九日次韵王巩》有诗为证："相逢不用忙归去，明日黄花蝶也愁。"在中国，因该花不畏秋寒而怒放，菊花历来被清流名士视为高风亮节、清雅斯文、孤傲独立、吉祥长寿的象征，深受古代文人的青睐，时以诗文加以赞美，菊花位列花界"四君子"(梅、兰、竹、菊)之一，则是明晰的注脚。宋代李清照在《醉花阴·重阳》中也写道："莫道不销魂，帘卷西风，人比黄花瘦。"《西游记》第 90 回同样写道："秋到黄花布锦"，更是为"菊花"这一文化传统共识做了显证。这样，小说中的"黄花观"其实就是"菊花观"，是暗讽该观的妖道附庸风雅和孤芳自赏。因为包括道家在内的古代文人墨客素有养菊、赏菊、吃菊的习俗，借此表达洁身隐修、孤标傲骨、养生长寿的愿景，所以"黄花"属于标准的古典文化概念，对此须紧扣文中意境，体会个中滋味，进行准确把握和阐释。人文本第 8 回从简化字考虑，把"只是红蓼花蘩知景色，白蘋香细任依依"中的"蘋"记作"苹"，使得读音不同且易产生歧义，更平白增加误译风险。类似地，第 8 回中佛祖明令观音观察取经道："不许在灵汉中行。""灵汉"是指比现实世界里人间云霄更高的灵仙界天域，是灵仙境界的咏叹，唐赵彦昭的《奉和七夕两仪殿会宴应制》写道："今宵望灵汉，应得见蛾眉。"而人文本记作"霄汉"，就降格成天空了。

文化空白和冲突是跨文化传播中不可避免的问题，最新本为防止对中国古典文化的表达方式和文化内涵产生消极误读，用言简意赅的方式维护上下文逻辑，文化传播作者更应参照最新本以保全中国古典文化的特质，弥补"意义空白"。

3. 对地方性文化消极误读的规避

长期以来，读者对《西游记》中的淮海方言和地方俚语一直存在望文生义式的曲解和误读，这种断裂式的、武断性的消极误读容易扭曲小说的真实面目和意图，因而最新本大力对这个问题进行规避。其中颇具代表性的例子就是小说中的高频率词"不当人子"（第7回等），它常被误解为和"当不当儿子""做不做人"有关，但该词原属苏皖方言中的口头禅。"不当"一词习见于明清小说，常见组合有："不当家""不当家化化""不当家花花""不当家花拉""不当人""不当人子"等。"人子"只是助词，无实际意义，对此，最新本第1回第17条校注写明："'不当人'：同后文的'不当人子'，表示歉意或感谢的话，意思是罪过，不敢当。不当人子'，又为'不当初子'。初，福祉。不当初子，即有损福祉，俗话'折福呀'！"第24回四圣试禅心时，八戒千方百计想留下入赘，却被吊在树上折磨了一夜，第二天被救起后遭到了沙僧嘲笑，八戒回道："兄弟再莫题起，不当人子了！从今后再也不敢妄为。"这里的"不当人子"是针对受过挨罚而言，故可解作"使人可怜"或"丢死人了"。当然，"不当人子"还有其他意指，需看上下文。在第28回中，孙悟空计划钻进女妖肚里去降服她，三藏说："徒弟，这等说，只是不当人子。"行者则反驳："只管行起善来，你命休矣。妖精乃害人之物，你惜他怎的？"这里的"不当人子"则带有"太害人、太可惜"之意。

第6回写大圣和二郎神斗法时，孙悟空曾化成站在水中的"青

庄",人文本不知就里地将之改作罕见的"青鹠",二者都是猛禽,但差异明显。鹠显得尾长腿短喙小,这种小身材站在水里容易溺水,而青庄黑毛垂尾,脖长腿长喙长,最新本在回末第 11 条校注中也予以解释,就是连云港海州地区土话中的"苍鹭",现在当地人还用"像个青庄"形容人又瘦又高,因而,理解地方俚语对解读地方性文化相当重要。第 19 回孙悟空劝慰老高时,评价八戒"替你巴家做活,又未曾害了你女儿",最新本指出这里的"巴"在淮海地区读作"bā",不是人文本的"把家"那样带有贬义的把持之意,"巴家"是褒奖老猪踏实可靠,一心为家谋利,这样既刻画了猪八戒的正面形象,也体现了人物的艺术特色。第 10 回写奈何桥"桥长数里,阔只三敝"时,最新本在回末第 11 条注释中注明:"敝(zhā):至今海州人比划尺寸,仍用此字。后文写老鼠精的小脚:'刚半敝'。"显然,这个注释直观形象,讲明了少见字的长度尺寸,将词汇的读音、信息和地方特质有机融合,使人印象深刻。第 92 回有"连喊是喊,已是被他把颈项咬断了"一句,人文本想当然地把"连喊是喊"改成"连喊数喊",是因为不懂"连 × 是 ×"这种结构至今仍是淮海方言中的常用样式,多指急急忙忙地赶一件事,却还是耽误了。所以,"连跑是跑"多指急急忙忙地跑,却还是没赶上。

由上可见,对地方性文化产生的消极误读即使不影响不明就里的读者欣赏《西游记》的有趣故事,但肯定会消解小说的文化细节,弱化地方性语言和文化的魅力,损害地方性文化资源的保存,所以,英语传播作者需借助相关注释以及本土学者的合作才能从微观上向英美受众传达异域文化信息。

"在诠释作品之前,必先有该作品的完善版本。这点或为老生常谈,却强而有力地提醒我们一个事实:文艺复兴时代的学者为了追求善本所发展出来的'版本学'，如今已广泛地应用在古典文学的研究、《圣经》的诠释与作品技巧的分析上。"①《西游记》以极具中国特色的故事性、文学性和文化性享誉海内外，并凭借很多具有普世性价值的精神元素在当代的跨文化交流中发挥举足轻重的作用。随着新材料、新手段、新认识的涌现，影响《西游记》译介和非译介传播的消极文化误读问题正得到克服，所以，建立在善校成果上的《最新整理校注本西游记》适逢其时地夯实了《西游记》文化品牌的版本基础，为中国古典文化传播提供了新的文学品种和文化支撑，也为《西游记》"传播之链"首个关系链的建构和精进贡献良多，希冀中西学术界和文化界能重视《西游记》中文本服务于"文化相通"的主旨，并开启新的《西游记》创作和研究高潮。

第二节　《西游记》"缘合"译介的传播意义

《西游记》"传播之链"在完成对中文本文化母体的梳理和夯实后就开始了第二个关系链，即《西游记》的文本译介，这是英美受众作为传播受众直接吸纳《西游记》的主要内容，是《西游记》传播内容在英美世界实现大众化的基础过程，所以具有至关重要的作用。然而，各种《西游记》简译本和全译本在传达中国文化内涵时都存在着表达难、理解难、接受难的消极表现，这说明信息从源语到目标语转换时会出现传播信息链断裂的问题。在此，作为主动者、传播作者的译者应负主要责任，他有义务寻找到一条转

---

① ［美］余国藩著，李奭学编译：《〈红楼梦〉、〈西游记〉与其他》，北京：生活·读书·新知三联书店2006年，第425页。

换便利、接受顺畅的译介之路，"借助差异的系统性的运行表现出来"。①

要兑现《西游记》从中文本到英文本的文化意义的总体转换，就有必要以语言间的相似性、共同性即 Affinity 为基准，试验"缘合"的译介准则，努力帮助英美大众产生"心有戚戚"的契合感，之所以选用这个中国味的名称，是因为"Affinity"意味着"相似性""契合性"和"亲近性"，而中国文化中的"缘分"讲求"陌路相逢，心愿相扣"的情感，可以理解为中西两种文化的相遇、相交和相亲。另外，在译介活动中，文本像隐性的绳索把译者和数百年前的原著作者紧紧相扣，这是古人与后人之间的小"缘"；而文化像潜藏的感情把中国古典文化和英美文化牢牢牵引，这是东方和西方之间的大"缘"。这种中国式"缘分"希望通过《西游记》的译本传播在中西方之间建立起一种亲密的理论和应用关系，也符合跨文化传播的本质要求。

一、"缘合"译介的"接受型"旨归

任何文学翻译皆非对原文的简单一对一的、逐字对词式的复制，事实上，在两种截然不同的语言之间也从来不可能存在词语和意义的一对一的对应。那么，翻译要达成最起码的交际意图，译文的变形是必然的，它的成功与否应该以目的语的形式规范性、文化包容性和读者接受度为评判尺度，其最终目的在于产生一个能传递有效信息和文化魅力、能为译文读者所接受的译文。

---

① Jacques Derrida. "Differences", In Peggy Kamut. ed. *A Derrida Reader: Between the Blinds*, The Columbia University Press, 1991, p.65.

　　显然"缘合"译介就是讲求"接受型"的译文，正如在近代中国的西学翻译高潮中，"God"常被译作"上帝""天帝"，而"Heaven"多被译作"天""上天""苍天"一样，这种经典的译法颇具统治力和感召力，非常契合中国文化中的天帝崇拜、宇宙观、等级观念以及尊卑心理，所以能让中国人产生一种崇敬心理和瞻仰意识，特别愿意接受。"文学作品的历史性存在取决于读者的理解，所以，读者的理解是作品历史性存在的关键。"① 从世界范围上看，"接受型"的翻译甚至影响了西方文明，最有代表性的莫过于《圣经》的译介。大凡西方现代文明的民族文学都带有源自《圣经》故事译介和改造的明显痕迹，但必须留意的是，《旧约》和《福音》的原著语言分别是古希伯来语与阿拉米语，假如没有希腊语、拉丁语和近代欧洲多种语言，特别是古英语等先后参与翻译和调试的漫长历程，基督教文化就肯定不可能凭借《圣经》在西方世界立足并影响两千余年，更遑论其所孕育的应有尽有、各具风格的物质与精神。《圣经》的译者也根据英语读者需求、时代需要和大众接受对希腊文和拉丁文的内容和形式等进行意义加工和文化创新，并完成了四百余种译本，包括简译本、改译本、古典译本、现代译本、通俗译本等形式。这些译本呈现的《圣经》内容自然迥异于古希伯来语原著的原始风貌，转而构成了英语文化的基石，可以说也是"缘合"译介的产物。时至今日，《圣经》俨然是英语基督教文化的化身，在英语世界有着不可撼动的地位，但凡人们一提起《圣经》，其自有之意就是指英文版《圣经》，而非古希伯来语的《圣经》，它所代表的也是英语的基督教文化。

---

　　① 朱立元主编：《当代西方文艺理论》（第二版），上海：华东师范大学出版社2005年，第287页。

　　翻译中的文化转向早已是不争的事实与主流，翻译的质量是以本土读者的跨文化接受效果来衡量的，这是连接"翻译理论和翻译实践之间的纽带"。[①] 韦努蒂也认为，"翻译不可避免地要归化异域文本，给它们烙上本土语言和文化的印记，以便于本土特定的读者易于理解"。[②] 这些译学名家所说的"本土"显然是指异域接受的本土化，即只有读者接受越好，翻译作品价值才能越高，这种接受指向当然对文学译介有指导性意义。

　　"英美本土化"译介必须为目标语受众认可、接受才有存在价值，在很大程度上受目标语国家、译者、读者的文化的评价和筛选，而接受就是翻译本身的自有之义。中国唐代贾公彦在《周礼义疏》中对此特别解释道："译即易，谓换易言语使相解也。"这个"相解"就是从受众读者接受的角度道出了翻译的指向性和目的性，明确地指出翻译不仅是两种语言间的形式转换，更重要的是意义要被接受，这个"相解"的观点目前受到了中外汉学界越来越多的赞同。既然是以目标语的容忍度和读者的接受度为文学翻译的终极目标，译者应该旗帜鲜明地反对唯我独尊式的主观化译介行为，贯彻以读者接受为指向，以传播文化为中心的转换模式和策略，自觉规避两种不同文化体系中的文化冲突和不对称传播陷阱，确保源语信息在这个原作者→原作→译者→译文→读者环节上的顺畅传递，最理想的结果就是译文为读者无障碍、无歧义地接受，这再次说明文学译介应是以"接受型"为导向，于"缘分"的跨文化传播活动，在目标上和"缘合"的追求完全吻合。

　　语言都是有生命的，有时代性、地区性和文化性的，语言的

---

　　① 　Peter Newmark. *A Textbook of Translation*, Prentice Hall, 1988, p.184.

　　② 　谢天振主编：《当代国外翻译理论导读》，天津：南开大学出版社 2008 年，第 365 页。

这个独特性必然会影响跨文化的顺畅交流，而《西游记》中文本中有很多词即使对当代绝大多数中国人来说都已深感陌生，何况是对英语译者而言，要他们看懂那些连中国人都感到困惑的词汇，尤其是理解一种对他们来说是承载着全新的中国古典文化的语言时，可以说是一个巨大的挑战。《西游记》藉其"大百科全书式"的丰富知识而被深深地打上了中国古典文化的烙印，书中海量的文化词汇不时跃然纸上，用活泼、鲜明、灵动的文字符号展现了中国古典文学的艺术魅力和传播价值，从翻译角度上说，这些文化符号的阐释和变形就是译介的中心和最大障碍。因此，浦安迪就曾以《西游记》中的"一心""放心""多心"等译语为例，特别提醒译者要认识到文化阐释的差异所产生的不同译果肯定会拉大读者接受的距离："用'mind'一词来翻译'心'，也许会造成误解，因为汉语之'心'，在这特定语境中更多的是将'自我'视为一个整体，包括'心'与'身'两个方面。"① 在《西游记》的百年英译史中，各种大小版本对原著中文化符号的处理始终未能企及人们的期待，众多译者方家对中文本中文化信息的理解、诠释和变形取舍在一定程度上也拉低了读者反映，而来自读者的"不懂""难读""失真""质量不高"的抱怨声一度不绝于耳，这种反馈反过来会施压译者去想办法围绕如何针对传播受众提高传播效果来改进译文。

"对等"② 永远都是相对的，那么，在翻译《西游记》时，译者首先必须始终围绕如何能让读者理解这些文化词来展开，要充分考虑他们对中国古典文化的接受能力，要设法在英译过程中实现两种

---

① [美] 浦安迪著，刘倩等译：《浦安迪自选集》，北京：生活·读书·新知三联书店 2011 年，第 204 页。

② E. A.. Nida & C. R. Taber. *The Theory and Practice of Translation*, Leiden: E. J. Brill, 1982, p.12.

语言、两种文化的"视阈融合"，否则译语要么归化感太强，读者常常会不明就里地指鹿为马，把基督教概念和儒释道思想搅和在一起；要么异化感过重，读者往往会懵懂费解，感觉一头雾水，有时似乎只有一定英语水平的中国人先揣摩成汉语才能读懂个中所指，带有"中国式"的自娱自乐味道。例如，余国藩等译家早就意识到译者也应该把《西游记》中文字游戏的韵味清楚地传递给读者："第二十三回'三藏不忘本，四圣试禅心'里，乔扮媚妇诱惑取经人的菩萨自称姓'贾'（假），夫家姓'莫'（没）。英译者若不解说这两个中国姓的意蕴，原情节散发的寓言力量，就不易让读者感受到。"① 再如，《西游记》中的"水中捞月"（第2回等）源自佛教典故，是个典型的中国文化符号，在英语中没有这个寓言，只有类似的语境意义，"水中捞月"证明了清晰的"文化差"，如果硬译成"catch/grasp the moon in the water"就显得异化感过强，读者不知个中意义，还需继续解释，如果用"fish/plough the air"，则读来归化感太浓，缺少了中国文化的意境，那么不妨以读者的接受能力为出发点，借用英语文化的"fish in the air"来传达本质意义，把该习语改成"fish for the moon in the water"，这样能通过归化和异化的平衡手法使读者既明白熟悉的逻辑含义，也能感受到中国文化典故的异质思维，符合跨文化传播的"缘分"契合。

概括来说，"缘合"准则的"接受型"旨归就是要求《西游记》的译者从接受者的立场上考虑，充当文化层面的"信息把关人"和"距离拉近者"，在原作者—原作—译者—译文—读者这个传播环节上做好信息衔接和意义整合工作，译者既要读懂中文原作，转换文

① ［美］余国藩著，李奭学编译：《〈红楼梦〉、〈西游记〉与其他》，北京：生活·读书·新知三联书店2006年，第318页。

化词语，还要时刻心念读者，设身处地以接受者的知识体系和审美接受为出发点和中心点，在文化词语的形式转换中寻找到源语—目的语之间的信息对接点和契合点，灵活地、动态地传递异质文化信息，让受众读起"Buddhist""Confucian""Taoist""Heaven""immortal""meditation"等知识领域的文化符号来有种似曾相识或值得好奇的感觉，这样才能激发读者对《西游记》中中国文化的兴趣和动力，并使读者愿意"看下去"。

"缘合"针对传播内容，直指意义转换和接受效果，"缘合"准则的实践意义就在于从传播角度最大限度地真实再现《西游记》的文化魅力，从传播受众端夯实《西游记》在英美世界的跨文化传播空间的基础，为《西游记》非译介形式的改编和创作提供更准确、更丰富的本土内容和文化母体，对类似的"中国文化走出去"的译介活动和跨文化交流能起到一定的参考性作用。

二、"缘合"译介的文化过滤

在译介传播过程中容易出现传播信息链断裂的诱因通常可能发生在两个阶段，第一个阶段是由中文信息向英语信息转换时，身兼传播受众和传播作者身份的译者对艰辛晦涩的中国文化词出现误解和误译问题，导致译文的文化失真，误导读者。第二个阶段是在作为传播作者的译者把转换好的信息向作为传播受众的英美大众传递时，这些信息本身完全忠实于原文，但由于无法兼容于英美文化而受到广泛排斥，这种文化排斥问题肯定会拉低译文的受期待度，严重的可能会导致译文从此被图书市场禁绝。有鉴于此，译者必须努力通晓两种文化系统，充分照顾到双方文化传统、社会环境、审美习惯等不同，对译语信息进行选择、协商、变形、改造、创新

等，从而有意造成交流信息在内容和形式等方面发生变异，这种文化过滤行为是必然的、合理的、和谐的跨文化传播行为。

在第一个阶段中时而发生的文化误译问题对《西游记》的译介来说是并不稀奇的，如果像詹纳尔和余国藩那样把唐僧身披的红光闪闪的"袈裟"译成西方基督教士穿的法衣"cassock"，就会人为抹掉该词的东方佛教特色，并与读者的接受意象有违和感，不如选用其梵文转写词"kashaya"更能塑造贴切的文化形象，这种文化误译情况在《西游记》的全译本中不容忽视，更别提简译本了。

中文本中反复出现的"西天"（第5回等）一词，在《西游记》全译本中被直接译作"western paradise"（詹译）或"western heaven"（余译），这无疑会使英美读者联想起"伊甸园"或基督教的天堂一类的画面，等于偷换了文化概念。事实上，"天"是汉译表达，"西天"的文化属性是佛教圣地，广义上是印度"India"或古印度即天竺"Hindu"，狭义上是位于天竺境内的佛祖居地王舍城即灵山"Rajagaha"，或中国人常说的西方极乐世界"Sukhāvati"，而这后两个梵词英译的形式显然更适合承载具有指向性的前往古印度求取佛经的文化意义。更何况，《西游记》中时不时会冒出具有儒释道意味的文化词以及带有地方色彩的方言词，如"佛子""无阴树""婴儿""丹台""逍遥""仁义""三从""作揖""不当人子""地里鬼""鹘个眼睛""厮拖厮扯""虾着腰""妆个嗑虎"等，这些文化词的英译对汉学家们来说困难重重，恐怕只有和中国的西游学专家合作才能有望克服，即要翻译好《西游记》的文化意蕴，必须由具备深厚的中国文化底蕴、扎实的古典文学知识、英语文学文化功底和淮海方言基础的中西汉学家协作完成。这样既搭建了文化传播的"缘"的桥梁，又满足了读者接受的"合"的需要，且能顺利向英美读者展现真正的中国古典文化内涵，为世界范围的中国古典文学传播领域提供最忠实于原著的英文版基础，悄悄改变读者的审美视野和文化知识。

有时候，利用英语大众的接受习惯去避免文化误译问题不失为一个精明的良策。例如，既然印度的梵语与欧洲的拉丁语、希腊语、古英语等主要语言同属印欧语系，它们之间存在着广泛的相似性，且梵文和英语之间的血源性和亲近性基本已成定论，进而使得梵文英译具有先天的可理解性和可接受性，再利用国际上通用的 IAST 系统作为梵文转写字母的操作规范，将汉译梵词译成英语应该比将梵文转成汉语要自然、方便得多，而其英语"异化"形式也要比汉语译语能更方便转换，所以在英译本中，詹纳尔和余国藩大胆把尚未正式收入英语词典的梵文形式"Vajrapanis"直接用于对应汉语中的"金刚"（第 7 回等），把同样未被收录的"Ananda""Kāśyapa"对应汉语中的"阿傩""迦叶"（第 7 回等），这些译语的选择思路很清晰，所指很明确，有一定素养的英文读者根据拼写和发音一看便知这些"异化"形式都来自于梵文的英文转写体，传达的是中国佛文化的异域性和异质性，有时甚至仅仅根据一些背景知识和字词结构就能猜出其实质含义。此外，詹纳尔和余国藩都把"佛法""法"（第 1 回等）译作"dharma"，这样的"异化"形式非但不影响理解，反而有利于增强读者的熟悉感、亲切感和获得感。

"缘合"准则要在原作者—原作—译者—译文—读者这个过程中做好协商和调和工作，译者必须努力提高原文—译文之间的契合度，这就决定了他要忠实于《西游记》中文原作，把握住原作者的文化精神，并贯彻语际翻译的"意义对等"原则筛选词项，做好对原著文化符号的重新阐释、转换和组合，保证源语文化的可解、可译、可懂。"翻译的策略不是消灭差异而是界说差异，以求同存异、各得其所、共同繁荣。人类的存在不是趋同，而是同中有异，全球化不是同质化，而是多元共存。翻译的本质就体现在这样一种既促进沟通又维护对立的双重使命之中。"① 像《西游记》这样的文学巨著肯定会出现大量的词汇空缺现象，可以灵活地综合运用语法、修辞、借词、补词、造词、注解等技术性方法克服"意义断裂"，达成原文—译文的"接受融合"。译者只有掌握了中国文学文化和英美文学文化的基本常识和共同点，才有可能完成接受度高的《西游记》译文。

在第二个阶段中时常发生的文化排斥问题对《西游记》的译介来说是并不新鲜的，说明古板生硬的"忠实"并不一定适用于文化译介，只会画蛇添足。"翻译原本是一种宿主文化的文化诉求"，②此时，译者有意识地屏蔽掉一些"不典型""不高雅""不严肃""不科学"的内容反而更有利于跨文化传播。译者有时忽视了文化的选择性功能，有时不考虑读者的前知识和接受视野，将"天花乱坠，地涌金莲"（第 2 回）这样汉语意象性思维过强的表述硬译成"With words so florid and eloquent That gold lotus sprang up from the ground"（余译）或"Heavenly flowers fell in profusion, While golden lotuses burst forth from the earth"（詹译），既没有如愿地阐明这只是表达佛教圆满境界的意象，是表示佛法无边的劝诫，也没有照顾到读者对佛教文化的知识基础，导致读者认为佛教过于虚无、神秘、无厘头，有可能产生抵触感。这种尴尬的译介副作用也是目前《西游记》全译本尚未与英美受众完全形成合拍的主要原因之一，需要译者对翻译策略和内容做出反思和调整。建议对这个缺乏读者能力基础的

① 麻争旗：《译学与跨文化传播：对翻译的根本反思》，上海：上海交通大学出版社 2011 年，第 42 页。

② 王东风：《中国典籍走向世界——谁来翻译》，《汉语言文学研究》2014 年第 1 期，第 7—8 页。

佛语要么将其内容完全过滤掉，省略不译，要么过滤一部分，保留大众理解的信息，选择受众所熟悉的宽泛的概念词来笼统处理，如"Buddhist enlightenment""boundless dharma"等，这样至少不会招致排斥。

如果把《西游记》第 2 回中提及的道家方术"采阴补阳，攀弓踏弩，摩脐过气，用方炮制，烧茅打鼎，进红铅，炼秋石"硬译成"extracting the Negative and building up the Positive, drawing the bow and loading the crossbow, rubbing the navel to make the subtle humors flow, refining elixirs according to formulae, lighting fires under cauldrons, consuming 'red lead', purifying 'Autumn Stone'"，即使再添加大量注释逐个解释何为"采阴补阳""红铅""秋石"等，在目前的跨文化交际背景中也多属于无用功。更何况，道家方术的"红铅"指的是处女第一次月经产生的污物，"秋石"指的是男童的小便污物，没有丝毫的健身和医用价值，这些概念都是无功用的、不科学的、反人性的、伪文化的邪恶思想，显然不适宜向读者如实宣讲，不如就根据英美大众对长生不老的"前知识"和道家的入门级养生知识，笼统地译作"Taoist practice for immortality""Taoist austerities for immortality""Taoist cultivation for immortality"之类的词，只要能传达道教修炼之繁、之难、之苦的实质就行，如果能辅以西方炼丹术常用的炼炉、水银、铅块、硝石、木炭、丸粒等符号来传达道家的丹书理论就更利于情感接受了，这样也避免给读者一种道家文化邪乎的感觉。

同理，中国的儒家思想中也有文化糟粕，这部分内容显然也有待译者在转换《西游记》信息时主动避开，比如以人文本为代表的很多中文本对唐僧家世的叙述中都有"后来，殷小姐毕竟从容自尽"的一句话，这短短几个字读来特别牵强而违和，明显带有清刻本的篡改痕迹，这一出于中国封建礼教自娱的插语几近颠覆了传统《西游记》中文本的"大团圆"主题。要知道，唐僧家世的最初本名叫《团圆记》，从唐僧的合家重聚直到取经的功成圆满、五圣成真、返归东土，这些叙事都旨在折射"团圆""圆满"的中国传统文化母题。既然殷丞相已说，"今日此酒，取名叫做'团圆酒'"（补录），而且唐代的女性贞节意识相当淡薄，那么殷小姐就没必要因为失贞而含恨自尽，否则就破坏了预设主题，也有悖于极少具有悲剧精神的中国传奇小说传统。因此，最新本《西游记》删去了唐僧母亲的自尽情节，维护了小说主题和文化精神，这种删减就是中国文化内部的过滤，在向英语文化系统传递时更应得到过滤。假如按照人文本的叙述进行如实的翻译，首先在逻辑上会使英美受众很难理解悲剧因果；其次，即使详加了注释，说明殷小姐是自裁于中国儒家对女性的三从四德，只怕会让英美读者产生儒教是邪教的认识，这种负面感情当然不是《西游记》译介所期待的传播结果。所以，在文化译介中，要"寻求译本的生存和长存之道"，① 用目标语文化规范来过滤一下源语文化信息相当必要。

再如，唐僧会对捉妖归来的孙悟空说，"辛苦！辛苦！"（第22回等），今天中国人迎朋接客、表示感谢时也常这么说，但如果把这句至少是褒义的客套话译成"You've had a tough time！"（詹译）或"You must be tired！"（余译），恐怕读者都会产生逻辑疑问和心理落差：怎么无比威猛的齐天大圣竟会被妖魔搞得如此狼狈！要排除掉这种译法的违和感，不妨顺应英语文化的思维习惯和语境表达，把"辛苦"译作"Well-done！""You've done a fine job！"或"Thanks for your help！"体现出中国客套话中的礼貌和赞美。类似

---

① 　胡庚申：《生态翻译学建构与诠释》，北京：商务印书馆2013年，第92页。

的译例足以说明如果不重视汉英思维和文化的差异会导致译介误差和文化排斥。

从理论上说，科学的、先进的、实用的翻译思想不会相互排斥，相互对立，而是相继相通、相辅相成，中西方所有的翻译准则，不管是立足于早期的翻译经验，抑或是源自于现代语言学派和文化学派的翻译主张，都可以归结为服务于"如何译好"的宗旨，其实本质上讲都是要在翻译活动中最终实现跨文化系统之间核心要素的契合，防止传播信息链的断裂。《西游记》中的儒释道词汇和方言数量动辄以万计，其中很多词就是典型的"文化陷阱"，对于知识素养不够的译者、汉学家和文化学者而言，这些词无异于奇特难解的符号，很难从字里行间读懂并传达百科全书式的信息，这也间接说明了为什么百余年来，面世的《西游记》译本绝大多数都是简译本，如果要详加计较，恐怕其中的文化误译和文化排斥错误也是成千上万。如"汉语的这个'苍'，也绝非英语之 grey 可写出。由于英语在这方面存在的先天不足，音韵无法出彩，词义无法模糊，意境也就自然无法诞生"。[①] 因此，要想尽量减少《西游记》原本译介的文化误译和文化排斥现象，译者必须具备足够的中英文文学和文化素养，尝试用"缘合"准则介入《西游记》从中文本到英译本的文化符号解码，促进英美大众对这部中国古典巨著实现跨时空、跨文化的信息吸纳和视界融合。

译介是跨文化传播的重要文本基础，而"缘合"准则有助于在中英互译活动中聚焦于意义转换和文化接受的共同性和契合点，定位中西跨文化交流中求同存异和心心相印的连接点，为译介赢得长

---

① 王芳：《文化传播美学和诗歌翻译》，成都：电子科技大学出版社 2009 年，第 129 页。

久的生命力。"判断的一种方式就是好的翻译要考虑长久，这关系
到翻译能否长存"，① 从这个角度上说，"缘合"的实践要仰赖中外
译家的合作方能获得活力，臻于圆满。简而言之，《西游记》中文
本的文化词数量庞大异常，意义丰富各异，如何传递百科全书式的
文化信息是《西游记》"传播之链"上的工作重心和重大挑战，而
只有维系读者接受的、照顾读者情感的英译策略才能做到再现原
著中蕴含的文化魅力，确保译介质量和接受效果。所以有必要贯
彻"接受型"的"缘合"译介准则，为"西游文化走出去"在译介
实践领域实现忠实性、一致性和契合性，做出探索性的贡献，"理
论与应用之间并不是非此即彼的关系，相反，它们之间相互促进，
完全可以并行不悖"。② 如果译者以"缘合"准则为圭臬，在意义、
视野、心理、情感等层面追求契合英美受众的接受精神，他完成的
译文就有望给西游文化在英美社会的传播提供全面、忠实、核心的
版本基础和选择性素材，为《西游记》非译介形式的变形和创新准
备真实、充足的文化母体，在《西游记》"传播之链"上起到完美
的承上启下作用，拓宽西游文化通向全新发展空间的通道。

第三节　《西游记》非译介的传播影响

《西游记》"传播之链"在完成译介传播后就进入了第三个关
系链，即《西游记》的非译介传播，主要包括在《西游记》原作译

---

①　Sun Yifeng. "Empowering Translation", *Asia Pacific Translation and Intercultural Studies*, 02 July 2018, pp.1-14.

②　张毓强主编：《传播学研究：全球转型与中国想象》，北京：中国传媒大学
出版社 2015 年，第 166 页。

介基础上产生的现代文学改写本、视听作品、网游作品以及文化活动等的传播。这是《西游记》的传播内容被传播作者和传播受众进行深度加工的过程，是《西游记》传播内容在各个方面产生变形最大、最深、最广的过程，是《西游记》传播内容在英美世界实现大众化、本土化的过程，也是看待和评价《西游记》非译介在英美社会的本土化大变形及其本土化意义的绝对参考指标。从本质上看，这个关系链反映的其实是中国古典文化和英美文化之间的碰撞和过滤，因此，在这个关系链上，跨文化信息的断裂、对接、传递和反馈等对《西游记》在英美世界的传播具有实质性、深入性的影响。

一、《西游记》非译介的本土化变形

《西游记》译介的成功必然促使其在英美世界不断生成非译介作品并持续地发挥着文化影响力，有通过各种文字渠道出现的简介、评论、彩绘画册、论文和专著等，特别是 20 世纪下半叶后还出现了不少有关《西游记》题材的现代小说、影视剧、舞台剧、动漫、音乐、网上评论、网络游戏和社会文化活动等，这些大变形的非译介作品在文学、艺术、网络、生活等诸多领域开辟了一个英美本土化的西游世界。可以说，《西游记》俨然是一个兼具中西方知名度和影响力的世界性文化符号和品牌，《西游记》在英美世界的非译介大变形无可否认地对《西游记》的英美本土化有不可估量的意义。

当然，这种大变形对于《西游记》的跨文化传播来说是必不可少的、不可违逆的、情理之中的，因为中国文化系统和英语文化系统在很多内容和本质上是相互排斥、彼此绝缘的。例如，《西游记》

中玉皇大帝似乎纯粹是一昏聩无能的书生文人，文不能治太平武不能胜叛逆，却端坐宝座，发号施令，威仪天庭。而英美世界的文化血液里显然流淌着一股争强好胜、好勇斗狠、强者为王的潜涌，英美民众更愿意看到一个智勇双全、敢打敢拼、无畏无惧的师父和历险者，而不是一个动辄阿弥陀佛、缩手畏脚、哭哭啼啼的圣僧和领头者，所以一个严格标准的中国古典式的唐僧形象是不可能在英语文化系统中被如实地、赞美性地复制和宣扬。假如美国电影《功夫之王》在筹划之初就舍弃神话、历险、武打、英雄情结等符合西方传统文化的要素而认准佛教、道教、儒教的文静、说教、高尚、空谈和玄妙等中国古典文化要旨大演特演，让小唐僧心平气和、苦口婆心地卖弄嘴皮子去教育、感化黑恶势力，或让黑恶势力在聆听了某一儒释道的教义后放下屠刀立地成佛，那么该电影必会缺乏英美文化的内容和气质，难以从一开始就引起英美受众对《西游记》和美猴王神话的兴趣，甚至根本无法接受其故事性、文学性和文化性等，《西游记》的视听作品也不可能从星星之火发展到燎原之势并最终发展为《西游记》非文本系列，《西游记》的影视作品、舞台剧和网络游戏等也不可能在英美国家屡屡创下新的受众记录，当前的《西游记》非译介创作的繁荣局面更不可能出现，

需要提醒的是，由于《西游记》的原著世界与英语受众的经验世界天差地别，中文作者、译介传播作者、非译介传播作者与传播受众的知识、思维、期待、想象、审美、解读等总是难以顺利对接，意义空白、文化差异性和阐释模糊性等势必丛生。英美人的个体主义传统和分析思维决定了他们不可能理解儒释道三教合一的家国情怀和天下大同，不会认同中国唐僧式的"为民请命，杀身成仁，舍生取义"的儒家大义思想，也不会把孙大圣的义举纳入整个取经大义的高尚事业，而只会习惯性地把他们解释为个人化的英

雄主义行动和历险，更难以看懂"天人合一""佛法无边""大道通行""九九八十一难""五行相生相克""阴阳互补""水火相济""风水轮流转""前世今生"等东方思维哲学的玄机。即使是西方式的幽默也和东方式的幽默存在着表达的差异，中国人宁可让猪八戒抢媳妇、做美梦去逗人大笑，也不会像西方人那样安排老猪啃着鸡腿、喝着可乐去引人开怀。这种结构性的"陌生性"文化失衡只能依靠传播作者和传播受众的"视阈融合"才有可能协商和改善，只有通过传播内容的文化转换以达成新的文化平衡，才有可能使《西游记》在异域站稳脚跟。然而，《西游记》的传播语境是英美文化背景和英语民众，即"英语知识的共同体"，离开了这一文化共同体的规范和习惯来孤立地侈谈《西游记》在英美世界的传播是根本不可能的。既然英美民众是基于迥异于中国古典文化的西方宗教文化、礼仪文化和习俗文化等西方价值习惯和知识体系来审视、传播和发展《西游记》的，那么，《西游记》在域外传播中的变形势所难免，在地位上把孙猴子世俗化并重构成叙事主角和孤胆英雄，在身份上把唐僧等同于西方基督教的大牧师来理解和塑造就毫不为奇了。这对确定和理解《西游记》在英美世界的传播属性和范畴至关重要。

换言之，《西游记》要想在英美世界生根发芽，再徐图发展，就必须实现英美本土化，就必须产生创新和大变形。这种"再次创作"的创新绝不是简单比对甚至严丝合缝的话语和文化转换活动，而是"英语知识的共同体"所权衡、加工而成的"狂欢化"重构，是"选择性传播"的本土化产物，是"扬弃性传播"的跨文化变形。经过变形后，《西游记》已经具有英美文化属性了，在范畴上只能归入到英美文化系统中，难怪，毛翔青的《猴王》(*The Monkey King*)、杰拉尔德·维兹诺 (Gerald Vizenor) 的《格瑞佛：一个美

国猴王在中国》(*Griever : An American Monkey King in China*) 和汤亭亭（Maxine Hong Kingston）的《孙行者，及其即兴剧》(*Tripmaster Monkey : His Fake Book*) 等现代文学改写本都立足于英美的文化视角，再现了本土化的美猴王形象和境遇，重构了浓缩的、全新的现代版猴王故事，诠释了现代中西方文化的全方位性交流、冲突性融合和多元化趋势等，并跻身英美现代文学经典之列。从此，花开两朵，各表一枝，中文版的《西游记》绝对不同于英文版的《西游记》，不能从中国人的视野去看待英美社会的《西游记》，也不能用英美人的眼光去解读中国语境下的《西游记》，要客观地评价《西游记》在英美世界的传播，只能从"英语知识的共同体"的立场出发。这种"接受型"的英美文化立场无疑校准并拓宽了《西游记》传播的研究范畴，开启了全新的文化视野和文艺研究视角，尤其是针对《西游记》这样从译介开始的海外传播，从而为《西游记》在英美世界的传播研究带来了一股新的发展动力，也为《西游记》的非译介变形提供了肥沃的土壤。

当《西游记》以非译介形式在英美世界绽放出生命活力时，它实际上已经完成了从纯粹的中国文学和文化载体到本土化的英美文学和文化介质的华丽转身，不再是拘泥于中文原作的文化作品，而是变成经汉学家、文化学者等传播作者和传播受众协商一致的变形作品，即他们在英语语境下所改造生成的异质化产物，成为一种代表鲜明英美文化气质的传播内容。像一度火爆的美国电影《猴王》尽管冠以美猴王的名号，实际上猴子戏份极少，主角是化身美国大学教授的唐僧，他一边与观音卿卿我我，一边与妖魔鬼怪打打杀杀，亵渎神灵的爱情和拯救世界的事业两不误，这是典型的美国故事和英雄传奇。这种本土化传播内容凭借其广泛的接受点成为传播目的、传播作者、传播受众、传播媒介等综合作用的结晶，不仅选取和保留了吸引英美受众的异域知识，而且成为深度译介和非译介创作的生成性母体，在最大限度上发挥了传播的接受性指向和辐射性影响，进而为《西游记》在艺术、网络、社会活动等领域不断开拓文化空间积蓄能量。

《西游记》的非译介大变形在事实上和接受美学的主张不谋而合，从接受美学的视角来理解，一本书、一部电影、一场戏剧等艺术作品在其异域传播过程中从来不是被读者或观者等传播受众消极被动地接受，而是受众依赖自身的文化背景、思维方式、生活经历和情感倾向等"前知识"对作品进行理解、诠释甚至提炼出不同于原文本的全新意义。就阅读经验、审美情趣以及知识能力等而言，专业受众显得比较理性、学术、客观、全面，普通受众相对而言比较随性、业余、主观、片面，如此差异化的、层次化的传播受众会引导该作品不断发生变形并衍生出新的关注点。所以，英美受众开始喜欢沙和尚的朴实和猪八戒的憨厚，希望在作品中增加他们的角色和戏份是自然的、正当的诉求，以后会陆续出现以沙和尚或猪八戒为主角的《西游记》相关创作也是大概率事件。这种共建的、多样的"接地气"模式就从接受美学和传播学的维度说明，是传播受众的主观能动性和接受能力演绎出一部作品在异域的本土化意义并重新赋予了它以异质生命，传播受众的接受能力就像隐形的推手一样无处不在，始终在控制着该作品的生命。如果没有英美受众的点赞、批评和建议等，陈士争的《美猴王》系列剧就几无可能会一再得到改进，屡次在英美的大剧院成功上演，而再看该剧作本身，俨然是个现代歌剧、音乐剧、科幻剧、杂技剧等典型的西方舞台剧，在创作理念和表现风格上和中国的舞台剧相比还是有很大区别的。这一接受机制能比较清晰地展现传播作者能接受并希望传播受众也接受的思路、内容和精神以及二者之间接受的异同点，在像《西游记》这样一部作品的域外传播中作用尤其明显，更在相当程度上呼应并验证了拉斯韦尔 5W 传播模式的合理性。因为 Who 即是文本和非文本作品的传播作者，如译者、作者和编者等；What 即是传播作者根据自己所接受的异域知识、知识更新和对其他专业受众及普通受众的接受预期再选择和决定的传播内容，如英美民众普遍认可的文化转向、中国武术、道教养生术等；Whom 即是对该传播内容感兴趣的传播受众，包括其他专业受众和普通受众，如文化学者、学生等；What channel 即是传播作者顺应传播受众的接受喜好而选取的媒介形式，如互联网、影视、舞台、书籍等都是热门媒介；What effect 即是传播受众的反馈效果，如各种评论、数据、曝光频率、后续反馈、舆情改向等。从这个角度上看，接受美学和传播学的观点都是一致的，它们都认为传播受众的传播效果即接受是考查一部作品的域外活力的指标，非译介行为在本质上就是传播受众的反馈效果的集中体现。确实，从网上的反馈热度来看，英美的西游迷越来越多，越来越专业，对中美合拍的《西游记》电影中玉皇大帝到底是该由中国演员周润发来出演，还是由美国演员汤姆·汉克斯来担当，他们的倾向和选择对导演是有足够影响力的，而对大闹天宫的主题是要赞扬孙大圣不惧强权、造反有理，还是要批判孙猴子小偷小摸、违法乱纪，英美受众的文化价值显然更有决定权。

　　毋庸置疑，任何完整的文学或文化活动要想在异国他乡功成名就都离不开译介和非译介的变形，两者缺一不可，特别是其成功与否，可以干脆用非译介的情况来评判。简单地说，如果没有非译介行为对译介行为的接力，任一文学或文化活动都不可能在异域获得生命。详细来说，一部作品要实现域外传播，首先是以译介为出发点，译者等需根据原版底本选取并勾勒出翻译底本，重组他的传播内容，将之推入大众接受的视野范围，接受他们"期待视野"的检验。只有当传播受众对此产生适切的意义和普遍的共鸣，该译介作品才会继续受到重视和挖掘，并在深度和广度上进入深度译介和非译介变形阶段，从而延续它的生命，否则，它的传播往往会在译介阶段后戛然而止，从此销声匿迹。而在每个成功的传播过程中，非译介变形就可以概括为从纯译本形式到非译本的大众接受和效果生成，其间，传播作者和传播受众作为极具主观能动性的活跃体，不但促成了各信息链构成连续的整体，而且在两大文化系统之间展开跨文化对话和沟通，充分彰显了传递信息和反馈共识的意义和价值，保证了新知识的进一步过滤和流传。

既然非译介行为是考察一部作品在域外传播发生和延续的必备指标，那么从它的表现足以反观该作品由译介到非译介变形、流传的过程，透视传播作者和传播受众的"前知识"和"期待视野"等全面能力，甚至从中可以预测该作品在域外传播的热度、动向和结局。如果陈士争的《美猴王》和北京的《大梦神猴》等舞台剧能依托英美文化立场，并参考英美受众的反馈进行调适、改进和完善，它们必将做出更多理性、灵活的变形，讲述更英美化的西游故事，从而为《西游记》在英美世界的非译介传播添砖加瓦，再放异彩。

二、《西游记》非译介的本土化原创

《西游记》的非译介是"英语知识的共同体"的产物，是呈现英美文化和时代脉搏的窗口，是实现《西游记》英美本土化传播的必由途径。《西游记》的非译介属于英美本土化的原创产出，也有百种模样、千种姿态、万种解读，个中传播要素相互关联、相互影响、相互反馈、相互启发，不断整合成作，被大量搬上图书市场、银幕、荧屏、舞台和网络等，在客观上收到了广泛宣传、快速普及、深入影响的传播效果，为缩短《西游记》与传播受众的情感距离、提高美猴王等知名度、积累社会评价等贡献卓著。每一部《西游记》的非译介作品都自有其存在的传播意义，是赚取金钱，是宣泄情感，还是促进沟通，没有准确的定数，但不管怎样，它们所有的传播内容都是立足于英美文化立场。因为有人为之心动，有人为之激动，有人为之震动，有人为之跃动，有人为之悸动，所以，《西游记》非译介的传播在英美世界已成为一种潮流和时髦，不时推陈出新，带给广大受众惊喜。这些原创的传播内容着重于接地气，具有清晰的话语意义、通顺的文化内涵、直观的本土神韵、无限的可复制性和低廉的消费成本等诸多优势，老少皆宜，和各种传播受众的"前知识"及期待前景等几乎无缝对接，让《西游记》的本土化魅力彻底释放，从而为西游题材的跨文化传播提供了得天独厚的便利。

无论如何，来自东方的《西游记》题材事实上已成为英美文化界的原创热点之一，其神奇、魔幻、历险、浪漫、广博的特质极易作为原创素材，并迅速吸引传播受众和文化市场的眼球，不断扩大传播效果。毫不夸张地说，《西游记》的非译介原创作品显得越来越迎合受众的精神需求，甚至悄然跃居《西游记》传播内容的优先位置，使得《西游记》题材的原创制作更加追求多元性、实景性、科幻性、震撼性、本土性和文化性等西方式的感知体验，并主要呈现以下三大特点。

（一）游戏娱乐化

和《西游记》的中国式欣赏传统殊途异路的是，西方的狂欢节传统、英美文化的开放态度和英美民众更为活泼开朗、乐天喜剧的民族性格已然决定了《西游记》受众精神需求的狂欢化倾向。往往，疯狂的话语、做作的腔调、夸张的行为、荒谬的情节、错落的感情、离奇的叙事、荒诞的桥段、杂乱的拼接、低俗的剧情等都能很容易触发他们的笑点和情感，并汇成一股直击心底的激流，令他们为之动情、着迷甚至抓狂，这样的文化语境对《西游记》非译介传播来说无疑是天然良好的社会土壤。《西游记》天生的游戏精神和喜剧风骨等文化气质恰恰与英美世界的这股狂欢秉性不期而遇，自然而然地成为英美民众茶余饭后的谈资笑料。各种非译介作品为了博得一笑，对译介中的大神奇、大魔幻、大情节、大人物、大游戏、大场面、大战斗、大乐趣等进行内容置换和大书特书，情节特别引人入胜，有时还结合现实抒发感慨，也达到了轻松愉悦的效果。比如，汤亭亭的猴王阿新激发了很多英美读者特别是华裔受众的感慨，陈士争的舞台美猴王撩拨了诸多英美观众的心弦，拯救世界的美国唐僧触动了许多英美民众的心灵，挥舞金箍棒的美国小唐僧点燃了诸多英美受众尤其是少年儿童的理想。

也只有在这些原创作品中，英美受众才能看到和妖精比美、和商人炫富、和龙王斗宝的另类猴王，才能享受到真正的、地道的本土味。这些游戏化、故事化、浅显易懂的传播内容能帮助他们提取东方人物的思维逻辑、言行举止、历险斗争、性格冲突、坎坷浮沉中的娱乐趣点。有人对现代美猴王的无奈备感心伤，有人对美猴王的神通心生敬畏，有人对菩萨的私心大加讥讽，有人为唐僧的爱情纠结不已，有人为猪八戒的乐天流露情愫，有人为女妖的美艳惋惜不止，有人为妖怪大鸣不平，有人为中国的武功挖掘逻辑。这些嬉笑的狂想曲还远远不能概述受众心中五彩缤纷的异想世界，那里洋溢着不变的传统、复古的自由、现代的经验、娱乐的追求、游戏的乐趣、狂欢的情怀和快乐的梦想，令人

心生无限的熟悉、暖意和希望。

从本质上讲，在娱乐中获得快感是人的天性，人类就是执着于物质享受和精神快感的高级动物，吃喝玩乐、衣食住行、嬉笑怒骂、明争暗斗、随心所欲等都是全民纵情宣泄、寻求精神满足的生活要素，也只有在这种追求大众化满足感的狂欢化语境中，这些生活要素才有可能受到承认、聚焦和张扬。而《西游记》原著和译介中富含的这些中西兼具、老少皆宜的生活话题符合英美大众对现实社会的"狂欢化"理解和想象，适合他们进行娱乐加工和精神消费，契合他们感官刺激和情绪慰藉的需求，这给非译介的原创提供了大量的加工素材。维兹诺的现代小说《格瑞佛：一个美国猴王在中国》就是删去了异质的纯中国古典文化知识，通过美国本土的喜剧人物和直白贴切、笑谑纵情的美国式幽默语言，编织了简单易懂、颠覆逻辑、"摆酷斗萌"、"大闹天宫"的狂欢化叙事，给大众带来情感宣泄和心理满足。而《西游记》视听作品也基本上沿用了这一狂欢化的游戏套路，针对广大受众最可能感兴趣的吃喝玩乐、衣食住行、言谈举止、人际关系等某一方面，借助摹拟的讽刺、炫目的科技、流行的语言和时髦的设计等，带领观众狂放不羁地载歌载舞，自由自在地说学逗唱，随意纵情于食欲声色，而且获得了不错的商业利益和传播效果。

这些事实都证明，为了满足英美受众的"狂欢化"精神需求，英美文化界对《西游记》非译介进行游戏化、纵情化的本土改造也不失为明智之举。例如，美国电影《猴王》颠覆了猴子在中国的传统身份，带领观众徜徉于幽默的语言、诙谐的讽刺、刺激的打斗、浪漫的爱情、英雄的豪情和惊险的拯救等典型的好莱坞式娱乐中；中美合制电影《功夫之王》遮掩了猴王的真身，呈现给观众的是惊艳的古装造型、中国古代武侠气息、异域的自然风景、奇妙的闯关救人等感官享受；美国电影《龙珠：进化》把美猴王打入世俗的窠臼，引导观众领略了一番未来的想象世界、震撼的科幻联想、神奇的宝物、世俗的心理落差和跌宕的人情世故等；陈士争的歌剧版《美猴王：西游记》省略了历险的危险与烦恼，所诠释的大闹天宫等精彩故事则依托奔放的现代歌舞、绚烂的舞台设计、中国的杂技表演、武打动作、幽默的戏剧元素和中西合奏的音乐等开放的视听效果。

这些游戏娱乐化的原创作品摒弃了传统意义上学究性、专业性、严肃性的说教体系，抛弃了"学理观""道德观""价值观""真理性""象征性""教育性""思辨性"等形而上学的教条，转而附和感官化、游戏化、大众化的狂欢需求，由此彻底阉割了《西游记》的儒释道等东方属性，通过艺术移植和意义简化使之英美本土化，并成为当代英美大众文化的代言人，这对《西游记》的英美化很具有现实意义。这些恣心所欲的"拼贴式"狂欢化处理方法在《西游记》非译介传播中事实上已演变成一种"潜规则"，使读书迷、影视迷、故事迷、武打迷、动画迷、戏剧迷、音乐迷、网络迷等各色传播受众都能结合自己的实际生活，发掘《西游记》中的大众娱乐性文化介质，从中找到感同身受的话题、兴趣、知识、体验和乐趣，更加张扬了全民狂欢的意义。

（二）情节杂烩化

弥漫于当今英美世界的大众化娱乐氛围对《西游记》非译介的原创倾向也有很大的推动作用，只要能够满足感官刺激和想象需求，大众都乐见其成，那么，妖魔鬼怪都能造访现代社会来领略一番人类的超级武力，见识一下人类的顶级科技，即使让美猴王大战超人和蜘蛛侠等的遐想，都是一种令无数人梦寐以求的渴望。在这

种快乐和享乐精神的浸淫下，《西游记》非译介的大杂烩题材的作品从点点星火到浩荡燎原之势，借着本土题材、科技创新和网络勃兴的东风，塑造了大批像美猴王一样神通广大的英美本土英雄，几乎以迅雷不及掩耳之势在大众的艺术殿堂占据了重要的一席之地，一次又一次带给人们新的兴趣满足和感官享受，从而揭开了《西游记》现代大众传播推陈出新、超越传统的新篇章。

确凿无疑的是，大杂烩手法堪称大众化艺术创作的常态表现，放眼英美世界，大杂烩题材的原创作品层出不穷，在数十年内就形成类型化、规模化的"杂烩热"，并风靡全球，博得了大众的倾心。像英国的奇幻小说《黑暗物质》（1—3）、英国的科幻惊悚影片《穿越》、美国的系列科幻小说《1632》、美国的科幻电影《回到未来》（1—3）、美国大片《终结者》（1—4）等，里面随处可见脑洞大开、玄幻汹涌、时空穿梭、角色互换、情爱错置、人物纵横宇宙、神灵呼风唤雨、黑恶势力神通难测、灵异层出不穷。现代的情节大杂烩是一种建立在历史、现实与未来交错重合基础上的创新性艺术手法，鼓励创作者彻底抛开现实束缚和想象羁绊，以天马行空、随意拼接的方式重组素材，将幻想、时空、神话、历史、人文、变革、探险、言情、战争、生死、魔幻、科幻等所有叙事元素交相融合，在情节设计中技术性地添加时间机器和时间隧道，或安排现代人参与古代历史的重大事件，或身涉未来的冲突，或引领古代人现身热闹的当代社会观摩当代的矛盾，或再现古代与现代智慧的碰撞和交织，或重温古代同现代思想的并立与妥协等。"和时空穿越者一样，我们都受命去建构一个过去，而这个过去也造就了现在"。① 通过

---

① Jesse Rosenthal. "Some Thoughts on Time Travel", *Victorian Studies*, Vol 59, Number 1, Autumn 2016, pp.102-104.

这些大胆新奇的狂想和探索，大杂烩手法展现了现代人对异时空背景下人情交往和精神冲突的理解和阐释方式，俨然是当代英美文化语境下世界观、生死观、权势观、情爱观、财富观等的真实写照和前卫演绎。因此富有大杂烩情节的传播内容通常跌宕起伏，扣人心弦，想象力超群，吸睛能力超强，传播效果极佳，其人文性、科幻性、创新性、张力性、戏剧性、震撼性等特质极易给受众带来猎奇趣味、感官刺激和精神愉悦。

在英美世界不断开发新的原创作品的"杂烩热"中，《西游记》非译介题材也不可避免地成为大杂烩情节原创的热门选项，几乎每部作品都带有穿越情节，这带动了《西游记》的穿越化传播，因为《西游记》中有太多的内容本身就是进行杂烩化处理的绝佳素材。例如，神仙们的长生不老，妖怪们的幻化人形，阎罗们的勾决凡生，孙大圣五百年前大闹天宫、被压五指山，美猴王一个跟头就是十万八千里，孙悟空的金箍棒上达天庭下抵地府，世俗唐僧的前世是如来佛祖的得意弟子，猪八戒天庭犯罪被贬下界又不幸堕入猪胎，观音菩萨预知师徒有难，唐僧和八戒误饮子母河水后动了胎气，宝象国公主百花羞与黄袍怪婚配生子，林林总总，这些显而易见的时光穿梭现象代入感极强，对传播作者来说是很大的启发。于是，英国作家毛翔青的现代小说《猴王》以独特的穿越化构思和巧妙的互文性设计讲述了美猴王华莱士，即一个年轻的中葡混血儿，在中国式传统大家族中从被打压直至成功上位的艰辛过程，再现了现代美猴王在当代文化冲突背景下的生存困境和文学思考；美国版电影《猴王》极尽狂想之能事，把手无缚鸡之力、古板严肃的唐僧化身为浪漫雄武的现代美国教授，让他和爱喝威士忌、性感艳丽的美女观音谈情说爱，顺带着打败妖魔，解救孙悟空、猪八戒、沙和尚以及《西游记》原作者吴承恩并拯救地球，由此一个现代版、美国式的唐僧彻底地变身成伟大的国际英雄并树立了全新的形象标杆；美国电影《功夫之王》用一根金箍棒把一个原本胆小无能的美国唐人街少年引领回中国古代，用机缘和神奇助他一路战胜自我，打败邪恶势力，救出孙悟空，让他从此脱胎换骨，成长为标准的美国小英雄；《龙珠：进化》把生于现代普通人家、懦弱无助的孙悟空发送到未知的宇宙太空时代，危机四伏的处境逼迫他学会玄幻神功和精神升华，终于在亲朋好友的激励和配合下夺回散落的、神秘的七龙珠，击败妖魔狼人等外来侵略者，并保护了地球的安宁；美国电影《不毛之地》中的勇猛武士孙悟空干脆探访到未来"彻底分裂"的北美洲大陆上，他手段高超地玩起了古代战刀和现代机械设备，为帮助美国的小唐僧去求取真经和太平，他们一路闯关，用拳头、机械和计谋打败七巨头及其私人武装，并拯救了破落不堪的世界；英国BBC的动画宣传片《猴子：西游记》中的狂想化设计别具一格，孙悟空龇牙咧嘴，猪八戒啃着鸡腿，沙和尚阴着蓝脸，他们一路向东，凭借铅球、跨栏、撑竿跳、单杠、游泳等体育天赋和中国功夫，战胜无数挑战的怪兽，最后抵达北京鸟巢体育场，点燃2008年奥运的主火炬，并唱响诠释"为了希望荣耀，燃起梦想，生死与共"的主题曲，阐发了英国式的奥运主旋律；陈士争的歌剧版《美猴王：西游记》和《猴·西游记》等则让打扮入时的孙悟空登台唱着原汁原味的中国京剧，在西方歌剧咏叹调和欧美摇滚流行音乐中耍起令人咋舌的武生功夫，妖怪和神仙穿着精美飘逸的袍子在舞台上空飞来飞去，与美猴王对战，连仙女们都抖着呼啦圈，玩起高难度舞蹈动作，其中幻想味道并不亚于一部东方的、现代的《绿野仙踪》；中美合作的音乐剧《大梦神猴》把东方古典的美猴王设计成一个穿着时尚帅气、满口饶舌快语、唱着嘻哈乐、跳着流行街舞的现代美国黑人形象，连海龙王、神仙智者、仙女和玉皇大帝等的造型和服装都身穿现代流行款，载歌载舞，龙王还会狂热地高歌一首滑稽曲《不要碰我的东西》以抗议猴王抢宝，几乎所有剧中人物都不时地跳着专业的街舞，连台下的观众们都常被这种欢快的歌舞气氛所感染，情不自禁地手舞足蹈起来。此外，正在酝酿中的数部大制作《西游记》非译介作品都被宣传说会多多少少地掺杂大杂烩情节，通过人物角色、语言运用、背景设计、情节关联、主题表现等方面的穿越化构造，让传播受众看到一个更辽阔的西游世界和更深刻的自我。

种种成功的《西游记》现代作品都表明，大杂烩情节已升格为在英美世界的《西游记》非译介原创中常规而专业的表现路径，令当代传播作者和传播受众对这一"吸睛"的艺术手法称赏不已，痴迷不已，可谓珠联璧合，物我一体。如果一部《西游记》非译介作品中缺少了狂想、"无厘头"、谐趣等大杂烩情节，恐怕它都难登大雅之堂，甚至会沦为一桩败笔，遭到传播受众的口诛笔伐。

（三）细节碎片化

在英美社会的微观分析思维和后现代主义非中心化和多音部表达的操纵影响下，英美民众喜闻的是人在现实中的感官宣泄和情感享受，如喜怒哀乐和悲欢离合等；乐见的是在高科技手段支持下形式直接、方便接受的视听冲击，如影视剧等；肯定的是现实利益和世俗价值，如话语权威和社会地位等；需求的是文化消费和商品娱乐，如超级英雄等；喜欢的是游戏精神和尼采哲学，如网络闯关游戏等。反之，他们很少把《西游记》看作一部整体宏大、见识高深的思想巨著或执着于探索《西游记》中抽象玄妙的人生大义、高尚真理和终极意义等，对"人是什么""人为什么生存"这样"高大上"的人类母题毫无兴趣，他们相信碎片化、去中心化的人物阐释和情

节解读简单易懂、贴近生活、反映现实，同样能给受众带来独到深刻的体会和见识，所以他们更愿意把目光更多地投向许多在中国人看来零散片面甚至不屑一顾的人物表现和情节片段哪怕是细枝末节等，并从中获得更直白真切的感触。这种关注细节的碎片化解读习惯促使《西游记》非译介的原创作品倾向于对中文原著和英文译介等内容进行细致的全方位扫描和解剖性过滤，不愿错过一丝一毫的细节，即使像孙悟空的师父菩提祖师的真实背景和来去踪迹，猪八戒取经归来后是否还回高老庄探亲等这样的臆想也不能放过，希望从中获取新的灵感和素材，为非译介的原创积累传播基础。这种细节碎片化的艺术手法和传播内容使得《西游记》在英美世界的表现范畴和传播视野呈几何级扩展，非译介原创作品的创作空间和传播容量愈加丰富，为西游文化的繁荣另辟了一道蹊径。

从《西游记》流传英美百余年的传播内容上看，绝大多数都一致地把作品的中心人物兼主角塑造为美猴王这个神话英雄，而并不是他的师父唐僧——一个在真实历史中无比伟大的唐朝高僧，其甚至在不少译介中都鲜有提及，被隐身了，这也解释了为什么一提起《西游记》，在英美民众脑海中泛起的第一印象基本都是一个神通广大、战天斗地并手持金箍棒降妖除魔的猴子形象。所以比起总是默默无闻、碌碌无为的唐僧来，孙悟空显得高高在上，名头更响，更像是《西游记》的代言人，这是铁定的事实。长期以来，在英美世界流行的各种译介和非译介作品大致都是用"猴子""猴王""神通""胜利"等词汇来吸引和扩大《西游记》的传播，这似乎也从常识角度上确立了孙悟空在《西游记》流传中无可动摇的、无法战胜的中心统治地位，这种审美习惯一直坚挺。但时过境迁，在践行文化和思想多元化的当代社会思潮的作俑之下，审美疲劳逐渐占据上风，英美民众好像对孙悟空在《西游记》中的崇高形象在无声无息中提出了保留意见，《西游记》的非译介原创作品画风陡转，通过碎片化的艺术处理方式时常硬性地把孙悟空拉下曾经的绝对神坛地位，让他神通不在，威名扫地，光环尽失，取而代之的中心和主角是另一个人物或另一个主题。于是，在《西游记》非译介作品中，人们一再在意某个细节，唐僧的爱情总是会受到广泛的关注，美猴王的某一个性格弱点和某一次战斗败北被着意地放大成一个大噱头和大事件，孙大圣老是刻意地被某个美女或妖怪戏谑、嘲弄、羞辱、贬谪、打败、压抑、噤声等，这股细节碎片化的风头很能体现当代英美社会对中心化、权威性、统一性等进行颠覆的后现代解构精神。

尽管《西游记》的现代文学改写本《猴王》《格瑞佛：一个美国猴王在中国》和《孙行者》在一定程度上都继承或发展了《西游记》简译本的构建线索，戏仿性地将叙述重点和人物焦点都集中于美猴王一身，将他的化身们华莱士、格瑞佛、阿新等作为贯穿整部小说的核心人物，但猴王的社会身份都被逆转了，被置于一个现代、陌生、孤立、无助、尴尬的无根漂泊者位置上，这个碎片化处理使得译介中神话猴王的显赫权威和无上尊严踪影全无。美国电影《猴王》虽然在名字上以猴子为噱头去招揽市场，但影片中实际的主角是唐僧，即穿越到现代美国的大学教授尼克，他彻底地改头换面，血气方刚，强硬无比，好出风头，既是爱情高手，也是战斗行家，一切困难和妖怪在他面前皆是草芥浮云，一番恶战之后统统化为乌有，这种中心迁移的手法为英美受众再造了一个浪漫潇洒、无所不能的现代超级英雄。在美国电影《功夫之王》中，可怜的孙悟空不仅失去了金箍棒，被压大山下，鲜有开口，戏份极少，连个配角都算不上，还得眼巴巴地指望影片的主角即一个美国小英雄去搭救脱难，更令人意外的是李冰冰饰演的"白发魔女"一炮走红，她的唐代古装兼魔幻打扮一度引领时髦女性们争相仿效，成为大街上的一道风景线，而影评人所撰写的评论只关注小英雄的历练和成熟，对其他重要角色大都一笔带过，对孙悟空更是绝口不提，这种聚焦解救的碎片同样反映的是英美式的思维特点。美国电影《不毛之地》中的孙悟空也只是一个服务于美国小唐僧的配角兼保镖，他头脑简单，冷血嗜杀，只知打打杀杀，更像是小唐僧的人力工具而已，这个孙悟空的神通只剩武打的细节碎片供观众消磨时间，对影片的思想和主题最多只是一点衬托而已。BBC 的动画宣传片《猴子：西游记》中的中心人物确实还是美猴王，但他的中心任务已不是保护唐僧西天取经，而是和猪八戒、沙和尚一路东进，用体育天赋和中国功夫联手荡平妖魔鬼怪，最终到北京鸟巢体育场去点燃奥运主火炬，这种放大神通的碎片化处理导致了对传播内容的中心嬗变，也符合现代英美原创追求的现实性的、即时性的、偶然性的情境意义；陈士争的歌剧版《美猴王：西游记》和《猴·西游记》想传播的中心内容是快乐精神、中国京剧表演、杂技功夫、西方歌剧咏叹调、欧美摇滚流行音乐、西方现代舞蹈等表面化的历险故事，而不是孙悟空和妖魔鬼怪文争武斗的艰苦历程和大智大勇，更不是取经事业的崇高理想，更令人感到诧异的是，很多英美年轻观众开始认为《西游记》中最可爱的角色当属活泼乐天的猪八戒，因为他们更希望自己也能和老猪一样在危险的旅行中学会享受无忧无虑的生活，这种碎片化的解读是西方式的生活观念和《西游记》原创作品的完美结合。相似的，音乐剧《大梦神猴》只提炼了大闹天宫的碎片，再用歌舞置换武斗的情节，所以在舞台上，只见一个现代版的猴子炫耀着精美的西服、唱着流行的嘻哈乐、跳着时髦的街舞，一路潇洒雍容地游历天宫，这个细节碎片化改造完全改变了美猴王在人们心目中的武神形象，甚至会令观众忘记这部舞台剧是在讲述孙大圣的神话故事。

以上《西游记》非译介的细节碎片化艺术处理都说明简单、轻松、幽默、易懂、娱乐、多元的大众化传播风格对严肃、紧张、烦琐、单调、理性的精英化艺术作品不失为一个很好的补充，能让英美受众在喧嚣、焦虑、压抑的现实压力之外开怀一笑，得到新奇的消遣和宣泄，传播作者正是高度重视大众文化和传播受众的这种倾向，才对《西游记》的非译介作品进行了多元性、细节性地提炼和加工，使之更加带有英美文化的特征。

这种细节碎片化的原创处理方法相较于传统精英文化的创作方式而言，与其说是赤裸裸的胡编乱改，倒不如说是尝试性的修正创新，容易引起拥有大量闲暇时间的受众的热捧，因为它顺应当今世界的人文化、多元化和包容化潮流，倡导吸纳民间喜闻乐见的形式和内容，呼吁聆听普通大众的心声与意见，重视《西游记》的精细化和本土化发展，希望把《西游记》传播表现为一个不断发掘、不断修正和不断完善的过程，最终促成《西游记》"高低搭配""上下兼容"的传播便利。

第四节 《西游记》文化体的传播景观

《西游记》的传播内容在经过从中文文本形式到英文译本形式、再到非译本形式的接力性流转链条后，最后在英美世界必然汇成一个无比庞杂的《西游记》"知识共同体"，即《西游记》文化体这个信息大集合，进而生成一个《西游记》文化传播的社会景观，发挥出自身的作用，"中国形象也可以作为文化'他者'参与塑造西方现代文化的'自我'"。① 随着各传播要素的日益发展，人们的《西游记》知识也在相应扩大，当今的一个普通受众的认知可能比一个早期译者的素养还要全面深刻，而且每个人都在这条"传播之链"上发挥着作用，这就是《西游记》文化体的传播景观。

一、《西游记》文化传播的"无处不在"

《西游记》在英美世界涉及的传播群体应该包括对中文文本、英文译文、英文非译本和中国文化情有独钟的人群，包括相关的汉学家、文化学者和普通民众等，他们互相传递信息、互相学习、互相反馈、互相促进，不管传播目的是为了美化西方还是了解东方，不管传播内容是武打电影还是科幻舞台剧等，其中都会多多少少带有东方文化的痕迹和表现，这是《西游记》的文化气质使然。作为《西游记》的传播作者和传播受众，他们对《西游记》的汉字和文化精神最起码都略知一二，而且每个人对某个作品都有自己独特的关注点和见解，甚至还有人相当内行，对原著的成文演变、作者争论、唐僧家世以及五行学说等都能如数家珍，娓娓道来。这就说明《西游记》的东方属性决定了《西游记》的文化传播无处不在，始终作用于每个信息链的传播过程中，也要时刻发挥翻译的作用，"翻译在不同文化间已起到了调和作用，以后也会如此"。② 在这个过程中，传播作者和传播受众要自觉或不自觉地补充传播内容中的"不对等"和"空白"，填补信息链中的"失联"和"冲突"逻辑，把作品的话语和意义描述得具体、形象、细致、完整，使得《西游

---

① 周奇编：《传播视野与中国研究》，上海：上海人民出版社 2014 年，第 4 页。

② Wang Ning. "Translation and the relocation of global cultures: mainly a Chinese perspective", *Asia Pacific Translation and Intercultural Studies*, Vol 2, 2015, pp.4-14.

记》的作品创作和意义阐发等越发自然和丰富，这种连续性特征会习惯性地不断酝酿关于东方文化新的兴趣点和侧重点，等到像唐僧的情感世界、孙大圣大闹天宫后的屡屡败战等这样的热点话题积累到一定成熟程度时，就会在适当的时间以特定的形式爆发出来，以一种文本或非文本的形式出现。

前人的传播内容越丰富和广泛，后人的传播内容就越灵活和繁荣，这种传播关系无处不在。例如，只有中文本的流行才会引出英译本的面世，只有简译本的铺垫才有全译本的鹊起，而在简译本中属韦利版最佳，在全译本中推余国藩版更优。从源头上讲，各种中英文资料对传播作者和传播受众的影响都不容小觑，无论是翟理斯、韦利还是詹纳尔、余国藩、赫尔典等译者，都会凭借他们的汉学功底，在参阅和比较数种明清的和现代的《西游记》版本后，才决定以哪一种版本为主要的翻译底本，在译文中再适当掺杂其他版本中他们认为逻辑合理、值得传播的个别细节。同时，他们会储备原著的研究材料，参考并借鉴前人的英译本。比较并分析来自各种读者的反馈意见，研究并领会前译本在图书市场中的褒贬得失，不时调适翻译策略和技巧，最终完成他们理想的译本。这些译本显然是译者对中文原著和中国文化的传播效果的物质反映，而译者积累的实践经验越丰富、前译本数量越多、品种越杂、反应越大、教训越深、批判越广，就说明传播效果越明显，越值得斟酌。此时，这些英文的传播作者首先是中文的传播受众，然后才是传播作者，他们接受了什么信息，就会表达什么信息，他们对《西游记》的信息传递得越自然贴切，其传播效果就越良好，社会影响也越深远。他们的双重性行为是积极主动、追本溯源的，对后续的普通读者的接受将产生极强的引导性作用，同时为各种形式的文本和非文本生产设定了导向。可以想见，如果这些传播作者在译前也看了《最新整理校注本西游记》），他们的译本也会呈现出另一种面貌，如果能有第三种全译本问世，随之肯定会产生另一番传播局面。而像杜德桥、浦安迪、夏志清、余国藩、何谷理等汉学家所发表的高言大论，无一不是在参考了相关的中文资料后才做出的，而与中国本土学者展开学术争论并跟踪反馈意见往往是他们发掘独到的东方文化探索的前提。当然，普通受众也很主动和活跃，他们在阅读各译本和相关研究材料前，极少是对中国文字和文化一无所知的，往往事先就通过各种中英文渠道对中国文化有所接触，比如佛祖、观音菩萨、美猴王、儒释道、中国的衣食住行、中国功夫、中药等，这些前知识显然为他们解读和接受《西游记》提供了依托，也为他们参与讨论和反馈预设了空间，让他们对新作品做出即时点评，这些点评对作品的后续改善是种不小的帮助。

传播作者和传播受众会随着传播内容无处不在地流动于《西游记》的文化传播过程中，毛祥青的《猴王》和维兹诺的《格瑞佛：一个美国猴王在中国》都是基于对美猴王大闹天宫的理解，分别讲述一个使尽"七十二变"的外国人在中国语境中的尴尬经历，从现代角度揭露了东方文化的困顿，阐发了中西文化冲突，虽没有深入探讨问题的答案，但毕竟积累了一定的传播基础。于是更多的英美民众开始构思美猴王在现代英美社会环境下的作为，期待有新的作品诠释。接着，汤亭亭的《孙行者》应时而生，重新演绎了现代美猴王在美国文化语境中的经历，不仅展现了中国文化的侧面，揭露了中美文化冲突，还提出了她设想的普适性解决方案，在深层次上超越了前两部猴王作品。当然，肯定还会有后续的现代美猴王版本将加入对这个话题的探讨，巩固旧的见解和提供新的愿景。

所有《西游记》非译本形式都必然以一定的译介资料作为创作加工的来源和素材，传播作者会根据自身对《西游记》的知识结构和期待前景创作出反映自己传播能力的影视剧、动漫、音乐、舞蹈、演出剧和网游等形式的作品,以不同的视野、人物、内容、主题、思想等为中心,从某个角度对文本进行解读、重构和演绎,展现《西游记》在英美语境中的文化精神,或迎合、或改变、或引导传播受众对《西游记》的前知识和前期待。当然,传播作者也会根据市场的反响和传播受众的反馈,调整自己对作品的东方符号细节和认知架构,并对之进行再加工,以便打造出传播效果更好的后续作品。美国电影《猴王》即《失落的帝国》的一度热卖以及它在德国的成功,说明东方文化虽是个卖点,但西方文化相较于东方文化还是强势文化,英美受众更倾向于视唐僧为行为实干型英雄而非道德说教型英雄。欧美世界的英雄情结对《西游记》的文化改造势在必行,西游人物的转型和英美文化的融合是妙不可言的,也不难预测,在未来的非译本作品中,各色大小唐僧的神通都会无限飙升,但他还带有一点东方式的和平精神和牺牲精神。迟早有一天,在英美文化市场上会涌现一批反映唐僧的大本事绝不亚于孙悟空的非译本作品,且老少皆宜,大受欢迎。

从当前的发展趋势看,《西游记》的各种译本和非译本作品始终担负着中西方文化交流的作用,传播作者和传播受众不但没必要对某一新表现、新观点、新角度、新发现、新手法、新成果等表示怀疑、惊奇、鄙视或排斥,反而更应该对之抱以欣赏、思考和赞同的态度,因为它们都是由量变到质变的孵化器,都是传播作者和传播受众对传播内容密切互动、相辅相成的结果,都是在文化传播中不可忽视的一股隐性助力,这是《西游记》文化传播"无处不在"的存在机制所决定的。《西游记》题材类作品在英美文化市场上的推陈出新和持续升温也说明,文化传播"无处不在"的存在机制为《西游记》在英美世界开掘了稳定的想象空间,未来还有大有可期

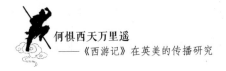

的上升空间。

二、《西游记》文化传播的"文化意义通约"

《西游记》在英美社会的传播已经成功地另辟了一块有文学意义和文化功能的空间，在该空间内，这些带有一定东方符号和价值的特征基本上得到了英美民众的认可，提高了他们对中国文化的认识和认可，有利于他们对中国文化因子的模仿、学习、借鉴和吸收，让更多西游文化的传播内容逐渐地实现英美化。如果再假以些许时日，经过长期的耳濡目染和反复加工，英美世界的《西游记》有望达成真正意义上的本土化，承载全民皆知、凡众皆懂的文化传播内容。

但是，长期以来，西方文化"是一个喜欢树敌的文化"，[①] 英美文化界在理解和阐释《西游记》文化时存在的明显通病就是喜欢戴着有色眼镜甚至敌意揣摩中国文化，对中国文化的认识和修养缺乏准确性、全面性和系统性，且不擅于用话语和符号去调和中西文化冲突。很多汉学家和文化学者囿于资料来源、生活经历和学识素养以及文化偏见，只能对《西游记》中的中国文化符号以偏概全，主观臆断，进行东鳞西爪和指鹿为马的转述及猜测，僵硬刻板的传播内容常使得传播作者的话语显得自说自话，自娱自乐，还漏洞百出，这在相当长的时期内会误导传播受众对中国文化的印象和认知。比如，简译本在故事情节上基本都本着西方的英雄历险传统和以暴制暴的文化精神专力打造悟空的战神形象，而忽视佛家的"普

---

① 覃媛元：《言说中国：中国形象的跨文化传播》，北京：新华出版社 2013 年，第 4 页。

渡众生""慎言戒杀"和"宽以待人"等清规戒律，也忽略了儒释道三位一体的统一和谐精神，导致英美民众对《西游记》的佛文化、善文化、和文化、道文化等知之甚少。难怪在BBC动画片《西游记》中，猪八戒降妖伏魔，写意潇洒，却背佛弃道，做出大啃鸡腿这样不伦不类的举动。

要克服《西游记》传播中的文化冲突，就必须从中西双方共通的文化经验、共享的文化价值、共同的文化符号、共知的文化意义、共有的文化记忆等做起，将译介和非译介的传播内容置于传播受众熟悉并认可的显性和隐性文化介质上，以此为切入点和突破口，通过生活化的物质形式和经验化的精神成果的交流和互动，用异质文化间的亲和性消解文化冲突中的排他性，谋求契合中西双方共同需求的"文化意义通约"，促成中西文化间的信源对接、同向交集和良性兼容。只有这样，迥异于自身经验和认知的"他者"文化内容才有望赢得传播受众的好感，并获得再利用的良机。例如，佛家的饮食文化和西方的素食文化至少在现代养生长寿方面有很多的共识，英语中的素食符号可以被借用进《西游记》作品中，以帮助传播受众理解佛教的善义和长寿的道理。同理，中西方的妖魔鬼怪都妄想长生不老，修身成神，说明在英美文化看来，同样是奉行善长寿、恶短命、善恶不两立等信念和理想。这些中西相通的经验和价值为"文化意义通约"提供了可能性和可行性。

中国儒释道追求的阴阳文化是一种人与自然平衡发展的文化。中国功夫并不是简单的打打杀杀、以暴制暴、以我为尊，而是强调强身健体、除暴安良、维护和平、以正义战胜邪恶、以理性压制野蛮的"贵和尚中"人文思想的外在体现。中国饮食也不是随意的煎、炸、蒸、煮、熘、爆、炒、烧，而是一种味觉艺术和筵席文化的再现，与讲究科学搭配、审美愉悦、健康养生的英美饮食思想大体一致。中国儒家的"仁"和"和"，佛家的"善"和"缘"以及道家的"道"和"义"在本质上和基督教的"爱"和"赎"都指向人类最基本的、最共同的人文美德，如善良、正义、平等、谦让、博爱、和睦、自由、和平等，这些东方思想的逻辑和本质和西方的人文"和谐"精神以及生态文化有异曲同工之妙。而《西游记》原作中到处都是令英美民众感兴趣的"文化意义通约"的符号，像动物、中国菜、中药、功夫、服饰、民居等典型的、日常化的中国符号都是在人们脑海中的最先浮现物，这些文化符号对英美民众来说认知率和好感度极高，它们可爱、亲切、安全、温暖、养生、满足，富含生活性、情境性、鲜活性、大众性和契合性等，能有效促使文化"脱敏"和共鸣。例如，在译介和非译介作品中，可以将那些貌似高尚艰深、虚幻玄妙的中国文化概念词暂时剔除，将容易引起情感排斥的文化因子屏蔽掉，因为它们的高度语境化和经验化在跨文化传播中极度"空白化"，确实一时很难解释清楚，更难以让英美受众产生文化共鸣。很多中国人也搞不懂佛教的"缘起""杀身成佛"等教义，道教的"采阴补阳""龟蛇相济"等学说、中医药中的"上火祛火""精气神"等知识。所以，《西游记》的主流译本还是简译本，它们的中心任务是避免文化信息的"过敏"，达成"文化意义通约"，保证传递的主要文化信息能被受众感知、理解并吸纳，这不失为变通的权宜之举。而全译本要想达到这个高度，还得细致耐心地梳理和比较各种文化词的信息效率，这需要很长的时间。例如，如果把《西游记》第 19 回中提及的道家理念"离龙坎虎用调和，灵龟吸尽金乌血"硬译成 "The Dragon and the Tiger were harmonized, the sacred Tortoise drank the Golden Crow's blood"（詹译），或 "In concord Li－dragon and K'an－tiger used, the spirit turtle sucked dry the gold crow's blood"（余译），即使再添加注释详细解释何为"离龙""坎虎""灵龟""金乌"等，在目前的中西文化交流背景中看来也基本属于无用功，不如就根据受众对道家的"阴阳平衡"等"前知识"，笼统地译作"the opposing forces can be united in Taoist harmony"、"the Yin and Yang are perfectly integrated"之类的词，只要能传达道教的修炼之法和阴阳辩证之说即可，这样也给道家文化以科学性和说服力。而在非译本作品中，用西方炼丹术常用的炼炉、水银、铅块、硝石、木炭、丸粒等实物符号来转达道家的丹书信仰和修炼手段，也能灌输道教的历史性、渊源性和实证性，拉近与英美大众的文化距离。

另外，《西游记》第 1 回等描写的花果山水果宴、第 24 回等描述的花园和菜园中的各色物种包括花草树木和四时蔬菜、第 86 回等讲述的隐雾山乡樵野菜宴、第 88 回等详记的玉华国国宴等，所有实物样品都令人赏心悦目，有利于卫生、健康和养生，在英美民众大致的认知和审美范畴内，这种熟悉感可以支持传播作者如实地向传播受众转述，可以以实物为基础进行意象化表达，并在非文本作品中用真材实料来传达中国特色的食文化、礼文化、养生文化等内涵。而像《西游记》第 28—31 回批评百花羞公主的"女子无才便是德""夫为妻纲""饿死事小，失节事大"等这些极端的儒教糟粕有违健康的人伦诉求和人文精神，容易引发英美受众的惊诧、反感和厌恶，显然不宜译介和宣讲，应该将之屏蔽掉。

在《西游记》非文本创作中，"文化意义通约"可以配合译介基础，指导传播作者筛选出适合传播的文化信息，针对性地提高受众对中国文化"模因"的认识和接纳。《西游记》中的文化"模因"数不胜数，往往需要采用"异化式"和"归化式"相结合的方法进行通约式处理，才能取得积极的传播效果。例如，中西

方的古典文化都相信神秘的深山怪石是神灵居所，英美人在意识深处都坚信古希腊遗迹中的石座与石柱就是神灵栖息之所，所以孙悟空的神奇出世依照原著被表演成美猴王于一块仙石中横空进出，因而被称为"石猴"，这个高度契合的情节已经成为中西方的文化共识，说明英美文化同样理解并认同中国古代文化中的胚胎意识和玉石信仰，这个共识有利于《西游记》从神灵崇拜和文化信仰角度凝聚中西方的意识形态和文化风尚。再如，"龙"作为世界公认的中国文化"模因"，与英语中的"dragon"有很大的形象和语义冲突，英美文化传统意义上的龙都是火龙、恶龙和灾龙，这会引起不小的文化纠结，以至于不时会响起用"loogn"等词取而代之的呼声，但照顾到该英文词的应用已有四五百年的历史，基本上已成约定俗成的常识，在中西方影响太过深远，如果一概修改，不仅一时会引起普遍的困惑，难以扭转人们的潜意识，而且各种操作的成本巨大，所以不如暂且保留，但建议用"Chinese dragon"等这样的表述进行标识性和褒扬性的区分。事实上，每逢重大节庆，在英美的唐人街都会有舞龙表演，很多英美民众对中国龙的寓意和祝福早有体会，他们都知道中国龙有别于西方龙的独特形象和正面意义，中国人都孜孜追求"龙凤呈祥"和"望子成龙"，"龙"在中国文化中绝对是代表权威、崇高、伟大、尊荣、成功的图腾和精神，传递的是中国人渴求的"喜气""福气""运气"和"旺气"。本着"文化意义通约"的精神，在《西游记》的影视、舞台剧、动漫、网游等作品中，"龙"的形象很少形似西方文化中的蝾螈状的恶龙模样，看上去那么怪异狰狞、邪恶可怖、祸害无穷，而是被越来越多地刻画成中国传统文化中的"九不像"造型，给人以一种威严肃穆、正气凛然和神通广大的感觉，中国龙的出现预示着权威、正义和太平，它所产生的逼真的视觉感染力是与众不同的。

以上事例都说明，文化传播的"文化意义通约"对于调和中西方的文化冲突意义重大，对文化作品的翻译、改编和创作具有指导性作用，能"超越'吾它关系'的对立冲突思维方式，建立人类的终极关怀意识"。①《西游记》译介和非译介创作应以"文化意义通约"为纲，根据中西文化词语的契合度，把握中国"文化模因"的人文性和普世性，用具有文化亲和力的转述和表达既有助于文化信息传递的顺畅和愉悦，又有助于增强传播受众的共鸣和共识，实现"中国文化符号，英语意义表达，英美语境传播"，从而使《西游记》作品中的文化符号和意义能在英美社会得到持续传播。

三、《西游记》文化传播的"中西并举"

"20世纪末的几个重要趋势已经改变了我们的世界：互联网和其他信息传播技术，经济和贸易关系的全球化，政治和军事因素驱动的普遍移民，多元文化主义的出现，民族国家让位于次民族和超民族的系统。我们的世界变得越来越相互依赖、相互联系，民族国家在文化上越来越呈现出异质性。"②可是由于文化异质性的束缚，尽管在英美世界，传播作者和传播受众的汉语语言能力和文化素养正在显著提高，但他们对《西游记》的传播仍有不逮，《西游记》在英美世界的文化传播仍然无法满足现实的文化需求，与人们企及

① 刘滢：《国际传播：全媒体生产链重构》，北京：新华出版社2016年，第177页。

② 郭镇之主编：《全球化与文化间传播》，北京：北京广播学院出版社2004年，第1页。

的高度相差甚远。这说明单靠英美的汉学家、文化学者和普通大众的努力显然不可能完全达到跨文化交际的目标，需要中西双方整合所有传播资源和传播要素，推动文化传播的"中西并举"，打造中西合璧式的《西游记》文化广域。

英美的传播作者和传播受众对《西游记》中的文化符号、价值观念和精神实质等往往只知其一不知其二，常常以为在视听作品中，一个小女子单枪匹马地对战成群结队的野蛮人就是典型的中国花木兰，一个武功高深、气功了得的熊猫就是标准的中国功夫。其实，他们对花木兰代父从军背后的中国文化精神知会甚少，更不理解中国的"气"所代表的宇宙观、世界观和生命观等中国哲学思想，这种利用传播媒介制造感官快感、专注单纯的文化表象却忽略真正文化内涵的传播内容，会把很多意义丰富的中国文化符号拉低成文化消费的噱头，从长远来看有可能腐蚀跨文化传播的意义，这种传播作风必须得到纠正。

《西游记》中出现的中国文化因子可以信手拈来，每一个后面其实都代表着一定的中国思维、中国智慧、中国价值和中国理想，对于西方文化来说，总有多多少少的补益。无论是皇家宫殿还是普通民居，都清楚地沿着一条中心轴线并呈两端对称，这种"一体两翼"的建筑布局是中国"中庸平和文化"的表现，折射着中国人遵守自然、科学、方正、平稳、规矩等的美学信念，这和西方的建筑美学没有本质性冲突；皇室时常"大开东阁"，请唐僧师徒"上座"，称"上师"，彼此躬身作揖，敬酒祝辞等是中国"礼文化"的细节再现，谦让示敬的本意和西方礼仪不存在结构性的矛盾；"阴曹地府""牛鬼蛇神""打入十八层地狱""追魂幡""黑白无常"和"水陆道场"等是中国"鬼文化"和"丧葬文化"的表述概念，类似西方文化中的撒旦、死神、地狱、魂灵、布道台等对应事物；而"三十六天罡""四十九天""七十二变""八十一难"等则是中国"数字文化"的再现，承载着中国人趋福避害、心想事成、追求完美的理想，和西方文化忌讳十三而青睐七、八、十一等数字在精神上是一致的。《西游记》中如此林林总总的文化规范、哲理和妙语等都是人类善文化的符号，并已不可避免地渗透进跨文化传播，但何以"休粮"、何以"守谷"、何以"逍遥"等，也只有中国学者才能做到取其精华，去其糟粕，并对汉学家和文化学者说得清、道得明。而目前几乎所有的《西游记》作品都远远未能将中国的文化符号和精神适切地传递给英美民众，直接降低了传播效果。反过来，要向受众适度恰当地传达这些中国文化因子并使文化信息和英美文化实现意义对接，也只有中西方的汉学家和文化学者携手合作，凭借双方对各自文化背景、传播语境、接受能力、文化协商等方方面面的把握，避开跨文化冲突的险滩，才能走向中西文化共识的新天地。这种"中西并举"的模式为《西游记》文化传播的正确导向和质量提供了一份实实在在的保障。

　　历时性地看，在跨文化交流中，凡是取得成功的作品都是由源语文化系统和目的语文化系统的双方参与者共同完成的，中国古代的佛经汉译如此，法国凡尔赛宫的建筑风格形成如此，好莱坞的《悲惨世界》舞台剧创作如此，美国现代语言学的兴起也如此。当然，《西游记》译介和非译介创作也要"中西并举"，始终保持开放性和合作性，这样，中西双方的传播群体可以就传播内容不断地筛选、交流、反馈、协商、修改、加工和定型等，最后由主导方确定面向传播市场的传播成果。无怪乎余国藩曾坦言道，如果缺少了陈士斌、张书绅等大儒对《西游记》的注解、鲁迅和胡适对《西游记》的新发现以及芝加哥大学同仁的鼎力相助，他是无法翻译出全

文的；而如果没有很多文化学者的点评指摘和大量普通读者的网评意见，他不可能推出《西游记》简译本，也不可能二度改进《西游记》全译本。

同样，如果《西游记》作品单纯由英美主创团队随意地嫁接话语和符号并一味地迎合英美文化的主旨意义，这样的传播内容看似热闹、有趣，但在文化市场一般会缺乏足够的可持续性。美国电影《猴王》在英美市场上仅仅红火一时而未能成为《超人》一样的电影经典，也足以说明光凭几件中国的古代服饰和几座中国的古代建筑是不可能留住观众的注意力的，英美的传播作者和传播受众对此都心知肚明。所以，从传播学上说，为了满足英美大众对文化交流和异质文化的需求，时下《西游记》的作品创作都已不约而同地采用中西团队合作的国际化模式，将双方的传播能力糅合在一起，共同锻造面向英美市场的文化作品，并取得了可喜的进步。这纠正了很多传统的英美文化作品在传递中国文化信息时的负面宣传，也改变了很多受众对《西游记》和中国文化固有的简单、刻板、僵化、歪曲的印象。例如，尼尔·盖曼深受原著影响，为了能让英美读者领会小说的"中国味"，他多次自费重走唐代玄奘法师从西安到印度的"西游之路"，到西游故事的原型地考查地方自然、地理、风俗、寺庙、民居、壁画、石窟等，还拜访六小龄童，和他交流"悟空精神"。通过这些活动，盖曼感悟到了"唐僧精神""西游情怀"和中国文化的人文魅力，看到了更真实、更全面的唐僧和美猴王，找到了更多的创作灵感，对未来科幻小说的前景信心百倍。

在当下，无论是英美公司还是中国集团主导创作并推向英美市场的《西游记》电影、动漫、舞台剧、网游作品等，背后的制作团队都有中国专家、英美学者和普通大众的影子，这说明传播作者和传播受众都知晓"中西并举"的重要性，都意识到必须借助中方的传播力量对《西游记》进行专业化的意义释读和文化演绎等才能化解跨文化信息链的断裂，开拓新的想象、意义、兴趣和共识，扩大异质的文化影响力，孕育自由良性的传播潜力，这种交流实践和传播效果是有目共睹的。"跨文化传播在想象自由的交流天空中丰富着交流、沟通、传通、理解的理性与智慧，它告诉为交流的无奈而痛苦的人们：你我之间别无出路，只有交流，而一切可能性都在实践之中"。①

随着中国快速融入全球文化圈以及中西方文化传播群体交往日益密切，英美民众对中国文化的兴趣和热情日渐高涨，对中国文化在英美世界的传播起到了潜移默化的作用。《西游记》作为相对成功和成熟的跨文化传播平台，还有很多话题有待开发并迅速成为英美世界下一个瞩目的热点。众多英美出版社、影视公司、网络传媒集团、汉学家、文化学者等传播力量都在注入更多资金和资源，致力于打造一系列关于《西游记》的文化产品，他们会努力考虑"政治思维"和"市场思维"，② 弥补中国传播能力相比于英美国家发展滞后的弱点，推动西游文化走进英美主流社会的进程，使西游文化实现"中西合璧"。

---

① 单波：《跨文化传播的问题和可能性》，武汉：武汉大学出版社 2010 年，第 27 页。

② 韩子满：《中国文学走出去的非文学思维》，《山东外语教学》2015 年第 6 期，第 77—84 页。

结　语

　　作为区指可数的扬名英美乃至世界的中国古代文学经典,《西游记》历经百余年的传播后早已扎根英美文化土壤,成为一个兼具中国和英美文化气质并繁育艺术变体的母体性符号。今天,很多老少皆宜的西游故事在英美世界早已广为流传,其中齐天大圣的真性情、真汉子和真英雄的形象特质备受推崇,其在英美的成功传播表明《西游记》的译介和非译介改编契合英美文学和文化特性。所以,《西游记》不光属于中国,也属于世界,它在英美世界的知名度和影响力对"中国文化走出去"具有不可估量的传播价值。

　　《西游记》在英美的传播始于汉学译者对它的信息转换活动,这种活动逐渐凝结并体现为变形化的译介,进一步影响着《西游记》在英美世界的整体传播和发展前景。《西游记》的早期译介都不是一字一句地如实照译,都不是对中国话语的严格传递,而是挑选了神话、宗教、战斗、历险、个人英雄主义等相似于英美文学的核心母题展示其故事性和文学性,以便激发读者的兴趣和共鸣。正是在这个传播过程中,《西游记》的变形化译介融入英美文学,并持续产生累累硕果,衍生出具有英美文化特性的文本形式和非文本形式,形成完整的作品传播链。同时,越来越多的英美人投入《西游记》"本土化"传播活动中,并凭借两国强大的综合实力和文化中心地位将他们对译文的诠释和反馈扩散到整个英语世界，为《西游记》的世界性传播起到了锦上添花的作用。如今，《西游记》译介早已从星星之火发展到燎原之势并形成《西游记》译作群，欧美各国都以《西游记》的某个英文版本为底本将之译介入本国，并在世界范围内呈现出《西游记》文本和非文本多样化发展的繁荣局面。据此而论，《西游记》在英美的成功是传播目的、传播作者、传播内容、传播媒介、传播受众和传播效果等传播要素的接力，是"英美本土化"传播的全胜。《西游记》在英美的传播研究必须要围绕各传播要素的功能和意义开展，对"本土化"传播的分析和把握将有助于全面认识和发掘《西游记》在英美传播语境中的演变特征和规律，并以之为依据来推演《西游记》在英美的发展路线图。

瑕不掩瑜，由于中西方文化之间的无形鸿沟、汉学家们对中国很多传统文化知识的不同认识，以及英美受众对《西游记》存在迥异于中国人的知识背景、阅读习惯和审美眼光等，要想如实、透彻地理解、翻译和解读《西游记》的某个侧面近乎举步维艰，事实上也的确少有汉学家能在对原著的内容、主题、表述和文化意蕴等的掌控上达到应对自如的理想高度，更遑论通译和全解了。因而，传播文化内涵的效果才是影响受众认知的关键性因素，同时必须承认《西游记》中很多涉及儒释道、衣食住行等方面的文化符号还有待专业化的释读、演绎和传递，弥补缺失，加强专注，这都有赖于中西文化学者的合力推进。

《西游记》现代文学创新及其在英美世界的文化再演绎劝导读者切入美猴王的幻想角色，继续探索《西游记》在现代社会语境中的互文性内容和现实性意义，对当代中国文化现状和英美文化现状以及二者之间的矛盾展开反思和批判，说明古老的《西游记》超越了时空局限，绽放出了耀眼的现代性、现实性和文化性，这是《西

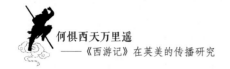

游记》译介融入英美社会并跨入文本深度传播阶段的重要表征。而自 20 世纪下半叶以来，借助现代科技的东风，以电影电视、舞台为主体的现代非文字传播媒介大行其道，积极参与到《西游记》的跨文化传播活动中，主要从感官角度对英美受众进行"信息轰炸"，取得了令人满意的效果，这是对以书籍等为代表的传统文字传播媒介的重要补充。自电影、电视、舞台制作广泛流行以来，把各国的文学名作改编成电影、电视剧、动漫和舞台剧等艺术形式加以异域传播已成为一种潮流和时髦。这些普及的表演形式具有直观的艺术神韵、猛烈的冲击效应、无限的可复制性和低廉的消费成本，而且对受众的"前知识"水平和理解能力要求不高，即使那些明显缺乏阅读基础、跨文化素养和想象力的普通受众都能从中学习异域风情并体会到视听艺术的魅力，这为西游题材的跨文化传播起到了推波助澜的作用。

《西游记》非文本传播盛况表明《西游记》英译本早已远远满足不了英美受众的文化需要，而其想象空间巨大、适合重新演绎和改造的特征与现代科技和传媒技术的紧密结合，更推动其非文本作品成为一个新的传播热点，且大有遍地开花、风光一时的苗头，显示出莫大的传播潜力和效果。从非文本变形的现状来看，在传播媒介的大力促动下，《西游记》译本在非文本领域完成了深度的变形，译本和非译本作品之间在形式、内容和思想等方面的差别日益扩大，甚至大多数情况下非文本作品中只保留了猴王的名字，其余的统统改变，可见此类作品变形的自由度之大。反过来，如此宽松的变形尺度和传播热度恰恰证明了《西游记》非文本形式的本土化发展趋势和传播重心，更折射出英美社会的时代趋向和文化精神，也有利于理解并勾勒《西游记》非文本形式传播的发展全景图。

20 世纪以来全球最大的嬗变也许就是跨文化传播对人类社会

和日常生活的全面渗透，跨文化传播也最有可能成为 21 世纪文化研究中最重大的主题和最中心的视角，这股世界性潮流势必会引导《西游记》的传播目的在源头上就定位于发掘异域新知和开拓文化共识，帮助英美受众逐步领悟和共鉴《西游记》的文化魅力，从而在传播领域继续演绎着向外扩散、传递和演化的过程，指导中西双方依据精准的定位拓展不同民族的文化时间和文化空间，拓宽人类生命存在和交往的时空形态，为西游文化融入英美社会提供理论保障和实践基础。由此，依据传播学的丰富知识对《西游记》在英美传播的核心要素如传播目的、传播作者、传播内容、传播媒介、传播受众、传播效果等进行考查和评析，将有助于在理论上认知并建构起一条客观、完整的传播链，把握《西游记》传播中的"为什么""怎么做"和"向何处去"等重大关切，对《西游记》的实践性传播具有指导性意义，所以显得尤为重要。

在这个汇总形式的信息链上，信息在膨胀，知识在爆炸，传播作者和传播受众可以借助《西游记》的作品去观察个体，从而获得个人微观世界的景观，也可以借助《西游记》的作品去观察社会，从而拉近他们与广阔社会的距离，洞悉社会宏观世界的人文知识景观。如今，面对庞大的《西游记》文化资源，以跨文化交流为传播目的，以图书、影视、网络等为传播媒介，以中国文化符号和意义为传播内容，以"中西并举"的文化合作为催化剂，以"英美本土化"为旨归的《西游记》作品将引领潮流发展，使英美大众体会到中国儒释道的文化学说和表达方式其实与英美基督教的文化理想和组织程序不仅没有根本性的矛盾，而且还有本质性的共识，其实很多所谓的中国文化内涵、中国特有的文化话语和中国文化核心价值观等在理论和实践上与英美的文化并无抵触。《西游记》文化传播的"中西合璧"鼓励双方的传播力量构建适切的传播内容，利用先进的传

播理念与组织形式、成熟的传播媒介、广泛的传播受众等，修正文化误译和文化误读，促成传播作者和传播受众的视野融合，联手打造英美世界的《西游记》文化体，实现《西游记》的英美本土化，让西游文化在国际舞台上争光竞彩。

参 考 文 献

（明）吴承恩：《西游记》，北京：人民文学出版社，1994年。

（明）吴承恩原著，李洪甫校注：《最新整理校注本西游记》，北京：人民出版社，2013年。

爱泼斯坦、林戊荪、沈苏儒：《呼吁重视对外宣传中的外语工作》，《中国翻译》2000年第6期。

鲍晓英：《中国文化"走出去"之译介模式探索——中国外文局副局长兼总编辑黄友义访谈录》，《中国翻译》2013年第5期。

蔡铁鹰：《西游记的前世今生》，北京：新华出版社，2008年。

曹顺庆：《教育部社科基金重大投标项目特稿：英语世界中国文学译介与研究》，《中外文化与文论》2013年第24期。

陈龙：《大众传播学导论》，苏州：苏州大学出版社，2006年。

陈一白：《〈西游记〉西游记》，《东方早报·上海书评》2013年5月12日第A08版。

单波、刘学主编：《全球媒介的跨文化传播幻象》，上海：上海交通大学出版社，2015年。

单波：《跨文化传播的问题和可能性》，武汉：武汉大学出版社，2010年。

范存忠：《中国文化在英国》，南京：译林出版社，2015年。

范明生：《西方美学通史》（第一卷），上海：上海文艺出版社，1999 年。

郭可：《国际传播学导论》，上海：复旦大学出版社，2004 年。

郭镇之主编：《全球化与文化间传播》，北京：北京广播学院出版社，2004 年。

韩子满：《中国文学走出去的非文学思维》，《山东外语教学》2015 年第 6 期。

何满子：《神魔小说〈西游记〉概说》，中华书局编辑部编：《古典小说十讲》，北京：中华书局，1992 年。

何明星：《〈西游记〉的漫漫"西游"路》，《人民日报》（海外版）2016 年 5 月 19 日第 9 版。

何锡章：《幻象世界中的文化与人生——〈西游记〉》，昆明：云南人民出版社，1999 年。

胡淳艳：《西游记传播研究》，北京：中国文史出版社，2013 年。

胡庚申：《生态翻译学建构与诠释》，北京：商务印书馆，2013 年。

胡适：《〈西游记〉考证》，《中国章回小说考证》，合肥：安徽教育出版社，2006 年。

胡适：《胡适古典文学研究论集》，上海：上海古籍出版社，1965 年。

黄友义：《从翻译工作者的权利到外宣翻译——在首届全国公示语翻译研讨会上讲话》，《中国翻译》2005 年第 6 期。

季进：《我译故我在——葛浩文访谈录》，《当代作家评论》2009 年第 6 期。

蒋广学、赵宪章主编：《二十世纪文史哲名著精义》，南京：江苏文艺出版社，1995 年。

金鑫：《文学与影视、网络传播研究综论》，沈阳：辽宁人民出版社，2014 年。

乐黛云等编：《比较文学原理新编》，北京：北京大学出版社，1998 年。

李萍、李庆本：《〈西游记〉的域外传播及其启示》，《徐州师范大学学报》2009 年第 3 期。

李萍：《中国古典文化海外影像传播的特点分析——以〈西游记〉为实证》，《社会科学家》2012 年第 1 期。

刘耀中：《荣格心理学与佛教》，上海：东方出版社，2004 年。

刘滢：《国际传播：全媒体生产链重构》，北京：新华出版社，2016 年。

鲁迅：《鲁迅全集》第 8 卷，北京：人民文学出版社，1957 年。

陆扬：《西方美学通史》（第二卷），上海：上海文艺出版社，1999 年。

麻争旗：《译学与跨文化传播：对翻译的根本反思》，上海：上海交通大学出版社，2011 年。

马祖毅：《汉籍外译史》，武汉：湖北教育出版社，1997 年。

梅新林、崔小敬主编：《20 世纪西游记研究》，北京：文化艺术出版社，2008 年。

深圳大学比较文学研究所编：《比较文学讲演录》，西安：陕西师范大学出版社，1987 年。

宋柏年主编：《中国古典文学在国外》，北京：北京语言学院出版社，1994 年。

覃媛元：《言说中国：中国形象的跨文化传播》，北京：新华出版社，2013 年。

王东风：《中国典籍走向世界——谁来翻译》，《汉语言文学研究》2014 年第 1 期。

王芳：《文化传播美学和诗歌翻译》，成都：电子科技大学出版社，2009 年。

王丽娜：《中国古典小说戏曲名著在国外》，上海：学林出版社，1988 年。

王宁：《全球化时代的文化研究和翻译研究》，《中国翻译》2000 年第

1 期。

王镇、王晓英:《试论〈最新整理校注本西游记〉版本价值和英译意义》,《学术界》2015 年第 12 期。

西西:《另类猴王东游记——记美国肯尼索州立大学话剧〈猴王〉》,《上海戏剧》2006 年第 2 期。

谢天振主编:《当代国外翻译理论导读》,天津:南开大学出版社,2008 年。

许钧:《"创造性叛逆"和翻译主体性的确立》,《中国翻译》2003 年第 1 期。

许钧主编:《翻译思考录》,武汉:湖北教育出版社,1998 年。

杨秉捷主编:《传播学基础知识》,北京:中国财政经济出版社,1994 年。

张国涛主编:《传播文化:文化传播的中国思考》,北京:中国传媒大学出版社,2015 年。

张弘:《中国文学在英国》,广州:花城出版社,1992 年。

张丽:《〈西游记〉对尾崎红叶创作的影响》,《淮海工学院学报》(人文社会科学版）2018 年第 2 期。

张盈堃主編:《儿童／童年研究的理论与实务》,台北:学富文化事业有限公司,2009 年。

张毓强主编:《传播学研究:全球转型与中国想象》,北京:中国传媒大学出版社,2015 年。

赵红英、张秀明编著:《海外华人妇女风采录》,北京:中国华侨出版社,1995 年。

赵树旺:《中国数字出版内容国际传播研究》,北京:中国传媒大学出版社,2016 年。

中央编译局编:《马克思恩格斯选集》第 2 卷,北京:人民出版社,

1972 年。

周奇编：《传播视野与中国研究》，上海：上海人民出版社，2014 年。

朱立元主编：《当代西方文艺理论》（第二版），上海：华东师范大学出版社，2005 年。

朱明胜：《〈西游记〉在英语世界广泛传播》，《中国社会科学报》2016 年 4 月 12 日第 3 版。

朱一玄、刘毓忱编：《西游记资料汇编》，天津：南开大学出版社，2002 年。

竺洪波：《四百年〈西游记〉学术史》，上海：复旦大学出版社，2006 年。

左芝兰、丁济：《永远的西游：〈西游记〉的接受和演绎》，成都：四川大学出版社，2015 年。

[澳]柳存仁：《〈西游记〉简本阳本、朱本之先后及简繁本之先后》，《和风堂新文集》，台北：新文丰出版公司，1997 年。

[德]汉斯·罗伯特·姚斯、[美]R.C.霍拉勃著，周宁、金元浦译：《接受美学与接受理论》，沈阳：辽宁人民出版社，1987 年。

[德] 瑙曼等著，范大灿译：《作品、文学史与读者》，北京：文化艺术出版社，1997 年。

[德] 沃尔夫冈·伊瑟尔著，金元浦、周宁译：《阅读活动——审美反应理论》，北京：中国社会科学出版社，1991 年。

[加] D. 保罗·谢弗著，许春山等译：《文化引导未来》，北京：社会科学文献出版社，2008 年。

[加] 诺思罗普·弗莱著，陈慧、袁宪军、吴伟仁译：《批评的解剖》，天津：百花文艺出版社，2006 年。

[美] 爱德华·W. 萨义德著，单德兴译，陆建德校：《知识分子论》，北京：生活·读书·新知三联书店，2000 年。

［美］杰克·齐普斯著，舒伟主译：《冲破魔法符咒：探究民间故事和童话故事的激进理论》，合肥：安徽少年儿童出版社，2010 年。

［美］凯伦·科茨著，赵萍译：《镜子与永无岛：拉康、欲望及儿童文学中的主体》，合肥：安徽少儿出版社，2010 年。

［美］雷纳·韦勒克：《西方四大批评家》，上海：复旦大学出版社，1983 年。

［美］迈克尔·沙利文-特雷诺：《信息高速公路透视》，北京：科学技术文献出版社，1994 年。

［美］浦安迪：《中国叙事学》，北京：北京大学出版社，1996 年。

［美］浦安迪著，刘倩等译：《浦安迪自选集》，北京：生活·读书·新知三联书店，2011 年。

［美］施拉姆著，王金礼译：《美国传播研究的开端：亲身回忆》，北京：中国传媒大学出版社，2016 年。

［美］司马勤、［美］大卫·高克利著，李正欣译：《大卫·高克利：影响美国歌剧命运的人》，《歌剧》2007 年第 4 期。

［美］汤亭亭著，赵伏柱、赵文书译：《孙行者》，桂林：漓江出版社，1998 年。

［美］托马斯·L. 麦克费尔著，张丽萍译：《全球传播：理论、利益相关者和趋势》，北京：中国传媒大学出版社，2016 年。

［美］威尔伯·施拉姆、［美］威廉·波特著，何道宽译：《传播学概论》（第二版），北京：中国人民大学出版社，2010 年。

［美］夏志清著，胡益民、石晓林、单坤琴译：《中国古典小说史论》，南昌：江西人民出版社，2001 年。

［美］余国藩著，李爽学编译：《〈红楼梦〉、〈西游记〉与其他》，北京：生活·读书·新知三联书店，2006 年。

［美］约瑟夫·克拉珀著，段鹏译：《大众传播的效果》，北京：中国传

媒大学出版社，2016 年。

[苏联] 巴赫金著，白春仁、顾亚铃译：《诗学与访谈》，石家庄：河北教育出版社，1998 年。

[苏联] 波斯彼洛夫著，王忠琪等译：《文学原理》，北京：生活·读书·新知三联书店，1985 年。

[意] 克罗齐著，张文杰等译：《历史和编年体》，《现代西方历史哲学译文集》，上海：上海译文出版社，1984 年。

[英] 杜德桥著，苏正隆译：《百回本〈西游记〉及其早期版本》，《中国文学论著译丛》，台北：台湾学生书局，1985 年。

《〈西游记〉变形，带你进入"魔兽世界"（2）》，《南方都市报》，2011年 7 月 22 日。http: // fj. qq. com/a/20110722/000205_1.htm [2015-12-10].

《10% 的排片，票房却上亿〈大圣归来〉逆袭暑期档》，《重庆晨报》2015 年 7 月 16 日。http://ent.ifeng.com/a/20150716/42454067_0.shtml [2015-10-12].

《百老汇原创音乐剧〈大梦神猴〉11 月北京首演》，《国际在线专稿》，2013 年 9 月 23 日。http://gb.cri.cn/32464/2013/09/23/6071s4262726.htm [2015-12-10].

《陈士争：希望全世界都喜欢西游记》，大公网，2013 年 6 月 30 日。http: // news.takungpao.com/paper/q/2013/0630/1725719.html[2015-12-10].

《陈士争用"西游记"融合东西方》，《中国青年报》2007 年 10 月 9 日。http://news.163.com/07/1009/15/3QCGI73H000120GU.html [2015-12-10].

《大圣归来将在美国上映　美版配音阵容疑曝光》，《羊城晚报》2015年 7 月 14 日。http://entertainment.dbw.cn/system/2015/07/15/056671956.shtml [2015-12-10].

《关于繁荣发展社会主义文艺的意见》，《新华日报》2015 年 9 月 12 日

第 1 版。

《国产动漫：离成功尚有距离》，《辽宁日报》2009 年 5 月 6 日。http: // news. lnd. com.cn/htm/2009-05/06/content_653848.htm [2015-4-10]。

《华尔街一刻：另类西游记何以纽约热卖》，腾讯网，2013 年 8 月 6 日。http://finance. qq. com/a/20130806/016625.htm [2015-12-10]。

《老外点赞，秒懂〈大圣归来〉笑点泪点》，腾讯网，2015 年 6 月 23 日。http://ent.qq.com/a/20150623/047999.htm#p=1[2015-10-12]。

《曼彻斯特国际艺术节：歌剧版〈西游记〉受好评》，《国际先驱导报》，2007 年 7 月 13 日。http: //news. sina. com. cn/ w/2007–07–13/ 095813439446.shtml [2015-12-10]。

《美国发行猴年"吉利钱"编号均以"8888"开头》，中国新闻网，2015 年 11 月 18 日。http://www.chinanews.com/gj/2015/11–18/7628412.shtml [2015-12-10]。

《思迪马克：中国音乐剧不能只图短线赚快钱》，《北京商报》2013 年 11 月 22 日。http://www.ce.cn/culture/gd/201311/22/t20131122_1791030.shtml [2015-12-10]。

《斯皮尔伯格将拍 3D 电影〈西游记〉欲打败〈阿凡达〉》，《三联周刊》，2012 年 2 月 24 日。http://culture.ifeng.com/whrd/detail_2012_02/4/12762110_2.shtml [2015-4-10]。

《台湾〈中国书目季刊〉转摘最新双版〈西游记〉前言及校纪》，《连云港日报》2015 年 1 月 15 日第 A08 版。

《音乐杂技剧〈猴·西游记〉受到西方观众和媒体高度好评》，江苏省文化厅交流处、信息处，2013 年 7 月 29 日。http: // www. sqxc. gov. cn/ 2013/ 1009 / 9222. html [2015-12-10]。

《英国版"小苹果"亮相街头　英伦小伙爱上中国音乐》，中国新闻网，2015 年 4 月 3 日。http: // news. sina. com. cn /o/2015–04–03/153131679628.

shtml [2015-12-10].

《英文版歌剧〈西游记〉巴黎上演》，《烟台日报》2007 年 9 月 29 日。http://www.shm.com.cn/ytrb/html/2007-09/29/content_2124393.htm [2015-12-10].

Alsace Yen. "A technique of Chinese fiction: Adaptation in the 'Hsi-yu chi' with focus on Chapter Nine ", Chinese Literature: Essays, Articles, Reviews, 1979(1).

André Lefevere. "Translated Literature: An Integrated Theory",The Bulletin of the Midwest Modern Language Association, Vol. 14, No. 1, Spring, 1981.

Andre Lefevere. Translation, Rewriting and Manipulation of Literay Fame , London / New York: Routledge, 1992.

Andrew H. Plaks. "Allegory in Hung-lou meng and His-yu chi" , in Plaks, ed., Chinese Narrative：Critical and Theoretical Essays ,Princeton: Princeton University Press, 1977.

Andrew H. Plaks. Reviewed Work(s): "The Journey to the West by Anthony C.Yu",Modern Language Notes, 1977 (92).

Anthony C. Yu. The Journey to the West , Chicago: University of Chicago Press, 1977.

C.T. Hsia. The Classic Chinese Novel: A Critical Introduction ,New York: Columbia University Press, 1963.

D. E. Pollard. "H.A. Giles and his translations" ,Renditions, Autumn,1993.

D. E. Pollard. "Review" , Bulletin of the School of Oriental and African Studies,University of London, Vol. 46, No. 1, 1983.

Donald Jay Grout. A Short History of Opera (second edition), New York and London: Columbia University Press, 1965.

E. A. Nida & C. R. Taber. The Theory and Practice of Translation ,Leiden: E. J. Brill, 1982.

Edward T. C. Werner. Myths and Legends of China ,London Bombay Syndey: George G. Harrap & Co. Ltd., 1922.

Encyclopedia Americana ,Scholastic Library Publishing. 2004, Volume 11.

Encyclopedia Britannica ,Scholastic Library Publishing. 2006, Volume 10.

Frederick H. Martens. The Chinese Fairy Book ,ed. by R. Wilhelm, New York: Frederick A. Stokes Company, 1921.

Gerald Vizenor. Griever: An American Monkey King in China , New York: Illinois State University, 1987.

Gideon Toury. Descriptive Translation Studies and Beyond ,Amsterdam & Philadelphia : John Benjamins Publishing, 1995.

Glen Dudbridge. The Hsi-yu chi: A study of antecedents to the sixteenth-century Chinese novel ,Cambridge: Cambridge University Press, 1970.

H. A. Giles. Avdersaria Sinica ,nos.1—11. Shanghai: Kelly & Walsh,1914.

H. A. Giles. Gems of Chinese Literature: Prose ,Second Edition, revised and greatly enlarged, Shanghai: Kelly & Walsh, Ltd., 1923.

Herbert. A. Giles. A History of Chinese Literature , New York: D. Appleton And Company, 1901.

Hu Shih. Introduction to the American Edition, Arthur Waley, Monkey, New York, Grove Press Inc., 1943.

J. Dyer Ball. "Dr. Giles' s History of Chinese Literature" ,The China Review, vol. XXV, 1901.

J. Stephen Pearson. "The Monkey King in the American Canon: Patricia Chao and Gerald Vizenor's Use of an Iconic Chinese Character" , Comparative Literature Studies, Volume 43, Number 3, 2006.

J．Zipes. Fairy and the Art o f Subversion：The Classical Genre for Children and the Process of Civilization , London: Heinemann, 1983.

Jacques Derrida. "Differences", In Peggy Kamut. ed. A Derrida Reader: Between the Blinds , The Columbia University Press, 1991.

James Robert Hightower. Topics in Chinese Literature , Harvard University Press, 1953.

Jane Camens. "Interview with Timothy Mo ", Far Eastern Economic Review, Business Premium Collection, Feb 1, 2001; 164, 4.

Jesse Rosenthal. "Some Thoughts on Time Travel ", Victorian Studies, Volume 59, Number 1, Autumn 2016.

John Marney. "Review", Chinese Literature: Essays, Articles, Reviews,1980(2).

Jonathan Arakaki Game. "Communication, Culture, and Technology: An Internet Interview with James W. Carey ", Journal of Communication Inquiry, April 1, 1998, Vol 22, Issue 2.

Kingston and Valenzuela. Two Foreign Women：Maxine Hong Kingston and Luisa Valenzuela，Leiehardt ,NSW：Pluto Press Australia Pty Limited, 1990.

Patrick Hannan. "The Development of Fiction and Drama ", in The Legacy of China,ed. Raymond Dawson, London: Oxford University Press, 1964.

Peter Newmark. A Textbook of Translation ,Prentice Hall, 1988.

R. Linton Redfield, M. R & Herskovits. "Memorandum for the Study of Acculturation", American Anthropologist, 1936 (38).

Robert E. Hegel. "Review ", The Journal of Asian Studies, Vol. 41, No. 1 (Nov., 1981).

Roger Clarke. "The Forbidden Kingdom ", Sight & Sound, Jul,2008, Vol.

18 Issue 7.

STRATEGIC PLAY - CARTOON NETWORK.Animated play, New Media Age,London, Oct 6, 2005.

Sun Hongmei. "Time travel and chronotope: The Lost Empire and The Forbidden Kingdom as adaptations of Journey to the West ", Asia Pacific Translation and Intercultural Studies,2016(3:2).

Sun Yifeng. "Empowering Translation", Asia Pacific Translation and Intercultural Studies, 02 July 2018.

Susan Bassnett. Comparative Literature:A Critical Introduction , Blackwell Oxford UK & Cambridge USA, 1993.

T．Mo. The Monkey King ,London: Paddleless Press, 2000.

Timothy Richard. A Mission to Heaven: A Great Chinese Epic and Allegory ,Shanghai: Christian Literature Society, 1913.

W. J. F. Jenner. Journey to the West ,Foreign Languages Press, Beijing, 1993.

Wang Ning. "Translation and the relocation of global cultures: mainly a Chinese perspective", Asia Pacific Translation and Intercultural Studies, Volume 2, 2015.

William Blake. Poems of William Blake ,W．B．Yeats(ed.). New York：Boni and Liveifght, 1920.

William Hynes & William Doty. Mythical Trickster Figures: Contours, Contexts, and Criticism , London: University of Alabama Press, 1993.

后　记

　　经过三年的提前准备和正式写作，几易其稿，终于完成了本书《〈西游记〉在英美的传播研究》的撰写，而本书的完稿，是本人历经十年潜心研究"西游文化走出去"的一项成果，也是新一轮"西游学"开展的基础和起点，并由此赋予我更大的动力和信心。

　　这些年来，我之所以能在"西游学"领域取得一定的成绩，当然是得益于一直给予我无私帮助的师友和同事，正是在他们的扶持下，我才得以在坎坷的学术之路上顺利前行。以下我只能列举其中的一小部分人，谨在此向所有人表示由衷的谢意和敬意。

　　首先，衷心感谢南京师范大学外国语学院的王晓英教授、前国家外文局副局长黄友义教授、原广东外语外贸大学校长仲伟合教授、浙江传媒学院戏剧影视研究院的伏涤修教授、淮阴师范学院蔡铁鹰教授等，他们都是我的良师益友，始终激励和指导我开拓学术视野，解放学术思维，纠正学术误区，对我的学术成长至关重要，同时他们对我的课题和书稿提出了许多中肯的宝贵意见，让我体会良多，日日精进。

　　其次，我要感谢我的同事王聿良、丁建江、翟步习、邓中良、徐习军、吴明忠等老师，一直以来，他们就像我的家人一样对我鼎力支持，积极帮我寻找论文相关资料并提出针对性的建议，和他们

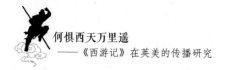

的特殊情谊是我人生中的造化，我要以不懈的努力去回报他们，用自己的表现交出一份令他们满意的答卷。

本书在写作和修改过程中，得到了江苏社科联和连云港市社科联的大力支持。人民出版社的杨美艳和刘畅等老师为本书提出了指导性意见，为本书的编辑和审核付出了艰辛的劳动，在此，我要为他们点赞。

由于本人才疏学浅，本书难免会有不少纰漏，权当抛砖引玉，敬请方家批评指正。

王 镇

2018 年 11 月于英国阿伯丁

责任编辑：刘　畅
装帧设计：周方亚

图书在版编目（CIP）数据

何惧西天万里遥：西游记在英美的传播研究／王镇　著．—北京：
　人民出版社，2019.5
ISBN 978－7－01－020281－5

I.①何…　II.①王…　III.①《西游记》研究　IV.①I207.414

中国版本图书馆CIP数据核字（2019）第004510号

何惧西天万里遥

HEJUXITIANWANLIYAO

——《西游记》在英美的传播研究

王　镇　著

人民出版社 出版发行
（100706　北京市东城区隆福寺街99号）

中煤（北京）印务有限公司印刷　新华书店经销

2019年5月第1版　2019年5月北京第1次印刷
开本：710毫米×1000毫米1/16　印张：21
字数：253千字

ISBN 978－7－01－020281－5　定价：59.00元

邮购地址 100706　北京市东城区隆福寺街99号
人民东方图书销售中心　电话（010）65250042　65289539